读客外国小说文库

激发个人成长

无尽世界 Ⅲ

[英]肯·福莱特 著

胡允桓 译

江苏凤凰文艺出版社
JIANGSU PHOENIX LITERATURE AND ART PUBLISHING, LTD

目　录

第六部分（*1349* 年 *1* 月至 *1351* 年 *1* 月）

68 / 089

年龄只有十五岁，个子勉强五英尺高，他的妻子如同一座城堡，矗立在他和他梦寐以求的前途之间。

69 / 102

格温达失望之极，感到周身无力，一种阴暗的无助完全攫住了她。他们自由了几天。但那只是一场梦。而如今那梦做完了。

70 / 115

医院里再度人满为患了。本来在1349年头三个月似是已经退潮的黑死病，又以加倍的毒害反弹了。

71 / 135

“刀子刺进了她的心脏。”凯瑞丝说，跟着就哭了起来，“在你找到她之前，她就已经死了。”

72 / 155

梅尔辛回想着前一夜里的事情。如同做了一个噩梦，有一阵子，他已觉得那一切并没有当真发生。

73 / 165

克劳德不禁咯咯地笑了，凯瑞丝也忍俊不禁笑出声来，这一下彼此给弄得更尴尬，直到他们笑得止不住地搂在一起，脸上都笑出了泪水。

74 / 185

我是执行副院长，我就是你的上司。”凯瑞丝提高了嗓音，“因此，你第一件要做的，就是和我说话时得站着！”

75 / 208

“一个没有心肝去感受他人痛苦的人不是人，哪怕他能用两腿直立行走和开口讲英语。”菲莉帕俯身问前，“我是不会和一个动物睡在一张床上的。”

76 / 221

拉尔夫明白，这是一场梦的终结，那是一场把他抛进酸楚、凄凉的现实的梦。他完全应该承认失败，再从头开始。

77 / 229

凯瑞丝确信菲莉帕已经走得远了听不见时，就放声大哭了。

78 / 246

她失去了梅尔辛，她又失去了医院，她已失去了一切。

79 / 263

梅尔辛没有回答。他向相反的方向走去，穿过门洞，下了屋外的楼梯。他不在乎有谁看到而公然哭泣着。

80 / 278

“而当你失去一切——”凯瑞丝的面容开始变化，她的声音嘶哑了，但她努力说下去。“当你失去一切的时候，你也就没任何可失去的了。”

第七部分（*1361* 年 *3* 月至 *12* 月）

81 / 293

离村子越近，格温达的心情就越激动，连双脚的酸痛都忘记了。她迫不及待地想看到她儿子。

82 / 308

他们穿过一扇门，走进了梅尔辛的地盘。果园已经进入成熟期，苹果树上开满了雪白的花朵。

83 / 324

格温达的表情让拉尔夫吃惊。他本以为会看到悲伤、眼泪、尖叫、歇斯底里。但她平静地瞪着他。她的目光中闪烁着仇恨，但是还有：轻蔑。

84 / 336

这是他的儿子，单是这种可能性就让拉尔夫的心中充满了恐惧。难道他要绞死的是他自己的儿子吗？

85 / 349

他在客厅里找到凯瑞丝，正要问她，她却先开了口。她站在那里，面色苍白，一副吓坏了的样子。她说："洛拉又不见了。"

86 / 364

"他已经跟你过了二十二年了，"拉尔夫说，"够长的了。现在他是个男子汉了。他可以住到伯爵城堡去，做个护卫。"

87 / 377

“我该不该告诉你点儿奇怪的事情？”她说，“他们死后，我再听到主祷文，就说不出阿门了。上帝夺走了我的家庭，这是非常残酷的刑罚——我不能就这么认了。”

88 / 392

门楼的城垛上像哨兵一样立着一只乌鸦，太阳照在它乌黑的羽毛上闪闪发光。乌鸦叫了起来，仿佛在警告格温达，那声音就像是：“走吧，走吧！”

89 / 402

梅尔辛顿时害怕起来。这是老国王致新国王的信。他拿着纸片的手颤抖了起来。他抬眼扫视了一遍四周的林木，仿佛有什么人躲在灌木丛中窥视着他。

90 / 415

格温达梦见她来到了拉尔夫的狩猎小屋，他的床上卧着一只猫。她知道自己必须杀死那只猫，但她的双手被反绑着，于是她用头去撞那只猫，直到把它撞死。

91 / 434

在她们周围，所有的村民都鼓掌欢呼起来。又过了一会儿，乐声重新响了起来。

第六部分

*1349*年*1*月至*1351*年*1*月

63

戈德温跑掉时，把修士们的珍宝中一切值钱的东西和全部文档都随身带上了。其中也包括修女们从来未能从他上锁的柜子里取走的记录。他还拿走了圣物，连圣·阿道福斯遗骨这一无价之宝的匣子都没落下。

凯瑞丝在事发后的上午发现了此事。那天是元旦，有基督净心的宴会。她和亨利主教及伊丽莎白姐妹一起去了南交叉甬道的藏宝室。亨利对她的态度一本正经到僵硬的地步，这令她担忧，不过他性格乖戾，大概对别人都如此吧。

吉尔伯特·希尔福特被剥下的人皮依旧钉在门上，只是已渐渐变硬发黄，散发着微弱而明显的霉味。

但门没有关。

他们走了进去。自从戈德温窃取了修女的一百五十镑修建他的宅院以来，凯瑞丝还没进过这房间。因为自那次事件之后，她们就修了自己的金库。

当即一眼就看出发生什么事了。掩饰地下拱室的石板被抬起来而没有恢复原状，铁箍的柜子的顶盖掀开着。拱室和柜子已然空无一物。

凯瑞丝感到她对戈德温的轻蔑已经得到证实。他身为受过训练的医生、修士首领的教士，竟然在人们最需要他的时候逃走。这一下，所有的人肯定都会看清他的真实本性了。

劳埃德副主教怒气冲天。

“他把什么都拿走了！”

凯瑞丝对亨利说：“就是这个人想让你宣告我的当选无效。”

亨利主教哼了一声没做评论。

伊丽莎白竭力为戈德温的行径寻找托词。“我肯定，副院长大人带走珍宝是出于安全的考虑。”

这一下刺激得主教开了腔。“废话，”他干脆地说，“若是你的仆人偷光了你的钱袋，一句话不说就不见了，他不是保护你钱财的安全，他是盗窃。”

伊丽莎白又换了一种辩白：“我相信这是菲利蒙的主意。”

“那个副院长助理？”亨利满脸轻蔑，“负责的是戈德温，而不是菲利蒙。戈德温应该承担责任。”

伊丽莎白不再说话。

凯瑞丝心想，戈德温应该已经从他母亲的去世中恢复过来，至少暂时如此。能够说服修士一个不剩地追随他是个相当大的成功。她想不出他们能跑去哪里。

亨利主教也在思考着同一个问题。“这帮丧家之徒跑哪儿去了呢？”

凯瑞丝想起梅尔辛曾劝她离开。他说过，到威尔士或爱尔兰去，找一处一两年之内都不见陌生人的偏僻村庄。她对主教说：“他们会藏在某个人迹罕至的与世隔绝的地方。”

“弄清确切的地方。”他说。

凯瑞丝意识到，戈德温这一逃跑，对她当选的一切反对之声都已消失。她感到了胜利，竭力不喜形于色。“我要在镇上询问一下，”她说，“应该有人看见他们出走的。”

“好的，”主教说，“不过，我认为他们不会很快就回来，所以在这一时期，你得尽你所能在没有男人的情况下做好一切。由修女们尽量正常地继续下去。如果你找得到一个活着的教区教士，就让他到大教堂来做弥撒。你不能做弥撒，但你能听忏悔——由于神职人员有众多死亡，大主教给予特许。”

凯瑞丝不会让他从她当选的问题上滑过去。“你认定我做副院长了吗？”她问。

“当然啦。”他不耐烦地说。

“这样看来，在我接受这一荣誉之前——”

“你没什么决定要做，副院长嬷嬷，”他气恼地说，“服从我是你的职责。”

她极其渴望这一位置，但她决定装出另一副样子。她要提出一个难以企及的条件。“我们生活在特别时期，是吧？”她说，“你给予了修女们听取忏悔的权利。你已缩短了教士的培训时间，但你对他们任命的迅速依旧赶不上黑死病造成的死亡，这是我听到的。”

“你是不是有意利用教会面临的困难来达到你自己的某些目的？”

“不是，但是需要你做些事情使我得以执行你的指示。”

亨利叹了口气。他显然不想这样被追问着谈话。不过，恰如凯瑞丝预见的，他需要她胜过她需要他。“好吧，你说是什么？”

“我想要你召集一次教会法庭，重新审理我的巫术一案。”

“为了上天的缘故，为什么呢？”

“当然是明确我无辜。这件事不办，我就难以实施权力。任何不同意我的决定的人都会指出我受过指控，从而轻而易举地拆我的墙脚。”

劳埃德副主教那当书记的小算盘驱使他同意了这个主意。“把这件事一劳永逸地妥善解决只有好处，主教大人。”

“那好极了。”亨利说。

“谢谢你。”她感到一阵轻松愉快，还低下头去，唯恐喜形于色。“我要尽最大努力为王桥女修道院副院长这一职务增光。”

“抓紧时间调查戈德温的去向，我希望在我离开镇子之前，能有个答复。”

“教区公会的会长是戈德温的一个密友。要是有人知道他们的下落的话，就应该是他。我这就去见他。”

“请你马上去吧。”

凯瑞丝走了。亨利主教毫无魅力，但看来还干练，她觉得她可以跟他合作。或许他是那种人：以案例的是非曲直为基础做出决定，而不是站在他认为可以引为同盟的人的一边。那将是令人兴奋的一个变化。

经过贝尔客栈时，她禁不住想过去告诉梅尔辛她的好消息。然而，她觉得她还是要先找到埃尔弗里克。

在神圣灌木旅馆前面的街上，她看到染匠邓肯躺在地上。她妻子温妮坐在小店门外的板凳上，哭泣着。凯瑞丝以为那人大概是受了伤，但温妮说：“他喝醉了。”

凯瑞丝吃了一惊。“还没到吃正餐的时间呢！”

“他叔叔染匠彼得害了黑死病，故去了。他的妻子儿女也全都死了，所以邓肯就继承了他的全部家财，可他只知把钱花到酒上。我不知道该怎么办呢。”

“咱们把他送回家去，”凯瑞丝说，“我来帮你扶他起来。”她俩一边一个架着邓肯的胳膊，扶他站好。他站直之后，她们便半拖半搀地沿街送他回家。她们放他躺倒在地，给他盖上一条毯子。温妮说：“他每天都是这样。他说不值得干活了，因为我们都会害黑死病死掉的。我该怎么办呢？”

凯瑞丝寻思了片刻。“现在趁他睡着，把钱埋进花园里。等他清醒了，就告诉他，他赌钱全输给一个小贩，而那人已经走掉了。”

“这倒可以做一下。”温妮说。

凯瑞丝穿过街道来到埃尔弗里克的家，走了进去。她姐姐艾丽丝正坐在厨房里缝袜子。自从艾丽丝嫁给埃尔弗里克以来，姐妹俩便疏远了，仅余的一点关系，也由于埃尔弗里克在异教审讯中做伪证反对凯瑞丝，而破坏殆尽了。艾丽丝被迫在妹妹和丈夫之间抉择，她便对埃尔弗里克忠心耿耿了。凯瑞丝虽然理解这一点，但表明她姐姐与她已形同路人。

艾丽丝见到她，赶紧放下缝活，站起身来。“你来这里干吗？”她说。

“修士们全都跑了，”凯瑞丝告诉她，“他们准是在夜里走的。”

“原来是这么回事！”艾丽丝说。

“你见到他们了吗？”

“没有，可我听到了一整队人马的声音。他们动静不大——这会儿我想起来，他们实际上是尽量悄无声息的——可你没法阻止马匹不出声，而人只是弄出沿街走路的声音。他们惊醒了我，可我没起身去看——天太冷了。就因为这，十年来你才头一次登我家的门吗？”

“你不知道他们打算跑掉？”

“他们是跑掉了吗？因为黑死病？”

“我这样揣摩。”

“当然不是啦。没得病的医生们是干什么吃的？”艾丽丝对这种行为不解，完全是站在她丈夫保护人的一边，“我想不通。”

“我在琢磨埃尔弗里克是不是了解一些内情。”

“就算他知道，也没跟我说。”

“我在哪儿可以找到他？”

“在圣彼得教堂。银匠里克给教堂留下了些钱，那位教士决定把中殿的地面铺一铺。”

“我去问问他。”凯瑞丝想不好自己该不该做一点礼貌的姿态。艾丽丝没有亲生孩子，但有个继女。“格丽塞尔达还好吧？”凯瑞丝问。

“很好，很幸福。”艾丽丝的话中带一些挑战的味道，似乎她认定凯瑞丝巴不得格丽塞尔达倒霉呢。

“你的外孙子呢？”凯瑞丝无法用那孩子的名字：梅尔辛。

“挺可爱的。另一个又快生了。”

“我为她高兴。”

“是啊，现在看来，她没嫁给你的梅尔辛倒是对了。”

凯瑞丝不肯再拖下去了：“我去找埃尔弗里克吧。”

圣彼得教堂在镇子的西头。凯瑞丝沿着弯曲的街道迤逦西行时，她遇上了两个男人在斗殴。他们互相谩骂，还粗野地动起了拳头。两个女人，大概是他们的老婆，在高声辱骂，一小伙邻居则在看热闹。最近的一个住家的房门已经倒在地上。近旁是个细枝编的笼子，里面扣着三只活鸡。

凯瑞丝走到他们跟前，站到两人中间。“这会儿别打了，”她说，“我以上帝的名义命令你们。”

他们没用怎么劝就住手了。他们大概动了几下手就消掉了怒气，如今有个台阶停下正求之不得呢。他们各自退后，都垂下了手臂。

“这是怎么回事？”凯瑞丝质问。

他俩同时开口，还有他们的老婆。

“一次一个人说！”凯瑞丝说。她指着两个男人中个子大些的那个，那是个深发汉子，他的好模样被青肿的眼窝破坏了。“你是铁匠乔，是吧？解释一下吧。”

“托比·彼得森偷杰克·马洛的鸡，让我抓住了。他打破了门。”

托比是个小个子，却有一只斗鸡的勇气。他嘴唇还流着血，说着：“杰克·马洛欠我五先令——我拿那几只鸡有理！”

乔说：“杰克和他的全家两个星期之前得黑死病死了。我从那时起就养着他的那几只鸡。要不是我，鸡早死了。要是说有人该拿这几只鸡，就是我了。”

凯瑞丝说：“好啦，你们俩都有理拿鸡，对吧？托比是因为那笔债，而乔是因为花钱养了那些鸡。”

他们听说两人都有理，都像是吃了一惊。

凯瑞丝说：“约瑟夫，从笼子里取出一只鸡。”

托比说：“等一等——”

“信任我，托比，”凯瑞丝说，“你知道我不会待你不公的，是吗？”

“好吧，我没法否认……”

乔打开鸡笼，抓着脚爪，拿出一只褐羽瘦鸡。那只鸡的头来回扭着，仿佛惊讶地看见这个世界上下翻了个儿。

凯瑞丝说：“现在把鸡交给托比的妻子。”

“什么？”

“我会骗你吗，约瑟夫？”

乔不甘心地把鸡递给了托比的老婆——一个绷着脸的那种好看女人。“那就拿着吧，简。”

简欣然接过了鸡。

凯瑞丝对她说：“现在，谢谢乔。”

简面带微怒，但还是说：“我谢谢你啦，约瑟夫铁匠。”

凯瑞丝说：“托比，现在把一只鸡给铁匠艾莉。”

托比顺从地笑着照做了。乔的老婆艾莉捧着怀孕的大肚子，笑着说：“谢谢你，托比・彼得森。

他们都恢复了常态，开始认识到了自己刚才的愚蠢行为。

简说：“第三只鸡怎么办？”

“我就要处理它了。”凯瑞丝说道。她瞧了瞧看热闹的人群，指着一个十一二岁、模样机灵的女孩。“你叫什么名字？”

“我叫杰西卡，副院长嬷嬷——治安官约翰的女儿。”

“把那只鸡送到圣彼得教堂去，交给迈克尔神父。就说托比和乔会要去为贪心罪请求宽恕。”

“是的，姐妹。”杰西卡拿起第三只鸡走开了。

乔的妻子艾莉说：“你可能还记得，凯瑞丝嬷嬷，你帮助过我丈夫的小妹妹米妮，那是在她让炉子烧了胳膊的时候。”

"噢，是的，我当然记得。"凯瑞丝说。她想起来，那次烫伤很吓人。"她如今该十岁了吧。"

"没错。"

"她挺好吧？"

"好极了，谢谢你，还有上帝的仁慈。"

"很高兴听到她好。"

"你愿意到我家来喝一杯淡啤酒吗，副院长嬷嬷？"

"我愿意啊，可是我正忙着呢。"她转身面对那两个男人，"上帝祝福你们，别再打架了。"

乔说："谢谢你。"

凯瑞丝走了。

托比在后边喊她："谢谢你，嬷嬷。"

她挥了挥手，头也没回地匆匆走了。

她注意到还有好几家的门像是被打破了，估计是在主人死后遭了劫。她心想，得有人管管这种事。但由于埃尔弗里克当着会长，副院长又不见人影，没人主动过问这些事。

她到了圣彼得教堂，看到埃尔弗里克带着一队铺地工和他们的学徒在中殿干活。四下里到处都码放着石板，人们在地面上做着准备工作：倒上沙子并用细条刮平。埃尔弗里克在检查表面是否平整，使用的是一件很复杂的工具：一个木框中垂下一根线，头上吊着一个铅尖。那工具外形有点像微型绞架，使凯瑞丝想起，埃尔弗里克曾在十年前要为巫术把她绞死。她奇怪地发现自己对他并不憎恨。他干出那等事完全是由于猥琐和狭隘所致。她对他除去蔑视也就没有别的看法了。

她等他的活儿告一段落，便直截了当地问："你知道戈德温和所有的修士都跑了吗？”

她本以为他会大吃一惊，但从他摸不着头脑的表情来看，他事先毫不知情。“他们为什么要……？什么时候……？噢，是昨天夜里？”

“你没看到他们。”

“我听说了一些情况。”

“我看到他们了。”一名铺地工说。他俯在他的铁锹上说话。“我从神圣灌木旅馆出来。天已经黑了，可他们举着火把。副院长骑着马，别人都步行，不过他们像是有行李：成桶的葡萄酒和一卷卷的干酪，还有些我不知道是什么东西。”

凯瑞丝已经知道了戈德温搬空了修士的食品贮藏室。他没有设法带走修女们的食物，因为是分别存放的。“当时几点？”

“不算很晚——大概是九十点钟吧。”

“你跟他们说话了吗？”

“只是道了句夜安。”

“有什么线索显示他们可能到哪儿去了吗？”

那工匠摇了摇头：“他们过了桥，可我没看清他们在绞架路口那儿走了哪条道。”

凯瑞丝转向埃尔弗里克：“回想一下过去的几天。戈德温对你说过什么，现在想起来可能跟出走有关的事吗？提到什么地名——蒙茅斯、约克、安特卫普、不来梅吗？”

“没有。我没有线索。”由于没有事先得到通知，埃尔弗里克满脸不高兴，凯瑞丝由此推断，他讲的是实情。

要是埃尔弗里克觉得惊讶，别人就更不大可能知道戈德温的计划了。戈德温要逃避黑死病，显然他不想别人追赶他，再把疾病带去。早早离开，到远处去，多在外边待些时间，这是梅尔辛说过的。戈德温可能去任何地方。

“要是从他或者别的修士那里听到什么，请你告诉我。”凯瑞丝说。

埃尔弗里克什么也没说。

凯瑞丝提高了嗓门，让所有的工人都能听到：“戈德温偷走了所有的珍贵饰物。”她说。人们愤慨地议论着。人们都觉得自己是大教堂饰物的主人——的确，比较富有的工匠都为这些珍宝出过钱。“主教想要他们回来。任何帮助戈德温的人，哪怕只隐瞒他们的去处，都是犯有渎神罪。”

埃尔弗里克神情困惑。他把他的生活置于巴结戈德温的基础之上。如今他的庇护人却跑了。他说：“说不定有些完全无辜的解释……”

“就算有，戈德温对谁也不说？哪怕留下一封信呢？”

埃尔弗里克语塞了。

凯瑞丝意识到，她必得对全体有头面的商人讲一讲，而且越早越好。“我希望你能召开一次会议。”她对埃尔弗里克说。随后她又想起了一个更有说服力的方式。“主教想要教区公会在今天正餐后开会。请通知各会员。”

“好极了。”埃尔弗里克说。

凯瑞丝心知，怀着好奇心，他们都会出席的。

她离开圣彼得教堂，返回修道院。她在经过白马小店时，看到了一件事，便停下了脚步。一名少女在和一位年长些的男人说话，他们相互间的反应引起了凯瑞丝的暴怒。她一向对女孩子的脆弱感觉敏锐——或许是因为她联想起了自己的青春期，或许是因为她从来没有生下来的那个女孩。她躲进一个门洞，打量起他们。

那男人除去一顶昂贵的皮帽，衣着很寒碜。凯瑞丝不认识他，但猜测他是个壮工，那顶帽子是家传的。死了那么多人，留下了太多的奢侈品，时常都能看到这种古怪景象。那女孩也就是十四岁上下，面容姣好，有着青春的身段，凯瑞丝不赞成地看着，她正在卖弄风情，只是不大成功。那男人从钱袋里取出钱，看样子在争论。随后那男人就抚弄起少女的雏胸。

凯瑞丝看够了。她大步走到他俩跟前。那男人看了一眼她的修女装束，便赶紧走开了。那女孩的样子既负疚又不满。凯瑞丝说：

“你在干什么呢——想出卖肉体吗？”

“没有，嬷嬷。”

“说实话！你为什么让他摸你的乳房？”

“我不知道该怎么办！我没有一点东西可吃，这会儿你又把他赶跑了。”她放声哭了起来。

凯瑞丝相信这女孩在挨饿。她面黄肌瘦。“跟我来，”凯瑞丝说，“我会给你吃的。”

她拉起少女的胳膊，领着她向修道院走去。“你叫什么名字？”她问。

“伊丝梅。”

“多大了？”

“十三岁。”

她们来到修道院，凯瑞丝带伊丝梅进了厨房，里面正在一名叫乌娜的见习修女的监督下准备修女的正餐。约瑟芬妮厨师害黑死病躺倒了。“给这孩子一些面包和黄油。”凯瑞丝对乌娜说。

她坐在一旁看着女孩吃东西。伊丝梅显然已有好几天没有东西下咽了。她足足吃了一半四磅重的大面包，才放慢了速度。

凯瑞丝给她倒了一杯苹果水。“你怎么会挨饿呢？”她问。

“我们全家人都死于黑死病了。”

“你父亲是干什么的？”

“裁缝，我也能缝得很细密的，可是没人买布啊——他们可以从死人家中随便拿什么。”

“所以你才想出卖自己的肉体了。”

她垂下眼皮：“我很难过，嬷嬷。我太饿了。”

“这是你的头一次吗？”

她不敢看凯瑞丝，只是摇了摇头。

盛怒的泪水涌进了凯瑞丝的眼窝。什么样的男人肯于和一个饥饿的十三岁女孩发生关系呢？“你愿意住在这里，和修女们在一起，并且在厨房干活吗？”她说，“你会有好多吃的。”

伊丝梅热切地抬眼看着：“噢，当然，嬷嬷，我愿意。”

“那你就留下来吧。就从帮忙准备修女的正餐开始。乌娜，这儿有个新的帮厨。”

“谢谢你，凯瑞丝嬷嬷，我太需要人手了。”

凯瑞丝离开厨房，一路思索着走过大教堂准备午时经祈祷。黑死病不仅是身体上的疾病，这是她刚刚认识到的。伊丝梅逃过了病魔，可她的灵魂却陷入危机。

亨利主教主持祈祷，凯瑞丝得以遐想。她决定，在教区公会的会议上，她要讲的不止是修士们逃跑的事。眼下应该把镇子组织起来，与黑死病的后果斗争。可是怎么做呢？

她在午餐时把这些问题又思索了一遍。由于各种原因，这倒是个做出重大决策的大好时机。由主教在这里做她权力的后盾，她倒可以推行一些本来可能遇到反对的措施。

这也是她可以向主教索取的恰当时刻。那是一个丰饶的念头……

饭后，她到副院长宅院去见住在那里的主教。他正和劳埃德副主教坐在桌旁。他们的饭食是由修女厨房提供的，他俩在那里喝着葡萄酒，修道院的一名仆人在清理餐桌。“我希望你吃得满意，主教大人。”她郑重地说。

他不像平素那么乖戾了：“午饭很好，谢谢你，凯瑞丝嬷嬷——那条狗鱼很可口。有什么跑掉的副院长的消息吗？”

“他似乎很留心地没对他的去向留下任何线索。”

“令人失望。”

“我在镇上走着四下打听时，看到了好几件令人烦恼的事情：一个十三岁的女孩在卖淫；两个平日守法的公民为了一个死者的财产动了手；一个男人大中午的醉得人事不省。”

“这都是黑死病的恶果。哪儿都一样。”

“我相信我们得采取行动抵制这些恶果。”

他扬起了眉毛。看来他还没想到要采取行动。“怎么办呢？”

“男修道院副院长是王桥的大总管。是他负责这些事的。”

“可他跑掉了啊。”

“身为主教，你从技术上就是我们的正院长。我相信你应该在王桥长期待下来，管理起这座镇子。”

其实这是她最不想要的。所幸，主教同意的机会极小：他在别处的事情太多了。她只是想逼他无路可走。

他迟疑着，她一时之间担心她可能看错了他，他可能会接受这一建议呢。他随后说道："不可能的。主教管区内的各个镇子都有同样的问题。夏陵更糟糕。我的教士们一个个死去之际，我得设法把基督教的机制拢在一起。我没有时间操心醉酒和卖淫的事。"

"也罢，得有人担起王桥副院长的职责。镇子需要道德上的领袖。"

劳埃德副主教插话说："主教大人，这里还有个由谁来接管属于修道院的钱财，维护大教堂及其他建筑物，管理土地和农工……的问题。"

亨利说："好吧，就由你来做这一切吧，凯瑞丝嬷嬷。"

她假作思考这一提议，仿佛她还没想到似的。"我能处理一切次要问题——经管修士们的钱财和土地——可是我无法做你能做的事，主教大人。我不能主持圣餐仪式。"

"我们已经讨论过那件事了，"他不耐烦地说，"我正在尽快地培训新教士。但别的事你都能做。"

"这简直像是你要我担起王桥副院长的职责了。"

"我正是这样想的。"

凯瑞丝谨慎地不流露出她的欢欣鼓舞。这事好得难以置信了。就各方面而言，她都有权管理，只是要把她不屑于管的事情除外。还有什么隐蔽的难点没想到的吗？

劳埃德副主教说："你最好让我给她写一封信保证这一切，以备她需要强调她的权力之需。"

凯瑞丝说："如果你想要这镇子遵从你的希冀，你就需要给他们一个印象：这是你个人的决定。教区公会的会议就要开始了。

如果你愿意，主教，我希望你出席并当场宣布。”

“好吧，咱们就走。”

他们离开了戈德温的宅院，沿主街来到公会大厅。会员们全都等候听修士们的消息。凯瑞丝先发言，讲了她所知的情况。好几个人都看到或听说了头一天天黑之后的动静，不过，谁也没想到哪怕有一个修士出走呢。

她要求他们注意过路人的谈话，有没有见到路上有大批修士带着许多包裹行进。

“但我们必须做好准备，修士们可能不会很快回来。主教大人要宣告一些与此相关的事。”

亨利清了清嗓子，说：“我已经认可了选举凯瑞丝当女修道院副院长，我指定她为执行副院长。你们都要高兴地把她作为我的代表和一切事务的大总管来看待，只有专门任命的教士要做的事情不在其内。”

凯瑞丝注视着众人的面孔。埃尔弗里克忿忿不平。梅尔辛略带微笑：猜想她为这位置已经亲自出马，为她也为全镇庆幸；只有他嘴角沮丧的扭动声明，他明白这会使她远离他的怀抱。其余的人全都喜形于色。他们了解而且信赖她，她的一留和戈德温的一跑，更让他们对她忠诚。

她要充分发挥这一点。“在我上任执行副院长的第一天，有三件事我要紧急关照一下，”她说，“第一是酗酒。今天我见到染匠邓肯午饭前就在街道上不省人事了。我相信这说明了镇上的一种堕落气氛，这是在这次可怕的危机中我们最不应有的事。”

人们发出一片响亮的赞同声。教区公会是镇上商人中老成持重的人把持的。即使他们一早多喝了几杯，也会待在家里不让人看到。

凯瑞丝继续说："我想给约翰治安官一项额外的职责，要求他逮捕白日酗酒的人。他可以把醉汉关进牢房，等醒过来再释放。"

连埃尔弗里克都点头称是了。

"第二是没有继承人的死者财产处理问题。今天上午，我发现铁匠约瑟夫和托比·彼得森为了属于杰克·马洛的三只鸡在街上打架。"

两个大男人为这种小事动手，这事引起人们哄堂大笑。

凯瑞丝对解决这一问题已胸有成竹。"原则上，这样的财产要转到领主名下，对王桥居民而言，就是修道院。然而，我不想让教堂建筑物里塞满旧衣服，因此我提议把这规矩改一改，不过问那些家产不足两镑的人。而死人家的两个近邻应该把房子锁起来，确保东西不被拿走；然后其家产应由教区教士登记造册，还要听取任何债权人的要求。在没有教士的地方，可以来找我。在一切债务都已偿还之后，死者的个人财产——衣物、家具、食品和饮料——就在邻居中均分，现金则上交给教区教堂。"

这一提议同样得到了广泛的赞同，大多数人纷纷点头称是。

"最后，我发现在白马客栈门外有一个十三岁的孤女想卖身。她叫伊丝梅，她这么做是因为没东西吃。"凯瑞丝以挑战的眼色扫视着房间，"谁能告诉我，在一个基督教化的镇子里，这种事是怎么发生的呢？她的全家都死光了——可他们就没有朋友和邻居了吗？谁听凭一个孩子挨饿呢？"

屠夫爱德华低声说："裁缝家的那个伊丝梅是个行为不端的孩子。"

凯瑞丝不接受借口："她才十三岁！"

“我在说，给了她东西，她会踩在脚下的。”

“从什么时候开始，我们允许孩子为自己做出这种决定的？如果一个孩子是孤儿，我们每一个人都有责任照顾她。不然的话，我们的宗教信仰又何在呢？”

他们都面带着羞愧之色了。

“将来，只要有了孤儿，我要两家近邻把那孩子带给我。不能被安置在友善家庭里的孩子就住进修道院。女孩子可以和修女住，我们还要把修士宿舍改成男孩的卧室。他们都可以在上午上课，下午干些适当的活计。”

对此也都一致赞成。

埃尔弗里克说话了：“你说完了吗，凯瑞丝嬷嬷？”

“我说得差不多了，除非有人想对我的提议讨论些细节。”

没人发言了，会员们都在座位上移动着，仿佛会议就要结束了。

这时，埃尔弗里克说：“这里有些人可能记得，他们选了我当公会的会长。”

他的语气里忿忿不满。众人都坐立不安了。

“我们现在看到王桥的男修道院副院长犯有盗窃罪，而且未经审判就定罪了。”他继续说。

这番话效果很坏。不满的议论纷纷响起。没有人认为戈德温是清白的。

埃尔弗里克无视众人的情绪。“我们像奴隶似的坐在这里，听凭一个女人向我们宣讲这城里的法律。凭什么权力要把醉汉关禁闭？凭她的。谁是遗产继承的最终法官？是她。谁来安置城里的孤儿？还是她。你们来这里干吗的？你们不是男子汉吗？”

面包师贝蒂说："不是。"

男人们都哄堂大笑起来。

凯瑞丝决定不打断他。没有必要。她瞥了一眼主教，不知他是否会公开反对埃尔弗里克，只见他向后靠着，嘴巴紧闭：显然他也明白埃尔弗里克在打一场败仗。

埃尔弗里克提高了嗓门："我说，我们反对一名女性副院长，哪怕是执行副院长，而且我们不承认女修道院副院长有权到教区公会来发号施令！"

好几个人嘀咕着不同意见。有两三个人还站起身，像是厌恶得要走。有人叫道："算了吧，埃尔弗里克。"

他还在坚持："就是这个女人曾被证明施行巫术，并被判处死刑！"

这时，所有的人都站了起来。其中一个走出了门。

"回来！"埃尔弗里克嚷着，"我还没有结束会议呢！"

没人理睬他。

凯瑞丝在门口和人群走到一起。她朝主教和副主教走过去。她是最后离开的。她在出口处回头，看到了埃尔弗里克。他孤零零地坐在房间的尽头。

她走了出去。

64

那是十二年前，戈德温和菲利蒙造访过林中圣约翰教堂的斗室。戈德温记得那里田地的整洁、篱笆的齐整、沟渠的清澈、以及果园中成排的苹果树，都给他留下了深刻的印象。如今还保持了原有的风貌。显然，白头扫罗也没变。

戈德温一行穿过上了冻的棋盘格般的田地，朝修道院的建筑群走去。他们走近时，戈德温看到了那里的一些发展。十二年前，那座有回廊和宿舍的小教堂曾由一些散乱的小型木头建筑环绕：厨房、马厩、奶房和面包坊。如今，那些不结实的木制外围建筑已经消失，与教堂连在一起的石头建筑院落相应地竖起。“这院子比先前更安全了。”戈德温评论说。

“我猜，是防御从对法战争归来的士兵的日益增加的不法行为。”菲利蒙说。

戈德温皱起了眉头：“我不记得请我批准过建筑项目啊。”

“是没有。”

“嗯。”不幸的是，他没法抱怨。可能有人会问，除非戈德温疏于监督，扫罗怎么会完成如此的工程而不为戈德温所知呢。

何况，这里符合他此行的目的，易于对外人封锁消息。

两天的行程让他平静了一些。母亲之死将他抛进了恐惧的狂乱。他在王桥待的每时每刻，都让他感到自己必死无疑。他总算控制住自己的感情，才在修士大会上讲了话，并组织了这次出走。尽管他讲得头头是道，仍有少数几个修士对逃跑心存疑虑。幸好，他们都发誓要服从，而且他们唯命是从的习惯也控制了局面。然而，直到他们一行人在火把照耀下渡过双桥，走进黑夜之前，他始终忐忑不安。

他依旧感到身临深渊。他不时地想起一些事，想问问彼得拉妮拉的主意好做出决定，随后才意识到他再也得不到她的忠告，这时极端痛苦便会升起，让他如骨鲠在喉。

他在逃离黑死病——但他应该早在三个月前就采取这一行动，当时马克·韦伯刚死。他是不是太迟了？他压下恐惧。在他与世隔绝之前，是没有安全感的。

他把思绪强扭到当前。一年的这个季节，地里不见人，但在修道院前面有一码宽的熟土地上，他看到一小伙修士在干活：一人在钉马掌，另一个人在修犁，余下的一小组人在转动苹果压榨机的杠杆。

他们全都停下了手中的活计，惊愕地瞪着这群向他们走来的访客：二十个修士、六七个见习修士、四辆大车和十四驮马。除去修道院的仆人，戈德温率队倾巢出动了。

在苹果压榨机处工作的修士当中，有一个人离开了同伴，走上前来。戈德温认出他就是白头扫罗。他们曾在扫罗一年一度拜访王桥时见过面，但此时戈德温才第一次注意到扫罗那醒目的浅黄色头发中有丝丝灰发。

二十年前，他们曾在牛津同窗。扫罗当年是学生中的佼佼者，头脑聪敏，能言善辩。他还是他们当中最虔诚的教徒。若是他不那么精神崇高，完全可以当上王桥修道院的副院长的，但他从长远考虑他的前程，而没有将这种事情交由上帝去取舍。结果，当安东尼副院长辞世，举行副院长选举时，戈德温便轻易地挤掉了扫罗。

扫罗毕竟不是弱者。他那种正直不阿的品性，让戈德温畏惧三分。对于今天戈德温的计划，他会顺从配合呢，抑或制造麻烦呢？戈德温再次压下慌乱的心情，强作镇静。

他仔细地端详着扫罗的面孔。这位圣约翰修道院的副院长见他颇感意外，不悦之色溢于言表。他认真地做出一副客气欢迎的模样，但是并无笑容。

在当年的选举活动中，戈德温曾使每个人都相信，他无意谋求那个职务，但他排除掉了一切其他合理的人选，其中也包括扫罗。扫罗是否怀疑过自己是被蒙蔽的吗？

“日安，副院长神父，”扫罗在走近时说道，“这可是飞来之福。”

看来他并不打算公开表示敌意。他无疑会认为，敌意的举止与他服从的誓言相抵牾。戈德温松了一口气。他说：“上帝祝福你，我的孩子。自从我造访我在圣约翰的孩子们以来，已经过去好久了。”

扫罗看着那些修士、马匹和装满供应品的车辆。“看来这不仅是一次简单的拜访。”他没有主动表示要帮戈德温下马。仿佛他需要一个解释，然后才会邀他们入内——这当然很可笑：他无权将他的上司拒之门外。

反正，戈德温已经有了解释。“你听说黑死病的事了吗？”

“传言，”扫罗说，“很少有来访者给我们带来消息。”

这就好。把戈德温吸引到这里来的，正是这里缺少访客。“那种病害死了王桥的几百人。我担心会把修道院也抹掉了。所以我就把修士们都带到了这里。这恐怕是确保我们幸免于难的唯一途径了。”

“无论你们出于何种理由来访，你们在这里当然是受欢迎的。”

“这是不消说的。”戈德温僵硬地说。他被逼得要自我表白，使他十分恼怒。

扫罗像是在思虑。“我想不好让大家睡在哪里……”

“我来决定好了，”戈德温重新摆出一副上司的架势，说，“你的厨房为我们准备晚餐时，你可以带我四下看看。”他没用人扶就下了马，走进了修道院。

扫罗只好跟在后边。

整个地方有一种整洁但光秃的景象，表明扫罗严格执行修士清贫生活的誓言。但今天，戈德温倒是对这里随时都可对外封闭更感兴趣。所幸的是，扫罗重视秩序和控制的观念使他在规划建筑物时留下了极少的入口。只有三条路可以进入修道院：厨房、马厩或教堂。每处入口都设有牢固的大门，可以闩得严严实实。

宿舍很狭小，通常仅供九到十名修士居住，副院长也没有另外的卧室。唯一能够适合额外的二十名修士居住的地方是教堂。

戈德温想到要把宿舍占作己用，但那就没地方存放大教堂的珍宝了，而且他还想存在近处。幸好，小教堂还有一间小小的侧室可以关闭，戈德温就把那里设作他个人的私室。王桥其余的修士便在中殿压过的土地面上铺上草，充分利用了空间。

食品和酒水存到厨房和地窖，菲利蒙把饰物都拿到戈德温的卧室里来了。菲利蒙跟圣约翰的修士们聊过天。“扫罗有他一套管理方法，”他报告说，“他要求修士们对上帝和圣·本笃的规章严格遵守，他们说，他并不让自己高高在上。他睡在宿舍，和别人吃一样的饭菜，总之是没有特权。不消说，大家都为此而爱戴他。不过，有一个修士时常受到惩罚——便是乔奎尔兄弟。”

“我记得他。”乔奎尔在王桥当见习修士时总是惹麻烦——迟到、邋遢、懒散和贪婪。他没有自制力，他进入修道院生活大概是由于他不能自控而只好由别人加强对他限制的一种手段。“我怀疑他对我们能够有所帮助。”

“给他半点机会，他就会出格，”菲利蒙说，“不过他没有权威。谁也不会跟他走的。”

“他们对扫罗就没有怨言吗？他有没有晚睡，逃避不愉快的杂活，或者自己喝葡萄美酒的行为？”

“显然一点没有。”

“嗯。”扫罗跟以往一样刚正不阿。戈德温感到失望，却并不奇怪。

在晚祷时，戈德温注意到圣约翰的修士都是多么庄严肃穆，一丝不苟。多年来，他总是把问题修士送到这里来：反叛的、多病的、质疑教会教诲而对异端感兴趣的。扫罗从不抱怨，从来没退回过什么人。他似乎有本领把这种人变成模范修士。

晚祷之后，戈德温打发大多数的王桥修士去食堂吃饭，只把菲利蒙和两个年轻力壮的修士留了下来。他们把教堂攫为己有之后，他吩咐菲利蒙看好从回廊来的入口，然后命令两个年轻修士移开雕花木制圣坛，在原地挖下坑。

坑挖到足够的深度之后，戈德温从他的房间拿来大教堂的饰物，准备埋到圣坛之下。但没等他干完，扫罗就来到门口。

戈德温听到菲利蒙说：“副院长大人愿意单独待一会儿。”

随后传来扫罗的声音：“那他该亲口告诉我。”

“他要我这么说。”

扫罗的声调提高了：“我不该被关在自己教堂门外——至少不能受你之阻！”

“你是不是要对我，王桥的副院长助理动武呢？”

“你若是继续挡我的路，我就抓起你，把你扔进泉水里。”

戈德温出面了。他本想不让扫罗知道这件事的，但看来是不成了。“让他进来吧，菲利蒙。”他叫着。

菲利蒙让开路，扫罗阔步迈进。他看到了那些口袋，二话不说就打开一个袋口，向里面看着。“我的天！”他惊呼一声，抽出一件镀银的祭坛用瓶。“这都是些什么？”

戈德温本来禁不住要告诉他别多问上司的事。扫罗可能会接受这样的斥责，因为他笃信谦恭，至少也守本分。但戈德温不想让怀疑在扫罗的头脑中滋长，因此便说：“我随身带上了大教堂的珍宝。”

扫罗做出不屑的样子。“我认为这些华而不实的东西对一座宏伟的大教堂是适合的，但在林中简陋的小教堂来说就不得其所了。”

“你用不着看的，我打算藏起来。你知道藏宝之地并无妨碍，尽管我不想让你因知情而增加负担。”

扫罗仍然面带疑虑。“为什么要带出来呢？”

“为安全起见。”

扫罗不是轻易就说服得了的。“我很奇怪，主教竟然愿意把这些东西搬走。”

当然没有询及主教，但戈德温没有说。“在这种时刻，王桥的情况糟透了，我们不敢保证这些饰物即使在修道院中也是安全的。”

“不过总比这儿安全，是不是？我们这里周围净是强盗，知道吗？感谢上帝，你来时没在路上遇到他们。”

“上帝关照着我们。”

“但愿还有他的珍宝。”

扫罗的态度简直称得上犯上了，但戈德温并没有指责他，唯恐过激的反应会意味着罪孽。然而，他注意到扫罗的恭顺是有限度的。或许扫罗始终不知道，十二年前他受了蒙骗。

这时戈德温说道：“请要求全体修士在晚饭后还待在食堂里，我这儿的事一完，我就要对他们讲话。”

扫罗接受了这句打发话，出了门。戈德温赶紧埋好大教堂饰物、修道院文档、圣者的遗骸，以及几乎全部的钱财。那两个修士把土回填到洞里，把松土踩实，再把圣坛恢复原位。还剩下一些浮土，他们运到外面，扔掉了。

随后他们就来到食堂。由于增添了王桥的人，小房间此时拥挤不堪。一名修士站在读经台上，读着《马可福音》中的一段，戈德温走进来时，他就停止了。

戈德温示意那个读经人找地方坐下，就站到了他的位置上。“这是一次神圣的撤退，”他开始了演讲，“上帝送来了这场黑死病来惩治我们的罪孽。我们为了涤除那些罪孽而远离那座城镇的腐败影响，而来到了这里。”

戈德温没打算敞开讨论，但扫罗高声说道：“具体是什么罪孽呢，戈德温神父？”

戈德温即席发挥说：“男人向上帝的神圣宗教的权威挑衅；女人变得淫荡；修士们未能与女性社会彻底隔绝；修女们求助于异端和巫术。”

“要多久才能涤除这些罪孽呢？”

“待到黑死病消除，我们就知道我们已经获胜了。”

圣约翰的另一名修士发言了，戈德温认出正是乔奎尔，他是个与众不同的大个子，眼中有一种狂野的神色：“你要如何涤清你自己呢？”

戈德温没想到，这里的修士居然如此随便地诘问他们的上司。“依靠祈祷、沉思和斋戒。”

“斋戒是个好主意，”乔奎尔说，“我们没有多余的食物可以分享。”

这番话引起了低低的笑声。

戈德温担心，他可能会控制不住他的听众。他敲着经桌要大家肃静。“从现在起，从外部世界来的任何人都对我们是危险，”他说，“我要把地界的所有门户都要从里面日夜关牢。没有我本人的同意，谁也不准出去，这条禁令只有在紧急情况下才可通融。一切来访者都要加以拒绝。我们要把自己锁在院内，直到黑死病过去。”

乔奎尔说：“但要是——”

戈德温打断他的话：“我没要求做评论，兄弟。”他扫视了一圈房间，瞪得他们个个都闭上了嘴。“你们都是修士，职责就是服从，”他说，“现在，我们来祈祷吧。”

危机在第二天就到来了。

戈德温察觉到，他的命令只是暂时被扫罗和其他修士接受了。大家当时都惊呆了，一时之间，他们没有想出直接的反驳；于是，由于缺乏强有力的反叛的理由，他们都本能地服从了他们的上司。但他深知，他们必得做出决定的时刻终会到来。他只是希望那时刻不要来得太快罢了。

他们唱颂着晨祷。小教堂里寒气逼人。经昨晚不舒服的一夜，戈德温周身僵硬生疼。他怀念他那设有壁炉和软床的宅院。冬日清晨的灰光开始在窗中出现时，教堂沉重的西门响起了敲击声。

戈德温心情紧张了。他本想再有一两天来巩固他的地位。

他示意修士们不理睬那敲门声，继续他们的祈祷。可这时敲门声又加上了叫嚷声。扫罗起身向门口走去，但戈德温迟疑片刻之后，用双手做了个手势让他坐下，扫罗服从了。戈德温决定稳坐不动。只要修士们没有行动，那些来犯者自会走开。

然而，戈德温开始明白，要劝人们不动声色绝非易事。

修士们都走了神，无法集中唱赞歌。他们彼此间悄声议论，并回头向西门望过去。歌声变得杂乱无章，终于彻底停住，只有戈德温一人还在唱。

他感到恼火。如果他们都听从他的指挥，就可以不去理睬干扰。他因他们的懦弱而生气，只好离开他的位置，沿着短短的中殿，向门口走去。门是上了闩的。他叫道：“怎么回事？”

“让我们进去！”传进来闷声闷气的回答。

“你们不能进来，”戈德温回叫道，“走开。”

扫罗出现在他身旁。“你想把他们从教堂轰走吗？”他用一种可怖的声腔说。

“我告诉过你，”戈德温答道，“禁止来人。”

敲门声重新响起。“让我们进去！”

扫罗高叫道：“你们是谁？”

一阵停顿之后，一个声音说：“我们是绿林中人。”

菲利蒙开腔了。“强盗。”他说。

扫罗气愤地说：“和我们一样的罪人，也是上帝的孩子。”

“那也不是让他们杀害我们的理由。”

“或许我们应该弄清那是不是他们的意图。”扫罗走到门右侧的窗口前。教堂的建筑很矮，窗架刚好在眼睛的水平之下。窗子上都没镶玻璃：只有半透明的亚麻布百叶遮着挡寒。扫罗打开百叶，踮起脚尖往外看。“你们为什么到这儿来？”他叫道。

戈德温听到了回答：“我们有一个人病了。”

戈德温对扫罗说：“我来跟他们说话。”

扫罗瞪了他一眼。

“让开窗户。”戈德温说。

扫罗不情愿地服从了。

戈德温高叫：“我们不能让你们进来。走吧。”

扫罗不信任地看着他。“你要轰走一个病人吗？”他说，“我们是教士和医生！”

“要是那人得的是黑死病，我们对他束手无策。让他进来，我们就要死了。”

“那就听凭上帝之手吧，这是毫无疑问的。”

“上帝并不允许我们自杀。”

“你并不知道那人哪儿不舒服。他也许是断了手臂呢。”

戈德温打开门左侧的那扇对应的窗子，向外看。他看到一伙六个粗鲁汉子围着一副担架站着，他们已把担架放到了教堂门前。他们的衣服贵重但肮脏，如同穿着礼拜日的最好的衣服随便地睡过觉。这是典型的强盗：他们偷了过路人的精美服装，很快就穿糟蹋了。这些人都装备着沉重的武器，有的佩着上好的宝剑、短刀和长弓，表明他们可能是散兵游勇。

担架上躺着的那个人冒着大汗——哪怕是在一月份霜冻的清晨——而且鼻孔出血。戈德温猛然间不请自来地在想象中看到了他母亲垂死时在医院的景象：她上唇上的血流，任凭修女时时擦掉还在不断淌出。他可能会像那样死去的念头使他六神无主，简直想从王桥大教堂的屋顶上跳下去了。在短暂的极度痛苦中死去不是要比在疯癫、昏迷和难挨的口渴中熬上三五天再死强得多嘛。“那人害的是黑死病！”戈德温惊叫着，他自己都听到声音中有歇斯底里的腔调。

一名强盗迈步向前。“我认识你，”他说，“你是王桥修道院的副院长。”

戈德温竭力使自己镇定下来。他又怕又怒地看着那人——显然是这伙人的头目。他扮出一副贵族的扬扬自得的样子，他原本英俊的面孔经过多年的粗野生活已经改变。戈德温说：“你是什么人，竟然在修士唱着给上帝的赞歌时来砸一座教堂的大门？”

“有人叫我‘隐身者塔姆’。”那强盗回答。

修士们喘了一口粗气：“隐身者塔姆”是个传奇人物。乔奎尔兄弟叫道：“他们会把我们杀个精光的！”

扫罗绕到乔奎尔身边。“别出声，”他说，“要是上帝愿意，我们全都得死，可还没到时候呢。”

“是的，神父。”

扫罗回到窗跟前，说道：“你们去年偷了我们的鸡。”

“对不起，神父，”塔姆说，“我们饿坏了。”

“可你现在来求我帮忙了？”

“因为你布道说，上帝会宽恕的。”

戈德温对扫罗说：“让我来对付吧！”

扫罗内心的斗争明显地流露在脸上了，他的样子交错着耻辱和反抗；但最后他还是低下了头。

戈德温对塔姆说：“上帝宽恕真心悔改的人。”

“是啊，这个人叫‘林中胜者’，他真心悔改了他的许多罪孽。他愿意在教堂祈祷康复，如若不成，就死在圣地。”

另一个强盗打了个喷嚏。

扫罗从他窗前走开，面对戈德温站着，他的双手放在后颈上，说：“我们不能轰他走！”

戈德温尽量让自己平静下来。“你听到那声喷嚏了——你明白那是什么意思吗？”他转脸对着其余的修士，确保他们听到他下面的话：“他们全都染上黑死病了。”

他们害怕地异口同声议论起来。戈德温就是要他们害怕。这样，如果扫罗决定不听他的，他们就会支持他。

扫罗说：“即使他们得了黑死病，我们也该帮助他们。我们的生命不是我们自己的，不能像金子一样埋藏在地下保护起来。我们已经把自己交给了上帝。由他随意使用，当符合他的神圣目的时，他自会结束我们的生命。”

“让这伙强盗进来就是自杀。他们会把我们全都杀死的！”

“我们是上帝的人。对我们而言，死是与上帝的幸福团聚。我们有什么可怕的呢，副院长神父？”

戈德温意识到，他让人听起来是害怕了，而扫罗却讲得义正词严。他强迫自己显得镇定自若。“自己找死是一种罪孽。”

“但是如若在我们执行我们的神圣职责的过程中，死亡降临到我们面前，我们就高高兴兴地拥抱死亡。”

戈德温明白，他可以和扫罗辩论上一整天，也不会有什么结果。他不能用这种方法来强施他的权威。他关上了他那扇窗的百叶。“关上你那扇窗子，扫罗兄弟，到我这儿来。”他说。他看着扫罗，等候着。

扫罗迟疑了片刻，还是照做了。

戈德温说：“你的三句誓言是什么，兄弟？”

一阵沉默。扫罗知道事情到了哪一步。戈德温拒绝与他平起平坐。起初，扫罗似乎要拒绝作答，但他受过的训练占上了风，他说：“贫困、纯洁、服从。”

“你要服从谁呢？”

“上帝，以及圣·本笃的教规，还有我的副院长。”

“而你的副院长此时此刻就站在你面前。你承认我吗？”

“承认。”

“你该说：‘承认，副院长神父。’”

“是的，副院长神父。”

“现在我来告诉你该做什么，你要服从。”戈德温向四下扫了一眼，“你们所有的人——回到你们的位子上去。”

一时之间是僵死的沉寂。没人挪步，也没人开口。戈德温揣摩，可能有两条路：屈从或哗变，秩序或混乱，胜利或失败。他屏住了呼吸。

终于，扫罗动了。他低着头，转身走了。他沿着短短的通道，回到他在圣坛前的位置。

其余所有的人也同样做了。

从门外又传来几声呼喊，但听起来是离去的叫嚷。强盗们大概明白了：他们无法强迫一位医生给他们生病的伙伴治病。

戈德温回到圣坛上，转过身面对着众修士。“我们来结束中断的赞歌。”他说完便唱了起来：

光荣归于圣父
以及圣子
还有圣灵

歌声依旧不连贯。修士们都过于激动，无法采取合适的态度。反正他们回到了原位，做着他们的常规一课。戈德温压住了局面。

如同在初始
如今依旧
且将永远如此
世界没有终止
阿门

“阿门。”戈德温重复着。

一个修士打了个喷嚏。

65

戈德温逃走后不久，埃尔弗里克就死于了黑死病。

凯瑞丝为他的遗孀艾丽丝感到难过；但除此之外，她不禁为他的去世而庆幸。他一贯欺弱媚强，而他在审讯她时说的那番假话几乎把她送上绞架。没有他这种人，世界会好一些。连他的建筑生意，由他的女婿石匠哈罗德接管之后，也会经营得好些。

教区公会选举梅尔辛担任会长，接替了埃尔弗里克的位置。梅尔辛说，如同在船沉时被推为船长。

随着一个接一个地死人，人们埋葬了他们的亲人、邻居、朋友、顾客、雇工，那种无时不在的恐怖似乎使许多人都野性大发，直到对任何暴力或残忍行为都无动于衷。那些认为自己要死的人完全失去了自制，不计后果地随冲动行事。

梅尔辛和凯瑞丝携手奋争，力图在王桥维持正常的生活。在凯瑞丝的项目中，孤儿院是最为成功的。孩子们经历了黑死病夺走双亲的磨难之后，为在女修道院中安身，感激涕零。而关爱他们，教他们读书识字唱赞歌，也使一些修女表现了长期压抑的母性本能。由于没有什么人为冬季的贮存夺食，食物十分丰盛。王桥修道院里充满了孩子们的欢声笑语。

镇上的事情要难办些。为争夺死者的财产而发生的口角斗殴持续不断。人们干脆就走进无人的住宅里，看上什么随手就拿。继承了钱财或装满布匹或粮食的孩子，有时被一些不知耻的邻人收留，贪图的就是占有那些遗产。凯瑞丝无奈地想着：什么都会化为乌有的前景是人们最无望的心理。

在防止公众行为的沉沦方面，凯瑞丝和梅尔辛只取得了部分成功。凯瑞丝对治安官约翰在镇压酗酒上的成果深感失望。大批的鳏夫寡妇像是公然寻求伴侣，在酒馆甚至门洞中，中年男女激情拥抱，已经司空见惯。凯瑞丝对这类事情本身倒没有多大反感，可是她发现，酗酒和公开放荡结合在一起往往导致斗殴。然而，梅尔辛和教区公会对此却无力制止。

在这一镇民需要精神支柱之时，修士们的出逃起到了反面作用。人人都感到沮丧涣散。上帝的代表们已经离去；全能的主已经抛弃了这座镇子。有人说，圣徒遗骸始终都带来福分，如今遗骸流失，他们的好运也就不再了。礼拜天祈祷仪式上缺了宝贵的十字架和蜡烛台，每周一次地提醒人们：王桥注定要黯淡了。因此何不在街上求一醉求一欢呢?

到一月中，王桥大约七千居民中已经至少损失了上千人。其他镇子也大体相仿。尽管有凯瑞丝发明的面罩，修女们的死亡人数还是偏高，无疑是由于她们不断地与黑死病患者接触之故。本来有三十五名修女，如今只剩下了二十名。不过她们也听说了，有的地方修士和修女几乎死光，只剩几个，有时只有一个，维持着工作；因此她们认为自己算是幸运的了。与此同时，凯瑞丝缩短了见习期，加强了培训，以便在医院中有更多的帮手。

梅尔辛从神圣灌木旅馆雇来一个吧台服务生，让他负责贝尔客栈。他还找了一个叫玛蒂娜的十七岁姑娘当洛拉的保姆。

后来，黑死病似乎缓解下来了。凯瑞丝发现，在圣诞节前每周都要埋葬一百人，这个数字在一月份降到了五十人，然后在二月份又降到了二十人。她乐观地希望，这场梦魇可能就要结束了。

在这一时期病倒的一个不幸的人，是个三十多岁的黑发男子，他原先可能面貌英俊。他是来访的一名客人。“可我现在鼻孔出血，还止不住。”他用一块擦血的布凑在鼻孔处。

“我给你找个地方躺下吧。”她透过亚麻面罩说。

“是黑死病吧，嗯？”他说，他的声音中有一种听天由命的平静，而不是通常的那种惊慌失措，这使她十分惊愕。“你能治一治吗？”

“我们能够让你舒服些，而且我们还能为你祈祷。”

“那没多大用处。我看得出来，连你自己都不信那一套。”

她很惊讶，他何以会如此轻易地就看出了她的心思。“你不知道你在说些什么，”她勉强地争辩说，“我是修女。我应该相信祈祷。”

“你跟我说实话吧，我还能活多久？”

她死盯着他。他冲她微笑着，她猜想那笑容大概融化过一些女性的心。“你为什么不害怕呢？”她说，“所有的人都怕得要死呢。”

“我不相信教士们对我说的话。”他用犀利的目光看着她，“而且我怀疑你也不相信。”

无论这个陌生人多么有魅力，她也无意与他讨论这个。“凡是得了黑死病的人几乎都会在三五天内死去。”她唐突地说，“有少数人活了过来，但没人知道原因。”

他把这番话听了进去。“跟我想的一样。”

“你可以躺在这里。”

他又一次给了她一个调皮男孩式的微笑：“这会对我有好处吗？”

“要是你不马上躺下，你就会倒下的。”

“好吧。”他待在了她指给他的草荐上。

她给了他一条毯子：“你叫什么名字？”

“塔姆。”

她端详着他的面容。尽管很迷人，但她还是觉察到了一丝残忍。她心想，他可能诱惑过女人，若是不成，他就强奸她们。他的皮肤由于户外生活而饱经风雨，他还长着一个酒徒的红鼻子。他的衣服贵重而肮脏。“我知道你是谁了，”她说，“你难道不怕因罪孽而受到惩处吗？”

“我要是相信那一套，我也就不犯那些罪了。你怕在地狱遭火烧吗？”

这是个她一般要回避的问题，但她认为这个垂死的强盗应该得到一个真实答复。“我相信我的行为是我的一部分，”她说，“我在勇敢坚强地照看儿童、病人和贫民的时候，我就是个较好的人。而当我残忍、胆怯、说谎或醉酒时，我就变成了不那么有价值的人，而且我无法尊重自己。这是我所信奉的上天报应。”

他若有所思地看着她：“我要是二十年前遇到你就好了。”

她发出了无奈的声响：“那时我才十二岁。”

他寓意深长地扬起了一道眉毛。

她打定主意就到此为止了。他开始挑逗了——而且她也开始为此高兴了。她转身走开了。

“你干这种工作是个勇敢的女人的作为，”他说，“你很可能为此死掉的。”

“我清楚，”她说，转过身来又面对着他，“但这是我的目标。我不能从需要我的人那里跑掉。”

“你们那位副院长好像不是这么想的。”

“他消失了。”

“人是不能消失的。”

“我是说，谁也不知道戈德温副院长和修士们跑到哪儿去了。”

“我就知道。”塔姆说。

二月底的天气晴朗又温和。凯瑞丝骑着一匹深褐色的小马，离开王桥，前往林中圣约翰。梅尔辛骑着一匹黑色的矮脚马陪她同行。通常，一位行路的修女仅有一个男人陪伴，会让人扬起眉毛，但这是非常时期。

由强盗引发的危险已经减退。“隐身者塔姆”在死前亲口告诉她，许多人都死于了黑死病。再者，人口的突然下降，造成了全郡范围内的食品、酒水和布匹的过剩——这些东西平日里是强盗们要偷的。没有死于黑死病的那些强盗可以走进无人的空城和废弃的村庄去取其所需。

凯瑞丝初次听到戈德温就在离王桥不过两天的路程时，有些沮丧。她曾经设想，他一定跑到远处的一个地方，再也不回来了。然而，她乐于有机会收回修道院的钱财和珍宝，尤其是女修道院的卷宗，这些文件若遇到有关产业或权利的纠纷可就至关重要了。

无论什么时候，只要她能够面对戈德温，她就以主教的名义，收回修道院的财产。她有一封亨利写的信作她的后盾。如若戈德温仍要拒绝，那无疑就证明了：他是在行窃，而不是为保管。主教至此就可以采取合法行动将其收回——或者干脆带上一支武装的队伍来到林中教堂。

凯瑞丝虽因戈德温没有永远脱离她的生活而失望，却品到了面对这个虚伪懦夫的前景。

在她骑马出城后，便回忆起她最后一次出远门，是与梅尔去法兰西——从各方面来看，那都是一次不折不扣的冒险。她想到梅尔时，有一种丧亲之痛。在死于黑死病的所有的人当中，她最思念梅尔：她的美貌，她的善心，她的爱恋。

不过，两整天的路程，有梅尔辛陪在身边还是愉快的。沿着穿过林中的大路并肩骑行，他们不停地聊着，想到什么说什么，就像他们少年时期一样。

梅尔辛和以往一样，满脑子的主意。尽管黑死病猖獗，他还在麻风病人岛建造店铺和客栈，他告诉她，他打算拆掉从贝茜·贝尔手中继承来的客栈，扩大一倍重建起来。

凯瑞丝猜测，他和贝茜是一对情侣——不然的话，她为什么要把她的财产留给他呢？但是凯瑞丝只有埋怨自己。她是梅尔辛真正想要的，贝茜只是第二位。两个女人都清楚这一点。即便如此，凯瑞丝听到梅尔辛和那个丰满的酒馆侍女上床时，照样又嫉又气。

他们在正午时分停了下来，在一条小溪边休息。他们吃着面包、干酪和苹果，这些食物只有阔绰的行人才会携带。他们给马匹喂了些食物：要驮着一个男人或女人走整天的路，光吃草是不够的。他们吃完之后，便在阳光下躺了一会儿，但地面又冷又湿，睡不成觉，他们很快就爬起来，继续赶路了。

他们很快就回到少年时两小无猜的亲密无间。那时候梅尔辛总能逗她发笑，如今她也需要高兴一些，医院里每天都在死人啊。她很快就不再生贝茜的气了。

他们走着王桥的修士们几百年来的老路，也在半程的老爷堡小镇的那家红牛客栈中停下来过夜。他们晚饭吃了烤牛排，喝了烈啤酒。

到了这时候，凯瑞丝渴望他了。以往的十年仿佛从记忆中消失了，她巴望着把他搂进怀里，像过去那样销魂。但不可能。红牛客栈有两间卧室，分别为男女做集体客房——显而易见，这正是修士们选择此地过夜的理由。凯瑞丝和梅尔辛在楼梯拐角处分了手。凯瑞丝睡不着，听着一位骑士妻子的鼾声和一个卖调料的小贩的喘息；她触摸着自己，恨不得在她腿裆间是梅尔辛的那只手。

她睁开眼时，身体困顿，情绪消沉，早餐的粥也是机械地咽下去的。但梅尔辛有她在身边却兴高采烈，她很快便振作起来了。到他们离开老爷堡时，他们就和头一天似的兴致勃勃地有说有笑了。

第二天的旅程要穿过密林，他俩一上午都没见别的路人的身影。他们的谈话都是关乎个人的情况。她听到了更多的他在佛罗伦萨的事情：他怎么认识西尔维娅的，她是个什么样的人。凯瑞丝本想问：跟她睡觉是什么样子？她和我有什么不同吗？怎么不同？但她控制住没有问，觉得那样有碍西尔维娅的隐私，哪怕西尔维娅已经不在人世。反正，她能从梅尔辛的语气中猜到不少。

她觉察到，他和西尔维娅在床上如鱼似水，即使那种关系不如他和凯瑞丝这样感情强烈。

不习惯的马上骑行使她感到周身酸痛，因此下马就餐让她轻松不少。他们吃完午饭，便背靠着一棵粗树干坐在地上休息，在重新上路之前消化一下刚吃下的东西。

凯瑞丝在想着戈德温，不知道她在林中圣约翰会发现什么，这时她突然意识到，她和梅尔辛就要做爱了。她说不清她是怎么知道的——他们甚至没有触碰——但她对此毫不怀疑。她转脸去看他，明白他也同样感受到了。他诡秘地朝她一笑，她在他的眼里看到了十年的希望和悔恨、痛苦和泪水。

他拉起她的手，亲吻着她的手掌，然后舔着她手腕柔软的内侧，并且闭上了眼睛。“我能感到你的脉搏。”他悄声说。

“你从脉搏里说不出什么来，”她娇喘着说，“你要彻底地检查一下我。”

他吻着她的前额、她的眼皮和她的鼻子。“我希望你不要由于我看到你的赤裸的身体而发窘。”

“别犯愁——我不会在这种天气里脱光衣服的。”

他俩一起咯咯笑了。

他说：“也许你肯好心地抬起你的袍服，以便我进一步检查。”

她伸手下去，抓住她的裙摆。她穿着齐膝的高筒袜。她缓缓地向上提起裙袍，露出她的脚踝，她的小腿，她的膝盖，然后是皮肤白皙的大腿。她觉得很好玩，但在心底深处，她担心他会不会看出十年来她身体发生的变化。她变得瘦了，可臀部却宽了。她的肌肤不如以前柔润光洁了。她的乳房不那么坚实高耸了。他会怎么想呢？她按下忧心，做起这游戏。“为了医疗的目的，这够了吗？”

“不大够。”

“可是我怕我没穿内裤——那种奢侈品被认为对我们修女是不宜的。”

“我们做医生的有责任检查地非常彻底，无论我们觉得有多乏味。”

“噢，亲爱的，”她莞尔一笑说，“不知羞。那，好吧。”她看着他的脸，慢慢提起了裙子，直到腰际。

他凝视着她的躯体，她看得出他喘气变粗了。“噢，天，”他说，“这病很重的。事实上……”他抬头看着她的面孔，咽了一下唾沫，说：“我这玩笑开不下去了。”

她伸出双臂搂住他，把他的身体拉向自己，使足了力气抱紧他，牢牢地贴在一起，就像从水里救他出来。“跟我做爱吧，梅尔辛，”她说，“现在，赶快。”

林中圣约翰修道院在午后的阳光中显得十分静谧——凯瑞丝觉得，这确定无疑是有些不对头的迹象。这座小小的附属修道院有食物自给自足的传统，四周是雨水充沛的农田，需要人力耕耘。可是此时不见地里有人。

他们走近之后，便看到了紧靠教堂的墓地中有一排新坟。“看来黑死病可能已经到了这里。”梅尔辛说。

凯瑞丝点了点头。“所以戈德温胆怯的出逃计划失算了。”她不禁有一丝复仇的快感。

梅尔辛说："我不知道他本人是不是也害了病。"

凯瑞丝发现自己希望他害了病，但愧于启齿。

她和梅尔辛骑马绕过那谧静的修道院，来到显然是马厩的院落。门敞开着，马匹都放了出来，在环绕着一个池塘的草地上吃草，但不见有人出来帮助客人卸鞍。

他们走过空荡的马厩，进入修道院内部。

这里静得出奇，凯瑞丝怀疑是不是所有的修士都死光了。他们向厨房里窥视，凯瑞丝注意到不像应有的那样清洁，而面包房里则是清锅冷灶。他们的脚步声在清冷的灰色连拱廊中回响。随后，在接近教堂入口时，他们遇到了托马斯兄弟。

"你们找到我们了！"他说，"感谢上帝。"

凯瑞丝拥抱了他。她知道，女性的身体对托马斯并不表现为诱惑力。"我真高兴你还活着。"她说。

"我得了病，但是好了。"他解释说。

"幸存的人可不多。"

"我知道。"

"告诉我们发生了什么事。"

"戈德温和菲利蒙的如意算盘打得挺好，"托马斯说，"几乎没有预告。戈德温对修士们的讲话，说了亚伯拉罕和以撒的故事，表明上帝有时候要我们去做看似错误的事情。然后他告诉我们，我们要在当夜出走。大多数修士巴不得远离黑死病，而那些心存疑虑的人则受到指示，要记住他们服从的誓言。"

凯瑞丝点头说："我可以想象。他们在如此深怀一己之私的时刻，是不难服从这样的命令的。"

"我可不为自己骄傲。"

凯瑞丝碰了下他左臂的残肢："我无意责怪你，托马斯。"

梅尔辛说："反正，我还是奇怪居然没人泄露目的地。"

"那是因为戈德温没告诉我们要到什么地方去。甚至在到达这里之后，我们中的大多数都不知道——我们只好问本地的修士这是什么地方。"

"可是黑死病还是追上你们了。"

"你们已经看到墓地了。圣约翰的全体修士都埋在那里，除去扫罗副院长，他是埋在教堂里的。王桥的人也差不多死光了。疫病在这里爆发之后，只有少数几个跑掉了——天晓得他们后来怎么样了。"

凯瑞丝想起，托马斯一向有个特别亲密的修士，心肠特别好，比他要小几岁。她犹犹豫豫地问："马赛厄斯兄弟呢？"

"死了。"托马斯干脆地说；随后眼中就涌出了泪水，他尴尬地移开了目光。

凯瑞丝把一只手放到他肩头："我十分难过。"

"那么多人都丧失了亲朋好友。"他说。

凯瑞丝想好，不再谈马赛厄斯恐怕更妥当。"戈德温和菲利蒙呢？"

"菲利蒙跑了，戈德温活得好好的——他没有染上病。"

"我有一封主教给戈德温的信。"

"我能想到。"

"你最好带我去见他。"

"他在教堂里。他在一间侧室里设了一张床。他认定那是他没得病的原因。跟我来。"

他们穿过回廊，进入了小小的教堂。这里的气味更像是宿舍。东端的《最后审判日》的壁画现在看上去贴切得令人郁闷。中殿地面上铺着草，散放着毯子，像是有一群人在这里睡过，但唯一存在的人是戈德温。他趴在圣坛前肮脏的地板上，两臂向外伸展着。一时之间，她还以为他死了呢，后来才明白，这只是极端悔过的姿态。

托马斯说："你有客人，副院长神父。"

戈德温趴着没动。凯瑞丝原以为他是在故作姿态，但他从僵硬之中有些东西让她认为，他在真心诚意地寻求原宥。

这时他缓慢地站起来，转过身子。

凯瑞丝看到，他瘦削苍白，样子十分困顿和焦虑。

"是你。"他说。

"你给找到了，戈德温。"她说。她不打算叫他神父。他是个无赖，她抓到了他。她深感满意。

他说："我猜是'隐身者塔姆'出卖了我。"

凯瑞丝注意到，他的思路如往常一样敏锐。"你想逃避正义，可是你失败了。"

"我没什么可畏惧正义的，"他挑衅地说，"我来到这里是希望能挽救我的修士们的性命。我只错在离开得太迟了。"

"一个正派人是不会在夜幕掩护下偷偷溜走的。"

"我不得不对我的目的地保密。要是让人跟踪我们到这里，我就前功尽弃了。"

"你偷盗大教堂的饰物可不是不得以的。"

"我没偷。我带着那些东西是为了安全保管。到了平安无事时，我自会归还原处的。"

"那么，你为什么没有告诉任何人你把东西带走了？"

“我说了。我给亨利主教写了信。他没收到吗？”

凯瑞丝感到益发震怒了。难道戈德温当真要用这一招溜掉吗？“当然没有，”她说，“根本没收到什么信，而且我根本不相信送出过一封信。”

“也许是送信人没等送到就死于黑死病了。”

“那这个消失了的送信人叫什么名字？”

“我从来不知道。是菲利蒙雇的人。”

“可菲利蒙不在这里——多巧啊，”她讽刺地说，“好嘛，你可以信口开河，但亨利主教指责你偷窃了珍宝，他派我到这里来把东西要回去。我有一封信，命令你马上把一切都交给我。”

“没这必要。我会亲手交给他。”

“这可不是你的主教命令你做的。”

“我会判断最好的方式。”

“你的拒绝就是盗窃的明证。”

“我有把握能说服亨利主教重新看待这件事。”

凯瑞丝灰心地想，麻烦在于，戈德温说不定还真能做到这一点。他会振振有词，而亨利像大多数主教一样，只要可能，通常都会回避面对事实。她觉得胜券似乎从手中溜走了。

戈德温认为，他已经扭转了局势，占了她的上风，还露出了一丝得意的微笑。这激怒了她，但她再没话好说。此时她能做的一切便是回去，向亨利报告事情的经过。

但她难以置信。戈德温当真会回到王桥，并恢复他的副院长职位吗？他如何能在王桥大教堂中高昂着头？他在对修道院、镇子和教会极尽破坏之能事之后，还怎么可能恢复常态呢？即使主教接受了他，镇上的人怕是也肯定会骚乱吧？前景是黯淡的，然而更奇特的事都发生过呢。难道就没有正义公道了吗？

她对他怒目而视。她琢磨，他脸上的得意之色和她自己失落的神情应该是相应的。

这时，她看到了事情的又一次转机。

在戈德温的上嘴唇上，就在他的左鼻孔的下面，有一缕血淌了下来。

第二天早晨，戈德温没有起床。

凯瑞丝戴上亚麻面罩，看护着他。她用玫瑰水洗了他的脸，在他想喝的时候，给了他稀释过的葡萄酒。她每次触摸过他，都要用醋洗手。

除去戈德温和托马斯之外，只有两名修士还留了下来，他们都是王桥的见习修士。他们也都因黑死病而等死；所以她就把他们从宿舍搬到教堂里躺下，她也要看护他们，在光线昏暗的中殿里，她飘来飘去如同一个影子：她要从一个垂死者走向另一个垂死者，来回照顾他们。

她问戈德温，大教堂的珍宝藏在哪里，但他拒绝说。

梅尔辛和托马斯在修道院中四下搜寻。他们看的第一处地方就是圣坛下面。他们从松土判断，不久前在那里藏过东西。然而，他们挖出一个洞之后——托马斯用一只手还能挖得十分熟练——却一无所获。不管原先在那里藏过什么，已经被移走了。

他们在废弃的修道院的每一间响着回声的房间里检查着，甚至察看了面包房里的冷灶和已经干了的酒桶，但都没发现珠宝、遗骸或文件。

在第一夜之后，托马斯不动声色地搬出了宿舍——没人要他这么做——让梅尔辛和凯瑞丝单独睡在那里。他没有说什么，连个暗示的动作或眼神都没做。他俩感谢他这种考虑周到的纵容，便挤在一摞毯子下做起爱来。事后，凯瑞丝睁眼躺着。屋顶上什么地方栖息着一只猫头鹰，她听到了它的夜鸣，偶然还有它抓住的小动物的尖叫。她不知道她会不会怀孕。她不想放弃她的职业——但又经不住躺在梅尔辛怀里的诱惑。于是干脆不去想将来了。

第三天，当凯瑞丝、梅尔辛和托马斯在食堂吃午饭的时候，托马斯说："戈德温要喝水时，别给他，要逼他说出藏宝的地方才给他喝。"

凯瑞丝考虑着这一招。对付戈德温这完全合理，但也算得上折磨了。"我不能这么做，"她说，"我知道他活该遭这罪，可我还是不能这么做。要是一个病人想要喝的，我就该给他。在基督精神中还有比珠宝饰物更重要的东西。"

"你不欠他的情——他对你从来不讲情面。"

"我已经把教堂变成了医院，但我不愿让医院再变成刑讯室。"

托马斯像是还想接着争论，但梅尔辛摇着头劝止了他。"想想看，托马斯，"他说，"你最后看见那些东西是什么时候？"

"我们到这儿的当天夜晚，"托马斯说，"都在两三匹马驮着的皮口袋和箱子里。是和别的东西一起卸下来的，依我看是运进了教堂。"

"后来那些东西怎么样了？"

"我就再也没见到了。但在晚祷之后，我们都去吃晚饭了，我注意到戈德温和菲利蒙跟另两名修士朱雷和约翰都留在了教堂里。”

凯瑞丝说：“我来猜猜看：朱雷和约翰全都年轻力壮。”

“就是。”

梅尔辛说：“这么说，大概就是那会儿他们把珍宝藏在圣坛下了。可他们什么时候又挖出来了呢？”

“得趁教堂里没人的时候，这就肯定在就餐的时候。”

“他们还有不去吃饭的时候吗？”

“大概有好几次呢。戈德温和菲利蒙总像是规矩对他们真的不适用似的。在我的记忆中，他们不去吃饭和祈祷是常事。”

凯瑞丝说：“你记得朱雷和约翰还有第二次缺席吗？戈德温和菲利蒙还得需要帮手啊。”

“不一定，”梅尔辛说，“在松土上挖坑要容易得多。戈德温四十三岁，菲利蒙才三十四。他们要是当真想干，是可以不用帮手的。”

当晚，戈德温开始胡言乱语。有时候他像是引用《圣经》，有时候像是布道，有时候像是找借口。凯瑞丝听了一阵子，希望能有些线索。“伟大的巴比伦城倾倒了，所有的民族都遭到了她私通的神谴；从宝座上冒出了火光雷鸣；世上的一切商人全要落泪。忏悔吧，噢，忏悔吧，你们所有的妓女的母亲私通的人！这一切全都是为了一个更高的目标，为了上帝的荣光，因为结局证明了手段。给我些喝的，看在上帝慈爱的分上。”他说胡话时的那种《启示录》式的语气大概是受到了壁画上的启示，画面上都是在地狱中受折磨的图解。

凯瑞丝把一只杯子端到他嘴边：“大教堂的饰物在哪里，戈德温？”

“我看到七盏镀金的烛台，全都镶有珍珠和钻石，用细密的亚麻布包着，紫的和红的，放在雪松木和檀香木和银子造的方舟里。我看见一个女人骑着一头猩红的动物，有七个头和十只角，装满了亵渎的名字。”[①]中殿中回响着他的谵语。

第二天，那两个见习修士死了。当天下午，托马斯和梅尔辛把他们葬进了修道院北边的墓地里。那是个阴湿寒冷的日子，但他们挖土累得汗流浃背。托马斯做了葬礼祈祷。凯瑞丝和梅尔辛站在坟旁。当一切都散乱之际，这一下葬仪式总算还有些正规的样子。在他们周围是除去戈德温和扫罗之外，全部其他修士的新坟。扫罗的遗体安葬在教堂东端唱诗班席的下面，那是最受尊敬的副院长才享有的荣幸。

下葬仪式之后，凯瑞丝回到教堂里盯着唱诗班席处扫罗的坟墓。教堂的那处地方铺着石板。石板显然要抬起来，才能挖下坟墓。石板盖回去时，有一块是经过打磨并镌上铭文的。

有戈德温在角落里胡说着长了七颗头的野兽，精神是难以专注的。

梅尔辛注意到她深思的神情，便追随着她的目光。他当即猜出来她在想什么。他用一种害怕的音调说：“戈德温总不会把珍宝藏在白头扫罗的棺材中吧？”

“修士亵渎坟墓是难以想象的，”她说，“另一方面，那些饰物又不会拿出教堂。”

托马斯说：“扫罗是你们来前一个星期死的。菲利蒙在两天后

① 本段和前面一段中戈德温的谵语夹杂着《圣经·启示录》第十八、十九章的内容。

失踪。”

“这么说，菲利蒙可能帮助戈德温挖了墓。”

“不错。”

他们三个互相看着，尽力不去听戈德温的疯话。

“要弄清只有一个办法。”梅尔辛说。

梅尔辛和托马斯拿起他们的木锨。他们抬起刻有铭文的石板及其周围的铺地石，动手挖地。

托马斯已经练就了单手干活的本领。他用他那只健全的胳膊把木锨插进土里，往起一翘，然后伸手顺着锨把一直摸到石板，一下就掀开了。由于多年这样使用，他的右臂肌肉十分发达。

然而，他们费了很长时间。如今许多坟墓都挖得很浅，但为了扫罗副院长，他们整整挖下去六英尺。外面天黑了下来，凯瑞丝拿来了蜡烛。壁画中的魔鬼似乎在摇曳的烛光中动了起来。

托马斯和梅尔辛两人全都站在洞里，从地面上只能看到他们的头部，这时梅尔辛说：“等等，这儿有东西。”

凯瑞丝看到了些泥污的白花花的东西，像是有时用来裹尸的浸了油的亚麻布。“你们找到遗体了。”她说。

托马斯说：“可是棺材哪儿去了？”

“他没葬在箱子里吗？”棺材只有贵人才能用：穷人只用裹尸布一包了事。

托马斯说：“扫罗是葬在棺材里的——我亲眼看见的。这林子中间有的是木头。所有的修士都装了棺材，直到塞拉斯兄弟病倒——他是木匠。”

“等一下。”梅尔辛说。他把木锨插到裹尸布脚下的土里，抬起一锨的高度。然后他用锨刃敲打着，凯瑞丝听到了木头与木头相碰的闷声。“这儿是棺材，在下面呢。”他说。

托马斯说：“遗体怎么到外边来了？”

凯瑞丝吓得身体一抖。

在远处的角落里，戈德温提高了声音。“而他要在天使的注视下受着火与硫黄的煎熬，他烧成的烟要永远永远地向上升。”

托马斯对凯瑞丝说：“你能让他住嘴吗？”

“我身上没带药。”

梅尔辛说：“这里没什么超自然的事情。我的猜测是：戈德温和菲利蒙把遗体弄了出来——在棺材里装进了他们偷来的珍宝。”

托马斯已经镇定下来。“这么说，我们最好还是看看棺材里边。”

他们先把包着裹尸布的遗体挪开。梅尔辛和托马斯弯下腰去，分别抓住肩和膝，把尸体抬了起来。他们抬到齐肩高的时候，接下来只好把尸体抛出来，扔到地板上了。落地时砰的一响。他们俩神色都有些畏惧。连不相信她听说的灵魂世界的凯瑞丝，都被他们的举动吓了一跳，紧张得回头去看教堂的那些阴暗的角落。

梅尔辛清理掉棺盖上的浮土，托马斯则去拿一根铁棍。随后他们一起掀起了棺盖。

凯瑞丝在墓上举着两根蜡烛，让他们看得更清楚。

在棺材里是另一个包着裹尸布的尸体。

托马斯说：“这可太奇怪了！”他的声音显然在发抖。

“我们明智地来看待这件事吧。”梅尔辛说。他的声音平静而镇定，但凯瑞丝——对他了解极深——却看得出来，他的表情是竭力做出来的。“棺材里是谁呢？”他说，“咱们来看看。”

他弯下腰，用两只手抓住裹尸布，从头部缝上的接口处扯开。尸体已经死去一周，有一股难闻的气味，但是在没火的教堂冰冷的地下并没有腐败。即使在凯瑞丝的摇曳烛光中，也可以毫无疑问地辨出死者的模样：头部是一圈明显的浅黄头发。

托马斯说：“是白头扫罗。”

“就在他自己的棺材里。”梅尔辛说。

凯瑞丝问：“这么说另一具尸体是谁呢？”

梅尔辛把裹尸布在扫罗的头顶周围包好，重新扣好棺盖。

凯瑞丝跪在另一具尸体旁边。她曾经处理过许多死尸，但她从没有把一具尸体从坟墓中弄出来，所以她的双手在抖。不过，她还是揭开了裹尸布，露出了那人的面孔。让她恐怖的是，那双眼睛还睁着，像是瞪着看。她强使自己替他合上了冰冷的眼皮。

那是个她认不出的大个子青年修士。托马斯从墓穴中踮起脚尖往外看了看，说：“这是乔奎尔兄弟。他比扫罗副院长晚死了一天。”

凯瑞丝说：“那他埋在……？”

“在墓地……我们都是这么认为的。”

“在棺材里吗？”

“是啊。”

“可是他在这儿。”

“他的棺材够重的，”托马斯说，“我帮着抬来着……”

梅尔辛说：“我明白是怎么回事了。乔奎尔躺在这教堂里，装进棺材，等着埋葬。趁着别人吃午饭之机，戈德温和菲利蒙打开棺材，搬出了尸体。他们挖开扫罗的坟墓，把乔奎尔的尸体放到扫罗棺材的上面。他们封上了坟墓。他们随后把大教堂的珍宝放进乔奎尔的棺材再盖好。”

托马斯说：“所以我们得挖开乔奎尔的墓。”

凯瑞丝抬头看了看教堂的窗户。一团漆黑。在他们开扫罗的墓时，天已经黑了下来。“我们可以留到明天再说吧。”她说。

两个男人都沉默了好长时间，随后托马斯开口说：“咱们还是干完吧。”

凯瑞丝到厨房去，从柴堆里取出两根树枝，在火上点着，然后回到教堂。

他们向外走的时候，听到戈德温叫嚷：“而上帝愤怒的榨汁机被抛到了城外，葡萄淌出了鲜血，在地面上泛滥着，达到马勒的高度。”

凯瑞丝战栗了。这是圣约翰神启的恶劣意象，令她憎恶。她竭力不去想它。

他们在火把的红光中，快步走向墓地。远离教堂里的壁画和戈德温刺耳的疯言疯语，凯瑞丝舒心多了。他们找到了乔奎尔的墓碑，动手挖了起来。

两个男人已经为两个见习修士新挖了墓，还开挖了扫罗的坟。从吃罢午饭以来，这已是他们第四次挖掘了。梅尔辛露出了疲劳的样子，托马斯也满头大汗。但他们依旧顽强地干着。洞穴慢慢地越来越深，旁边的土则越堆越高。终于，一锨下去碰到了木头。

凯瑞丝把撬板递给梅尔辛，随后便跪在坑口，手里依旧举着两根火把。梅尔辛撬开棺盖，把它抛出坟坑。

箱子里没有尸体。

里面摆放着的是袋子和箱子。梅尔辛打开一个皮口袋，取出了一个镶珠宝的十字架。“哈利路亚。”他疲惫地说。托马斯打开一个箱子，露出了一排羊皮纸卷，紧紧地排列着如同柳条箱里的鱼：是文件。

凯瑞丝感到担忧的重负从肩头滚落了。她把女修道院的档案拿回来了。

托马斯把手伸出另一只口袋。他看着手里握的东西，原来是头骨。他害怕地叫了一声，松了手。

“圣·阿道福斯，”梅尔辛用一种务实的口气说，“朝圣者跋涉几百英里，就为了摸一下盛他的骨骸的匣子。”他拿起那头骨。“我们真幸运。”他说，然后把它放回了袋子。

“不知我可以提议吗？”凯瑞丝说，“我们得用一辆车把这些东西全都运回王桥去。我们何不把他们仍然放在棺材里呢？已经安放好了，而且棺材可用来防盗。”

“好主意，”梅尔辛说，“我们把棺材从墓穴中抬出来就行了。”

托马斯返回修道院，取来了绳子，他们把棺材拽出了墓穴。他们重新装好棺盖，把绳子绕着捆在外边，以便在地上拖着，进入教堂。

就在他们要起身时，他们听到了一声尖叫。

凯瑞丝吓得喊出了声。

他们都向教堂望去。一个身影正向他们跑来，眼睛直愣愣地瞪着，嘴里往外淌着血。凯瑞丝有一阵十分惊恐，竟然相信了她以前听到的有关精灵的一切愚蠢的迷信。随后她意识到她看着的是戈德温。不知怎么他居然纠集起力气从等死的床上起来了。他跌跌撞撞地出了教堂，看到了他们的火把，此刻正发着疯朝他们跑来。

他们看着他，全都呆愣了。

他站住脚，看着棺材，又看着空空的墓穴，在摇曳的火把光中，凯瑞丝觉得在他那狰狞的脸上看到了一丝理解了的神情。随后他似乎失去了力量，垮倒了。他摔在了乔奎尔空墓穴的旁边的地上，跟着就滚过土岗，掉进了坑里。

他们都迈步向前，向墓穴中望着。

戈德温仰卧在里面，睁着无神的眼睛，向上看着他们。

66

凯瑞丝刚一返回王桥，就决定再次离开。林中圣约翰留给她的印象，不是那个墓地，或者梅尔辛和托马斯挖出来的尸体，而是那片没人耕种的整齐的土地。当她身边有梅尔辛相伴和托马斯赶车相随，骑马回家时，她看到许多农田都是同样的景象，便预见到了危机。

修士和修女的大部分收入来自佃户。雇农们在属于修道院的土地上种庄稼、养牲畜，他们并不因骑士或伯爵的特权向这些贵族付费，而是向男女修道院副院长交租。依照传统，都要向大教堂缴纳他们收成的一定份额——十袋面粉，三只羊，一头小牛，一车洋葱——但如今，大多数人都缴现金了。

如果没人种地，也就没人交租，这是不容自明的。到时候，修女们吃什么呢?

她从林中圣约翰处取回的大教堂饰物、钱财和文卷，已经妥善地藏在一处新的秘密金库内，那还是塞西莉亚嬷嬷要杰列米阿在一处难以发现的地方修筑的。所有的饰物都已找到，只缺了一件金烛台，那是由王桥蜡烛匠人组成的蜡烛业行会捐赠的。那东西不见了。

凯瑞丝为圣者遗骸的重归举行了一次凯旋礼拜天祈祷。她让托马斯负责孤儿院中的男生——其中一些人的年龄已达到健壮男性的标准了。她本人则进入了副院长的宅院，愉快地想着，已故的戈德温看到这里被一个女人所占有，该是多么又惊又怒。她在处理完这些细节之后，马上就到奥特罕比去了。

奥特罕河谷离王桥有一天的行程，那里土地十分肥沃。那是一百年前一位恶毒的老骑士在苟延残喘时为了对一生的罪孽得到原宥而颁赐给修女们的。沿奥特罕河的两岸，间隔竖立着五个村庄。河两岸和山坡低处布满大片良田。

农田分给不同的农户而划成条块。诚如她所担心的，许多地块没有耕种。黑死病改变了一切，但没人走过脑子——或许有过勇气——从新的环境的角度认识农耕问题。凯瑞丝自己必须一力承担此责。她有一些粗略的设想，在推行过程中还需要加以细化。

陪伴她的是新近结束见习期的姐妹琼。琼精明强干，让凯瑞丝想起十年前的自己——并非在容貌上，因为她长着黑发蓝眼，而是她那好问的头脑和蓬勃的怀疑精神。

她们一路骑行，来到了最大的村子奥特罕比。整个河谷的总管威尔就住在紧靠教堂的一栋木头大房子里。他没在家，但她们在最远的地里发现他在种燕麦；他是个动作迟缓的大汉。旁边的地块留作休闲地，野草丛生，有几只羊在那里放牧。

总管威尔一年要到修道院好几次，通常都是去交各村的地租，所以他认识凯瑞丝；但在他家的耕地上遇见她，还是让他惊慌失措。“凯瑞丝姐妹！”他认出她来时惊呼一声，“什么风把你吹来啦？”

“我现在是凯瑞丝嬷嬷了，威尔，我来这里是为了察看女修道院的土地确实耕种了。”

“啊。”他摇起头，“我们在尽力，你看得出的，可是我们损失了这么多的人手，真是困难极了。”

总管总是把日子不好过挂在嘴边——但这一次是千真万确。

凯瑞丝下了马。“跟我一起走着说吧，告诉我是怎么回事。”她看到几百码之外的缓坡上，有一个农夫在用八头牛拉着犁耕地。他叫住了耕牛，好奇地看着她，于是她就朝那里走过去。

威尔逐渐恢复了镇静。他走在她身边，说道：“像你这样为上帝服务的女性，当然是不能指望懂得多少耕地的事的；不过我要尽力给你说清一些细节。”

“这太好了。”遇到威尔这种类型的人，她都是不会摆架子的。她早已发现，对这种人不要去刺激，而是要让他们有一种安全的错觉。这样，她就能获得更多的东西。“你在黑死病中失去了多少人手？”

“噢，多着呢。”

“多少？”

“唉，让我算算看，有威廉·琼斯和他的两个儿子，然后是木匠理查，还有他老婆——”

“我用不着知道他们的名字，”她压着气恼说，“粗粗地说，有多少？”

“我得一个个想啊。”

他们来到了正犁着的地块。控制八头牛可是个技术活，能干这种活的人都是村民中脑子好使的。凯瑞丝和那个青年聊了起来。“奥特罕比村死于黑死病的有多少人？”

“大概两百人吧，我得说。”

凯瑞丝打量着他。他矮小而健壮，留着浓密的金黄胡须。如同青年人常有的那样，他有一种自信的神气。“你是谁呢？”她问。

“我叫哈里，我父亲叫理查，圣姐妹。”

“我是凯瑞丝嬷嬷。你是怎么算出二百人这个数字的？”

“据我估算，在奥特罕比这儿有四十二个人死了。在汉姆小村和短亩村，同样糟糕，这就有一百二十人左右了。长水村完全躲过了这场疫病，但在老教堂村，除了老罗杰·布雷顿，所有的人全都死光了，差不多八十人吧，总计二百人。”

她转向威尔：“在整个河谷地区的总劳力有多少呢？”

“啊，让我想想看……”

耕地的哈里说：“在发病前差不多是一千人吧。”

威尔说：“这就是你看到我种自己那块地的原因了，本来都是雇工干的——可我如今没有雇工了。他们都死啦。”

哈里说：“要不就是到别处去挣更多的工钱了。”

凯瑞丝一下子重视起来：“噢，谁给更多的工钱呢？”

“邻近的河谷里一些比较有钱的农人呗。”威尔愤愤地说，“贵族一天付一便士，这是雇工们总能拿到也应该得到的工钱；可是有些人觉得他们可以随便出钱。”

“可是我估摸着，他们到底把庄稼种上了呀。”凯瑞丝说。

“可这里边有对也有错的，凯瑞丝嬷嬷。”威尔说。

凯瑞丝指着牧羊的休闲地：“那块地呢？为什么没耕啊？”

威尔说：“那是威廉·琼斯的地。他和他的儿子们都死了，他老婆去夏陵和她姐妹一起过了。”

“你找过新佃户吗？”

“找不到的，嬷嬷。”

哈里又插话了："反正按原有的条款是不行了。"

威尔瞪了他一眼，但凯瑞丝说："你的意思是什么呢？"

"物价在下降嘛，你看，哪怕是在粮食通常要卖得贵的春季。"

凯瑞丝点点头。人人都知道，市场就是这样子的：买主少，价格就跌。"可是人们总得过日子啊。"

"他们不想种小麦、大麦和燕麦——可是他们得照吩咐去种，至少在我们这河谷是这样。所以一个想租地的人宁可到别处去了。"

"那他们在别处会得到什么呢？"

威尔气愤地抢答道："他们想做高兴的事。"

哈里回答了凯瑞丝的问题："他们想当自由的佃农，付现金地租，而不想当一周得在领主的土地上干一天活的雇农；他们要能种不同的庄稼。"

"什么庄稼？"

"大麻或亚麻，苹果或梨——那些他们知道能在市场上卖得掉的东西。没准儿每年都不一样。但这在奥特罕比是绝不允许的。"哈里似是镇静了一下，又接着说，"我这可不是冒犯你的神圣指令，副院长嬷嬷，也不是针对威尔总管，人人都知道他是个诚实的人。"

凯瑞丝弄明白了。总管总是保守的。在好年景，这没大关系：原有的就足够了。但如今是危机时期啊。

她摆出一副最权威的架势："好吧，认真听着，威尔，现在我来告诉你，你要怎么办。"威尔面色惊惶：他原以为是找他商量而不是给他下命令的。"首先，你要停止耕种坡地。我们现成的肥沃土地不去耕种，那么做是愚蠢的。”

“可是——”

“先别说话，听我说。给每家佃户提供交换，用同样英亩数量的谷地里的好地换掉坡地。”

“那我们拿坡地怎么办？”

“变成牧场：低处放牛，高处放羊。那是用不了多少人手的，有几个男孩放牧就成了。”

“噢。”威尔说。他明显地要争论，但一时想不出反对的理由。

凯瑞丝继续说：“其次，对谷底里没有租出去的地，要提出一个自由的租用条款：愿租者只交现金地租。”一个自由的租用条款，意味着承租人不是雇工，而且不必在领主的土地上干活，结婚和盖住房都不必获准。他所做的一切只是交租。

“你把老规矩都废了。”

她指着那块休耕地：“老规矩把我的地都荒了。你能想出别的办法来克服这种现象吗？”

“唉。”威尔说罢停顿了好长时间，然后无言地摇摇头。

“再次，给肯于在这些地里干活的人一天两便士工钱。”

“一天两便士！”

凯瑞丝感到，她无法靠威尔得力地推行这些变革。他会拖着腿找借口的。她转向那个自信的青年农人。她要让他当她变革的带头人。“哈里，我想让你在今后的几周里到郡里的每个集市去一下。把话传出去，任何流动的劳力都可以在奥特罕比好好地干。要是有雇工要赚工钱，我想要他们到这里来。”

哈里笑着点了头，尽管威尔依旧神色茫然。

“我想看到这一片沃土今年夏天长出庄稼来，”她说，“我都说清了吧？”

“清楚了，”威尔说，“谢谢你，副院长嬷嬷。”

凯瑞丝和琼姐妹把全部卷宗都验看了一遍，把每个文献的日期和主旨都记了下来。她决定把这些东西全部逐一誊抄一份——这本是戈德温提议的，不过他只是以假誊为借口，从修女的手中占为己有。但这倒是个言之成理的主意。抄写的份数越多，有价值的文献就越难以丢失了。

她对注明1327年的一件事情感到了兴趣，文献中说，要把诺福克郡内林恩附近的一大片农田，叫作林恩田庄的，颁给修士。这份赐予的条件是：修道院要接受一个名叫托马斯·兰利爵士的骑士做见习修士。

凯瑞丝忆起了童年时代的那一天：她和梅尔辛、拉尔夫和格温达冒险进入树林，亲眼看到了托马斯受伤，致使他失去了一条胳膊。

她把那文献拿给琼看，琼耸耸肩，说：“当一个人从富裕家庭变成修士时，这种赠予是常事呢。”

“可是看看是谁赠予的吧。”

琼又看了一遍。“伊莎贝拉王后！”伊莎贝拉是爱德华二世的未亡人和爱德华三世的生母。“她对王桥的兴趣何在呢！”

“或者是对托马斯感兴趣？”凯瑞丝说。

几天之后，她有机会弄清了。林恩田庄的总管安德鲁来到王桥，做两年一次的拜望。他是诺福克人，年过五旬，自田庄赠给修道院以来，一直在那里主事。如今他头发已白，身体发福，这使凯瑞丝相信，尽管有黑死病的疫情，但林恩田庄依旧兴旺如昔。因为诺福克在好几天的路程之外，而且交租是以现金的形式，而不必一路赶着装满产品的牛车而来。安德鲁带来的是值三分之一镑的新金币，上面铸的是爱德华国王站在船甲板上的图像。凯瑞丝清点了钱币并交给琼收进新金库之后，她对安德鲁说："二十二年前伊莎贝拉王后为什么要把这处田庄赐予我们呢，这事你知道吗？"

令她惊诧的是，安德鲁那张粉红色的面孔变得苍白了。他好几次想用假话来搪塞，然后才说："王后陛下的决定，可不是我等该问的。"

"那当然，"凯瑞丝用一种让他放心的口气说，"我只是对她的动机感到好奇。"

"她是个笃信神的女性，做过许多虔诚的举动。"

凯瑞丝心想，谋杀亲夫就是一例，可她嘴里说："然而，她为托马斯而有此举，其中定有理由。"

"他跟成百人所做的一样，求王后开恩，而她也大度地予以恩准，伟大的女性有时就是这样。"

"通常都是在她们与求告者有某种关联的时候。"

"不，不，我肯定其中没有关联。"

他如此急于辩白反倒让凯瑞丝肯定他在撒谎，而且确信他不会跟她说实话了，因此她就放下这个话题，打发安德鲁到医院去吃晚饭了。

次日一早，她在回廊里遇到了托马斯兄弟——修道院里硕果仅存的修士。他样子十分恼火地问："你干吗要盘问安德鲁·林恩？”

“因为我觉得好奇。”她说，心中一惊。

“你打算干吗？”

“我不打算做任何事。”她受到了他那种咄咄逼人的态度的冒犯，但她不想和他争吵。为了放松这种紧张气氛，她坐到连拱廊外圈的一道矮墙上。一道春日的阳光勇敢地射进这处四方院子。她用一种聊天的口气说：“这是怎么回事？”

托马斯干巴巴地说：“你干吗要调查我？”

“我没调查你，”她说，“冷静点。我正在查阅全部文档，列出清单，并誊写副本。我看到了一份文件，让我困惑不解。”

“你在探究与你毫无关系的事。”

她生气了：“我是王桥女修道院的副院长，也是男修道院的执行副院长——这里的一切对我都无秘密可言。”

“好吧，你要是着手发掘那一切老东西，你会后悔的，我向你保证。”

这话听起来像是威胁，但她决定不去刺激他。她试着另辟蹊径：“托马斯，我原以为咱们是朋友。你没权力禁止我做任何事，而且即使你想禁止我，我也很失望。难道你不信任我吗？”

“你不知道你在追究的是什么。”

“这倒启发了我。伊莎贝拉王后跟你、我和王桥有什么关系呢？”

“没有关系。她如今是个老妇人了，过着退隐的生活。”

“她现年五十二岁。她曾废黜了一个国王，要是她想做，还能再废黜一个。而且她与我的修道院有着某种长期不为人知的关系，是你坚决要向我保密的。”

“是为了你好。”

她没有理睬：“二十二年前，有人试图谋杀你。是不是那个未能杀成你的同一个人出资让你进了修道院呢？”

“安德鲁要回林恩，并向伊莎贝拉报告，你问过这些问题——你想到这个了吗？”

“她为什么那么在意？人们为什么这么畏惧你，托马斯？”

“我死的时候，就有了全部答案了。到那时候就什么都不重要了。”他转过身就走开了。

午餐的钟声响了。凯瑞丝深思着来到副院长的宅院。戈德温的那只猫——“大主教”卧在门限上。猫瞪了她一眼，她把它轰开了。她不愿意它待在住处。

她养成了每天和梅尔辛一起就餐的习惯。按照传统，副院长都定期与会长共同进餐，但每日如此却是非比寻常——谁让这是非常时期呢。无论如何，这都是她的托——若是有人找茬的话；不过倒是没人寻衅。与此同时，他俩还期盼着另一次出行的借口，以便能够再次单独在一起。

他从麻风病人岛的建筑工地上满身泥污地进了屋。他已经不再要求她放弃誓言，离开修道院了。他似乎至少一时之间满足于每天同她会面，并希望将来有机会能够更加亲密。

修道院的一名女佣为他们端来了火腿炖冬季的青菜。那侍女下去之后，凯瑞丝把文件的事和托马斯的反应告诉了梅尔辛：“他了解一桩秘密，若是泄露出去，就能把老王后毁了。”

“我认为这是对的。”梅尔辛沉思着说。

“1327年万圣节那天，我跑走以后，他抓住了你，是吧？”

“是啊。他要我帮他埋了一封信。我只好发誓保守秘密——

直到他死，然后我就要把信挖出来，交给一个教士。”

“他告诉我，到他一死，我的全部问题就得到解答了。”

“我认为那封信是他对他的敌人的威胁。他们应该知道，他死后，信的内容才会揭示。所以他们害怕杀死他——事实上，他们要确保他活得好好的，才帮他当了王桥的修士。”

“这事还重要吗？”

“在我们埋藏了那封信的十年之后，我对他讲，我从来没把那秘密泄露出去，他便说：‘假如你提起，你就没命了。’这句话比我发的那个誓还让我害怕。”

“塞西莉亚嬷嬷告诉我，爱德华二世不是自然死亡。”

“她怎么会知道这种事？”

“我叔叔安东尼告诉她的。因此我估摸这秘密是：伊莎贝拉王后把她丈夫谋杀了。”

“全国有一半人都是这么认为的。但要是有证明的话……塞西莉亚说了他是怎么遇害的了吗？”

凯瑞丝竭力思索着。“没说。我现在回想起来，她当时是这么说的：‘老国王不是摔死的。’我问她，他是不是被谋害的——但她没回答就死去了。”

“不过，若还是掩盖什么丑闻，何必为此编造出一个虚假的故事呢？”

“而托马斯的信件准是证明了这是丑闻，而且王后就参与其中。”

他们在思索的沉默中吃完了午餐。在修道院的日程表上，饭后的一小时是用来休息或阅读的。凯瑞丝和梅尔辛通常都要拖延一会儿。然而今天，梅尔辛惦记着新客栈正在抬上去的房梁的角度，那座客栈取名作“桥”，就建在麻风病人岛上。他俩如饥似渴地亲吻着，但他推开她，便匆匆赶回工地了。凯瑞丝心情怅惘地打开了一本题为《医术》的书，那是古希腊医师盖伦一部著作的拉丁文译本。那是世界医学的奠基石，她读这部著作是想弄清教士们在牛津和巴黎都学了些什么；不过到此为止。她没发现什么于她有益的东西。

那侍女回来收拾桌子。“请你叫托马斯兄弟来这儿见我。”凯瑞丝说。她想确信，尽管有那番有摩擦的谈话，他们依旧是朋友。

托马斯未到之前，外面有一阵骚动。她听到人喊马嘶，说明一位贵族要引人注目了。过了不久，门给推开，走进来的是拉尔夫·菲茨杰拉德爵士，天奇的领主。

他满脸怒气，但凯瑞丝装作没注意到的样子。“你好，拉尔夫，”她尽可能友好地说，“这可是意外之喜，欢迎你到王桥来。”

“别提那个了，”他粗暴地说，他走到她座位的跟前，气势凌人地站在近处，“你知不知道你把全郡的农人都毁了？”

另一个身影随着他进来，站在门口，那是个大块头小脑袋的家伙，凯瑞丝认出来是他长期的跟班阿兰·弗恩希尔。两个人都佩剑带刀。凯瑞丝敏锐地意识到，她在这宅院里是独自一人。她竭力想缓和那局面。“你要不要来点火腿，拉尔夫？我刚吃完午饭。”

拉尔夫可不想转移目标：“你一直在偷走我的农民！”

“农民还是雉鸡？”[1]

阿兰·弗恩希尔哈哈大笑。

拉尔夫脸红了，样子更危险了，凯瑞丝后悔她开了那个玩笑。“要是你拿我打趣，你会后悔的。”他说。

凯瑞丝倒了一杯淡啤酒。“我没有取笑你，”她说，“把你想的如实跟我说吧。”她把那杯淡啤酒递给他。

她发抖的手暴露了她的恐惧，但他没接那酒，而是冲她晃着一根指头。“雇工都从我的那些村子里跑了——我一打听，才知道他们都搬到属于你的村子里了，为的是赚高的工钱。”

凯瑞丝点点头：“要是你在卖一匹马，有两个人想买，你会不会卖给出价高的那个人呢？”

“那不一样。”

“我认为一样。喝点淡啤酒吧。”

他突然伸手一挥，从她手里打掉了啤酒。杯子掉在地上，淡啤酒洒到了铺草上。“他们是我的雇工。”

她的手青肿了，但她竭力不去顾及那疼痛，她弯下腰去，捡起杯子，放到侧桌上。“不一定吧，”她说，“要说他们是雇工，可你没有给他们土地，因此他们有权到别处去。”

“我还是他们的领主，妈的！还有一件事，有一天我向一个自由人提供租佃，可他拒绝了，就是因为能从王桥修道院得到更好的条款。”

“还是一样，拉尔夫。我需要我能得到的一切人，所以我给了他们想要的。”

---

① 农民（Peasant）、雉鸡（Pheasant）发音相近。

“你是个女人，你没把问题想透彻。你看不出，最终会让大家都对同样的农人付出更多。”

“不一定。高工钱可能会吸引眼下没活干的人——比如说，强盗，或者在黑死病后的空无一人的村子，四下觅食的流浪汉。还有一些现在是雇工却可能成为佃户的人，他们更卖力地干活，因为他们种上了自己的地。”

他用拳头砸在桌子上，她被这突然的声响惊得眨了下眼睛。“你没有权力改变老章程！”

“我认为我有这权力。”

他紧抓着她袍服的前襟：“哼，我是不会容忍这件事的！”

“把你的手放开，你这笨蛋。”她说。

就在这时，托马斯兄弟走了进来：“你叫我来——这魔鬼在这儿干吗呢？”

他神气十足地走进房间，拉尔夫像是突然被火烫了似的松开了凯瑞丝的袍服。托马斯没有武器，而且只有一条胳膊，但他先前制伏过拉尔夫一次；拉尔夫害怕他。

拉尔夫后退了一步，随后意识到他露出了惧色，不禁满脸羞惭。“我们在这儿没事了！”他大声说着，转向门口。

凯瑞丝说：“我在奥特罕比和别的地方的作为是完全合法的，拉尔夫。”

“打乱了自然秩序！”他说。

“没有法律反对这样做。”

阿兰为他的主人打开了房门。

“你等着瞧。”拉尔夫说罢，便走了出去。

67

1349年3月，格温达和伍尔夫里克随内特总管到诺斯伍德小镇的周中集市去。

他们现今为拉尔夫爵士干活了。到这时为止，格温达和伍尔夫里克都逃过了黑死病，但拉尔夫的好几个雇工都病死了，所以他需要人手；于是韦格利的总管内特，便主动带着他们前往。他付得起正常工钱，而珀金除去管饭，什么也不给。

他们刚一宣布要去给拉尔夫干活，珀金就发现他能够支付他们正常的工钱了——但他为时已晚。

这一天，他们拉着从拉尔夫的森林运来的一车木头到诺斯伍德去卖，那地方从来就是个木材市场。萨姆和大卫两个男孩跟他们一起去：留在家中会没人照看的。格温达信不过她父亲，而她母亲两年前就死了。伍尔夫里克的双亲已经去世好久了。

市场上有好几个韦格利的乡亲。加斯帕德神父在为他的菜园买种子，格温达的父亲乔比正在出售刚刚猎杀的兔子。

总管内特是个后背歪扭的小个子，他举不起木头。他跟买主做交易，由伍尔夫里克和格温达搬木头。中午时分，他给了他们一便士，到广场周围一家小店“老橡树”去买午饭。他们买了韭菜烧咸肉，跟两个儿子分吃。八岁的大卫还是儿童的胃口，但十岁的萨姆长得很快，他那肚子总也填不饱。

他们正吃着，远远听到了一阵对话，引起了格温达的注意。

有一伙青年站在角落里，大罐喝着淡啤酒，他们全都衣衫破烂，只有一个长着浓密黄胡子的人穿着富裕农民或乡村工匠才有的上等装束：皮裤、高靴和一顶新帽。引起格温达竖起耳朵听的那句话是：“我们在奥特罕比给雇工一天两便士的工钱。”

她使劲听，想得到更多的消息，可是只抓到了片言只语。她已听说，由于黑死病而缺少人手，有些雇主出了多于一天一便士的传统工钱。她对这种传闻将信将疑，因为听起来好得不像真的了。

她当时没有跟伍尔夫里克说什么，她丈夫并没有听见那些有魔力的词句，但她的心跳加速了。她和全家人多年来吃苦受穷，难道生活的转机来了吗?

她必将弄清更多的消息。

他们吃完之后，就坐在店外的一条板凳上看着俩儿子和别的孩子绕着据之起了店名的老橡树的粗大树干瞎跑。“伍尔夫里克，”她悄声说，“我们俩要是每人每天能挣上两便士怎么样？”

“怎么挣法？”

“到奥特罕比去。”她把听来的话告诉了他，“这可能是我们新生活的开始。”她结束了她的话。

“那样，我岂不是永远要不回我父亲的土地了吗？”

她恨不得能揍他一棍子。他当真还想着那件事发生吗？他该有多傻啊！

她竭力把语气放温柔。“从你失去遗产起，已经十二年了，”她说，“在这期间，拉尔夫越来越有势力了。从来就没有一点迹象他会对你发慈悲。你认为还有机会吗？”

他没有回答这个问题：“我们住在哪儿呢？”

“在奥特罕比该有房子的。”

“可拉尔夫肯让我们走吗？”

“他拦不住我们。我们是雇工，不是农奴。这你是知道的。”

“可拉尔夫知道吗？”

“咱们不给他反对的机会就是了。”

“我们怎样才能办到呢？”

“嗯……”她还没想透彻，但这时她明白必须当机立断了。“我们可以今天从这儿走。”

这是个骇人的想法。他俩长这么大都住在韦格利。伍尔夫里克甚至没搬过家。如今他们却在考虑住到一个从未见过的村子，甚至不回去说声再见。

但伍尔夫里克担心的是别的事。他指着广场对面蜡烛店前的驼背的总管：“内特会说什么呢？”

“我们别告诉他我们的打算。我们给他编个故事——就说我们由于某种原因，想在这儿过夜，明天再回去。这样的话，就没人知道我们在哪儿了。而且我们再也不回韦格利了。”

“再也不回去了。”伍尔夫里克沮丧地说。

格温达控制着她的不耐烦。她了解她的丈夫。伍尔夫里克一旦上路是绝不止步的，但他要用很长时间才会做出决定。他最终会绕回到这个主意上来的。他不是死脑筋，只是小心谨慎，要考虑周详。他不喜欢匆匆得出结论——而她却认为这是唯一的出路。

那个留着黄胡子的青年从“老橡树”里出来了。格温达四下观望：视界内没有韦格利的老乡。她站起身，拦住那人。“我听你说什么雇工一天能挣两便士，是吗？”她说。

“没错，太太，”他答道，“在奥特罕河谷里，从这儿向西南只消走半天。我们需要能得到的一切人手。”

“你是谁啊？”

“我是奥特罕比的扶犁手。我叫哈里。”

格温达推断着：奥特罕比应该是个繁荣的大村子，自己就有个扶犁手。大多数扶犁手都要给几个村子干活的。“领主是谁呢？”

“王桥女修道院的副院长。”

“凯瑞丝！”这可是个绝好的消息。凯瑞丝是信得过的。格温达的精神益发振奋了。

“对，她就是现任的女副院长，”哈里说，“一个非常果断的女子。”

“我知道。”

“她想有人耕她的地，这样才能让姐妹们吃饱肚子，而且她不听借口。”

“在奥特罕比有房子给雇工们住吗？还是带着家口的？”

“多的是。不幸啊，我们在黑死病里死的人太多啦。”

“你就在这儿的西南方？”

“走向南的大路到贝特福德，然后再沿奥特罕河向上游走。”

格温达又小心起来了。“我不打算去。”她连忙说。

“啊。那是当然。”其实他并不信她的话。

“我真的是替一个朋友打听的。”她转身走了。

“好吧，告诉你的朋友尽量早来——我们还有春耕和播种等着干完呢。”

“好的。”

她觉得有点晕眩，像是喝了一大口烈酒。一天两便士——给凯瑞丝干活——离拉尔夫、珀金和风骚的安妮特有好多英里远！简直是梦。

她回来坐到伍尔夫里克身边。“你都听见了？”她问他。

“听见了。”他说。他指着小店门口站着的一个人影。“他也听见了。”

格温达看过去。那是她父亲。

“把那匹马套上缰。”在下午过半时，内特对伍尔夫里克说。“该回家了。”

伍尔夫里克说：“我们得要这一星期来的工钱了。”

“你们会像往常一样在星期六拿到工钱，”内特不容商量地说，“别废话了。”

伍尔夫里克并没有向马匹走去。“我要麻烦你今天就给我钱，”他坚持着，“我知道你有钱，你把木头都卖光了。”

内特转过身来，直瞪着他。“你为什么要早拿钱？”他气哼哼地说。

“因为我今晚不和你回韦格利了。”

内特这时吃了一惊：“为什么不？”

格温达答话了。“我们要到梅尔库姆去。”她说。

“什么？”内特勃然大怒，“你这种人到梅尔库姆去是没有事情的。”

“我们遇到一个渔夫，他需要人手，一天给两便士。”格温达早编好了这个故事，以防引人嗅出气味。

伍尔夫里克补充说：“向拉尔夫老爷致意，愿上帝在将来与他同在。”

格温达又找补说：“不过我们可不愿再见到他了。”她说这话时就为了听听那甜美的句子：再也不见拉尔夫了。

内特气恼地说：“他可能不希望你们走的！”

“我们不是农奴，我们又没地。拉尔夫禁止不了我们。”

“你是农奴的儿子。”内特对伍尔夫里克说。

“可拉尔夫不承认我有继承权，”伍尔夫里克答道，“他如今没法要求我效忠了。”

“一个穷人要坚持自己的权利可是件危险的事。”

“那倒是，”伍尔夫里克承认说，“不过我反正要这么做的。”

内特受挫了。“你会听到更多的这种话的。”他说。

“你要我把马拴到车上吗？”

内特一脸苦相。他本人做不来这种事。由于驼背，他干复杂的体力活都有困难，何况那匹马比他还高。“好吧，当然。”他说。

“我很乐意帮忙。你肯先把钱给我吗？”

内特面带怒容，掏出他的钱袋，数好了六枚银便士。

格温达接过钱，伍尔夫里克把马套上车。

内特二话没说就赶着车走了。

“好啦！”格温达说，“总算办妥了。”她看着伍尔夫里克。他咧开嘴笑着。她问他：“怎么回事？”

“我也不知道，”他说，“我觉得像是套了多年的颈箍，一下子被拿掉了。”

“好啊。”这正是她想要他感受的，“现在咱们找个地方过夜吧。”

“老橡树”在市场广场上占据了最好的位置，价钱因此最高。他们在小镇里四下寻找便宜些的地方。最终他们进了“门宅”小店，格温达和他们谈妥了他们四口人的食宿——当天的晚饭，地面上一领草席和次日的早餐——花一便士。两个男孩要是得走整整一上午，就必须睡好，吃饱早餐。

她高兴得难以入睡。她也有所担忧。她在带着全家人走上了什么路呢？她只是听了一个陌生人的一句话：她们到了奥特罕比之后会得到什么。她实在应该再落实一下然后迈出这一步。

但是她和伍尔夫里克已经陷在那个坑里足足十年了，何况奥特罕比的扶犁手哈里又是第一个给他们指明出路的人呢。

早餐供应得还凑合：稀粥和加水的苹果汁。格温达买了一大条新面包，准备全家在路上吃，伍尔夫里克则把他那只皮口袋装满了清凉的井水。他们在日出后一小时就出了城门，踏上向南去的大路了。

他们走在路上的时候，她想到了她父亲乔比。他一听说她没回韦格利，就会想起他听到的谈话，猜到她去了奥特罕比。他不会被梅尔库姆的说法所愚弄：他本人是个出色的骗子，经验老到，这样简单的小把戏绝蒙不了他。不过，会有人想到跟他打听她的去处吗？人人都知道，她从来不和她父亲说话。而且，就算他们当真问到他，他会把他的怀疑全盘托出吗？也许，他的一丝残存的父爱会使他保护她吧？

她对此无能为力，所以干脆不去考虑他了。

那是个行路的好天气。地面松软，有不久前的雨水湿着，因此不见尘土，而且天气干燥，阳光适度，不冷也不热。两个孩子很快就走累了，尤其是小的那个大卫，不过伍尔夫里克善于用歌曲和童谣转移他们的注意力，还考问他们知不知道树木的名称，跟他们做数字游戏，给他们讲故事。

格温达简直难以相信他们的决定。昨天的这一时刻，还觉得他们的生活永远都改变不了：苦工、受穷，没有指望，会是他们一辈子的命运。而如今，他们正在奔向新生活的大路。

她想到了她和伍尔夫里克住了十年的那所房子。她没有丢下很多东西：几个做饭的锅，一堆新劈的木柴，半块火腿和四条毯子。她除去身上穿的再没有别的衣服，伍尔夫里克和孩子们也一样，没有珠宝、缎带、手套或梳子。十年前，伍尔夫里克在院子里养过鸡和猪，但是在赤贫的日子里，都逐渐被吃掉或卖掉了。他们那点家当，在奥特罕比那可指望的地方，一星期的工钱就可以买好补齐了。

按照哈里的指点，他们在奥特罕河的一处泥泞渡口过河来到南面的大路上，然后向西，沿河向上游走。他们越往前走，河流越窄，直到两条山脉夹着的土地。“真棒，多肥的土地啊，”伍尔夫里克说，“只是耕起来要用重犁了。”

中午时分，他们来到了有石头教堂的大村庄。他们到达教堂紧邻的一栋木材加灰浆的房子门前。格温达慌里慌张地敲着门。难道会有人告诉她，扶犁手哈里不知道自己在说些什么，这里根本就没有活计？难道她让全家走了半天却一无所获？要是返回韦格利，求内特总管再重新收留他们该有多么羞辱啊。

一个灰发老妇来到门口。她盯着格温达，那怀疑的目光是一切地方的村民看陌生人时都会有的。“嗯？”

“午安，太太，”格温达说，“这里是奥特罕比吗？”

“是啊。”

“我们是找活干的雇工。扶犁手哈里告诉我们到这儿来的。”

“是吗？”

格温达不知道是出了什么岔子，还是这老妇人就是坏脾气？她几乎把这个问题问出口了。她控制住自己，改口说：“哈里住在这房子里吗？”

“当然不，”那老妇答道，“他只是个扶犁手。这里是总管的家。”

格温达猜想，总管和扶犁手有些不和。“这么说，我们也许该见见总管。”

“他不在这儿。”

格温达耐心地说：“你能不能发发善心，告诉我们在哪儿能找到他？”

那妇人指着山谷对面：“北地。”

格温达转身去看所指的方向。待她再转回来，那老妇已经进了房子不露面了。

伍尔夫里克说：“她像是不高兴见到我们。”

“老年妇女都不喜欢变动，”格温达评论说，“咱们把总管找出来吧。”

“孩子们都累了。”

“他们很快就能休息了。”

他们迈步穿过田地。田垄上一片忙碌景象。儿童们在犁过的地里捡着石子，妇女们在撒种，男人们在用大车运粪肥。格温达看到了远处的耕牛，八头犍牛在湿润、沉重的土地耐心地拉着犁。

他们遇到了一伙男女正在使劲地移动陷在沟里的一部马拉耙。格温达和伍尔夫里克伸手帮忙，把耙往沟外推。伍尔夫里克宽大的后背扭转了局面，耙给推出了沟。

所有的村民都转过来打量着伍尔夫里克。一个脸上一侧因一块旧烫伤而破了相的高个子男人友好地说："你是个有用的伙计——你是谁？"

"我是伍尔夫里克，我妻子叫格温达。我们是找活儿干的雇工。"

"你正是我们需要的人，伍尔夫里克，"那人说，"我是卡尔·沙夫茨别里。"他伸出手来握手。"欢迎到奥特罕比来。"

拉尔夫在八天之后就来了。

伍尔夫里克和格温达已经搬进了一栋修理得很好的小屋，里面有石砌的烟囱和楼上的卧室，他们可以和孩子们分开睡觉了。他们受到了年长而且保守的村民存有戒心的接纳——尤其是总管威尔和他的妻子维，就是他们刚到的那天态度粗暴的那个老妇人。但扶犁手哈里和年纪较轻的人则对这样的变革很兴奋，而且乐于在地里有了帮手。

他们照约定一天拿到两便士的工钱，格温达急切地盼望着他们干满了一星期活的第一个周末，到时候他俩每人都能拿到十二便士——一先令啊！——比他们先前挣的最高的工钱都要高一倍呢。他们该怎么花这一笔钱呢？

无论伍尔夫里克还是格温达都没在韦格利之外的地方干过活，他们惊讶地发现，村子和村子并不一样。这里的最高掌权人是王桥的女修道院副院长，这就是不同的原因。拉尔夫的统治是个人专横式的：求他点事简直就是冒险。对比起来，奥特罕比的人似乎在大多数情况下好像都知道女副院长之所想，遇到争执他们就会揣摩，若是请她裁决，她会怎么说。

这类轻微的分歧，在拉尔夫到来时就发生了。

夕阳西下，他们都从地里向家中走：大人们干活都累了，孩子们在前头跑着，扶犁手哈里赶着没卸轭的牛群殿后。脸上有烫伤的卡尔·沙夫茨别里和伍尔夫里克及格温达一样，都是新来的，他在清晨抓了三条鳗鱼给家里人当晚饭，因为那天刚好是星期五。问题在于：雇工是否和佃户同样有权在斋戒日里从奥特罕河里捕鱼。扶犁手哈里说，这种特权扩展到了奥特罕比的全体居民。总管太太维则说，佃户对地主享有惯常的定例，而雇工却没有，有额外义务的人应该有额外的权利。

人们把威尔总管叫来做决定，他的裁决却不同于他妻子。“我相信副院长嬷嬷会说，若是教会希望人们吃鱼，那么就该给他们提供吃的鱼。”他说，当即被大家一致接受了。

格温达向村子望去，她看到了两个骑马的人。

一股冷风猛然吹了过来。

来人在田地对面的半英里开外，正在与村民们走的小路成角度地斜插向住宅。她看得出他们有武器。他们骑着高头大马，而且衣装臃肿——好斗的人通常都穿着厚厚的衲袄。她用臂肘捅了捅伍尔夫里克。

“我已经看见了。”他阴沉着脸说。

这种人到一个村子不会是没目的的。他们轻贱种庄稼和养家畜的百姓。他们通常来的目的只是为了从农人手中拿走他们高傲得不肯自己动手制作的东西：面包、肉类和饮料。他们自视的权利和自定的价格，总是与农民的看法有出入；因此麻烦是不可免的。

又过了一会儿，所有的村民都看到了他们，人群立刻安静下来。格温达注意到，哈里轰着牛群稍稍转了下方向，朝村子的远端走去，不过她无法当即猜出其原因。

格温达肯定，这两个人是来找外逃的雇工的。她暗自祈祷，他们会是卡尔·沙夫茨别里或别的新来的人原先的雇主。然而，当村民们走近那两个骑马的人时，她认出了拉尔夫·菲茨杰拉德和阿兰·弗恩希尔，她的心沉了下去。

这正是她畏惧的时刻。她早已知道，拉尔夫总有机会会发现他们跑去的地方：她父亲可能猜得到，而且不能指望他会闭口不说。虽说拉尔夫无权把他们带回去，但他是骑士，是贵族，这种人通常都是为所欲为的。

要跑已经来不及了。人群走在宽阔的耕地之间的小径上：如若有人从中外逃，拉尔夫和阿兰会一眼看到并追将上去；那样一来，格温达和她的家人就会失去和其他村民在一起而可能多少有一些的保护了。他们在开阔地里无处可走了。

她叫着她的俩儿子："萨姆！大卫！过来！"

他们要么是没听见，要么是不想回来，还在继续向前跑。格温达去追他们，可他们以为这是在做游戏，竭力跑着让她抓不到。这会儿他们已经到了村边了，而她却觉得没力气去捉他们了。她几乎带着哭腔喊道："回来！"

伍尔夫里克接过手去。他越过她，毫不费力地赶上了大卫。他把那孩子揽到了怀里。但他来不及捉萨姆了，那孩子高声笑着跑进了分散的住房中。

两个骑马的人在教堂边拉住了缰绳。在萨姆向他们跑来时，拉尔夫催马向前，然后从鞍上俯身，抓住了那孩子的衬衣。萨姆吓得一声大叫。

格温达尖声惊呼。

拉尔夫把孩子放到马的颈后。

伍尔夫里克挟着大卫，赶过来拦在拉尔夫马前。

拉尔夫说："我猜，这是你的儿子吧。"

格温达吓坏了。她担心她的儿子。拉尔夫若是攻击一个孩子未免有失尊严，但难免出个事故，而且还有另一层危险。

伍尔夫里克看到拉尔夫和萨姆在一起，就可能明白他们是父子。

萨姆当然还是个小男孩，有儿童的身体和面容，但他长着拉尔夫的粗硬头发和深色眼睛，他那瘦瘦的肩膀也又宽又方。

格温达瞅着她丈夫。伍尔夫里克的表情中没有迹象表明他看出了在她看来是如此明显的事实。她扫视着其他村民的面孔。他们似乎对这赤裸裸的事实不以为意——只有总管老婆维是例外，她死盯着格温达看。那老悍妇说不定猜出了些什么。不过别人倒是一时还没看出端倪。

威尔来到前面，对两个不速之客开了口："日安，老爷们。我叫威尔，是奥特罕比的总管。我请你——"

"闭嘴，总管。"拉尔夫说。他指着伍尔夫里克。"他在这儿干什么？"

别的村民明白过来，他们并不是老爷发怒的目标，格温达感到紧张气氛稍有缓解。

威尔回答："老爷，他是个雇工，经王桥女修道院副院长的许可受雇——"

"他是个逃工，他得回去。"拉尔夫说。

威尔心中害怕，说不出话来了。

卡尔·沙夫茨别里说："你有什么权利这样要求？"

拉尔夫窥视着卡尔，像是记起了他的容貌。"当心点你的舌头，不然我就把你另一边脸也破掉相。"

威尔紧张地说："我们可不愿意看到流血。"

"算你聪明，总管，"拉尔夫说，"这个傲慢的农民是谁？"

"甭管我是谁，骑士，"卡尔不客气地说，"我知道你是什么人。你是拉尔夫·菲茨杰拉德，我见过你在夏陵的法庭上被判犯有强奸罪，并处以死刑。"

"可我没死，对吧？"拉尔夫说。

"不过，你是该死的。而且你对雇工是没有领主权的。要是你想动武，你就会受到一次厉害的教训。"

好几个人都长出了一口气。这样对一个武装的骑士讲话，可有点胆大妄为。

伍尔夫里克说："别说了，卡尔。我可不想让你为我的缘故死掉。"

"不是为了你的缘故，"卡尔说，"要是让这个恶棍把你拖走，下一周就会有人冲我而来。我们得团结一致。我们不是孤立无助的。"

卡尔是条大汉，和伍尔夫里克一样宽，却比他还要高。格温达看得出，他是说话算数的。她胆怯了。他们要是打起来，就会是一场恶斗——而她的萨姆还在拉尔夫的马上呢。“我们跟上拉尔夫走算了，”她痛不欲生地说，“那样会好些。”

卡尔说：“不，不能那样。我不准他把你们带走，不管你愿不愿意我这样。这也是为了我自己。”

人群中一片低声赞同。格温达四下看了一圈。大多数男人都握着锹或锄，而且看样子随时都会挥动起来，尽管脸上有害怕的神色。

伍尔夫里克转过身背对着拉尔夫，急切地低声说：“女人们，带上孩子去教堂——马上！”

好几名妇女抓起学步的小孩，用胳膊夹着大些的孩子。格温达待在原地没动，好几个年轻妇女也和她一样坚持着。村民们本能地靠拢，肩并着肩。

拉尔夫与阿兰惊慌失措了。他们没料到会面对着一群五十多人的好斗的农民。不过，他们骑在马上，所以随时都可以想跑就跑。

拉尔夫说：“好吧，也许我就只把这男孩带回韦格利吧。”

格温达吓得大口喘气。

拉尔夫接着说：“之后，要是他的父母想要他，可以回到他们所属的地方去。”

格温达简直要发狂了。拉尔夫抓着萨姆，他随时都可以拍马就走。她发出了一声歇斯底里的尖叫。她已经想好了，要是他调转马头，她就扑向他，尽力把他拖下马鞍。她向前迈了一步。

这时，她看到了拉尔夫和阿兰身后有一群牛。扶犁手哈里正赶着这群牛从远端穿村而来。八头庞大的牲畜笨拙地走向教堂前的这块地方，然后停了下来，呆呆地四下张望，不知该向哪里走。哈里站在牛群后。拉尔夫和阿兰发现自己处于三角形的包围圈里，被村民、牛群和石砌教堂堵在中间。

格温达猜测，哈里早就想好了这一招，来制止拉尔夫挟持伍尔夫里克和她本人跑走。这一招对目前的局面照样管用。

卡尔说："把孩子放下，拉尔夫老爷，然后好好走你的。"

格温达心想，麻烦在于拉尔夫要是退让，就难以不丢脸。他会做些什么举动，避免显得愚蠢，那是骄傲的骑士最怕了。他们整天都谈着他们的荣誉，其实不值分文——只要合适，他们就会把荣誉丢尽。他们真正推崇的是他们的尊严。他们宁死也不肯受辱。

那局面僵持了一阵子：挟持着孩子骑在马上的骑士；反叛的村民和默默的牛群。

后来拉尔夫把萨姆放到了地上。

格温达的眼睛里涌出了舒下心的泪水。

萨姆跑到她身边，两臂搂着她的腰，放声哭了。

村民们都松了口气，男人们放下了他们的锨和锄。

拉尔夫一提缰绳，叫着"吁！吁！"，马向后退去。他一踢马刺，直对着人群冲来。众人散开了。阿兰骑马紧随其后。村民只好让出一条路，结果在泥地上乱糟糟地摔了屁股蹲儿。他们是互相绊倒的，奇怪的是，没人让马踢着。

拉尔夫和阿兰骑出村子时放声大笑，仿佛整个这场对阵只不过是一个大玩笑。

但实际上，拉尔夫丢了脸。

格温达敢肯定，这就意味着他还会回来。

68

伯爵城堡丝毫未变。梅尔辛回忆起，十二年前，他曾奉命拆除老城堡，建起适合伯爵在和平的乡间度日的新型的现代宫殿。但他婉拒了那项工程，更想设计王桥的新桥。似乎从那时起，该项工程就萎缩了，因为这里依旧是那道“8”字形的城墙，外有两座吊桥，以及隐蔽在上层环路中的旧式暗碉——里面已经住进了人家，他们如同惊惧的野兔一样躲在洞穴的尽头，并不知道再没有狐狸的威胁了。这地方大概同阿莲娜女士和建筑匠师杰克的时代相差无几。

梅尔辛是和凯瑞丝一起来的，凯瑞丝是应伯爵夫人菲莉帕太太之召。威廉伯爵病倒了，菲莉帕认为她丈夫患了黑死病。凯瑞丝心情抑郁。她原以为黑死病已经过去。在王桥，已经有六个星期没人害那病而死亡了。

凯瑞丝和梅尔辛是当即就出发的。然而，送信人从伯爵城堡到王桥路上就花去两天，而他俩抵达城堡还要耗去相同的时间，因此很可能是伯爵已经归天或者只在苟延。“我所能做的一切只能是给他一些罂粟精，减少些他临终的痛楚。”凯瑞丝在路上这样说。

“你做得比那要多，”梅尔辛当时说，“你的在场就给人慰藉。你态度平静又懂得医道，你说的他们都懂，都是有关肿胀、精神错乱和疼痛的事——你并不想用些哄人的术语来加深他们的印象，那只会使他们感到自己无知和无力，吓得不知所措。你只要在场，他们就觉得已经尽到了一切力量；这正是他们所要的。”

“我希望你说得对。”

梅尔辛至少算是善解人意的。他曾不止一次地看到，经过凯瑞丝一阵子劝慰，一个狂躁的男人或女人就会变得理智，能够应对无论什么情况了。

自从黑死病传入以来，她的天赋得以发挥，赢得了几乎是超自然的名声。方圆若干英里之内，无人不知她和她那些修女的，不顾个人安危，甚至在修士们出逃之后，始终坚持照看病人。他们认为她是个圣者。

城堡院落内部的气氛十分低沉。那些执行日常公务的人都在各尽其责：取木柴和水，喂马和磨刀，烤面包和杀家畜。其余的许多人——书记员、武装人员、送信人——则散坐在四周，无所事事，只候着病房中传来的消息。

梅尔辛和凯瑞丝穿过内桥走进城堡时，白嘴鸦呱呱叫着，算是欢迎却带着嘲讽。梅尔辛的父亲杰拉德爵士总是宣称自己是杰克和阿莲娜之子托马斯伯爵的直系后裔。当梅尔辛数着通向大厅的台阶，小心翼翼地踏上由千万双靴子踩出来的光滑的坑坑洼洼时，他心想，他的先人大概就踏过这些旧石头。对他而言，这种念头即使有趣，也微不足道。与他相比，他弟弟拉尔夫倒是迷恋于恢复家族先前的光荣。

凯瑞丝走在他前面，她上台阶时臀部的扭动，使他不禁咧嘴笑了。他无法和她夜夜同眠共枕，使他沮丧，但他们单独相聚的少有的机会让他更加激动。昨天，他俩度过了一个温和的春日午后，在阳光下的林中空地上销魂，他们的马匹则在近处放牧，毫不理睬他们的激情。

这是一种古怪的关系，而她则是一个非同寻常的女性：一个怀疑宗教大部教诲的女修道院副院长；一个反对医生临时整治手段的受拥戴的医者；一个只要能逃离修道院就会激情不已地与她的男人做爱的修女。梅尔辛告诉自己：如果我想有正常的关系，我就得找个正常的姑娘。

大厅里到处是人。有些人在干活：铺下新草，添柴蓄火，准备餐桌；其余的人就在听候差遣。这间长屋子的尽头，靠近通向伯爵私人住区的楼梯脚边，梅尔辛看到坐着一位衣裙华贵的大约十三岁的少女。她站起身，迈着相当端庄的步伐，向他们迎面走来，梅尔辛醒悟到，她准是菲莉帕夫人的女儿。她像她母亲一样，身材高挑，呈葫芦形曲线。“我是奥狄拉女士。”她说话时有一丝地道的菲莉帕式的高傲。尽管她很沉静，但她那年轻的眼圈却因为哭泣而红肿。“你一定是凯瑞丝嬷嬷了。感谢你来探视我父亲。”

梅尔辛说：“我是王桥教区公会的会长，桥梁匠师梅尔辛。威廉伯爵怎么样了？”

“他病得很厉害，而且我的两个哥哥也都倒下了。”梅尔辛回忆起，伯爵和夫人有两个男孩，十九、二十岁上下吧。“我母亲请副院长女士马上到他们那儿去。”

凯瑞丝说：“那是当然。”

奥狄拉上了楼。凯瑞丝从她的袋子里掏出一条亚麻布，挡着口鼻系紧，然后跟了上去。

梅尔辛坐到一条板凳上等候。虽说他安于偶尔一次的男欢女爱，但并没阻止他热切地寻求额外的机会，他用急切的目光巡视着这建筑，推测着睡眠的安排。不幸的是，这房子的布局是传统式的。这间大屋子，也就是大厅，是几乎所有人吃饭和睡觉的地方。楼梯大概通向一个屋顶室，即伯爵和伯爵夫人的卧室。现代城堡都有整套的房间供家人和客人居住，但这里像是没有这样奢侈的设计。今夜，梅尔辛和凯瑞丝可能得在这大厅的地板上并排而卧，但除去睡觉，他们什么也做不成，否则定会引起流言。

过了一会儿，菲莉帕夫人从屋顶室出来，走下楼梯。她像个女王似的进入房间，明知所有的目光都集中到了她身上，梅尔辛总是心中这样暗想。她神态的尊贵只会益发突出她那诱人的浑圆的臀部和高耸的胸脯。不过今天，她平素安详的面容稍显异样，几绺头发从头饰中散落出来，给她那心烦意乱的神态平添了迷人的妖娆。

梅尔辛站起身，毕恭毕敬地望着她。

她说："正如我担心的，我丈夫得了黑死病；我的两个儿子也一样。"

周围的人垂头丧气地咕哝着。

当然，这可能只是那传染病的最后残存；不过也可能很容易地成为新的爆发的起点——梅尔辛心想，全靠上帝保佑了。

他问："伯爵感觉如何？"

菲莉帕挨着他坐到了板凳上。即使她沉溺在悲痛中，他也正迷恋着凯瑞丝，他依旧感到了她女性的磁力。"你的俩儿子呢？"他又问。

她低头看着膝头，仿佛在琢磨织进她蓝色裙袍的金银线图案："和他们的父亲一样。"

梅尔辛安慰着说："这对你太难过了，夫人，太难过了。"

她审慎地瞥了他一眼："你可不像你弟弟，是吧？"

梅尔辛知道，拉尔夫以他自己那种鬼迷心窍的方式暗恋着菲莉帕多年了。她是不是意识到了？梅尔辛不晓得。她心想，拉尔夫倒是挑对了。若是你想有一种无望的爱，挑一个非同一般的女性，倒是满不错的。"拉尔夫和我是大不一样的。"他很中性地说。

"我记得你少年时的样子。你胆子够大的——你告诉我要买一块绿绸子配我的眼睛。后来你弟弟就动手打架了。"

"我有时认为，兄弟俩中的弟弟故意要与哥哥相反，只是为了显示其不同。"

"我这两个儿子还真是这样。罗洛像他父亲和祖父一样，意志坚强，处事果断；而里克则心地善良，乐于助人。"她哭了起来。"噢，上帝，我就要失去他们父子三人了。"

梅尔辛握住她的一只手。"你没法说会发生什么，"他轻柔地说，"我在佛罗伦萨染上了黑死病，可我活下来了。我女儿根本就没得病。"

她抬头看着他："你妻子呢？"

梅尔辛低头看着他们握在一起的手。他看到菲莉帕的手明显比他的皱折多，哪怕他们的年龄差距只有四岁。他说："西尔维娅死了。"

"我祈祷上帝让我也得病吧。若是我的家人都死了，我也愿意走了。"

“肯定不会的。”

“贵族妇女嫁给她们不爱的男人是命运——可是你看，我嫁给威廉算够幸运的了。给我选择了他，而我从一开始就爱着他。”她的声音让她说不下去了，“我无法忍受有别人……”

“你这会儿当然是这么想。”梅尔辛揣度，她丈夫还活着的时候这样讲不大相宜。但她已悲痛过度，就顾不上风范，说出了心里所想的而已。她竭力使自己镇定下来。“你呢？”她说，“你再婚了吗？”

“没有。”他难以解释，他正和王桥的女修道院副院长有着恋情。“不过，我觉得我是能再娶的，只要那合适的女人……愿意。你到最后可能也会这么想的。”

“可是你不明白。作为没有继承人的伯爵的遗孀，我只能嫁给爱德华国王为我选中的人。而国王是不会考虑我的愿望的。他只关心谁会继任为夏陵伯爵。”

“我懂了。”梅尔辛先前没想到这一点。他能够设想，一桩安排下的婚姻对那个一心爱着前夫的寡妇会特别生厌的。

“我的第一个丈夫还活着的时候我就谈另一个丈夫是多么骇人啊，”她说，“我不知道是什么控制了我。”

梅尔辛同情地拍拍她的手：“这是可以理解的。”

楼梯顶部的门打开了，凯瑞丝出来了，一边用一块布擦干她的手。梅尔辛突然感到握着菲莉帕的手不自在。他不由得想甩掉她的手，但意识到那要看起来太负疚，就阻住了那冲动。他对凯瑞丝微微一笑，说：“你的病人怎么样了？”

凯瑞丝的目光落到了他们握在一起的手，但没有说什么。她走下楼梯，解着亚麻面罩。

菲莉帕从容地抽出了她的手。

凯瑞丝取下面罩，说："我十分难过地不得不告诉你，夫人，威廉伯爵去世了。"

"我需要一匹新马。"拉尔夫·菲茨杰拉德说。他心爱的坐骑"怪兽"越来越老了。这匹精神十足的栗色马左后腿扭伤了，好几个月才好，现在那条腿又瘸了。拉尔夫感到难过。"怪兽"还是他当青年扈从时罗兰伯爵送给他的，从那时起就没离开过他，还上过对法战争的战场。这匹马还可以让他再骑上几年，在他的领地里从一村逍遥地逛到另一村，但参与狩猎的日子算是结束了。

"我们明天就到夏陵的集市上再买一匹。"阿兰·弗恩希尔说。

他们在马厩里，察看"怪兽"的丛毛。拉尔夫喜欢马厩。他欣赏那里的土味，马匹的力和美，以及作为沉浸在体力活动中那些粗鲁汉子的伙伴作用。马厩还把他带回他的青年时代，那时的世界似乎只是个简朴的地方。

开始他并没有响应阿兰的提议。阿兰并不知道的是，拉尔夫没有买马的钱。

黑死病最初曾让他发了财，靠的是继承税：通常由父传子的一代继承的土地，在几个月之内就换两三次手，而每一次他都会有一笔收入——按传统是一匹好马，但往往用现金支付。可是后来土地由于缺乏人手耕种而荒废了。同时，农产品价格又降低了。结果就是拉尔夫的收入无论以现金还是以实物都大大减少了。

他心想，事情糟糕透顶，骑士都买不起马了。

这时他想起，内特总管今天该到天奇大厅里交韦格利的季度贡赋了。每年春季，那村子就必须为其领主提供二十四只一岁的小羊。可以把它们赶到夏陵的市场上出售，卖的钱即使不足以买一匹狩猎的马，也可以买一匹坐马了。“好吧，”拉尔夫对阿兰说，“咱们去看看，韦格利的总管是不是到这儿了。”

他们走进了大厅。这是个妇女的活动区，拉尔夫的情绪一下子就低落了。蒂莉坐在壁炉边，喂着他们三个月的儿子杰里。尽管蒂莉年龄尚小，母子二人都生气勃勃，十分健康。她那轻盈的少女身材奇迹般地变化了：她如今有了一对饱胀的乳房，奶头又大又挺，那婴儿正贪馋地吮着。她的肚皮松垂着，如同老妇人。拉尔夫已经好几个月没有和她同床，说不定永远都不会了。

不远处坐着婴儿随着取名的祖父杰拉德爵士，还有莫德太太。拉尔夫的父母如今年老体衰，但他们每天早晨都要从村里的住所来大厦看孙子。莫德说，小家伙模样像拉尔夫，但他看不出相似之处。

拉尔夫看到内特也在大厅里，心里很高兴。

驼背总管一下子从板凳上蹦起来。“日安，拉尔夫爵士。”他说。

拉尔夫观察到，内特用一种惭愧的目光看着他。“你这是怎么的了，内特？”他问道，“你把我的羊带来了吗？”

“没有，老爷。”

“为什么他妈的没有？”

“我们一只都没有了，老爷。韦格利没有剩下一只羊，只有些老母羊了。”

拉尔夫没有想到。“有人偷走了吗？”

“没有，可是已经给了您一些羊了，是作为遗产贡物在羊主人死时交的。后来，我们找不到一个佃户肯接管牧羊人杰克的土地，许多羊在过冬时死掉了。再后来，今年春天没人管羊羔的事，所以我们就损失了大部分羊羔和一些母羊。”

“可这是不可能的！”拉尔夫气汹汹地说，“要是佃农们都让牲畜死掉，贵族该怎么活呢？”

“我们原以为黑死病在一月和二月份减轻后会过去的，现如今像是又回来了。”

拉尔夫控制住一次恐惧的战栗。他和大家一样，曾经感谢上帝让他逃过了黑死病。难道当真又返回了？

内特继续说：“珀金这个星期死了，还有他老婆佩姬，他儿子罗伯和他女婿比利·霍华德。只留下安妮特和需要经营的全部土地，她大概是力所不及了。”

“好吧，那总该有和财产相应的遗产贡赋吧。”

“会有的吧，等我找到肯于接手的佃户再说吧。”

议会正在通过新的法令，制止雇工在国内游荡要求更高的工钱。这条法令一经形成，拉尔夫就要强制执行，把他的雇工都弄回来。他如今明白了，即使到了那时，他也难以找到佃户。

内特说：“我估摸您已经听说伯爵死了的事了。”

“没有！”拉尔夫又吃了一惊。

“什么？”杰拉德爵士问，“威廉爵士死了？”

“得了黑死病。”内特解释说。

蒂莉说：“可怜的威廉叔叔！”

婴儿感到了她的情绪，抽泣起来。

拉尔夫用压倒那乱哄哄的声音说：“什么时候死的？”

“就在三天以前。”内特答道。

蒂莉把奶头塞进婴儿嘴里，让他闭上了嘴。

“所以威廉的长子是新伯爵了，”拉尔夫沉思着，“他还不足二十岁呢。”

内特摇起头：“罗洛也死于黑死病了。”

“那就是小儿子——”

“也死了。”

“两个儿子！”拉尔夫心跳加速了。他始终梦想着当夏陵的伯爵。如今黑死病给了他机遇。何况黑死病还增进了他的机会，因为这一头衔的许多条件相仿的候选人都已经死掉了。

他迎到了他父亲的目光。杰拉德爵士也出现了同样的念头。

蒂莉说：“罗洛和里克都死了——这太可怕了。”她开始哭起来。

拉尔夫不理睬她，竭力想着全部的可能性。“咱们数一数，还有哪些亲戚活着呢？”

杰拉德对内特说：“我猜伯爵夫人也死了吧？”

“没有，老爷。菲莉帕夫人还健在。还有她的女儿奥狄拉。”

“啊！”杰拉德说，“这么说，无论国王选中谁，都要娶菲莉帕，以成为伯爵。”

拉尔夫恍然大悟。他从少年时就梦想着娶菲莉帕夫人。如今有了机遇，他的野心可以一箭双雕地实现了。

但他是已婚的。

杰拉德说：“就是这么回事了。”他向椅子上一靠，他的激动来得疾，也去得快。

拉尔夫看了看蒂莉，她正一边喂奶一边哭泣。年龄只有十五岁，个子勉强五英尺高，她如同一座城堡，矗立在他和他梦寐以求的前途之间。

他痛恨她。

威廉伯爵的葬礼在王桥大教堂举行。除去托马斯兄弟，已经没有修士了，不过亨利主教主持了仪式，修女们唱了圣歌。菲莉帕夫人和奥狄拉女士都戴着厚厚的面纱，跟在棺材后面。拉尔夫发现，尽管在场的人都演戏似的穿着黑色丧服，却缺乏出席要人葬礼惯有的庄重感情，历史时刻流逝的场景如同大河的流淌。每日里到处都有人死去，连贵族的死亡如今也司空见惯了。

他不晓得，与会的人群中是否有人受到了感染，甚至此时此刻就在通过他的呼吸或眼中看不见的目光传播着疾病。想到这里，拉尔夫不禁发抖。他曾多次面临死亡，学会了在战斗中控制畏惧情绪；但疫病这敌人是无法对垒的。黑死病这个杀手从背后捅你一刀，不等你看到他就早已溜走了。拉尔夫打了个冷战，竭力不去想它。

拉尔夫身边是高个子的格利高里·朗费罗爵士，这位律师此前曾多次介入与王桥相关的诉讼。格利高里如今是国王枢密院的一员，该机构由一群技术专家组成，为王室出谋划策——不是就国王应做之事，那是议会的功能，而是就国王应如何办成那些事情提出建议。

王家通告常常在教堂的祈祷活动，尤其像这样重大的仪式上宣布。今天，亨利主教便借机解释了新的雇工法令。拉尔夫猜想，是格利高里爵士带来了这一消息，并留下来看看人们接受时的反映。

拉尔夫认真地听。他从未被议会召去过，但他曾对威廉爵士和彼得·杰夫里斯爵士谈及劳动危机，威廉是上院成员，彼得则是下院中夏陵的代表，因此他了解讨论的情况。

“每个人都必须为他居住地的领主工作，而不准迁往另一村或为另一主人工作，除非他的领主豁免他。”主教说。

拉尔夫欢欣鼓舞。他早就知道会有这样的法令，但他还是为终于成为官方法令而庆幸。

在黑死病之前，从来没有过劳动力短缺的现象。相反，许多村庄都劳力过剩，不知应该如何处理。当无地的人找不到付工钱的工作时，便只好求告于领主发善心——无论帮不帮忙，对领主都是很棘手的事情。因此，他们若是愿意迁到别处，领主会如释重负，当然就不需要动用法律来限制他们出走。眼下雇工们都处于主动地位——这种局面显然不容许继续下去。

主教宣讲之后，与会的人们发出赞同的议论声。王桥镇民本身受影响不大，但那些从乡下赶来参加葬礼的人，主要都是雇主而不是雇工。新法律就是由他们为自己制定的。

主教继续说：“现在，要求、提供或接受高于1347年同等工作的工钱，都是犯罪。”

拉尔夫点头同意。连待在村里没走的雇工都在要求涨工钱。他希望，这一法律会制止这股风。

格利高里爵士与他目光相通。“我看到你点头了，”他说，“你是赞成的吧？”

“正是我们所需要的，”拉尔夫说，“我会在接下来的几个星期里强制执行这条法律。有两三个从我领地外逃的人，我特别要带回来的。”

“要是可以的话，我就跟你一起去，”那律师说道，“我倒要看看事情是如何办理的。”

69

奥特罕比的教士死于了黑死病，从那时起教堂里就一直没有祈祷活动了；因此，礼拜天上午，教堂的钟声响起时，格温达很感惊奇。

伍尔夫里克先去打探，回来报告说，有一个游方教士德瑞克神父到来了；于是格温达迅速地给孩子们洗好了脸，全家就出门了。

那是个春季的大晴天，沐浴在阳光下的小教堂的灰色旧石头，清晰醒目。全体村民都出动了，好奇地想一睹新来的教士。

德瑞克神父原来是个十分健谈的城里教士，他那身衣装对一座乡村教堂来讲，显得过分华丽。格温达不知道他的来访会有什么特殊意义。难道是有什么原因使得教会的上层忽然想起了这一教区的存在吗？她告诉自己遇事总往最坏处想是个坏习惯，但她照样感到有什么不对头。

她和伍尔夫里克及孩子们站在中殿，看着那教士完成一套仪式，她那种不祥的预感越来越强烈了。通常，教士在祈祷或颂诗时都要看着听众，以强调这一切都是为了他们，而不是他本人和上帝之间的私下交流；但德瑞克神父的目光掠过了他们的头顶。

她很快就明白了。在祈祷结束时，他告诉大家，国王和议会通过了一条新法律。“需要的话，无地雇工应该留在原地，为领主干活。”他说。

格温达发火了。“这怎么可以？”她高叫道，“在艰苦的日子里，领主没有义务帮助雇工——这我知道，我父亲就是个没地的雇工，没活干的时候，我们就得挨饿。所以嘛，领主什么都不给雇工，让雇工怎么对他效忠？”

一片同意之声响起，那教士只好提高了他的嗓门：“这是国王的决定，而国王是由上帝选中来统治我们的，所以我们都要照他的意愿办事。”

“国王能改变几百年的习俗吗？”格温达坚持着己见。

“眼下是困难时刻。我知道，你们当中有许多人是最近这几个星期才来到奥特罕比的——”

“受到扶犁手的邀请的。”卡尔·沙夫茨别里的声音打断了教士的话。他那带疤的脸气得涨红了。

“受到全村人的邀请，”那教士承认说，“而且他们对你们的到来感激不尽。但国王以他的英明来治国，他要停止这类事。”

“穷人就该永远受穷。”卡尔说。

“上帝这样规定的。人人各就其位。”

扶犁手哈里说：“上帝规定没有，我们没有人手该怎么犁地？要是新来的人全得走，我们就永远干不完这活了。”

“大概不是所有新来的人都得走吧，”德瑞克说，“新法律说，只有需要的话，他们才得回家。”

这话让人们安静了下来。移民们都在尽量盘算他们的领主能不能找到他们的下落；本地人则不知有多少劳力会离开这里。但格温达清楚她自己会有什么前途。拉尔夫迟早会回来找她和她的家人。

到这时，她已决定他们一家得离开。

那教士退了下去，教众们开始向大门移动。“我们得离开这里，”格温达对伍尔夫里克低声说，“要赶在拉尔夫回来抓我们之前。”

“我们到哪儿去呢？”

“我也说不上——不过那样会好些。要是我们自己都不晓得到哪儿去，就更没人知道了。”

“可我们怎么过活呢？”

“我们可以再找一个需要劳力的村子。”

“我不知道有许多这样的村子吗？”

他总是比她的思路慢。“应该有许多的，”她耐心地说，“国王不只是为奥特罕比才通过这条法令的。”

“那当然。”

“我们应该今天就走，”她果断地说，“今天是礼拜天，所以我们没有丢掉任何工作。”她瞥了一眼教堂的窗户，估摸一下时间。“现在还没到中午——天黑以前我们可以赶不少路呢。谁知道呢，我们没准明天一早就能在新地方干活了。”

“我同意，”伍尔夫里克说，“谁人知道拉尔夫多快就会行动。”

“跟谁也别说什么。我们回家去，把我们要带的东西收拾好，然后就溜走。”

“好吧。”

他们走到教堂门口，迈进了室外的阳光之中，格温达看到，已然太晚了。

教堂外有六个人骑在马上等着：拉尔夫，他的扈从阿兰，一个身穿伦敦服饰的高个子男人，还有三个脏兮兮的带疤汉子，一看就知是从下级酒馆中花几便士雇来的流氓打手。

拉尔夫迎着格温达的目光，得意地笑了。

格温达绝望地环顾四周。几天之前，村里人曾经并肩对抗拉尔夫和阿兰——但今天不一样了。他们要面对的是六个人，而不是两个人。村民们刚从教堂出来，两手空空，而先前他们是从地里回来，手中握着工具。而最重要的，第一次他们相信他们这一边有权利，而今天他们都没有把握了。

好几个人遇到她的目光，马上就移开了。这证实了她的担心。村民们今天是不会动手了。

格温达失望之极，感到周身无力。她害怕自己会摔倒，就靠在教堂门口的石件上支撑。她的心变成了沉重、湿冷的东西，如同冬日坟墓中的一块泥土。一种阴暗的无助完全攫住了她。

他们自由了几天。但那只是一场梦。而如今那梦做完了。

拉尔夫骑马慢慢地穿行在韦格利村中，拽着脖子上套着绳索的伍尔夫里克。

他们是在黄昏时到达的。为了赶路，拉尔夫让两个小孩子骑到了雇来的打手的马上。格温达则走在后面。拉尔夫没费事去捆她。她肯定会跟着她的孩子们的。

由于那天是礼拜天，韦格利的大多数人都没在家中，而是在户外享受着阳光，这时，拉尔夫出现了。他们都惧怕地默默无声地望着这凄惨的队伍。拉尔夫希望，伍尔夫里克那受辱的样了会震慑别的为了高工钱而要出走的人。

他们来到了拉尔夫搬到天奇大厅之前住过的领主的小住宅。他给伍尔夫里克松了绑，打发他和他的家人回他们的旧家。他给雇来的打手付了款，便带着阿兰和格利高里爵士进了领主宅邸。

为准备他随时到来，屋里保持得很整洁。他吩咐维拉拿来葡萄酒并准备吃饭。现在天色已晚，来不及回天奇了；天黑之前是赶不回去的。

格利高里坐下去，伸出他的两条长腿。他似乎是那种到哪里都要让自己舒服的人。他的深色直发，如今夹杂了灰色，但他的长鼻子和宽鼻孔依旧给他一种目空一切的外观。“你觉得这一进展如何？”他说。

拉尔夫回来的一路上都在思考新法令的事，他的回答是现成的。“不会行之有效的。”他说。

格利高里扬起了两条眉毛。“噢？”

阿兰说：“我同意拉尔夫爵士。”

“理由呢？”

拉尔夫说：“首先，难以发现外逃者跑到什么地方去了。”

阿兰插话说：“我们找到了伍尔夫里克是撞大运。有人听到他和格温达商量去哪儿了。”

“其次，”拉尔夫接着说，“抓到他们太费事。”

格利高里点点头：“我估计我们花了一整天。”

“而且我还得花钱雇打手，给他们弄马匹。我没法把我的时间和金钱都花在四下追捕外逃的雇工上。”

“我明白。”

“再次，有什么办法制止他们下个星期不再外逃呢？”

阿兰说："要是他们不说跑到哪儿去，我们可能永远都找不到他们。"

"唯一可行的办法，"拉尔夫说，"是有人能够到一个村子里，找出谁是移民，并加以处罚。"

格利高里说："你说的像是一种雇工委任。"

"没错。在每个郡里指定一个专门小组，找十几个人从一村到一村去搜查外出的人。"

"你想让别人为你做这件事。"

这是一种奚落，但拉尔夫小心地不露出受到刺激的样子。"倒不一定——如果你愿意，我倒可以成为其中的一员。这不过是办这件事的一种方式。你不能用一次就割一叶草的办法来收割一块地里的草。"

"有意思。"格利高里说。

维拉拿来一个罐子和几只杯子，为他们三个人一一斟上葡萄酒。

格利高里说："你是个精明的人，拉尔夫爵士。你不是议员吧，嗯？"

"不是。"

"可惜。我认为国王会感到你的主意大有帮助的。"

拉尔夫尽量不让高兴的心情外露。"你想得很好。"他俯身向前，"如今威廉伯爵死了，当然留下了空缺——"他看到门开了，就收住了嘴。

内特总管进来了。"要是让我说的话，拉尔夫老爷，干得漂亮！"他说，"伍尔夫里克和格温达回到了圈里，两个最能干活的人让我们弄回来了。"

拉尔夫因为内特在这样紧要的当口打断了他的话头很不痛快。他烦躁地说："我相信这一下村里就会交更多的贡物了吧。"

"是的，老爷……要是他们待下来的话。"

拉尔夫皱起了眉头。内特当即抓住了他地位上的弱点。他该怎么把伍尔夫里克控制在韦格利呢？他总不能把一个人整天整夜地拴在犁上吧？

格利高里对内特说："告诉我，总管，你有什么好主意提给你家老爷吗？"

"有的，老爷，我有。"

"我就觉得你会有的。"

内特把这当作邀请。他面对着拉尔夫说："有一件事你能做，那样就可以保证把伍尔夫里克留在韦格利，到死都不会走。"

拉尔夫感到了蹊跷，但只好说："接着说。"

"把他父亲原有的土地还给他。"

若不是不想给格利高里一个坏印象，拉尔夫就会对他大叫大嚷了。他控制住自己的怒气，坚决地说："我不这么看。"

"这些土地我找不到佃户，"内特坚持着，"安妮特经管不了，而且她也没有男性亲人活着了。"

"我不管，"拉尔夫说，"他反正不能拥有那块地。"

格利高里说："为什么不呢？"

拉尔夫不想承认，他还是因为十二年前的那次斗殴而记伍尔夫里克的仇。格利高里已经对拉尔夫形成了好感，拉尔夫不想破坏这种印象。一名骑士竟然为了少年时的一次争斗而采取违背自己利益的行为，国王的法律顾问该做何感想呢？他用一句花言巧语的借口搪塞了过去。"那样倒像是为伍尔夫里克的出走奖励他呢。”他最后这样说。

“恐怕不会吧，”格利高里说，“从内特所说的看来，你要给他的东西是别人不想要的。”

“都一样。这会给别的村民一个错误的信号。”

“我看你是多虑了，”格利高里说，他不是那种圆滑得把想法憋在心里的人，“人人都知道你紧缺佃户，”他继续说，“大多数地主都这样。村民们会认为，你只是照你个人的利益行事，而伍尔夫里克不过是幸运地沾光罢了。”

内特找补说：“伍尔夫里克和格温达要是得到了自己的土地，就会加倍卖力工作的。”

拉尔夫觉得无处可退了。他竭力要在格利高里眼里留下好印象。关于伯爵一事，他才开始，还没有结束。他不能因为伍尔夫里克就因小失大。

他只得让步。

“也许你是对的，”他说，他明白他是咬着牙说这番话的，就干脆做出一副若无其事的样子，“毕竟，他给抓了回来，并且受了羞辱。也就够了。”

“我看是足够了。”

“好吧，内特。”拉尔夫说。他一时语塞了，他对满足伍尔夫里克的一心期望痛恨之极。但这是更重要的。“告诉伍尔夫里克，他可以收回他父亲的土地了。”

“我要在天黑之前把这事办妥。”内特说完就走了。

格利高里说：“你刚才说的伯爵爵位是怎么回事？”

拉尔夫谨慎地捡起这个话题：“罗兰伯爵在克雷西战场上阵亡之后，我原以为国王可能会考虑任命我做夏陵伯爵的，尤其是我救了年轻的威尔士亲王一命。”

“但罗兰正正经经地有子嗣——儿子还有两个孙子呢。”

“没错。可如今三个人都死了。”

“嗯。”格利高里从他的杯子里饮了一大口，“这葡萄酒很好。”

“加斯科涅出产的。”拉尔夫说。

“我估计是运到梅尔库姆的。”

“是的。”

“味真美啊。”格利高里又喝了些。他像是要说什么，因此拉尔夫就保持着沉默。格利高里用了很长时间斟词酌句，最后才说：“在王桥一带的某个地方，有一封信，是不该存在的。”

拉尔夫感到神秘了。如今要有什么事了呢?

格利高里继续说：“多年来，这份文献在一个信得过的人的手里，出于各种复杂的原因，保存得很安全。然而，最近提出了某些问题，暗示我，这项秘密有被泄露的危险。”

这一切都太不可思议了。拉尔夫迫不及待地说：“我不明白。谁问及了尴尬的问题呢？”

“王桥的女修道院副院长。”

“噢。”

“可能她只是得到了某种暗示，她的问题可能无害。但国王的朋友们担心，那封信可能已经落入她的手中。”

“信里说了什么呢？”

格利高里又一次吃力地推敲着，如同小心地踮着脚尖踩着石头渡过一条急流。“文件涉及国王敬爱的母后。”

“伊莎贝拉王后。”人们都说，那老巫婆还健在，住在林恩的城堡里，过着奢侈的生活，靠阅读她母语法文的小说消磨光阴。

“简言之，”格利高里说，“我要弄清女副院长是否握有这封信。但不能让人知道我的兴趣。”

拉尔夫说：“我看要么你到修道院去彻底搜查修女的住处……要么就是把那文献送到你手上。”

“第二种办法吧。”

拉尔夫点点头。他开始领悟了格利高里想让他做的事。

格利高里说：“我已经谨慎地询问过，发现没人确切知道修女的宝库在什么地方。”

“修女们，或其中的某些人，应该知道。”

“可是她们不肯说。不过，我知道你是个行家……能够说服人们说出秘密。”

看来格利高里知道了拉尔夫在法兰西干过的事情。拉尔夫意识到，这场谈话绝不是自然地随便扯的。格利高里准是早就策划好了。事实上，说不定这才是他来到王桥的真正原因。拉尔夫说：“我也许能帮助国王的朋友们解决这个问题……”

“好的。”

“……如果我得到承诺，以夏陵伯爵作为对我的奖励。”

格利高里皱起眉头：“新伯爵必须娶下原来的伯爵夫人。”

拉尔夫决定掩饰他的急切心情。本能告诉他，格利高里对一个好色之徒——哪怕只是部分如此——的男人是不会尊重的。“菲莉帕夫人比我大五岁，但我对她没有反感。”

格利高里怀疑地斜睨着他。“她是个非常漂亮的女人，”他说，“无论国王把她赏给谁，那人都该自视走运的。”

拉尔夫意识到他走得太远了。“我不想表现得无所谓，”他连忙说，“她确实是个美人。”

“可是我知道你是已婚的，”格利高里说，“我没弄错吧？”

拉尔夫看了阿兰的目光，明白他极其好奇地想听听拉尔夫接下来会说什么。

拉尔夫叹了口气。“我妻子病得很厉害，”他说，“她没有多少日子可活了。”

格温达点燃了老宅子厨房里的火，这地方伍尔夫里克从降生起就一直住着。她找到了他做饭的锅，在一只里装满井水，扔进去一些早季洋葱，这是炖菜的第一步。伍尔夫里克又拿进来一些木柴。孩子们高高兴兴地跑到外边和他们的老朋友玩耍，一点不懂得落到他们家头上的悲剧有多深沉。

外面的天色已经黑了下来，格温达忙着干家务活。她尽量不去想。涌进她脑海的每一件事只让她感到更糟：前途，以往，她丈夫，她本人。伍尔夫里克坐在一边看着炉火。他们谁也没说话。

他们的邻居大卫·乔恩斯拿着一大罐淡啤酒来了。他妻子死于黑死病，他那长大了的女儿乔安娜也跟着他进来了。格温达看到他们并不高兴：她想独自消化这悲惨境地。但他们是好意，不可能把他们踢出去。格温达闷闷不乐地抹去几只木杯上的尘土，大卫给每个人都倒了淡啤酒。

“事情走到这一步，我们很难过，不过见到你们还是挺高兴的。”他们喝着淡啤酒，他这样说。

伍尔夫里克只用一大口就喝干了他杯中的淡啤酒，伸出杯子再要。

过了一会儿，亚伦·阿普尔特里和他妻子乌拉进来了。她提着一篮子小面包。“我知道你没有面包，所以我就做了一些。”她说。她给大家递了一圈，屋里便充满了诱人口水的香味。大卫·乔恩斯给他们倒了些淡啤酒，他们就坐了下来。“你们哪儿来的勇气跑走的？”乌拉佩服地问，“要是我，还不得吓死！”

格温达讲起他们冒险的故事。杰克和伊莱·富勒从磨坊回来，带来了一盘蜂蜜烤梨。伍尔夫里克吃得很多，喝得很深。气氛轻松了，格温达的情绪也提高了些。更多的邻居来了，每一家都带着礼物。当格温达讲到奥特罕比的村民如何用锨和锄吓退了拉尔夫和阿兰时，大家都笑得坐不稳了。

随后她讲到今天的事情，她的情绪又低落了。“什么都跟我们作对，”她痛苦地说，“不仅是拉尔夫和他的打手，还有国王和教会。我们无路可走了。”

邻居们都阴沉着脸，点着头。

“后来，当他用一根绳子套住我的伍尔夫里克的脖子……”她内心充满了凄惨的绝望。她的声音嘶哑了，再也讲不下去了。她喝了一口淡啤酒，又试着说：“当他用一根绳子套住伍尔夫里克的脖子——他可是我所知道，也是大家都知道的最强壮、最勇敢的汉子，像拖着牲口一样拽着走过村子，那个没心肝、没脑子的恶霸拉尔夫握着绳子——我只想天塌下来把我们都杀死算了。”

这些气话够强烈的，但大家都赞同了。在上层人能够对农民所做的一切中——让他们忍饥挨饿，对他实行欺诈，对他们打骂、掠夺——最坏的便是侮辱他们。他们是绝不会忘记的。突然间格温达想让邻居们走了。太阳已经落下，外边已是傍晚。她需要躺下来，闭上眼，独自思索。她甚至连伍尔夫里克都不想说话。她正要请大家走的时候，内特总管走了进来。

房间里立刻悄无声息了。

“你想要干吗？”格温达说。

“我给你带来好消息了。”他快活地说。

她做了个苦相：“今天对我们是不能有好消息的。”

“我不同意。你还没听我说呢。”

“好吧，是什么？”

“拉尔夫老爷说，伍尔夫里克要收回他父亲的土地了。”

伍尔夫里克一跃而起。“当佃户？”他说，“不是只做工了？”

“按照你父亲同样的条款，当佃户。”内特兴致勃勃地说，如同他本人在做出让步，而不单单在传达消息。

伍尔夫里克高兴得满脸放光：“太棒了！”

“你接受吗？”内特快活地说，仿佛这只是个手续。

格温达说：“伍尔夫里克！别接受！”

他莫名其妙地看着她。像往常一样，他未能当即看清背后的实质。

“讨论一下那些条款！”她低声催促他，“别像你父亲一样成了农奴。要求自由租佃，没有封建义务。你再也不会处于这么强有力的讨价还价的地位了。跟他谈判！”

“谈判？”他说。他挥了下手，然后就忘乎所以地只顾高兴了。“这事我巴望了十二年的时间了。我不打算谈判了。”他转向内特。“我接受。”他说，还举起了酒杯。

大家都一致欢呼起来。

70

医院里再度人满为患了。本来在1349年头三个月似是已经退潮的黑死病，又以加倍的毒害反弹了。在复活节礼拜天的次日，凯瑞丝疲惫不堪地看着成人字形密集排列在一起的草垫，其间隙之小，戴着面罩的修女们只好小心翼翼地迈步。不过，在外圈走动要稍稍便当些，因为病床边的家属很少。与濒死的亲人坐在一起是危险的——会让你也感染上黑死病——人们只好变得不近人情了。这场传染病初发时，人们都毫无顾忌地与他们亲爱的人待在一起：母亲与孩子，丈夫与妻子，中年人与他们年长的父母，爱克服了恐惧。但如今情况变了。最强有力的家庭纽带被死亡之酸严重地腐蚀了。现在，一个确诊的病人由母亲或父亲，丈夫或妻子送来，送病人的亲属就转身走掉，毫不理会追随他们出门的可怜的哭叫。只有戴着面罩，以醋液洗手的修女们对这种病公然蔑视。

令人惊讶的是，凯瑞丝不乏帮手。女修道院欣喜地迎来批批见习修女，顶替已死修女的位置。其中的部分原因就是凯瑞丝圣者般的声誉。而修道院也经历了类似的复苏，托马斯现今有了一班待训的见习修士了。他们都在一个趋向疯狂的世界中寻求秩序。

这次的黑死病击中了镇上一些先前逃过传染的头面人物。凯瑞丝为治安官约翰的去世悲伤不已。她从来对他那种粗暴但及时地维护正义的做法没有什么好感——他总是用棍子击中肇事者的头部，然后再问问题——但没有了他，要想维护秩序就更难了。面包师胖贝蒂，这位在每一次镇子狂欢中烘烤特殊面包的面包师，在教区公会会议上提出尖锐问题的人，死了；她的生意只好无奈地由四个吵闹不休的女儿瓜分。酿酒师迪克是凯瑞丝父亲一辈的最后一人，又是他的懂得怎样赚钱和怎样花钱的一个伙伴，也死了。

凯瑞丝和梅尔辛曾以取消主要公共集会的办法，减缓了疫病的蔓延。在大教堂里没有大型的复活节列队行进，而且这次圣灵降临节时也不举办羊毛交易会了。每周一次的集市只安排在城墙外的“情人地”，而且大多数镇民也不到场。凯瑞丝在黑死病第一次到来时就想采取的这些措施，因为被戈德温和埃尔弗里克反对而没能执行。据梅尔辛所说，一些意大利城市甚至在三四十天的时期内关闭他们的城门。现在要将疫病拒之城门以外为时已晚，但凯瑞丝依旧认为，严格限制会挽救生命。

她不需要解决的问题便是钱。越来越多的人由于没有活下来的亲人而把财产遗赠给女修道院，而许多新来的见习修女也带来了土地、羊群、果园和金子。女修道院从来没这么富裕过。

这总算是个小小的慰藉吧。她有生以来第一次感到疲惫——不仅源自繁忙的工作，也来自精力的衰竭，意志力的短缺和逆境的销蚀。这次黑死病来势猛于以往，一星期内就死了二百人，她都不知道该如何顶下去了。她的肌肉酸痛，头部作痛，有时视力都模糊了。到哪里是尽头呢？她沮丧地猜测着。大家都会死吗？

两个男人踉踉跄跄地穿过门洞，他们身上都是血渍。凯瑞丝急忙上前。还没等她走近可以触摸到的距离，她已经嗅到他们身上那股甜腐的酒气了。虽然还不到吃饭时间，可他俩已醉得不省人事了。她哀叹一声：这种现象已经屡见不鲜了。

她大体上认识这两个人：巴内和卢，受雇于爱德华屠宰场的两名健壮后生。巴内的一条胳膊垂着不动弹，大概是断了。卢的脸上有一处重伤：鼻子破了，一只眼流着液体，样子吓人。两个人似乎都醉得不知道疼了。“打了一架，”巴内口齿不清地说，词句勉强能听懂，“我没想动手这么重。他是我最好的朋友。我爱他。”

凯瑞丝和内莉姐妹把两个醉汉放倒在相邻的两床草垫上。内莉检查了巴内，说他的胳膊没断，只是脱了臼，便派了一个见习修女去请外科医生理发师马修，让他设法给巴内的胳膊复位。凯瑞丝给卢洗了脸。她对他的眼睛已经无力救治：流出的液体像是煮得软的鸡蛋。

这类事让她气恼。这两个受罪的人既没有害病也不是意外受伤：他们只是因饮酒过量而互相伤害。在第一波黑死病后，她曾设法动员镇民恢复法律和秩序；但第二波对人们的精神造成了可怕的伤害。当她再次呼吁恢复文明举止时，反应相当冷淡。她不知道下一步该怎么办，而且她已精疲力竭。

在她观察着并肩躺在地面上的两名重伤号时，她听到从外面传来的奇特声响。她一时间像是返回到三年前的克雷西战场上，听到了爱德华国王向敌阵中发射石弹的新机器发出的骇人的轰鸣。过了一会儿，那声音重新响起，她才听清楚原来是鼓声——实际上是好几面鼓各敲各的，毫无节奏。随后她又听到钟管齐鸣，乱糟糟的音响没有形成任何旋律；再后是嘶哑的叫喊和哭声，可能是得意，可能是痛苦，也可能二者兼而有之。其狂吼之声颇似打仗，只是没有致命箭矢的呼啸，也没有伤马的嘶鸣而已。她皱着眉头，走出大门。

一群四十名左右的人已经来到了大教堂的绿地，跳着疯快、古怪的舞步。有些人奏着乐器，或者模仿着乐器的声音，反正嘈杂声中既无曲调又无和谐。他们身上浅色的轻薄衣装不是扯了就是脏了，有些人还半裸着，随意地暴露出身体的私处。那些没有乐器的人都拿着鞭子。一群镇民跟随在后，又惊又奇地瞪眼看着。

这群跳舞的人由托钵修士默多带领，他比先前更胖了，但扭摆起来精力充沛，汗水从他的脏脸上涌出，淌下纠缠着的胡须。他带着人们来到大教堂的正西门，然后转过身来面对着人们。“我们都有罪孽！”他吼着。

跟随他的人叫喊着呼应他，口齿含混地或尖叫，或低哼。

“我们肮脏！”他激动得发抖地说，“我们沉迷在淫风邪欲之中，如同猪在污泥里边。我们因情欲而颤抖，向肉欲去俯首。我们得黑死病是活该！”

“对！”

“我们该怎么办呢？”

“遭罪！”他们叫道，“我们活该遭罪！”

一个追随者冲到前面，手中还挥舞着皮鞭。那根鞭子上有三条皮带，每条的绳节上都拴着尖利的石子。他扑倒在默多的脚下，开始鞭打自己的后背。皮鞭抽破他那薄料衣袍，在皮肉上抽出血来。他痛苦地哭叫着，默多的其余追随者则同情地哼唧着。

这时一名妇女来到前面。她把衣裙从上往下拉到腰际，转身露出赤裸的乳房给人看，然后用一根类似的皮鞭抽打自己的光背。追随者又哼唧起来。

当这群人成一排或双排，鞭打自己时，凯瑞丝看到他们的皮肤上都有青紫的肿起或半愈合的伤口：他们此前已经这样做过，有些人还做过多次。他们是不是从一个镇子走到另一个镇子，重复着这种表演呢？既然有默多参与其间，她肯定有人迟早会开始敛钱。

在围观的人群中，突然有一名妇女尖叫着跑到前面："我也一样，也该遭罪！"凯瑞丝惊讶地认出，那是蜡烛匠马塞尔的受气的年轻妻子马蕾德。凯瑞丝想象不出，她曾犯过多少罪孽，不过她或许终于找到了个机会让她的生活添点色彩。她扒光了衣服，一丝不挂地站在那托钵修士的面前。她的皮肤光洁无瑕，她的样子确实很美。

默多端详了她好长时间，然后说道："亲吻我的脚。"

她跪倒在他面前，不顾羞耻地把她的光屁股暴露给人群，低下脸，凑向他的一双脏脚。

他从另一个悔罪者的手中接过一根鞭子递给她。她鞭打着自己，然后痛苦地尖叫，她洁白的皮肤上当即显出红色的鞭痕。

又有好几个人从人群中迫不及待跑到前面，他们多是男人，而默多则对他们每一个人都施行了同样的仪式。很快就成了一场狂闹。在他们不鞭打自己时，就打起鼓、撞起钟，跳着快步的魔舞。

他们的行为疯狂得毫无节制，但凯瑞丝的职业目光看出来，鞭打虽然有戏剧性，无疑也造成痛苦，但看来并无大伤害。

梅尔辛出现在凯瑞丝身旁，问她："你对这种事怎么看？"

她皱着眉头说："怎么会让我这么气愤呢？"

“我不知道。”

“要是人们愿意鞭打自己，我为什么要反对呢？也许这样使他感到好受些。”

“我同意你的看法，不过，”梅尔辛说，“只要有默多搅和过去，通常都会有欺诈的成分了。”

“倒还不是。”

她认为，这种情绪绝不是悔罪。这些跳舞的人并没有深刻反思他们的生命，为犯下的罪孽感到哀伤或后悔。真心悔罪的人都是沉思默想，不事张扬的。凯瑞丝在这样的气氛中觉察到的却大不相同。这里是激动。

“这是一种道德败坏。”她说。

“只是没有饮酒，他们全都陷入自污中了。”

“而且这其中有一种痴迷。”

“但没有性。”

“等着吧。”

默多带领着队伍又出发了，朝修道院区域之外走去。凯瑞丝注意到一些自鞭赎罪的人掏出碗来，向人群要钱了。她猜测，他们会这样穿过镇上的几条主要街道。他们大概会在一些较大的客栈前完成这次游行，在那里享用人们给他们买下的食物和饮品。

梅尔辛触了下她的胳膊。“你面色苍白，”他说，“你感觉怎样？”

“只是疲乏。”她简短地说。无论她感觉如何，她都得不管不顾地继续承担责任，提醒她过于疲劳对她无济于事。然而，他能注意到她的身体状况，毕竟是一片好心，于是她用柔和的声音说：“到副院长的住所来吧。快到午饭时间了。”

他们在那支队伍消失后，走过绿地。他们步入宅院。刚刚只有他们两人时，凯瑞丝就伸出双臂搂住梅尔辛，亲吻起来。她突然感到非常强烈的肉体要求，便把舌头伸进他的嘴里，因为她知道他喜欢这样。他也呼应着用双手握住她的双乳，轻柔地捏着。他们从来没在这宫里如此亲吻过，凯瑞丝模糊地想着，是不是托钵修士默多的狂闹唤醒了她平素的压抑。

“你的肌肤发热了。”梅尔辛在她耳畔说。

她想让梅尔辛拉下她的袍服，用嘴含住她的奶头。她感到自己正在失控，有可能会毫无忌惮地就在这地面上忘情作乐，这地方可是太容易被发现了。

这时一个女孩的声音说：“我可不是诚心偷看的。”

凯瑞丝大吃一惊。她负疚地一下子从梅尔辛身边跳开。她转过身来，寻找那个说话的人。在房间的尽里头，坐在一条板凳上的是一个抱着婴儿的年轻妇女。原来是拉尔夫·菲茨杰拉德的妻子。“蒂莉！”凯瑞丝叫道。

蒂莉站起身来。她的样子又累又怕。“我很抱歉惊动了你。”她说。

凯瑞丝松了口气。蒂莉曾在修女学校中就读，并在女修道院生活了多年，她很喜欢凯瑞丝。可以相信她不会为她目睹的亲吻大惊小怪。可是她在这儿做什么呢?“你没事吧？”凯瑞丝说。

“我有点累。”蒂莉说。她摇晃了一下，凯瑞丝赶紧扶住她的胳膊。

婴儿哭了。梅尔辛接过孩子，很内行地摇着。“好啦，好啦，我的小侄子。”他说。哭声变成了柔和的不高兴的抽泣。

凯瑞丝对蒂莉说：“你怎么到这儿来的？”

“走路。”

“从天奇大厅？还抱着杰里？”孩子现在已经六个月，抱着不轻的。

“我走了三天。”

“我的天。出什么事了吗？”

“我是逃出来的。”

“拉尔夫怎么没追你呢？”

“追了，跟阿兰一块。我藏进了树林里，他们就过去了。杰里真乖，一点没哭。”

那幅画面让凯瑞丝喉头发紧。“可是……”她咽了下去。“可是你为什么要逃跑呢？”

“因为我丈夫想杀死我。”蒂莉说，跟着就涌出了泪水。

凯瑞丝扶她坐下，梅尔辛给她端来了一杯葡萄酒。他们让她抽泣着。凯瑞丝挨着她坐到板凳上，伸出一只手臂搂着她的肩头，而梅尔辛则哄着婴儿杰里。当蒂莉终于哭出声时，凯瑞丝说：“拉尔夫干了什么？”

蒂莉摇摇头：“没干什么。只是他瞪我的那副样子。我知道他想谋害我。”

梅尔辛咕哝着：“我要是能说我弟弟不会那么做倒好了。”

凯瑞丝说：“可他为什么要做这样可怕的事情呢？”

“我也不知道，”蒂莉悲惨地说，“拉尔夫去参加威廉叔叔的葬礼，那儿有一个从伦敦来的律师，格利高里·朗费罗爵士。”

“我认识他，”凯瑞丝说，“一个聪明人，可我不喜欢他。”

“事情就从那开始了。我有一种感觉，这事全都跟格利高里有关。”

凯瑞丝说：“你不该因为你凭想象的事，就抱着孩子走这么长的一路。”

“我知道这事听起来是出乎想象，可是他就坐在那里，愤恨地瞪着我。一个男人怎么会那样看他妻子呢？”

“唉，你算是来对地方了，”凯瑞丝说，“你在这里是安全的。”

“我能待在这儿吗？”她请求说，“你不会打发我回去吧，嗯？”

“当然不会。”凯瑞丝说。她迎着梅尔辛的目光。她知道他在想什么。给蒂莉保障未免莽撞。逃亡的人可以在教堂里得到避难，这是一般原则，但一座女修道院有没有权利庇护一位骑士的妻子，并无限期地让她离开他，就很难说了。何况，拉尔夫当然有资格让她交出婴儿，因为那是他的儿子和继承人。无论如何，凯瑞丝在她的语气中加足了信心，她说：“你可以待在这里，待多久都成。”

“噢，谢谢你。”

凯瑞丝无声地祈祷着，让她能够信守诺言。

“你可以住在医院楼上的一间专用客房。”她说。

蒂莉面有疑色：“要是拉尔夫来了可怎么办？”

“他不敢。不过要是你想觉得更安全些，你可以用塞西莉亚嬷嬷原来的房间，在修女宿舍的尽头。”

“那好极了。”

修道院的一名侍女进来摆桌子准备吃午饭。凯瑞丝跟蒂莉说：“我这就带你去食堂。你可以和修女们一起就餐，然后回宿舍休息。”她站起身。

她突然感到晕眩。她把一只手放到桌子上稳住身体。还抱着婴儿杰里的梅尔辛，焦急地说：“怎么的了？”

“我过一会儿就会好的，”凯瑞丝说，“我只是太累了。”

跟着她就倒在了地上。

梅尔辛感到一阵极度的痛苦。一时之间他目瞪口呆。凯瑞丝从来没生过病，从来没有无助过——她是个照顾病人的人。他无法想象她成为疫病的牺牲品。

那时刻眨眼就过去了。他压下恐惧之心，小心地把婴儿交给了蒂莉。

那侍女不再摆桌，而是呆立着，吃惊地盯着地板上凯瑞丝失去知觉的身体。梅尔辛有意让自己的声音平静，但急切地对她说：“跑到医院去，告诉她们，凯瑞丝病倒了。把乌娜姐妹叫来。现在就去，尽快！”她匆匆跑了。

梅尔辛跪在凯瑞丝身旁。“你听得见我的声音吗，我亲爱的？”他说。他拿起她没有知觉的手，轻拍着，然后又碰碰她的面颊，再抬起她的眼皮。她已经失去了知觉。

蒂莉说：“她得了黑死病了，是吗？”

“噢，上帝。”梅尔辛把凯瑞丝揽进怀里。他人矮体瘦，但他总能举起重物，建筑用的石材和木梁。他轻松地抬起她，站起身，然后把她轻轻地放在桌子上。“别死，”他悄声说，“求你别死。”

他亲吻着她的额头。她的皮肤倒是热的。他们不久前拥抱时他就感觉到了，但当时激动得没有担忧。或许这正是她如此热情的原因：发烧会有这种作用。

乌娜姐妹进来了。梅尔辛看到她感激不尽，不禁热泪盈眶。她是个年轻修女，刚结束见习期才两年，但凯瑞丝对她的看护技能评价很高，并盘算着有朝一日让她负责医院。

乌娜用一块亚麻布包上口鼻，在颈后系了个结。然后她摸了凯瑞丝的前额和面颊。“她打过喷嚏吗？”她问。

梅尔辛擦了下眼睛。“没有。”他答道。他有把握不会不注意的：打喷嚏是个不祥之兆。

乌娜拉下凯瑞丝袍服的前襟。在梅尔辛看来，她的小小的乳房暴露在外，一定会痛苦难堪。但他高兴地看到，她前胸上没有黑紫色的皮疹。乌娜又给她拽好衣服。她察看着凯瑞丝的鼻孔。“没有出血。”她说。她摸着凯瑞丝的脉搏，沉思着。

过了一会儿，她抬头看着梅尔辛：“可能不是黑死病，可看上去她病得很重。她发烧，脉搏过速，呼吸不深。把她抬到楼上去，放她躺倒，用玫瑰水给她擦脸。看护她的人一律都要戴上面罩，并且洗手，就当她是得了黑死病。这也包括你。”她给了他一块亚麻布条。

他在戴面罩时，泪水淌下了他的面颊。他把凯瑞丝抱到楼上，把她放到她房间里的垫子上，把她的袍服拉直。修女们拿来了玫瑰水和醋液。梅尔辛把凯瑞丝有关蒂莉的指示告诉她们，她们就引着年轻的母亲和婴儿到宿舍去了。梅尔辛坐到凯瑞丝身旁，用蘸了玫瑰水香液的布片轻拭着她的额头和面颊，祈祷她清醒过来。

她终于醒了。她睁开眼睛，困惑地皱起眉头，然后露出忧虑的神色，说："出什么事了？"

"你昏倒了。"他说。

她挣扎着要坐起来。

"别动，"他说，"你病了。大概不是黑死病，但你病得不轻。"

她一定感到无力了，因为她二话没说就又躺回到枕头上了。"我只要休息一个小时。"她说。

她在床上躺了两个星期。

三天之后，她的眼白变成了深黄色，乌娜姐妹说，她害的是黄疸病。乌娜准备了加蜜而变甜的草药汤剂，让凯瑞丝一天三次趁热服下。凯瑞丝的烧退了，但仍很虚弱。她每天都是焦虑地询及蒂莉，乌娜回答她的问题，但拒不讨论女修道院生活的其他方面的事务，以免凯瑞丝感到劳累。凯瑞丝也无力与她争执。

梅尔辛没有离开副院长的宅院。白天，他坐在楼下，近得可以听到她的呼唤，而他的工友们则来向他请教他们在建或在拆的各种建筑物的事情。入夜，他躺在她身旁的垫子上，睡得很轻，她呼吸的每次变化或她在床上的每次翻身，他都会醒来。洛拉睡在隔壁的房间。

第一个星期的周末，拉尔夫露面了。

"我妻子失踪了。"他走进副院长宅院的大厅时说道。

梅尔辛正在一块大石板上画图，抬起头来，说："你好啊，兄弟。"他觉得拉尔夫面色鬼祟。显然，他对蒂莉的失踪抱着混杂的感情。他不喜欢她，但在另一方面，没有哪个男人会愿意他的妻子出走的。

梅尔辛负疚地想，说不定我也同样有着混杂的感情呢。毕竟是我帮助他的妻子离开了他。

拉尔夫坐到一条板凳上。“你有葡萄酒吗？我渴坏了。”

梅尔辛到侧厨处，给他倒了一大杯。他脑子里掠过一个念头，就说他不知道蒂莉会在哪里，但他的本性又反对他对自己的亲弟弟说谎，尤其是此事如此重大。再者，蒂莉待在修道院也无法保密：这么多的修女、见习修女和雇佣都在这里见过她。梅尔辛心想，除非在极端紧急的情况下，诚实总是最好的。他把杯子递给拉尔夫，说：“蒂莉带着婴儿待在修道院这儿。”

“我就知道她可能在这儿。”拉尔夫左手举起杯子，露出三根缺指的残指。他长饮了一口，“她怎么的了？”

“她从你身边跑了，拉尔夫。”

“你早该告诉我。”

“我感到很难办。可我又不能出卖她。她害怕你。”

“为什么站在她一边跟我作对呢？我是你的弟弟啊！”

“因为我了解你。要说她害怕，总会有理由的。”

“这是不能容忍的。”拉尔夫做出一副气愤的样子，但他的表演却缺乏说服力。

梅尔辛不清楚他的真实感情是什么。

“我们不能赶她走，”梅尔辛说，“她要求避难。”

“杰里是我的儿子和继承人。你不能把他和我分开。”

“不是无限期的嘛，不会的。如果你启动法律程序，我肯定你会胜诉。可你也不会想把他和他母亲拆开吧，会吗？”

“要是他回了家，她也会回去的。”

这倒可能是真的。梅尔辛正想另寻途径来劝说拉尔夫，这时托马斯兄弟带着阿兰·弗恩希尔进来了。他用他那一只手握着阿兰的胳膊，像是怕他跑掉。“我发现他在窥探。”他说。

“我只是在四下瞅瞅，”阿兰分辨说，“我觉得修道院空荡荡的。”

梅尔辛说：“你已经看到了，不是那么回事。我们现有一名修士，六名见习修士和二三十个孤儿呢。”

托马斯说：“反正他没在男修道院，他在修女的活动区。”

梅尔辛皱起了眉头。他能听到远处唱圣歌的声音。阿兰溜进来的时间恰到好处：所有的修女和见习修士都在大教堂里做午时祈祷。在这段时间，修道院的大部分建筑物都空无一人。阿兰可能畅行无阻地四下走动了好一会儿了。

这可不像好奇的闲趣。

托马斯补充说：“所幸，厨房的一个帮工看到了他，就来教堂把我叫了出来。”

梅尔辛不知道阿兰一直在寻找什么。找蒂莉吗？他肯定没有胆量在光天化日之下把她从女修道院抓出来。他转向拉尔夫。“你们俩有什么打算？”

拉尔夫把问题推给阿兰。“你以为你在干什么呢？”他气恼地说，不过，梅尔辛觉得那生气的样子是假装的。

阿兰耸耸肩：“我只是在等待的时候四下转转。”

这是说不过去的。闲着的武装人员等候他们的主人都待在马厩和客栈，而不是修道院的回廊。

拉尔夫说：“好啦……别再这么干了。”

梅尔辛意识到，拉尔夫会一口咬定这种说法。他伤心地想，我对他实言相告，可他对我并不以诚相待。他回到那个更重要的话题。“你干吗不让蒂莉自己待上一阵子？”他对拉尔夫说，“她在这儿会满好的。也许，过上一段时间，她就明白了你对她并无恶意，会回到你身边的。”

“太丢人了。”拉尔夫说。

“也不见得。一个贵族妇女如果感觉有必要退隐一段时间，有时就会在修道院中过上几个星期的。”

“通常都是在她守寡或者她丈夫上前线打仗的时候。”

“不过也并非总是这样。”

“在没有明显的理由时，人们总会说，她是想离开她丈夫。”

“那又能坏到哪儿去？你可能有时候也愿意离开妻子一段时间呢。”

“也许你是对的。”拉尔夫说。

梅尔辛对这一反应感到一惊。他没想到拉尔夫这么轻易地就被劝服了。过了一会他的惊讶劲头才算过去。随后他说：“就是嘛。给她三个月时间，然后再来，跟她谈一谈。”梅尔辛有一种感觉：蒂莉绝不会回头的，但至少这一建议可以推迟一下危机。

“三个月，”拉尔夫说，“好吧。”他站起身要走。

梅尔辛握了他的手。“母亲和父亲怎么样了？我有几个月没见他们了。”

“越来越老啦。父亲现在不出屋了。”

“等凯瑞丝一见好，我就过去看望他们。她得了黄疸病，正在恢复呢。”

“替我向她问好。”

梅尔辛到门口，目送拉尔夫和阿兰骑马而去。他感到心烦意乱。拉尔夫打算要干点什么，没有把蒂莉弄回去这么简单。

他回到他画的图上，却好长时间瞪着图什么都没看见。

两个星期结束时，凯瑞丝显然大有起色了。梅尔辛疲惫不堪，却满心喜悦。像是得到赦免似的，他把洛拉早早哄上床，便第一次来到户外。

这是个和暖的春季黄昏，阳光和温和的空气使他头脑清新。他自己的贝尔客栈关门重修了，但“神圣灌木”旅馆却生意兴隆，顾客都坐在门外的板凳上喝着酒。享受好天气的人那么多，以致梅尔辛停下来，向喝酒人打听，今天是什么节日，因为他觉得自己可能忘记了日期了。“现在天天都在过节，”一个人说，“我们都要死于黑死病了，干活又有什么用？来杯淡啤酒吧。”

“不啦，谢谢。”梅尔辛继续前行。

他注意到，许多人都穿着奇装异服，华丽的头饰和绣花的齐膝外衣都是他们平素里穿不起的。他揣摩他们的这些服饰是继承来的，或许是从富人尸体上扒下来的。其效果是梦魇般的光怪陆离：丝绒帽子扣在脏发上，金丝和食渍混在一起，破袜子上套着缀珠宝的鞋子。

他看到两个男人全穿着女装：拖地长裙和女式头巾。他们挽着胳臂沿主街走着，犹如商人的太太们炫耀她们的财富——但他们毫不含糊地是男性：粗手大脚，下颏上长着胡须。梅尔辛感到晕头转向，仿佛任什么都不足信了。

随着夜色渐浓，他过桥来到麻风病人岛。他在岛上的两桥之间，修起了一条街的店铺和客栈。工程已经结束，但房子还没有租出去：门窗钉着木板，将游民拒之屋外。这里除去兔子没人居住。梅尔辛估摸，这些房子要等到黑死病终止，王桥恢复常态，才能不再空着。若是黑死病始终不走，房子就永远不会有人；果真如此，出租他的房产恐怕是他最不操心的事了。

他在城门要关时，返回了旧城。“白马客栈”里像是举行着什么大型联欢。那栋房子灯火通明，人群在门前的道路上挤作一团。“这儿干什么呢？”梅尔辛向一个饮酒的人打听。

“年轻的大卫害了黑死病，他没有继承人来接手这客栈，所以他就把所有的淡啤酒都发送了。”那人说，高兴得咧嘴笑着。“你有本事喝多少就喝吧，白送的！”

他和许多别人显然都在按照同样的原则办事，其中十多个人已经醉醺醺的了。梅尔辛在人群中推开一条路。一个人在敲鼓，其余的在跳舞。他看到了一圈人，便从他们的肩头向圈里望去，想弄明白他们藏着些什么。一个二十岁上下喝得烂醉的女人正俯身在一张桌上，由一个男人从后边插进她。另有好几个男人显然在排队等候。梅尔辛恶心地转过身。在房子的侧面，由几只空桶半遮着的地方，他的目光落在富有的马贩子乌济·奥斯特拉身上，他正跪在一个比他年轻的男人身前，嘬着他的生殖器。这也是违法的，事实上惩罚是处死，但显然没人在乎了。乌济已经成婚，也在教区公会里，他看到了梅尔辛的目光，但并没有停下来，而是更加激动地接着干，仿佛被人看到更加来劲了。梅尔辛摇着头，惊诧不已。就在客栈的门外有一桌残羹剩饭：烤肉的骨头，熏鱼，布丁和奶酪。一条狗立在桌上正吃着一块火腿。一个男人正在泼掉一碗烧菜。在客栈门边，“白马”店主大卫坐在一把大木椅上，手里拿着一大杯葡萄酒。他又打喷嚏又出汗，有症候特点的鼻血一直在流，可他还在环顾四周，为胡闹的人喝彩。他似乎想在黑死病夺去他的生命之前，先用饮酒自杀。

梅尔辛感到厌恶，便离开那场面，赶回修道院去了。

出乎他意料的是，他发现凯瑞丝已经起身并穿戴整齐了。“我好多了，”她说，“我打算明天就恢复我往常的工作。”看到他将信将疑的神色。她又找补了一句：“乌娜姐妹说我能行。”

“要是你肯听另一个人的话，那你还不能恢复正常。”他说。她哈哈笑了。这模样让他的眼中充满了泪水。她已经有两个星期没有笑过了，有一阵子他真不知道他还能不能再听到她的声音了。

“你到哪儿去了？”她问道。

他告诉了她，他在镇上遛弯的情况，还有他看到的讨厌的景象。“倒是没有一件事是恶意的，”他说，“可我真不知道他们下一步会干出什么事来。当对他们的一切禁忌都不存在的时候，他们会不会动手互相杀害呢？”

一名厨房帮佣端来一大盆汤给他们当晚饭。凯瑞丝小心翼翼地喝着。有好长时间，她对任何食物都觉得恶心。然而，她像是感到这韭葱汤还可口，竟然喝了一整碗。

侍女清理完桌子之后，凯瑞丝说：“我病的时候，想了很多要死的事。”

“你没要人找教士来。”

“不管我身体是好是坏，我从不相信上帝会被最后一分钟的改变心肠所愚弄。”

“那又想些什么呢？”

“我自问是否有什么当真要后悔的事。”

“有吗？”

“有的是呢。我不是我姐姐的好朋友。我没有子女。我把我母亲去世那天我父亲给她买的猩红外衣弄丢了。”

“你是怎么弄丢的？”

“我进女修道院时，不准我带上那件衣服。我不知道它的下落了。”

“你最后悔的事是什么呢？”

“有两件。我没能建起我的医院；我跟你在床上的时间太少了。”

他扬起了眉毛：“好嘛，第二件事是很容易弥补的。”

“我知道。”

“那些修女呢？”

“谁也不再关注了。你看到了镇上是一副什么样子。在这女修道院里，我们都忙于处理要死的人，顾不上旧的清规戒律了。琼和乌娜每天夜里都在医院楼上的一个房间里同宿。这没什么关系。”

梅尔辛皱起眉头：“说来也怪，她们这么做，可是半夜照旧去教堂祈祷。她们怎么调和这两种行为呢？”

“听着。《圣路加福音》说：‘有两件外衣的人，就该分一件给没衣的人。’你以为夏陵的主教身上穿满了一件件的袍服就能自圆其说吗？人人都从教会的教诲取其所需，而对不合意的部分不屑一顾。”

“你呢？”

“我也一样，不过我讲真诚。因此我要做你的妻子，跟你一起生活，要是有人质问我，我就说这是非常时期。”她站起身，走到门前，把门闩上。“你已经在这里睡了两个星期了。别搬走

了。”

“你用不着把我锁在这里。”他笑着说，“我会心甘情愿地留下来的。”他伸出双臂搂住了她。

她说：“我们刚要开始那种事，跟着我就晕倒了。蒂莉妨碍了我们。”

“你当时在发烧。”

“要是这么说，我还在烧呢。”

“或许我们该在中止的地方重新开始吧。”

“我们先上床吧。”

“好的。”

他俩拉着手，一起走上楼去了。

71

拉尔夫和他的人隐身在王桥北边的树林里等待着。五月时节，晚上很长。夜幕降临后，拉尔夫鼓励别人小憩一会儿，由他坐着观察。

同他一起的有阿兰·弗恩希尔和四名雇来的人，他们都是从国王的军队复员在和平时期生活无着的战士。阿兰在格洛斯特的“红狮”客栈雇下了他们。他们不知道拉尔夫是何许人，也没在白天见过他的真面目。他们只照吩咐去做，拿到钱，而不问问题。

拉尔夫睁着眼，自动地计算着过去的时间，这是他随国王在法兰西征战时练就的。他早已发现，要是他太努力地计算过去多少小时了，反倒会心存疑虑；但是，如果他只是那么一猜，他脑子里想到的倒总不差分毫。修士们用燃烛标上圆箍计算钟点，或是用中间有窄颈的玻璃沙漏装上沙子或水来计时；但拉尔夫脑子里自有更好的量度。

他背靠一棵大树，坐得笔直，眼睛则盯着他们点着的一堆篝火。他能听见灌木丛中小动物的窸窣声，和食肉猫头鹰偶尔的叫声。这里是静静的黑夜，有的是时间思索。觉察到危险迫近，会使大多数人一跃而起，对他却是安抚。

今夜的主要冒险，实际上并非来自战斗。会有一些徒手搏斗，但敌人不过是肥胖的镇民或细皮嫩肉的修士。真正的风险是拉尔夫可能被认出来。他要做的事情会是一场震惊。会被人们激愤地在这片土地上，乃至全欧洲的每一座教堂里谈论。启发拉尔夫这样做的格利高里·朗费罗，会用最高的声腔谴责这一行径。事情如有败露，拉尔夫就成了反面角色，会被绞死的。

但如果他成功了，就会当上夏陵伯爵。

他盘算之时，已是子夜两点了，他叫醒了其他人。

他们把马拴在树林里，徒步走出林地，沿大路向城里进发。阿兰像在法兰西作战时一样，携带着装备。他有一部短梯、一盘绳索和一只铁爪，都是他们在诺曼底攻城时用过的。他的腰带上还别着石匠用的凿和槌。他们或许用不上这些工具，但他们懂得有备无患。

阿兰还有好几个大口袋，用一捆绳子紧紧缠成一束。

他们看到城池时，拉尔夫发给每人一个只露出眼睛和嘴巴的面具，大家都戴好了。拉尔夫左手还戴了只无指手套，以掩盖他那容易引人注意的缺了三个指头的残根。他这样就完全不会被认出了——当然除非他被活捉。

他们的靴子上还都套上毡靴，在膝盖处系紧，以便行动无声。

王桥已经有几百年没有受到军队的攻击了，防卫十分松懈，尤其自黑死病袭来之后，更形同虚设。然而，通向镇子的南入口关得死死的。在梅尔辛那座大桥的进城一端是一座石砌门楼，装着坚实的木门。但河流只在镇子的东、南两面护住城池。西、北两面不需要桥，保护设施是一段失修的城墙。这是拉尔夫从北边接近的原因。

低矮的民房蜷缩在城墙外侧，如同肉铺后门卧着的狗。阿兰好几天之前，就在他俩来到王桥，打探蒂莉消息的那天，就已侦察好路径。此时，拉尔夫和雇来的人随着阿兰，尽量不出声地穿行于陋屋之间。哪怕是郊外的贫儿，一旦警醒，也会发出警报的。一条狗叫了起来，拉尔夫紧张了，可是有人骂了那畜生，狗就安静了。过了一刻，他们来到一处城墙塌陷的地方，很轻易地就爬过了坍倒的石堆。

他们发现身处在一些仓库背后的窄巷之中。原来刚好进了城墙的北门。拉尔夫知道，城门的岗亭里有一名哨兵。六个人悄无声息地走过去。虽说他们此时已在城里，哨兵若是看到他们，也会盘问，而如果对他们的回答不满意，他就会呼救。不过，让拉尔夫放心的是，那人坐在一条板凳上，倚着岗亭的侧墙，正在酣睡，一支残烛的弱光照亮了他身边的一个架子。

拉尔夫反正决定不冒险警醒那人了。他踮着脚尖走近，侧身进入岗亭，用一柄长刀划开了那哨兵的喉咙。那人醒来，疼得想叫，但涌出嘴的只有血了。他倒地之后，拉尔夫抓着他有好几分钟，等他断气。随后他把尸体拖起来，顶着岗亭的墙戳立着。

他在那死人的外衣上擦干了刀刃上的血，放进刀鞘。

封闭城门洞的大型双扇门内侧，是一个只容一人通过的窄洞。拉尔夫拔下小门的门闩，准备事后迅速撤离。

六个人悄无声息地沿着通向修道院的街道走去。

天上没有月亮——这是拉尔夫挑上今夜行动的原因——但他们仍可被星光模糊地照出来。他焦虑地看着街道两侧住宅楼上的窗子。若是没入睡的人刚好向外看，就会发现六个蒙面人毫无疑问为非作歹的样子。所幸，天气不算太暖和，人们不会在夜间开窗入睡，所有的百叶窗都合着。不管怎样，拉尔夫还是把兜头帽尽量向前拽，指望这样能遮住脸并挡住面具，跟着他示意其余人照样做了。

这座城市是他度过少年时期的地方，街道是他所熟悉的。他的哥哥梅尔辛依旧住在城里，只不过拉尔夫不确切知道他的住处罢了。

他们沿着主街走下去，经过已经在夜晚关门上锁好几个小时的“神圣灌木”旅馆。他们转向大教堂的围墙。入口有高大的包铁木门，但门一直开了多年了，因为合页已生锈，不能动了。

修道院里一片漆黑，只从医院的窗子里透出一星昏光。拉尔夫推测，这该是修士和修女睡得最死的时候。再过一小时左右，他们就得被叫起来作晨祷，那是要在黎明之前开始和结束的。

已经侦察过修道院的阿兰，带领一行人绕过教堂的北侧。他们悄悄地走过墓地，穿过副院长的宅院，然后转身沿大教堂东侧及河岸间的狭长窄地前行。阿兰把短梯抵在一道空墙上，悄声说：“修女活动区。跟我来。”

他爬上墙头，越过屋顶。他的脚踩在石瓦上没出什么声响。所幸他不必使用铁爪，否则会砰的一响，惊动人的。

其余的人都跟着他，拉尔夫殿后。

到了里面，他们从屋顶上跳下，轻轻地落在四方院子的草皮上。到了这里，拉尔夫警觉地察看着四周回廊的规则的石柱。拱门像是更夫似的瞪着他，但是什么也没有受到惊动。修士和修女们不准养狗，倒真是件好事。

阿兰带他们绕过暗影重重的走道，穿进一道沉重的门。“厨房。”他悄悄说。房间被一个大炉子的木柴昏暗地照着。“慢点走，别撞倒任何瓶瓶罐罐。”

拉尔夫等了一会儿，让他的眼睛调整过来。很快他就看清了一张大桌子，七个大桶和一摞炊具的轮廓。“找个地方坐下或躺倒，尽量让自己舒服一点，”他对他们说，“我们要待到她们都起来进入教堂呢。”

向厨房外窥视了一个小时之后，拉尔夫数着数从宿舍出来，缓步穿过回廊，走向大教堂的修女们，有些人拿着灯，在拱顶投射出古怪的身影。“二十五个。”他对阿兰耳语。如他所料，蒂莉不在她们中间。贵妇访客是不必参加半夜的祈祷的。

她们都消失之后，他行动了。别人留在后边。

只有两处可能是蒂莉睡觉的地方：医院和修女宿舍。拉尔夫已经猜到，她在宿舍会觉得更安全，便先到那里去。

他轻轻走上石头台阶，他的靴子上仍套着毡子鞋套。他向宿舍里偷窥。里边只有一支蜡烛照亮。他曾希望，所有的修女都进了教堂，因为他不想让闲杂人搅乱了局势。他担心会有一两个修女因为生病或偷懒留下来。但房间是空的——连蒂莉也不在。他正要撤退时，忽然看到尽头有一道门。

他轻轻走到宿舍里头，拿起那支蜡烛，然后悄悄地走进那门洞。摇曳的烛光照着他妻子靠在枕头上的年轻的头，她的头发散落在脸上。她那样子无辜又漂亮，拉尔夫一时间有些自责了，他只好提醒自己，由于她挡在他发迹的路上，他是多么恨她。

他的儿子杰里，躺在她身边的一张小床上，闭着眼，张着嘴，平静地睡着。

拉尔夫爬到近处，用一个迅猛的动作，把右手捂到了蒂莉的嘴上，惊醒了她，同时也让她出不了声。

蒂莉大睁着眼睛，恐惧地瞪着他。

他放下了蜡烛。在他的口袋里放着各式各样的小物件，包括破布和皮条。他把一块破布塞进蒂莉的嘴里让她出不了声。尽管他戴着面具和手套，他还是觉得她认出了他，哪怕他一声未吭。也许她能像狗一样嗅出他的气味吧。没有关系。她是不会告诉别人的了。

他用皮条捆住她的手脚。她这会倒没挣扎，但过一会儿就会的。他检查了一下堵她嘴的破布塞得紧紧的。然后就定下心来等着。

他能够听到从教堂传来的歌声：强有力的女声合唱，夹杂着想和她们配合的几个破嗓子的男声。蒂莉一直用祈求的大眼睛紧盯着他。他把她转过身去，以免看到她的脸。

她早已猜测到他要杀她了。她看出了他的心思。她准是个女巫。或许所有的女人都是女巫。反正，她几乎就在他刚形成这一念头时就看破了他的意图。她开始盯着他，尤其在夜晚，她那双恐惧的眼睛一直随着他在屋里转，也不管他做什么。夜间，他躺下睡觉时，她在他身边挺着身子，保持警觉；早晨他起身时，她必定已经下了地。经过这样的几天之后，她就不见了。拉尔夫和阿兰四处寻觅不见，后来他听到传闻，说她在王桥修道院里避难。

这倒干脆符合了他的计划。

婴儿在睡梦中抽着鼻子，在拉尔夫看来像是要哭。要是修女们这时刚好回来该怎么办；他从头到尾想了一遍。可能会有一两个修女到这里看看蒂莉是否需要帮助。他决定把她们杀死算了。这又不是第一次。他在法兰西就杀过几个修女。

他终于听到她们拖着脚步回到了宿舍。

阿兰会在厨房里盯着，在她们回来时计算着人数。等她们全都平安地走进房间，阿兰和另外四个人就会拔出剑，采取行动。

拉尔夫把蒂莉抬起来。她脸上淌着泪水。他把她转过去背对着他，然后用一条胳膊揽着她的腰把她举起，放到他的臀部上。她像个孩子一样轻。

他抽出了他的长匕首。

他听到外面一个男人说："别出声，不然就杀死你！"他知道那是阿兰，虽然他的声音让面具堵着。

这是个要紧的时刻。这些建筑物还有别人——修女们和医院里的病人们，修士活动区里的修士们——拉尔夫不想让他们出现，把局面复杂化。

尽管阿兰发出了警告，但还是有好几声惊呼和尖叫声——但拉尔夫觉得还不算太响。到此为止，一切顺利。

他把门一下敞开，臀上驮着蒂莉，迈步进了宿舍。

他可以借修女们的灯光看清屋里。在房间尽头，阿兰挟着一个女人，他的刀子抵住她的喉咙，和拉尔夫挟着蒂莉的姿势一样。还有两个男人站在阿兰身后。另两个雇来的人该是在楼梯脚下守着。

"听我说。"拉尔夫发话道。

他一开口，蒂莉就痉挛地扭了一下。她已经辨出了他的声音。不过这没关系，反正还没有别人听出来。

一阵可怕的寂静。

拉尔夫说："你们谁是司库？"

没人吱声。

拉尔夫用他的刀尖触了一下蒂莉的喉咙。她开始挣扎，但她过于娇小，他毫不费力就控制住了她。他想，现在，对，现在是杀她的时候了；但他犹豫着。他已经杀过许多人，有男也有女，但突然之间，似乎把刀子捅进一个他曾拥抱过、亲吻过、睡过觉、还给他生了孩子的女人温暖的身体，有点可怕。

他告诉自己，何况，若是有一个修女死了，对她们就更有震慑力。

他对阿兰点了下头。

阿兰用力一割，他挟着的那个修女的脖子就给划开了。如注的血流从她的脖子喷到了地上。

有人尖叫了一声。

那不仅是一声尖叫，而是纯粹被吓得发出的非常响亮的号叫，甚至会把死人唤醒的，那叫声持续着，直到一个雇来的打手用他的棍棒狠狠地打在呼叫者的头部，使她昏厥倒地，血汩汩地淌下面颊。

拉尔夫又问："你们谁是司库？"

晨祷钟响，凯瑞丝溜下床时，梅尔辛短时间醒了一下。他像往常一样，翻了个身，打了个盹，所以等她回来时，好像她才走开了一两分钟。她回到床上时，身上很冷，他把她拉过来，用双臂搂住她。他俩时常会醒着一会儿，聊聊天，再云雨一番，然后入睡。这是梅尔辛最满意的时刻。

她紧紧地偎依着他，她的乳房舒服地贴在他的胸前。他吻着她的前额。等她暖和过来，他就伸手到她的腿裆，轻柔地摸着那里的软毛。

可是她特想说话："你听到昨天的传闻了吗？城北树林里有强盗。"

"看来不大可能。"他说。

"我不知道。那一面的城墙都朽了。"

"他们要偷什么呢？他们想要的东西伸手一拿就成了。他们要是需要肉，地里有的是没人看管的牛羊，都是没主儿认领的。"

"所以才奇怪嘛。"

"这些日子，偷盗就像趴在篱笆上吸邻居家的空气一样了。"

她叹了口气："三个月之前，我还以为这场可怕的黑死病过去了呢。"

"我们又死掉了多少人？"

"从复活节以来，我们又埋了上千人了。"

在梅尔辛看来大体正确。"我听说别的镇子也相仿。"

她在黑暗中点头时，他感到她的头发抵到了他的肩头。她说："我相信差不多有四分之一的英格兰居民已经死去了。"

"在教士中要超过一半了。"

"那是因为每当他们主持祈祷时，都要和那么多人接触。他们难以逃避。"

"所以半数的教堂都关闭了。"

"若是你问我，我倒认为这是好事。我敢说，人群传播黑死病比什么都快。"

"反正大多数人对宗教已经失去崇敬了。"

对凯瑞丝而言，这算不上重大悲剧。她说："他们或许会不再相信那些鬼话医术了，并且开始思考什么样的疗法有实效。"

“你可以这么说，可普通百姓难以分辨：什么是真正的治疗，什么是假冒的鬼话。”

“我可以给你四条规律。”

他在黑暗中笑了。她总是那么有条理。“说吧。”

“第一：要是有十多种不同的处方治疗一种病症，你就可以确定，没有一种是有效的。”

“为什么？”

“因为若是有一种有效，人们就会忘记其余的了。”

“有道理。”

“第二：一种处方不讨人喜欢，并不意味着就有好处。生的百灵鸟脑子对喉咙肿痛毫无作用，还会加重病人的喘息；而一杯热水调蜜却使你平复。”

“这倒新鲜。”

“第三：人和动物的粪便从来对谁都没用处。通常只能加剧病情。”

“这话听起来舒服。”

“第四：如果那药方外观与疾病相像——鸫鸟带斑点的羽毛对疱疹，或者再比如说，羊尿对黄疸——大概都是异想天开的废话了。”

“你应该就此写一本书。”

她嘲讽地哼了一声：“大学推崇的是古希腊的教科书。”

“不是写给大学生的。而是写给你这样的人——修女和助产妇，理发师和女智者。”

“女智者和助产妇是不识字的。”

“有些人识字，另一些则可以让人读给她听。”

“我估摸人们可能喜欢告诉他们如何应对黑死病的小册子。”

她有一会儿陷入了沉思。

在寂静之中，传来一声尖叫。

“这是怎么回事？”

“听着像是被猫头鹰抓住的小地鼠。”她说。

“不，不像。”他说着就起床了。

一名修女迈步向前，对拉尔夫开口讲话了。她很年轻——修女们差不多都很年轻——长着黑发蓝眼。“请不要伤害蒂莉，”她乞求说，“我是琼姐妹，是司库。我们可以把你想要的都给你。请不要再做任何暴力行为了。”

“我是‘隐身者塔姆’，”拉尔夫说，“开修女金库的钥匙在哪儿？”

“都在我的腰带上。”

“带我到那儿去。”

琼迟疑着。她大概觉察到，拉尔夫并不晓得金库在哪里。在他们事先踩点的那次，阿兰在被抓住以前，已经把女修道院侦察得相当彻底了。他摸清了他们溜进来的路径，挑好厨房是最佳的藏身之处，还找到了修女宿舍的地点；但他未能找到金库。琼显然不想暴露其所在。

拉尔夫没时间耽搁了。他不知道谁可能听到那声尖叫。他把他的刀尖紧抵着蒂莉的喉咙，直到流出血来。“我想到金库去。”他说。

“好吧，只是不要伤害蒂莉！我给你带路。”

“我本来就知道你会的。”拉尔夫说。

他留下了两个雇来的人在宿舍里看着修女们别出声。他和阿兰带着蒂莉跟着琼走下台阶，前往回廊。

在楼梯脚下，另两个雇来的人正用刀尖扣住另外的三个修女。拉尔夫猜测，她们是在医院里值班的，过来想弄清那尖叫声。他很高兴：另外的威胁消除了。可是修士们在哪儿呢？

他打发那三个修女上楼进了宿舍。他留下一个受雇的在楼梯脚下警戒，带上另一个跟着他。

琼带着他们进了食堂，其地点恰好在宿舍楼下的一层。她手中摇曳的灯光照出了搁板桌、板凳、讲经台和绘有耶稣参加婚宴的壁画。

在食堂的尽里面，琼搬开一张桌子露出了地面上的一扇活板门。上面有个钥匙眼，和普通的门上的没什么两样。她用一把钥匙在锁转了一下，就抬起了活板门。门下是一道狭窄的螺旋形石阶。她走下石阶。拉尔夫留下那雇来的人警戒，笨手笨脚地挟着蒂莉往下走，阿兰紧随着他。

拉尔夫到了石阶的底部，满意地四下看了看。这里是圣地中的圣地，修女们的秘密金库。这里是个像地牢一样的狭窄的地下室，只是修得较好而已：墙是细方石砌的。那些光滑的正方形石块如同用在大教堂里的一样，地面上严丝合缝地铺着石板。空气清凉干燥。拉尔夫把捆得像只鸡似的蒂莉，放到了地板上。

房间里的大部分都被一只巨大的带盖的箱子占满了，那只箱子似是装着巨大的棺材，用链子扣在墙里的一个环上。此外就没有多少东西了：两条板凳，一张写字台和一个放满羊皮纸卷的架子，大概是女修道院的账簿。墙上的一个钩子吊着两件羊毛外衣，拉尔夫猜想是为司库及其助手在冬季最冷的月份在这下边工作时穿的。

那只箱子太大，不可能搬下石阶。应该是以散件的形式搬来，再就地组装的。拉尔夫指了指合页，琼用她腰带上的另一把钥匙打开了。

拉尔夫往里面看着。都是羊皮纸卷，多达好几十，显然都是女修道院拥有的产业及权利的证明文件和契约；一堆皮革和木头匣子无疑装的是珠宝饰物；而另一个小些的柜里大概盛着钱。

这一刻他必得精细一点。他的目标是那些文献，但他不想太露骨。他要偷偷地拿，但表面上又不能让人看出来。

他命令琼打开那个小柜子。里面盛的是几枚金币。拉尔夫不解何以只有这么少的钱。或许更多的藏在了这间屋子里的别处，可能就在墙石背后。然而，他还在不停地琢磨：他只是装作对钱感兴趣。他把金币倒进腰带上的钱袋里。与此同时，阿兰则打开一个大口袋，动手往里装大教堂的饰物。

已经让琼看到了这些，拉尔夫就命令她回到石阶上面去。

蒂莉还在现场，大睁着恐惧的双眼盯着看，其实她看到什么已经没有关碍了。她绝不会有机会告诉别人的。

拉尔夫拉开了另一个口袋，把羊皮纸卷尽快地往里装。

他们把一切都装妥之后，拉尔夫要阿兰用他的槌和凿砸开木柜。他从勾子上取下羊毛外衣，卷成一捆，拿着蜡烛，用火尖把那衣捆点着。羊毛当即燃烧起来。他把从柜子上拆下的木头堆到着火的羊毛上。火苗很快就欢快地着起来，烟气直冲他的喉咙。

他看了下躺在地上孤立无援的蒂莉。他抽出了刀子。这时，他再一次犹豫不决了。

从副院长宅院，有一座小门直通会议室，而那里又与大教堂的北交叉甬道相连。梅尔辛和凯瑞丝循着这条路径去找寻发出尖叫的地方。会议室是空的，他们又进了教堂。他们只有一支蜡烛，烛光太暗，无法照亮宽阔的内部，于是便站在十字通道的正中，仔细地聆听。

他们听到，一个门闩咔嗒一响。

梅尔辛问："谁在那儿？"声音由于恐惧而发抖，让他很难堪。

"托马斯兄弟。"他们听到了答话。

声音来自南交叉甬道。过了一会儿，托马斯就走进了他们烛光的亮处。"我觉得我听到有人尖叫。"他说。

"我们也听到了。但这教堂里没有人。"

"咱们往四下看看。"

"那些见习修士和男孩子们怎么样了？"

"我告诉他们回去睡觉。"

他们穿过南交叉甬道，进入了修士活动区。他们还是没见人影，也没听到声音。他们从那里沿着一条通道，穿过厨房贮藏室来到医院。病人们都正常地躺在床上，有的在睡，有的在动，有的在痛苦地呻吟——但是，梅尔辛过了一会儿才反应过来：房间里没有修女。

"这可怪了。"凯瑞丝说。

尖叫声可能发自这里，但这儿并没有发生紧急情况也没有任何惊扰的迹象。

他们走进厨房，不出所料，这里也不见一人。

托马斯深深地嗅了嗅，像是要辨出什么气味。

梅尔辛说：“怎么回事？”他发现自己在耳语。

“修士们都是干干净净的，”托马斯咕哝着回答，“有很脏的人来过这里。”

梅尔辛丝毫嗅不出什么不寻常的气味。

托马斯捡起一把切肉刀，就是厨师用来切肉劈骨的那种刀。

他们向厨房门口走去。托马斯举起他断残的左臂，做了个警告的姿势，他们都站住了。在修女的回廊中有微弱的光亮。似乎来自回廊近端的壁龛。梅尔辛猜测，那是远处一支蜡烛的反光。可能来自修女的食堂，或者来自通向她们宿舍的石阶；或者来自两处。

托马斯脱掉他的便鞋，向前走去，他的光脚在石板地上没有发出一点响声。他融进了回廊的阴影中。在他缓缓移向壁龛时，梅尔辛只能勉强看出他的身形。

一股轻淡却刺鼻的气味进入了梅尔辛的鼻孔。不是刚才托马斯在厨房里觉察出的肮脏身体的气味，而是完全不同又新出现的气味。过了一会儿，梅尔辛才辨出那是烟味。

托马斯准是也嗅到了，因为这时他紧贴在墙上一动不动了。

一个看不到的人吃惊地低哼了一声，随后便有一个身影从壁龛跃到回廊的走道，虽然影影绰绰却看得分明，弱光勾出了一个男人的侧影：他戴着一个头套，把头脸包得严严实实。那人转身要向食堂门口跑去。

托马斯的刀砍了下去。

切肉刀在暗中忽地一闪，随后是惊心动魄地砰的一声，刀便劈入了那人的身体。那人发出一声又怕又疼的惨叫。就在他倒地的时候，托马斯再次挥刀，那人的叫声变成了令人发指的倒气声，然后就停止了。他那没了生命的身躯咕咚一声撞到了石板地上。

待在梅尔辛身边的凯瑞丝，被恐惧攫住了。

梅尔辛向前跑去。“怎么回事？”他叫道。

托马斯转身面对着他，用刀做了个回去的动作。“别出声！”他嘘声说。

光线在刹那间改变了。回廊突然之间被一束火光照得通明。

有人迈着沉重的脚步从食堂跑了出来。那是条大汉，一只手提着一个口袋，另一只手举着一个火把。他的模样像个鬼魂，随后梅尔辛才明白，他戴着一个粗劣的头套，上面只有眼洞和口洞。

托马斯迎头拦住那个跑着的人，举起了他的切肉刀。但他稍迟了一点，没等他挥刀，那人撞向他，把他撞飞出去。

托马斯被撞到了一根柱子上，听响声像是他的头碰上了石头。他摔倒在地，失去了知觉。那跑着的人也身体不稳，跪倒在地。

凯瑞丝推开梅尔辛，跪在托马斯身边。

又有好几个人露面了，他们都蒙着脸，有的举着火把。在梅尔辛看来，有的从食堂出来，别的则从宿舍的石阶上下来。就在这时，他听到了妇女们的尖叫声和哭喊声。一时之间，现场一片混乱。

梅尔辛冲到凯瑞丝身边。想用自己的身体保护她，不致受到乱跑的人的冲撞。

入侵的人看到他们的同伴倒下，全都停下不跑，猛然的震惊使他们呆立不动了。靠他们火把的亮光，他们看出来那人已定死无疑：他的脖子几乎给划透了，他的鲜血喷涌到了回廊的石头地面上。他们向四下打量，头摇来摇去，从眼泪里向外窥视，如同溪水里的鱼。

其中一个人看到了托马斯的切肉刀，被血染红了，撂在地面上靠近托马斯和凯瑞丝的地方，那人指着刀让别人看。他气愤地哼了一声，抽出了长剑。

梅尔辛为凯瑞丝担心。他向前一步，引来持剑人的目光。那人举剑向梅尔辛逼近。梅尔辛后退着，把那人从凯瑞丝身旁引开。随着她摆脱了危险，他感到更为自己害怕了。他倒退着走，浑身吓得直抖，脚下滑进了死人的血泊里。他的两脚从身下飞出，人便仰摔在地了。

持剑人居高临下地站在他面前，高举着剑，准备杀他。

这时，另外一个人来干涉了。他是几个人中最高的，移动的速度快得惊人。他用左手抓住要杀梅尔辛的那人高举起的胳膊。他大概有点权威，因为他没有发话，只是向两边摇着他那戴头套的头表示不同意，持剑人就顺从地放下了剑。

梅尔辛注意到，救他的人左手戴着无指手套，但右手没戴。

这一举动只延续了从一数到十的时间，而且来得快，去得疾。一个戴头套的人转向厨房，拔腿就跑，其他人都随他而去。梅尔辛明白了：他们定是计划好要从那条路撤走：厨房有座门，通向大教堂绿地，那是最便捷的一条退路。他们跑得不见了，没有了他们手中的火把，回廊里又漆黑一片了。

梅尔辛站着没动，不知如何是好。他该去追那些入侵者，到楼上的宿舍去看看修女们为什么尖叫，还是去找找着火的地方呢?

他跪在凯瑞丝身房。“托马斯还活着吧?”他问。

“我认为他是撞了头了，他失去了知觉，但他还呼吸，而且没有流血。”

梅尔辛听到身后有琼姐妹那熟悉的声音。“帮帮我，求你了!”他转过身。她站在食堂门口，面孔被她手中的烛光照得怪模怪样，她的头上卷动着烟雾，如同戴了一顶时尚的帽子。“看在上帝的分上，快来!”

他站直身体。琼又返回食堂不见了，梅尔辛跑过去跟上了她。

她的烛光闪着混乱的阴影，但他勉强没有倒在家具上，一路随着她到了屋子的尽头。烟是从地上的一个洞里喷出来的。梅尔辛当即看出，洞是一个仔细的建筑匠干的活：洞口正方，边缘整齐，活板门也很工整。他猜想这里是修女们的隐蔽金库，由杰列米阿秘密修建的。可惜今晚被强盗们找到了。

他吸了一肚子烟，呛得直咳嗽。他想不出下边是什么在燃烧，为什么会失火，但他不打算弄清了——看来实在危险。

这时琼向他高叫:“蒂莉在这里边呢!”

“亲爱的上帝。”梅尔辛绝望地说，跟着便走下了台阶。

他只好憋着呼吸。他透过浓烟窥视。尽管他心惊胆战，他那建筑匠师的目光还是注意到了螺旋形的石阶修得精湛，每一级大小和形状都一样，而且都与前面一级保持同样的角度;因此，尽管他看不到脚下，仍然能够信心十足地一级一级地向下走。

他很快就到达了地下室。他能够看到靠近房间中间的火焰。热量极大，他知道他只能挺住一小会儿。烟很浓。他依旧憋着气，但这时眼睛开始流泪了，视线也模糊了。他用袖子抹了抹眼睛，向烟雾中看去。蒂莉在哪儿呢？他看不到地面。

他蹲下身去。视力稍有改进：低处的烟要淡一些。他手脚并用地在周围挪动，眼睛紧盯着屋角，看不见的地方就用两手去扫着摸。“蒂莉！”他叫着，“蒂莉，你在哪儿？”烟呛进了喉咙，他紧咳嗽了一阵，就算她回答了，也被咳嗽声淹没了。

他再也坚持不下去了。他咳嗽得直抽搐，似乎每吸一口气都会呛进更多的烟。他的泪水直流，几乎看不见了。他在绝望之中，向火极近地靠过去，火苗都烤焦他的衣袖了。他若是抗不住，失去了知觉，就会定死无疑了。

这时，他的手触到了肉体。

他抓住了。那是一条人腿，一条细小的腿，一个姑娘的腿。他把她向自己拉过来。她的衣服都让火烤糟了。他难以看清她的脸，也不知道还有没有知觉，但她的手脚都被皮条捆着，因此她无法自主活动。他竭力忍住咳嗽，把双臂伸到她身下，把她抬起来。

他刚一站直身体，烟就浓得什么都看不见了。突然之间，他记不起台阶在哪个方向了。他从火苗边跌跌撞撞地躲开，一头撞到了墙上，简直要把蒂莉松手扔下了。是左还是右？他向左走，来到一个屋角。他想了一下，又迈动了脚步。

他觉得自己像是淹在水里了。他的力气耗光了，他跪了下去。这一下救了他。他又一次发现，离地面一近，就能看得清楚些了，这时，一道石阶出现了，如同是上天显圣，就在他面前。

他竭力不松开蒂莉柔软无力的躯体。跪着向前走到台阶处。他用了最后一点力气，站起身子。他把一只脚放到最低一级台阶上，挣扎着把身体向上拔；随后又试着迈上了上一级。他止不住地咳嗽着，强制自己向上爬，直到没了台阶。他摇晃着，跪倒在地，撂下了蒂莉，自己瘫倒在食堂的地面上。

有人向他俯下身来。他唾沫四溅地说："盖上活板门——把火灭掉！"紧跟着，他听到砰的一声，木门合上了。

他被人撑着腋下搀了起来。他睁了一会儿眼睛，看到了凯瑞丝朝下颠倒的面孔；随后他的视线便模糊了。她在地上拖着他。烟稀少了，他才得以把空气吸进肺里。他感到从室内来到户外，吸到了清新的夜间空气。凯瑞丝把他放下来，他听到她的脚步声又返回食堂里去了。

他喘气，咳嗽，又喘气，又咳嗽。他的呼吸缓慢地恢复了正常。他的眼睛不再流泪，他看到天破晓了。淡淡的晨曦让他看到了围他站着的一圈修女。

他坐起了身子。凯瑞丝和另一个修女把蒂莉拖出了食堂，放在了他身边。凯瑞丝朝她俯下身去。梅尔辛想说话，却引起了一阵咳嗽，他又试了一次。"她怎么样了？"

"刀子刺进了她的心脏。"凯瑞丝说，跟着就哭了起来，"在你找到她之前，她就已经死了。"

72

梅尔辛对着明亮的白昼睁开了眼。他醒得很晚：阳光的角度射进了卧室的窗户，告诉他此时上午已经过半。他回想着前一夜里的事情。如同做了一个噩梦，有一阵子，他已觉得那一切并没有当真发生。但他呼吸时胸口疼痛，而且他面部的皮肤也在灼痛。蒂莉惨死的可怕景象又回到他眼前。还有内莉姐妹也死了——她们都是无辜的青年女子啊。上帝怎么会听凭这种事情发生呢?

当他的目光落到把一个托盘放到床边的小桌上的凯瑞丝身上时，他明白了他是怎么醒的了。她虽然背对着他，但他仍然从她拱起的肩头和头部的姿态看出，她在生气。这是不奇怪的。她在为蒂莉哀伤，也在为女修道院的神圣和安全遭到破坏而气愤。

梅尔辛起了床。凯瑞丝把两个凳子拉到桌边，他俩全都坐下了。他柔情地端详着她的面孔。她的眼圈发黑。他不知道她是不是没睡觉。她在脸上有一抹灰，他便舔湿了拇指，轻轻替她抹掉了。

她端来了带新鲜黄油的刚烤的面包和一罐苹果汁。梅尔辛觉得自己又渴又饿，便狼吞虎咽起来。凯瑞丝憋着一肚子气，什么也没吃。

梅尔辛满嘴面包，他问：“托马斯今天早晨怎么样了？”

“他在医院躺着呢。他碰伤了脑袋，可他能够连贯地说话和回答问题，看来他的头脑不会有长期损害。”

“那就好。应该对蒂莉和内莉的死有个调查。”

“我已经给夏陵的治安官送去了信。”

“他们大概会归咎于‘隐身者塔姆’。”

“‘隐身者塔姆’已经死了。”

他点点头。他知道接下来会是什么。吃了早餐，他的精神已经提起来了，但这一下又沉了下去。他咽下了嘴里的东西，便把盘子推开了。

凯瑞丝接着说：“不管昨天夜里来的是谁，反正他是要掩盖他的身份的，所以才说了谎——却不知道塔姆三个月前就死在我们医院了。”

“你以为可能是谁呢？”

“是我们认识的人——所以才戴头套的！”

“差不多。”

“强盗是不戴头套的。”

这是真的。他们逍遥法外，根本不在乎谁了解他们和他们犯下的罪恶。昨夜的闯入者却不同。头套有力地暗示了，他们是头面人物，生怕被认出来。

凯瑞丝继续着毫不容情的逻辑分析。“他们杀死内莉以迫使琼打开金库——但他们没必要杀死蒂莉：当时他们已经进了金库嘛。他们是出于别的原因想要她死的。而且他们不满足于让她遭咽呛和烧死：他们还捅了她致命的一刀。出于某种理由，他们一定要确证她已死掉。”

“那又能告诉你什么呢？”

凯瑞丝没有作答。“蒂莉早就认为拉尔夫想谋害她。”

“我知道。”

“一个戴头套的人想把你干掉，就在那一个瞬间。”她的话音在喉咙里哽住了，她只好停下来。她喝了一口梅尔辛的那杯苹果汁，使自己镇定了一下；然后才接着说，“可是那头目制止了他。他为什么要这么做？他们已经杀害了一名修女和一位贵族妇女——为什么会顾忌杀死一个仅仅是建筑匠师的人呢？”

“你认为他是拉尔夫。”

“你不这么认为吗？”

“我也是。”梅尔辛沉重地叹了口气，“你看到他的无指手套了吗？”

“我注意到了他戴着手套。”

梅尔辛摇了摇头：“只戴了一只。戴在左手上。而且不是分指手套，是无指手套。”

“以掩盖他的残指。”

“我无法确定，而且我们当然不能证明什么，可我对此坚信无疑。”

凯瑞丝站起身：“咱们察看一下损失吧。”

他们来到修女活动区。见习修士和孤儿们的正在清理金库，把一袋袋烧成炭的木头和灰烬搬到螺旋形台阶的上面，把没有彻底毁掉的东西交给琼姐妹，并把瓦砾运到垃圾堆。

梅尔辛看到了摆在食堂一张桌子上的大教堂的饰物：金银烛台、十字架和圣器，一件件全都做工精美，缀着宝石。他很奇怪。“难道他们没拿走这些东西？”他说。

"拿走了——可他们像是转念一想，又把它们扔到城外的一条沟里了。一个进城卖鸡蛋的农人今天早晨在路上发现了。所幸他是个诚实的人。"

梅尔辛拿起一个金制水盆，是专门用来在做弥撒时洗手的水盆，制成小公鸡的形状，颈部的羽毛都是精雕细刻得十分漂亮的。"这样的东西是难以出售的。只有少数人买得起，而且其中的大部分都会猜到这些东西是偷来的。"

"窃贼可以熔掉后再卖金子嘛。"

"显然他们认为那样做太麻烦了。"

"大概是吧。"

她还是没有信服。梅尔辛也没有：他自己的解释也不完全吻合。这次抢劫是经过精心策划的，这一点显而易见。那么盗贼们为什么事先没有想好饰品的问题呢？要么偷走要么留下不动呢？

凯瑞丝和梅尔辛走下台阶，进入了库室，梅尔辛默然想起昨夜的严峻考验，又后怕地感到胃抽痛了。更多的见习修士在用水桶和墩布清洗着墙壁和地面。

凯瑞丝吩咐见习修士们上去休息片刻。当只剩下她和梅尔辛时，她从木架上取下一段木片，用来撬起脚下的一块石板。梅尔辛此前没有注意到那块石板不像别的那样严丝合缝，而是在四周留着缝隙。这时他看到下面是一个宽敞的拱洞，放着一个木匣。凯瑞丝把手伸出洞里，拽出了那匣子。她从腰带上取下一把钥匙，把匣子打开。里面装满了金币。

梅尔辛奇怪了。"他们没找到这里！"

"还有三处隐蔽的拱洞，"凯瑞丝告诉他，"一处在地下，另两处在墙里。他们全没找到。"

“他们无法努力去找。大多数珍宝都有藏匿之处。人们都清楚。”

“尤其是强盗。”

“如此看来，现金不是他们的第一目标。”

“一点不错。”凯瑞丝锁上匣子，把它推回拱室。

“如果他们不想要饰物，而且也对彻底搜查金库找寻隐蔽的拱洞拿到现金没有足够的兴趣的话，他们到这儿来到底要干吗呢？”

“为了杀死蒂莉。抢劫不过是掩护。”

梅尔辛思索着。“他们没必要有一个巧妙伪装的故事，”他停顿了一会儿之后说，“若是他们只想杀蒂莉，完全可以在宿舍里办妥，到修女们做完晨祷返回时，早已远走高飞了。他们要是下手仔细的话——比如说，用羽毛枕闷死她——我们甚至弄不准她是不是被谋害的。那样看起来会像是她在睡梦中死去的。”

“那就解释不了这场袭击了。他们收手时几乎一无所获——只拿走了几枚金币而已。”

梅尔辛四下打量着这间地下室。“卷宗呢？”他问。

“准是被烧掉了。那倒关系不大。我已经全部复制过了。”

“羊皮纸不好烧的。”

“我从来没试过点燃它。”

“羊皮纸遇火会烤焦，收缩变形，但是烧不成的。”

“或许那些卷宗已经从废墟里捡回来了。”

“咱们去看看。”

他俩爬上石阶，离开了地下拱室。来到回廊之后，凯瑞丝问琼：“你在灰堆里发现羊皮纸了吗？”

她摇摇头：“一点也没有。”

“你会不会漏掉了呢？”

“我看不会——除非烧成了灰渣。”

“梅尔辛说，羊皮纸烧不着。”她转过去面对着他，“谁会想要我们的卷宗呢？对别人没有任何用处的。”

梅尔辛沿着他自己的思维逻辑去想，看看能够引到那里。“或许是他们想要一份文献，是你们保存的——或者你们可能保存的，或者他们认为你们可能保存的。”

“那会是什么呢？”

梅尔辛皱起了眉头：“文献是意在公布的。把某种事写下来的全部主旨，是让人们在将来能够看到。而一份秘密文件则是很不一般的东西……”这时他想起了一件事。

他拉着凯瑞丝离开琼，和她散步，绕过回廊，直到他确信没人能够偷听的地方。这时他才说：“不过，当然，我们的确知道一件秘密文献。”

“就是托马斯埋在树林里的。”

“就是。”

“可是为什么有人会以为这东西可能藏在女修道院的金库里呢？”

“嗯，想想看。最近有什么事可能引起这一猜疑吗？”

凯瑞丝的脸上浮起一道阴郁的神色：“噢，我的天。”她惊呼一声。

“有这样的事？”

“我跟你说过，林恩田庄是多年以前由伊莎贝拉王后为接受托马斯一事颁赐给我们的。”

“你还跟谁说过这件事？”

“对了——林恩的总管。托马斯因为我这么做而很生气，说是会引起严重后果。”

“因此有人担心你会掌握着托马斯的密信。”

“拉尔夫吗？”

“我认为拉尔夫并不知道那封信。我是我们几个孩子中唯一一个看到托马斯埋信的。他当然绝不会提及此事。拉尔夫应该是本着另一个人的利益行事的。”

凯瑞丝神色慌张。“伊莎贝拉王后？”

“或者是国王本人。”

“有没有可能是国王本人命令拉尔夫闯进女修道院的呢？”

“不会亲自下令的，不可能。他会利用一个中间人，一个忠心耿耿、野心勃勃又不会疑虑重重的人。我在佛罗伦萨遇到过这种人，他们周旋于要人的宫殿之外。他们是社会渣滓。”

“我想不出会是谁。”

“我觉得我能猜出来了。”梅尔辛说。

两天之后，格利高里·朗费罗在韦格利那栋领主的木造小宅邸里会见了拉尔夫和阿兰。韦格利比天奇更遮人耳目。在天奇的大厅里，有太多的人注视着拉尔夫的一举一动：仆人啦，扈从啦，他的父母啦。而在韦格利这里，农人们都有他们各自的累断腰的事情要做，没人会向拉尔夫询及阿兰背的那口袋里面的东西。

“我估摸一切都是按计划行事的。”格利高里说。女修道院遭劫的新闻一下子就传遍了全郡。

“没什么大困难。”拉尔夫说。他对格利高里缄默的反应感到不快。经历这一切周折之后才把那些卷宗弄到手，格利高里应该高兴才是。

“治安官当然已经宣布要调查了。”格利高里阴郁地说。

“他们都归咎于强盗了。”

“你没被认出来？”

“我们都戴了头套。”

格利高里奇特地看着拉尔夫。

“我原来不知道你妻子就待在修道院。”

“一次有用的巧合，”拉尔夫说，“让我得以一石二鸟。”

那奇特的目光逼视得更紧了。这律师心里想什么呢？他是打算装作对拉尔夫杀妻之举感到震惊吗？果真如此，拉尔夫就想当即指出，在女修道院发生的一切，格利高里都是同谋——他其实是教唆犯。他没有权利来说三道四。拉尔夫等待着格利高里开口。但在长时间沉默之后，他只说了一句：“咱们来看看这些文档吧。”

他们打发管家维拉去干一件需要时间的差事，拉尔夫又让阿兰站在门口，防止闲人。然后，格利高里才小心翼翼地把文档从袋里取出放到桌上。他自己摆好舒服的姿势，便开始查阅。有些是卷起来并用绳捆着的，另一些是一张张摞起来的，只有少数装订成册。他打开一份，在从敞开的窗户中射进来的强烈阳光下，读了几行，然后扔回口袋，再拿另一份。

拉尔夫并不知道格利高里在查找什么。他只说过可能使国王难堪。拉尔夫想象不出，凯瑞丝能有什么文献竟会让国王难堪。

他瞅着格利高里逐篇查阅感到心烦，但他不打算离开。他已经把格利高里想要的送到了，他准备坐在这里，直到格利高里认定了他的那一半交易。

这位高个子的律师耐心地查阅下去。有一份卷宗引起了他的注意，他一直读到底，但随后还是扔回袋里，和别的归在一起了。

拉尔夫和阿兰上个星期在布里斯托尔度过了大部分时间。人们不大会要他们解释他们在那儿干什么，但他们仍十分小心。除去到王桥去的那天夜里，他的每夜都要狂饮。他们的酒友会记得他们尽情饮酒，而不大可能想起那一星期有一夜拉尔夫和阿兰不在——或者，即使他们想到了，肯定也不清楚那夜是复活节后的第四个星期三还是圣灵降临节前两天的星期四。

终于，桌面清理干净了，口袋又重新装满了。拉尔夫问："你没找到想要的东西吗？"

格利高里没有回答这个问题。"你把一切全都带回来了？"

"一切。"

"那好。"

"这么说你没找到了？"

格利高里一如既往地斟词酌句："那特定的文献没在这里。然而，我确实读到了 项契约，大约可以解释为什么这一……问题……在最近几个月里又重新提起。"

"这么说你满意了。"拉尔夫执意地说。

"是的。"

"而国王也不必再焦虑了。"

格利高里露出不耐烦的样子："你就不必关注国王的焦虑了。那是我的事。"

"那我就能指望马上得到报答了。"

"噢，对，"格利高里说，"到收获季节，你就是夏陵的伯爵

了。”

拉尔夫感到了满足的兴奋。夏陵伯爵——终于到手了。他赢得了长期渴求的奖赏，而他的父亲也能活着听到这消息了。“谢谢你。”他说。

“我要是你，”格利高里说，“我就要去向菲莉帕女士求爱。”

“向她求爱？”拉尔夫惊问。

格利高里耸了耸肩：“当然，在这件事上她没有真正的选择，不过，手续还是要履行的。告诉她，国王已经答应你向她求婚了。你要说你希望她学会像你爱她那样爱你。”

“噢，”拉尔夫说，“好吧。”

“把她当作一件礼物吧。”格利高里说。

73

蒂莉葬礼的那天清早，凯瑞丝和梅尔辛在大教堂的屋顶上相会了。

屋顶别有天地。计算石板的面积，是修道院学校的高等数学课中的一道常有的几何练习题。工匠们需要维修用的常用通道，因此就要有连接斜坡和边缘、角落和集水孔、塔楼和尖顶、天沟和滴水嘴的走道和梯子的网络。十字塔楼尚未竣工，但从西侧外面的顶上鸟瞰的景色仍是令人难忘。

修道院已经忙碌了起来，这将是一个大型葬礼。蒂莉生前并不起眼，但如今她成了一次臭名远扬的谋杀的牺牲品，在一座女修道院中遇害的贵族妇女，连那些没跟她说过二个字的人都要为她哀悼。凯瑞丝本不愿意鼓励这些悼念的人，因为那要冒传染黑死病的危险，但她也无能为力。

主教已经到来，住在副院长宅院的最好房间里——所以凯瑞丝和梅尔辛要分开过夜，她睡在修女宿舍里，而他和洛拉住在“神圣灌木”旅馆。悲痛的鳏夫拉尔夫在医院楼上的一间私人房间中留宿。他的婴儿杰里由修女们照看。菲莉帕女士和她女儿奥狄拉，作为死者仅有的活着的亲属，也待在医院中。

无论梅尔辛还是凯瑞丝都没有在拉尔夫昨天抵达时和他说

话。他们无可奈何，没办法为蒂莉伸张正义，因为他们什么都无法证明；但反正他们了解真相。到此刻为止，他们没有把他们相信的事对任何人讲：那样毫无意义。在今天的葬礼期间，他们只能对拉尔夫装出一切正常的样子。这可不容易。

当显要人士还在睡觉时，修女们和修道院的雇工们就已经紧张地忙着葬礼正餐了。面包房冒着烟，几十条四磅重的长长的小麦面包都已装进烤炉。两个汉子在滚着一桶新葡萄酒来到副院长的住所。好几名见习修女在绿地摆放条凳和搁板桌，准备接待参加葬礼的普通宾客。

当太阳在河对岸升起，把黄色的光芒斜射到王桥镇建筑物的屋顶时，凯瑞丝琢磨着泛滥九个月的黑死病给这镇子留下的痕迹。从这个高度，她能看到成排住房间的空隙，就像坏牙似的。当然，木头房子一直在垮塌——因为失火、雨淋、不当的结构，或者只是因为年久失修。如今不同的是，没人操心修理的事。要是你的住房倒了，只消搬到同一条街上的一处空房就成了。唯一还在修造的人就是梅尔辛，在人们眼里，他是钱太多了的发狂的乐观主义者。

隔河相望，掘墓人已经在又一处新开辟的墓地里工作了。黑死病毫无怜悯之意。何时为止呢？难道所有的住房要一座座地不断倒塌，直到一座不剩，镇子变成破瓦焦木的荒野，只有无人问津的大教堂矗立在中间，周围是上百英亩的墓园才算罢休吗？

“我不会让这种情况发生的。”她说。

梅尔辛起初没听明白。“葬礼吗？”他皱着眉头说。

凯瑞丝做了个手势，一挥之中把镇子和外部世界全都包了进去。“一切。酒鬼互相伤害。父母把生病的孩子抛在我的医院门口。在‘白马’店外的一张桌子处，男人们排队去干一个酒醉的女子。家畜死在草场上。半裸的悔罪者鞭打着自己，然后向旁观者领小钱。而最糟糕的是，一位年轻的母亲在我的修道院里被残忍地杀害了。我不在乎我们是不是都死于黑死病。只要我还活着，我就不会让我们的世界乱成一片。”

“你打算做些什么呢？”

她感激地对梅尔辛莞尔一笑。大多数人都会告诉她说，她无力与这种局面奋争，他却随时都信任她。他看着小尖塔上的那些石雕天使，他们的面孔在二百年的风吹雨打中都变得模糊了，她还想到了推动大教堂建筑者的那种精神。“我们要在这里重建秩序和常规。我们要强制王桥人重返正常，不管他们愿不愿意。我们要不顾黑死病肆虐，重建这座城镇及其生活。”

“好啊。”他说。

“这正是动手的时刻。”

“因为人人都为蒂莉事件愤怒了。”

“还因为想到武装的人能在夜里进城随便杀人这件事都惊惧不已。他们觉得人人自危了。”

“你要怎么做呢？”

“我要告诉他们，这种事再也不会发生了。”

“这种事再也不会发生了！”她高呼，她的声音响彻墓地，在大教堂古旧的灰色墙壁上回荡。

在教堂里的祈祷仪式中是从来不安排妇女说话的，但墓地旁的典礼是一片灰色地带，是发生在教堂外的庄严时刻，在这种时刻，诸如死者家属这样的世俗人士有时也演讲或出声祈祷。

与往常一样，凯瑞丝伸长了脖子。亨利主教在主持，背后是劳埃德副主教和牧师会成员克劳德。劳埃德已主持教区多年，而克劳德则是亨利来自法兰西的同事。在如此显赫的高层神职人员面前，一名修女居然做出事先未安排的演讲，可是莽撞的。

当然，这种看法对凯瑞丝而言是不屑一顾的。

她是在那个小棺材正在放下墓穴时发言的。好几名教众已经开始哭泣了。人群至少比五百还要多，但他们听到她的声音都没有作声。

“武装人员夜间进入我们的镇子，还在女修道院杀了一名年轻的女子——我对此不会容忍。”她说。

人群中发出一阵低声的赞同议论。

她提高了嗓门：“修道院对此不会容忍——主教对此不会容忍——王桥的男男女女都对此不会容忍！”

支持的声音响亮了，人群高呼“不！”和“阿门！”。

“人们说黑死病是上帝送来的。我说，上帝送来雨，我们就找了避雨的地方。上帝送来冬天，我们就搭起炉子。上帝送来杂草，我们就连根拔掉。我们应该自卫！”

她瞥了一眼亨利主教。他一脸茫然。他事先不知道有这样的布道，若是请他批准，他会拒绝的；但他看得出来，凯瑞丝有群众站在她一边，他没有胆量去干预。

“我们能做什么呢？”

她向四下巡视一遭。所有的面孔都期待地对着她。他们不知道如何是好，但他们想从她嘴里得到答案。只要可以给他们希望，她说什么他们都会欢呼的。

“我们应重修城墙！”她高呼道。

人们欢声雷动，表示赞同。

“一道比破旧倒塌的旧城更高大、更牢固和更长的新城。”她迎到了拉尔夫的目光。“一道让杀人犯进不来的城墙！”

人群高叫：“对！”拉尔夫移开了目光。

“我们还要选一名新的治安官，组织一支由助理及哨兵组成的队伍，来维护法律并强化良好秩序。

“对！”

“今晚教区公会将开会，拟出切实可行的细目，公会的决议将在下个礼拜天在教堂中宣读。谢谢大家，愿上帝为你们祝福。”

在副院长宅院的大餐厅里举行的葬礼宴会上，亨利主教坐在首席。他的右手是夏陵守寡的伯爵夫人菲莉帕女士。她身边就座的是主要的悼念人，蒂莉居丧的鳏夫拉尔夫·菲茨杰拉德爵士。

拉尔夫坐到菲莉帕身边喜出望外。他可以趁她专注于食物时偷窥她的胸脯，每当她俯身向前时，他都得以从她薄薄的夏服的方领口处窥视下去。她还不知情，但那一刻已为时不远，到时候他会要让她脱下衣服，赤身裸体地站在他面前，他就可以尽情观看那对优美健硕的乳房的全部了。

他注意到，由凯瑞丝提供的午宴丰富而不靡费。饭菜中没有全鹅或糖塔，但有充足的烤肉、熬鱼、新烤的面包、豆类和春季浆果。他为菲莉帕盛了些由鸡肉末加杏仁奶做的汤。

她悲切地对他说：“这是一场大悲剧。我对你表示最深切的同情。”

人们都十分动情，以致在某个片刻，拉尔夫竟然自以为是一桩可怕的丧亲之痛可怜的牺牲品，乃至忘记了他自己正是那个把刀子刺入蒂莉年轻心脏的凶手。“谢谢你，”他郑重地说，“蒂莉太年轻了。不过我们这些当兵的已经习惯于突然死亡了。有一天，一个人会救助你的生命，并发誓要保持永久的友谊和忠诚；可另一天，他就会心脏中箭倒下，你也就此忘掉了他。”

她古怪地看了他一眼，让他联想起格利高里爵士凝视他的样子，也是既好奇又疏远，他不明白，这和他对蒂莉之死的态度有什么关系，是她这一死才激起了如此反应。

菲莉帕说：“你有个男孩。”

“杰里。今天修女们在照看他，但明天我就要把他带回到天奇大厅去。我要找一个奶妈。”他看到一个机会，赶紧埋下伏笔。“当然啦，他需要有个人给他当个合适的妈妈。”

“是的。”

他回想起她自己的丧亲之痛。“你理解失去配偶是什么滋味。”

“我有幸和我亲爱的威廉过了二十一年日子。”

“你一定很孤独。”这可能不是恰当的求婚时刻，但他想把谈话切近主题。

“确实。我失去了三个亲人——威廉和我们的两个儿子，城堡显得这么空荡荡的。”

“不过，也许不会太久了。”

她瞪着他，好像她无法相信自己的耳朵，而他也明白了他说了触犯的话。她转过脸去和另一面的亨利主教谈话了。

拉尔夫的右侧是菲莉帕的女儿奥狄拉。“你愿意来一点这种馅饼吗？”他对她说，“是用孔雀和野兔肉做的。”她点点头，他便给她切了一块。

“你多大了？”他问。

“今年就十五岁了。”

她长得很高，已经有了她母亲的身材：丰满的胸脯和宽宽的女性臀部。“你看上去还要大些。”他看着她的乳房说。

他本意是要奉承她——年轻人通常都愿意看着老成——但她脸一红，就扭过头去了。

拉尔夫低头看着盘中的食物，把一块姜汁猪肉切开。他闷闷不乐地吃着。他在格利高里说的求爱上做得不好。

凯瑞丝坐在亨利主教的左边，梅尔辛作为公会会长坐在她的另一侧。挨着梅尔辛的是格利高里·朗费罗爵士，自他三个月前来参加威廉伯爵的葬礼以来，一直没离开过这一带。凯瑞丝强按他的反感：她不愿与杀人的拉尔夫和那个几乎肯定唆使他下手的人同桌就餐。但她在这顿饭席上有工作要做。她有一个复兴这座城镇的计划。重建城墙只是第一部分。而为了第二部分，她必须把亨利主教争取过来。

她为主教倒了一高脚杯清澈的加斯科涅红葡萄酒，他长长地饮了一口。他抹了抹嘴，说：“你做了很好的一次布道。”

“谢谢您，”她说，已经注意到了他的恭维背后不同意的讽刺意味，“这镇子中的生活正在堕落到混乱和淫乱的地步，如果我们要纠正，就需要激励镇民。我确信您是同意的。”

“问我同不同意你的话为时已晚。不过，我是同意的。”亨利是个实用主义者，不会重整旗鼓再打失败的战斗的。她原指望的就是这个。

她给自己加了些用辣椒和丁香烤的苍鹭，但没有马上吃；她要说的话太多了。“我的计划里还不仅是城墙和治安人员呢。”

“我想也不止。”

“我相信，您作为王桥的主教，应该有全英格兰最高的大教堂。”

他扬起了眉毛：“这我可没期望。”

“两百年前，这里是英格兰最重要的修道院之一。应该重振辉煌了。一座新的教堂塔楼会象征其新生——包括您在主教中间的声望。”

他苦笑了一下，其实他是高兴的。他明知这是在奉承他，但他喜欢听。

凯瑞丝说：“塔楼也会给镇子振威。能够从远处就看见这座塔楼，就可以帮助朝圣者和商人们找到来这里的路。”

“你如何为此付款呢？”

“修道院很富有。”

他又一次惊讶了：“戈德温副院长抱怨缺钱呢。”

“他是个不可救药的管理人。”

“他给我的印象像是十分精明。”

“他给很多人都留下那种印象，可他做出了一切错误的决定。一上台，他就拒绝修整磨坊，那本来是可以给他带来一笔收入的；他又把钱用在盖这座宅院上，这是没有任何回报的。”

“情况是如何改变的呢？”

“我解雇了大部分总管，用愿意变革的较年轻的人替代。我把差不多半数的土地变成草场，在这些劳力短缺的日子里，要易于经管些。余下的，我以货币地租形式出租，而且不附加惯有的义务。而且我们还都从继承税和因黑死病去世的无嗣的人的遗赠中获利。如今男修道院和女修道院一样富有了。”

“这么说，所有的佃户都是自由的？”

“大部分吧。他们不用每周一天在地主不出租的土地上干，不用给地主用车运干草，不在地主的地里看羊，也不用做一切繁杂的劳役，只要付钱就行了。他们更喜欢这样，当然也让我们的生活更简化了。”

“好多地主——尤其是大修道院——谩骂这种出租方式。他们说这样把农人都毁了。”

凯瑞丝耸了耸肩：“我们损失了什么呢？强加的不准些许变更的权利，那种权利有利于部分农奴却压制了另外一些，让他们全都服服帖帖。修士和修女们不该强制农民。庄户人懂得该种什么和在市场上能卖什么，他们可以自主之后干得更好了。”

主教一副将信将疑的样子：“这么说，你觉得修道院能够出得起钱修新塔楼？”

她猜测，他原以为她会开口向他要钱。“是的——再加镇上商人们的一些资助。这正是您能帮我的地方。”

“我原想会有些事情的。”

“我不是找您要钱。我想找您要的可比钱还值钱呢。”

“我倒要听听。”

“我想向国王申请一张自治市的文书。”凯瑞丝说这话时，感到自己的手抖了起来。她又想起了十年前她和戈德温的那一场争论，结果以她被诬为使用巫术而告终。当时的问题本来就是自治市文书，为了那场奋争，她几乎送了命。如今的环境已经根本不同了，但那纸文书的重要性并未减少。她只好放下刀叉，把双手在膝头上紧握，来稳住两手不抖。

“我明白了。”亨利含糊其词地说。

凯瑞丝使劲咽了口气，继续说：“这对镇子的商业活动的振兴是很根本的，长期以来，王桥镇被修道院陈腐的规矩拖住了后腿。历任副院长都小心谨慎，墨守成规，他们本能地对任何变更或革新都说不。商人们可是以变求活的——他们总在寻找新的赚钱的途径，或者至少是寻找好的途径。如果我们想让王桥人助资修建新塔楼，我们就该给予他们所需要的达到兴旺繁荣的自由。”

“一纸自治市文书。”

“镇子应该有自己的法庭，制定自己的规章，而且要由一个合适的公会来治理，而不是我们如今这样的教区公会，毫无实权。”

“可是国王会批准吗？”

“是国王就喜欢自治市，因为能交很多税金。但在以往，王桥的修道院副院长始终反对这一纸文书。”

“你认为副院长们都太保守。”

“胆小怕事。”

“好嘛，”主教笑着说，“你是从来没被指责过胆小怕事的。”

凯瑞丝抓住她的主旨不放：“我认为一纸文书对我们修建新塔楼是根本必要的。”

“是的，我能理解这一点。”

“这么说，您同意吗？”

“对建塔楼，还是要文书？”

“两种事拆不开。”

亨利看来开心了。“你是不是在和我做一笔交易，凯瑞丝嬷嬷？”

“您要是愿意的话。”

“好吧。给我修一座塔楼，我来帮你弄到那张文书。”

“不。必须是前后调过来。我们首先需要文书。”

“所以我该信任你喽。”

“很难吗？”

“说实在的，不难。”

“那好。我们就这样说定了。”

“是的。”

凯瑞丝俯身向前，越过梅尔辛望过去：“格利高里爵士？”

“啊，凯瑞丝嬷嬷，什么事？”

她强迫自己对他彬彬有礼：“您尝过这道甜汁烹兔吗？我推荐这道菜。”

格利高里接过盆来，取了一些。“谢谢你。”

凯瑞丝对他说：“您会记得王桥不是自治市。”

“我当然记得。”在十多年前，格利高里曾用这一事实在王家法庭上就染坊一案挫败了凯瑞丝。

“我们的主教认为，现在是我们请求国王颁一纸文书的时候了。”

格利高里点点头：“我相信，国王会以赞成的态度看待这一请求的——尤其在以正确的途径呈送给他的情况下。”

凯瑞丝希望她的不屑不要流露在面容上，她说：“或许您肯赏光指点我们一下。”

“我们可不可以之后再加以详谈？”

格利高里当然要索贿，不过他无疑会称之为律师的费用。“没问题。”她说，压下去了一次战栗。

仆人开始清理食物。凯瑞丝低头看着她的盘子，她什么都没吃。

“我们两家是亲戚，”拉尔夫在对菲莉帕女士说，“当然不算很近，”他连忙又补上一句，“不过我父亲是阿莲娜女士和建筑匠师杰克之子、那位夏陵伯爵的嫡系后裔。”他隔着桌子望着他哥哥，公会会长。“我觉得我继承了伯爵的血性，而我哥哥则继承了建筑匠师的机巧。”

他睨着菲莉帕的脸色，看看她如何接受。她似乎没有往心里去。

“我是在你已故的公爹，罗兰老伯爵的府上长大的。”他继续说道。

“我记得你是个侍从。”

“我在伯爵的麾下在国王的军队中在法兰西作战。在克雷西一役中，我救了威尔士亲王一命。”

“我的天，多么辉煌啊。”她客套地说。

他在设法让她看待他时平起平坐，这样，到他告诉她，她要做他的妻子时，才会更自然。但他看来没能跟她沟通。她只是显得对他的谈话的唐突感到厌烦和一些困惑。

饭后甜食端了上来：糖汁草莓、蜜饯薄饼、枣和葡萄干，以及加料葡萄酒。拉尔夫喝干了一杯葡萄酒，又斟了一杯，希望这红酒能够帮他在菲莉帕前放松一些。他也说不准，他何以感到和她谈话如此困难。因为这是他妻子的葬礼吗？因为菲莉帕是伯爵夫人吗？还是因为他曾经无望地暗恋了她多年，而无法相信，如今她终于当真要成为他的妻子了？

“你离开这里之后，要回到伯爵城堡吗？”他问她。

“是的。我们明天出发。”

“你要在那里待好久吗？”

“我还能去哪里呢？”她皱起眉头，“你问这干吗？”

“如果可以的话，我要到那儿去拜访你。”

她的回答冷若冰霜：“为什么目的呢？”

“我要跟你讨论一个此时此地不宜谈的题目。”

“你到底是什么意思？”

“我要在过几天之后来看你。”

她有点动气了。她提高嗓音说：“你可能会有什么话要和我说呢？”

“我说过了，今天说不合适。”

“因为这是你妻子的葬礼吗？”

他点点头。

她面色苍白了。“噢，我的天，”她说，“你不会是提出……”

“我告诉过你了，我不想现在讨论。”

“可是我得知道！”她高叫道，“你是不是打算向我求婚？”

他犹豫着，耸耸肩，然后点点头。

“但是凭的什么？”她说，“你可一定需要国王的恩准的！”

他看着她，扬了一下眉毛。

她突然站起身。“不！”她说。桌子周围的人都看着她。她瞪着格利高里。“这是真的吗？”她说，“国王打算把我嫁给他吗？”她轻蔑地用拇指指着拉尔夫。

拉尔夫感到刺痛了。他没想到她的反应会如此强烈。他就这么让人讨厌吗？

格利高里用谴责的目光瞪着拉尔夫。

“这不是提这件事的时刻。”

菲莉帕叫道：“看来这是真的了！上帝救救我！”

拉尔夫迎着奥狄拉的眼神。她正畏惧地盯着他。他到底做了什么惹她这么讨厌他？

菲莉帕说：“我无法容忍。”

“为什么？”拉尔夫说，“有什么错到这种地步了？你有什么权利如此小看我和我的家庭？”他环顾着四周的宾客：他的哥哥，他的同盟格利高里，主教，女修道院副院长，低级别的贵族和城里的头面人物。他们一个个噤若寒蝉，被菲莉帕突发的火气所震惊和困扰。

菲莉帕不理睬他的问题。她面对着格利高里说：“我不会的！我不愿意，你听见我的话没有？”她气得脸色发白，泪水流下了面颊。拉尔夫心想，即使她把他斥拒和羞辱得如此难堪，她依旧是那么美丽动人。

格利高里冷漠地说：“这不是由你决定的事，菲莉帕女士，当然也不是我能决定的。国王会按照他的意旨行事的。”

“你可以强迫我穿上嫁衣，你还可以把我送上婚礼的走道，”菲莉帕愤愤地说，她指着亨利主教，“但当主教问我，我是否愿意嫁给拉尔夫·菲茨杰拉德时，我不会说是的！我不会！绝不，绝不，绝不！”

她气汹汹地走出屋去，奥狄拉紧跟着她。

宴会结束后，镇上的人都回了家，贵宾们也回房睡了。凯瑞丝监督着清理工作。她为菲莉帕感到难过，深深的难过，因为她知道——而菲莉帕还蒙在鼓里——是拉尔夫杀害了他的第一个妻子。但她关注的是整个镇子的命运，而不只是一个人的前途。她的脑子里想的全是对王桥的设想。事情进展得比她预料的要好。镇民们热烈支持她，而主教对她提议的一切也都同意了。或许，尽管黑死病还在肆虐，文明会重返王桥。

在后门外堆着骨头和面包屑，她看到戈德温的猫“大主教”正灵敏地挑着一只鸭子的骨架。她把它轰跑了。那猫蹿出几码之后就慢慢腾腾地踱起步子，白色的尾尖高傲地竖着。

她一边深沉地思索着如何落实亨利已经赞同的变革，一边走上宅院的楼梯。她没有停顿地就打开了她与梅尔辛共用的卧室的房门，迈步走了进去。

她一时间感到了迷乱。两个男人站在屋子中间，她想到：我一定是走错了房子，而且一定是进错了房间，随后才记起来，这是她的房间，作为宅院中最好的卧室理所当然地让给主教了。

那两个男人是亨利和他的助手、牧师会成员克劳德。凯瑞丝过了一会儿才意识到，那两个人正赤裸着全身，相互搂抱着亲吻呢。

她惊慌地瞪着他们，啊了一声。

他俩没听到门响。在她出声之前，他们也不知道被人看到了。当他们听到她的惊诧的喘气时，全都转过来面对着她。一副可怕的负罪表情掠过亨利的面孔，他的嘴张开着。

“对不起！”凯瑞丝说。

两个人一下就分开了，仿佛可以就此否认正在干的事情；随后他们才想到他们都光着身子。亨利是个胖子，肚皮圆圆的，肥胳膊肥腿，胸口上长着灰毛。克劳德年纪轻些也瘦削些，体毛很少，只在腿裆有一丛栗色阴毛。凯瑞丝从来没有同时看到过两个翘起的阴茎。

“我请你们原谅！”她克制着尴尬说，“我错了。我要忘掉。”她意识到话已经唠叨了，而且他们都目瞪口呆了。这已经无妨了：随便谁说什么都不会扭转局面了。

她清醒过来之后，就退出了房间，把门砰地关上了。

梅尔辛和玛奇·韦伯一起离开了宴会。他喜欢这个前面突着下颏，后面翘着臂部的胖墩墩的小个子女人。他佩服她在丈夫和子女死于黑死病之后的行事做派。她仍坚持做着生意：织布和照凯瑞丝的配方染红布。她对他说：“凯瑞丝是好样的。她跟往常一样，是正确的。我们不能这样下去。”

“尽管出了这么多事，你还照样坚持。”他说。

“我唯一的问题是要找干活儿的人手。”

“大家都一样，我也找不到工匠。”

“生羊毛很便宜，而富人照样愿意出高价买好的红绒布，”玛奇说，“我要是能生产得更多，我就能卖得更多。”

梅尔辛思虑着说：“知道吗，我在佛罗伦萨见过一种快速织机——一台脚踏织机。”

“噢？”她惊奇地看着他，“我从来没听说过。”

他想不出该怎样解释才好。“在任何织机中，你都要在框架上拉抻许多线，形成你们所称的经线，在一根线下而在另一根线上，这样一下一上地从这一边到另一边，然后再返回才织成布。”

“那是简单的织机的原理，没错。我们的要比那种强。”

“我知道。为了加速这一过程，你们把每隔一条的经线连到一个移动的叫作综片的一根杆上，这样，你在来回移动综片时，就有一半的经线比其余的高了出来。之后，用不着一上一下、一上一下地动了，你就可以简单地把布片上的线在一次轻易的动作中直直地穿过空隙。然后你就把综片放到经线下，让它们往回穿越。”

“没错。顺便说一句，布片上的线是绕在筒管上的。”

“每次你把筒管从左到右穿越经线时，都得把它放下来，然后再用双手移动综片，再拿起筒管，把它从右边移到左边。”

“就是这么回事。”

“在一台脚踏织机里，你用双脚移动综片。这样就不必把筒管放下了。”

“真的？我的天！”

“这就不一样了，是吧？”

“大不一样了。你可以织快一倍——也许还要多！”

“这正是我所想的。要不要我给你做一台让你试试？”

“好啊，请吧！”

“我记不准那脚踏织机的构造了。我想，那踏板启动一套滑轮和杠杆系统……”他皱着眉头思索着。“反正，我肯定能把它琢磨出来。”

近黄昏的时候，凯瑞丝走过了图书馆，她在路上遇到了牧师会的克劳德正拿着一本小书往外走。他迎着她的目光，便站住了。双方都当即想到了一小时前凯瑞丝撞上的场面。起初，克劳德样子发窘，但之后，嘴角挤出一丝强笑。他伸手到脸前去遮掩，显然觉得笑得没道理。凯瑞丝记起，两个赤身裸体的男人当时是如何惊慌失措，她也感到内心涌起笑声是欠妥的。一时冲动之下，她说出了脑子里想到的话："你们俩那会儿的样子真可笑极了！”克劳德不禁咯咯地笑了，凯瑞丝也忍俊不禁笑出声来，这一下彼此给弄得更尴尬，直到他们笑得止不住地搂在一起，脸上都笑出了泪水。

当晚，凯瑞丝把梅尔辛带到了修道院地界的西南角，沿河岸种着青菜的地方。空气温暖，潮湿的土地散发着新作物的芬芳。凯瑞丝看到了春季的洋葱和小萝卜。“看来，你弟弟要当夏陵伯爵了。”她说。

“要是菲莉帕女士能够出力阻止就不行了。”

“一位伯爵夫人只能照国王的旨意行事，对吧？”

“理论上，所有的妇女都要听男人的，”梅尔辛苦笑着说，“不过，有的人也蔑视常规。”

“我想不出你指的是谁。”

梅尔辛的情绪陡然变了。“这是什么世道，”他说，“一个男人谋杀了他的妻子，而国王却选他当上了最高级的贵族。”

“这类事我们都晓得，”她说，“但发生在你们家，还是令人震惊。可怜的蒂莉。”

梅尔辛揉揉眼睛，像是为了看清楚。“你把我带到这儿来干吗？”

“谈谈我计划中的最后一部分：新医院。”

“啊。我在纳闷……”

“你能把它建在这里吗？”

梅尔辛四下打量着：“我看不出有什么不成的。这是个坡地，但整个修道院都是建在一块坡地上的，何况我们谈的不是另建一座大教堂。新医院是一层的还是两层的？”

“一层。但我想把房子盖成分隔的中型房间，每间病房有四或六张床，这样，疾病就不会从一个病人那儿迅速地传给医院里所有的人了。医院应该有自己的药房——一个光线好的大房间——用来准备药品，外面还要有一块药圃。还要有一处宽敞、通风的厕所，备有水管，易于保持清洁。事实上，整座医院都该有大量的照明和空间。但是，最重要的一点，新医院必须离修道院的其余建筑至少一百码以外。我们必须把病人同好人隔离开来。这是最关键的一点。”

“明天上午我就画草图。”

她向四下张望了一下，看到没人看他们，就亲吻了他。“这将是我一生工作的终点，你明白吗？”

“你才三十二岁——谈一生工作的终点是不是早了点？”

“还没发生嘛。”

“不会太久的。我要在为新塔楼挖掘地基的同时着手建医院的事。随后，医院一建成，我就能把我的工匠转移到大教堂的工程上去了。”

他们开始往回走。她看得出来，他的真正热情是在塔楼上。“塔楼要有多高？”

“四百零五英尺。”

“索尔兹伯里的是多高？”

“四百零四英尺。”

“所以，它一准是全英格兰最高的建筑了。”

“在有人建出更高的以前，这个数字最高。”

她想，这样他也就实现了他的抱负。她挽起他的胳膊，一路走回副院长的宅院。她感到幸福。这有点怪，是吧？几千王桥人死于了黑死病，而且蒂莉又被谋害了，可凯瑞丝仍感到有希望。当然是因为她有个计划。每逢她有个计划时总会感觉好些。新的城墙，治安队伍，塔楼，自治市的文书，还有其中最为重要的新医院：她怎么会有时间组织这一切呢？

她与梅尔辛挽臂而行，一直走进了副院长住所。亨利主教和格利高里爵士在那里，正和第三个人深谈，那人背对着凯瑞丝。即使从那新来者的背后，也有一种不愉快的似曾相识的感觉，凯瑞丝不自在地颤抖了一下。随后那人转过身来，她看到了他的面孔：嘲讽，得意，轻蔑，充满恶意。

那是菲利蒙。

74

亨利主教和其他客人次日上午离开了王桥。几天来一直睡在修女宿舍的凯瑞丝，在早餐后返回了副院长的宅院，上楼进了她的房间。

她发现菲利蒙在屋里。

这是两天来她因她的卧室里有男人而第二次受惊了。不过，菲利蒙是单独一人，而且穿戴整齐，正站在窗边看着一本书。她从他的侧影看出，过去这六个月中的考验，让他消瘦了不少。

她问："你在这儿干什么？"

他装出对这问话感到吃惊的样子："这是副院长的房子，我为什么不能在这儿？"

"因为这不是你的房间！"

"我是王桥修道院的副院长助理。我并没有被撤职。副院长已经死了。还有谁该住在这儿？"

"当然是我啦。"

"你连个修士都不是。"

"亨利主教任命我做执行副院长——而且昨晚，尽管你已回来，他并没有把我解职。我是你的上司，你应该服从我。"

"可你是个修女，你应该跟修女们住在一起，而不该住在修士这儿。”

“我已经在这儿住了几个月了。”

“你自己？”

凯瑞丝看出来，她立足不稳。菲利蒙知道，她和梅尔辛一直多少像是夫妻那样生活。他们一向谨慎，不张扬他们的关系，但人们都在猜测这类事，何况菲利蒙对弱点有一种野兽般的本能。

她考虑着。她可以坚持要菲利蒙当即离开这座房子。必要时，她还可以把他赶出去：托马斯和那些见习修士会服从她，而不听菲利蒙的。但之后呢？菲利蒙会竭尽全力地要人们注意梅尔辛和她在这宅院中的一举一动，他会制造一场轩然大波，镇民中的头面人物会各站一边。大多数人会支持凯瑞丝，几乎她做什么都成，她的威信已经到了这一步；但也会有人刺探她的行为。两派的冲突会削弱她的权威，破坏她想做的一切事情。所以，最好的还是认输。

“你可以住这间卧室，”她说，“但不能占大厅，我要用来和镇民中的头面人物和来访的要人开会。你在参加教堂的祈祷时间之外，要待在修士活动区里，而不准在这儿。副院长助理是没有宅院的。”她不给他留争论的机会，说完就转身走了。他赢了，但她保存了体面。

昨天夜里，她回想起菲利蒙有多么狡猾。被亨利主教盘问时，他似乎对他做的每一件不光彩的事都有花言巧语的解释。他如何说明他放弃在修道院的职责而跑到林中圣约翰去是正确的举动？修道院处于极端危险之中，挽救修道院的唯一途径就是出逃，根据就是那种说法：早走，到远处去，多待些时间。这仍是公认的逃避黑死病的唯一可靠手段。他们仅有的错误就是在王桥待得太久了。那么，为什么没人把这一计划报告主教呢？菲利蒙感到遗憾，但他和别的修士只能听从戈德温副院长的命令。那么，为什么在黑死病追上他们时，又从圣约翰跑走了呢？他应上帝之召去给蒙茅斯的人布道，而戈德温是准许他离开的。托马斯兄弟怎么会不知道这一准许，而且事实上坚决否认有准许一说？别的修士没被告知戈德温的决定，以免产生嫉妒。那么，为什么菲利蒙又离开了蒙茅斯？他遇到了托钵修士默多，默多告诉他王桥修道院需要他，而他则认为这是上帝的新召唤。

凯瑞丝的结论是：菲利蒙逃避黑死病，直到他意识到他是侥幸没染上那病的一个。随后他从默多口中得知，凯瑞丝和梅尔辛睡在副院长的宅院里，他马上就明白了，他该如何利用这一局面东山再起。这期间与上帝毫不相干。

然而亨利主教却听信了菲利蒙的故事。菲利蒙小心地在阿谀奉承时显得卑微谦恭。亨利不了解这个人，未能看透表象。

她把菲利蒙撂在宅院里，就向大教堂走去。她爬上西北塔楼中又长又窄的螺旋楼梯，在工匠阁楼里找到了梅尔辛，他正借助从西北的高窗进来的光线，在描图地面上画草图。

她蛮有兴趣地看着他做完的部分。她发现读图总是很困难的。在灰泥上刮出的细线，需要按照看图人的想象，转换成有门窗的厚石墙。

在她读图的时候，梅尔辛期待地看着她。他显然在等待着一次大反应。

起初，她被那幅草图搅得晕头转向。看着一点不像医院嘛。她说："你已画好了……一个回廊！"

"没错，"他说，"一座医院为什么一定是个又长又窄的房间，跟教堂的中殿似的呢？你想要那地方又明亮又通风。因此，我就没把房间都挤在一堆，而是围成四边形。”

她看出来了：方形的草地，建筑物在周围，各座门开向有四或六张床的房间，修女们在连拱廊的遮蔽下，从一个房间走到另一个房间。“太鼓舞人了！”她说，“我是永远想不出来的，但这座医院一定很完美。”

“你可以在四方院子里种药草，那儿，植物能得到日照，但又背风。园子中间会有一个喷泉，提供新鲜的水，水穿过南面的厕所一翼，流进河里。”

她感情充沛地亲吻了他。“你真聪明！”这时她想起了那些消息得告诉他。

他准是看出她拉着长脸，因为他说：“怎么回事？”

“我们得搬出宅院了。”她说，她跟他讲了她和菲利蒙的谈话，以及她让步的理由，“我预见到的是同菲利蒙的主要冲突——我不想让他拿这件事做文章。”

“这样是明智的。”他说。他的声调是通情达理的，但她从他的表情上知道，他很气愤。他盯着他的草图，其实并没有当真去想那图。

“还有别的事呢，”她说，“我们正在告诉大家，他们必须生活得尽量正常——在街上要守规矩，恢复真正的家庭生活，不再酗酒胡闹。咱们就该树立榜样才是。”

他点点头。“一位女副院长和情人同居，我看是不论怎么都说不过去的。”他说。他那平和的语气再次与他气恼的表情相抵触了。

“我很抱歉。”她说。

“我也一样。”

“不过我们不想拿我们要做的一切来冒险——你的塔楼，我的医院，镇子的前途等一切。”

“当然啦。不过我们牺牲了我们共同的生活。”

“也不完全。我们得分开睡觉，这是很痛苦的，但我们还会有许多机会在一起的。”

“在哪里呢？”

她耸耸肩。“比如说，在这儿吧。”一股淘气劲头攫住了她。她离开他走到屋子的那头，缓缓地拽起她袍服的裙摆，又走到楼梯顶部的门口。“我看不见有人来。”她边说边把衣服撩到腰际。

“反正你能听到有人来的，”他说，“楼梯底部的门一开就有动静。”

她弯下腰，假意去向楼梯下望着。“从你那儿能看到什么不寻常的东西吗？”

他扑哧笑了。她总能用些好玩的招数使他转怒为喜。“我能看到有东西在向我挤眼。”他笑着说。

她向他走回来，仍旧把裙袍撩在腰际，还得意地笑着：“你看，我们用不着把什么都舍弃。”

他坐在一条板凳上，把她搂近前。她叉开两腿，跨着他的大腿，降下身子，坐到他膝头。“你最好弄张草垫到这儿来。”她说，声音已随着欲望变粗了。

他抚弄着她的乳房。“我怎么解释在匠人的阁楼需要一张床呢？”他喃喃地说。

“就说工匠们需要有个软地方放工具。”

一个星期之后，凯瑞丝和托马斯·兰利去视察城墙的修复工程。工程虽然很大，但很简单，一旦扯的线都正确了，实际的石工可以由没经验的青年石匠和学徒完成。工程开工得这样快，凯瑞丝很高兴。在多事之秋，城镇能够自卫是很必要的——但她还有一个更重要的动机。她希望，由镇民来抵御外来的骚扰会自然地导向在他们自己之间必须有秩序和良好举止的新意识。

她觉得命运把她推上这一角色颇有讽刺性。她本人从来就不遵守规矩。她一向蔑视教条和嘲弄常规。她认为她有权制定自己的规矩。可是在这里，她却要取缔寻欢作乐。说来神奇，迄今没人称她是伪君子。

事实是，在一种无政府状态中，有些人借机发迹了，其他人却没有。梅尔辛就是那种不受约束但过得更好的人。她想起他刻的聪明的童女和愚拙的童女的像。雕像是以前谁也没见过的另类作品——因此，埃尔弗里克以此为借口砸毁了。规章只能束缚梅尔辛的手脚，但像屠宰工巴内和卢这样的人，只能靠法律制止他们酒后斗殴，互相伤害。

无论如何，她的地位是不稳定的。当你要推行法律和秩序时，很难说清：那些规矩实际上不只适用于你个人。

她在和托马斯返回修道院时，心中一直想着这个问题。在大教堂外面，她看到琼姐妹在不安地来回踱步。

“菲利蒙把我气坏了，”她说，“他声称你偷了他的钱，我该还给他！”

“心平气和些吧。”凯瑞丝说。她引着琼进入教堂的门廊，两人坐到一条石凳上。“深深吸一口气，告诉我是怎么回事。”

“第三次祈祷后，菲利蒙来到我面前，说是他需要十先令给圣·阿道福斯的神龛买蜡烛。我说这事得问你。”

“太对了。”

“他就一下子来了气，嚷嚷说，那是修士们的钱，我没有权利拒绝他。他要我的钥匙，我琢磨他是想从我手里把钥匙抢走，就明确告诉他，给了他也没用，因为他不知道金库在哪儿。”

“这是多高明的保密的主意啊。”凯瑞丝说。

托马斯就站在她的一旁听着。他说：“我注意到他趁我不在院里的时候这么做——胆小鬼。”

凯瑞丝说：“琼，你拒绝了他绝对正确，我很难过他要欺负你。托马斯去找他，带他到宅院来见我。”

她离开他们，深思着走过墓地。菲利蒙显然想找茬。但他不是那种她可以轻易制服的一时逞凶的恶棍。他是个诡计多端的对手，她要步步小心。

她打开副院长住所的大门时，菲利蒙就在大厅里，坐在长桌的首席。

她在门口站住脚。“你不该在这儿的，”她说，“我专门告诉过你——”

“我在找你。”他说。

她意识到她该把房子的大门锁上的。不然的话，他总会有借口嘲弄她的命令的。她压制着怒气。“你找我找错地方了。”她说。

“可是，我还是找到你了，不是吗？”

她打量着他。从他回来后，他刮了脸，剪了发，还穿了一件新袍服。他浑身上下都像个修道院的官员，冷静又威严。她说：“我已经和琼姐妹谈过了。她很恼火。”

“我也一样。”

她意识到，他坐在大椅子上，而她却站在他面前，仿佛他是主事的，她倒成了请示的人。他在操纵这类事情上真是机灵之极。她说：“你要是需要钱，可以找我！”

“我是副院长助理！”

“而我是执行副院长，我就是你的上司。”她提高了嗓音，“因此，你第一件要做的，就是和我说话时得站着！”

他被她的声音震住了，想要发作，随后他控制住自己。他以一种侮辱性的迟缓，从椅子上站了起来。

凯瑞丝坐到他那位置上，让他站着。

他像是厚颜无耻。“我理解你在使用修道院的钱修建新塔楼。”

“依照主教的命令，不错。”

一丝烦恼掠过他的面容。他本来指望巴结主教，让主教和他联合起来反对凯瑞丝。早在孩提时代，他就没完没了地拍有权势的人的马屁。他就是靠这一招进的修道院。

他说：“我应该有权接触修道院的钱财的。这是我的权利。修士们的财产应该由我掌管。”

“你上次掌管修士财产时，就偷盗了。”

他脸色苍白了：这一箭射中了要害。“可笑，”他怒气冲冲地说，竭力掩饰他的窘态，“戈德温副院长拿去妥善保管了。”

“好啊，在我当执行副院长时，谁也休想来个妥善保管。”

“你至少该把饰物交给我，它们都是神圣的珍宝，要由教士而不是女人掌握的。”

“托马斯一直处理得很妥当，取出来为祈祷使用，完事再存进我们的金库。”

“还不尽如人意——”

凯瑞丝想起了一件事，便打断了他的话：“何况，你还没有归还你拿走的全部东西。”

“钱——”

“饰物。有一个金烛台不见了，是烛台行会的赠品。下落呢？”

他的反应出乎她所料。她原以为他又会大发雷霆地抵赖呢。但他面带窘色地说：“那东西始终存在副院长的房间里。”

她皱起眉头。“并且……？”

“我把它和其余的饰物分开存放的。”

她吃了一惊：“你是不是在说，你一直保存着那只烛台？”

“戈德温要我照管。”

“这么说，你带着它一路到了蒙茅斯和别的地方？”

“这是他的愿望。”

这简直是弥天大谎，而且菲利蒙心里也明白。事实是他偷了那只烛台。“还在你手里吗？”

他不自在地点了点头。

就在这时，托马斯走了过来。“你在这儿！”他对菲利蒙说。

凯瑞丝说：“托马斯，到楼上去，搜查菲利蒙的房间。”

“我要找什么？”

“丢失的那只金烛台。”

菲利蒙说：“没必要搜了。你会在祷告台那儿看到的。”

托马斯上楼去，回来时已经拿着那烛台了。他把烛台交给凯瑞丝。烛台很重。她好奇地端详着。座上用小字镌刻着烛台行会十二个成员的名字。菲利蒙要它做什么呢？显然不是为了卖掉或是熔掉：他有充分的时间处理，但他没这么做。他似乎就是想拥有一只他自己的金烛台。他独自在屋里时，要盯着摸着它吗？

她瞅着他，看到他眼里充满了泪水。

他问："你打算从我手里把它拿走吗？"

这是个愚蠢的问题。"当然啦，"她回答说，"这东西属于大教堂，不该放在你的房间。烛台匠们赠送它是为上帝的荣光和美化教堂的祈祷活动，不是为了满足某一个修士的个人愉悦的。"

他没有争论。他面露失落，但没有悔意。他并不明白他做错了事。他的悲哀并不是因为错误行为而悔恨，而是为从他手中取走的东西而抱憾。她意识到，他不知羞耻。

"我认为，有关你掌管修道院财宝的问题，因此可以结束了，"她对菲利蒙说，"现在你可以走了。"他便出去了。

她把烛台交还给托马斯。"把这个拿给琼姐妹，告诉她收好，"她说，"我们要告诉烛台匠们，东西已经找到，下个礼拜天就用。"

托马斯走了。

凯瑞丝待在原地思考着。菲利蒙恨她。她马上探究其原因：他树立敌人，比吉卜赛人交朋友还快。但他是个死敌而且肆无忌惮。他显然已打定主意利用一切机会找她的茬子。事情绝不会好起来的。她每次在这种小冲突中胜他一筹，他的怨恨就会增加一分。但她若是让他占了上风，他只能得意地益发不顺从。

这将是一场血战，她还看不出结果。

自鞭赎罪的教徒在六月份一个星期六的晚上卷土重来。

凯瑞丝正在手稿室中写她的书。她决定从黑死病及如何应对写起，然后再写较次要的疾病。她在描述她引进王桥医院的亚麻布面罩一段。难以解释的是：这种面罩有功效，但并不能彻底免除感染。唯一有把握的保险措施，就是在黑死病到来之前离开镇子，并且要等到它过去了之后再回来，然而，对大多数人而言，无法做此抉择。部分的防护措施，对那些相信神秘疗法的人来说，是个困难的观念。实情是，一些戴面罩的修女依旧得了黑死病，但比起不戴面罩的人来说，还是要少多了。她决定把面罩比作盾牌。一块盾牌不能保证一个人免遭攻击，但肯定能给予他有价值的保护，因此战士赴战场都要携带盾牌。她正在往一张未用过的羊皮纸上写下这些内容，就听到自鞭赎罪的教徒沮丧的呻吟。

鼓声听着像醉汉的脚步声，风笛声则像一个生灵在受煎熬，钟声却如同葬礼的拙劣模仿。她走出去时，队伍刚好走进大教堂的地界。这次的人数更多，足有七八十，而且似乎比先前更加狂野：他们的头发又长又脏，他们的衣服只是些破布片，他们的尖叫益发疯狂。他们已经在城里转了一圈，集结了长长的人流尾随着，有些人在开心地观望，有一些人则参与其中，撕扯着衣服，抽打着自己。

她原本没想到会再次看到他们。教皇克雷芒六世曾谴责过这种自鞭赎罪的行径。但他远在阿维尼翁，何况还需要别人来维护他的统治。

托钵修士默多和先前一样率领着他们。当他走近大教堂的西门时，凯瑞丝惊讶地看到，大门大敞四开。她没有关注那里。托马斯未曾询及她，是不会把门打开的。菲利蒙是难责其咎的。她想起，菲利蒙外出期间曾经邂逅默多。她猜测，默多提前跟菲利蒙对这次活动打了招呼，并且一起策划了把这些自鞭者引进教堂。菲利蒙无疑会争辩说，他是修道院中唯一被任命为教士的人，因此，他有权决定做什么样的祈祷。

但菲利蒙是出于什么动机呢？他为什么如此器重默多和自鞭者呢？

默多率领着队伍穿过高大的中央门洞，进入了中殿。镇上的人随后拥了进来。凯瑞丝迟疑着不想搅进这种行径，但她又觉得需要了解他们要做些什么，于是便不情愿地尾随着人群也跟了进去。

菲利蒙在圣坛上，托钵修士默多站到了他身旁。菲利蒙伸出双手要大家安静，随后说道："我们今天到这里来是为了忏悔我们的劣行，改过我们的罪孽，并且用苦行来赎罪。"

菲利蒙不会布道，他的话引起了开心的反应；但善于蛊惑的默多当即接过话头。"我们忏悔我们的思想淫荡，我们的行为肮脏！"他高叫道，人群也呼喊着表示赞同。

整个进程和先前一样，被默多的讲话煽动得发狂的人们，涌到了前面，叫喊着他们都是罪人，并鞭打着自己。镇上人着迷地看着他们的赤身裸体和残害自身的行为。这是一种表演，但鞭打却是动真格的，凯瑞丝看到自鞭者的鞭痕和创口，不由得发抖。有些人已经多次自鞭，身上已是伤痕累累。其余的只有最近的伤口，这么一打，伤口又迸裂了。

镇上人很快就参与其中了。他们向前挤的时候，菲利蒙拿出一个敛钱的钵盂；凯瑞丝才明白，他的动机是钱。只有在菲利蒙的钵盂里放进一枚钱币之后才准忏悔和亲吻默多的脚。默多睨着收入的钱，凯瑞丝揣摩，这两个人会在事后分赃。

随着越来越多的镇民上前，鼓声和笛声也渐入高潮。菲利蒙的钵盂很快就盛满了。那些得到“原宥”的人，就随着音乐发狂地手舞足蹈。

最后，所有的自鞭者都在跳舞，再没人向前了。音乐进入高潮后，戛然而止，这时，凯瑞丝注意到，默多和菲利蒙已经不见了。她估摸他们从南交叉甬道溜出去。在修士回廊里数他们敛来的钱了。

闹剧结束了。舞者全都精疲力竭地倒在了地上。围观的人开始散去，从几处敞开的大门走进夏夜的清新空气之中。不久之后，默多的追随者恢复了力气，也离开了教堂，凯瑞丝便走了出来。她看到大多数自鞭者都朝“神圣灌木”旅馆去了。

她松了一口气，回到清凉谧静的女修道院。黄昏降临，修女们参加了晚祷，吃完晚餐。在上床之前，凯瑞丝去察看了医院。里面依旧人满为患，黑死病势头不减。

她发现这里无懈可击。乌娜姐妹遵循着凯瑞丝的原则：戴面罩，不放血，绝对清洁。凯瑞丝正要去睡觉，一个自鞭赎罪者给送了进来。

那是一个在“神圣灌木”旅馆晕过去、一头撞到板凳上的男人。他的后背还在流血，凯瑞丝估计，失血和撞头是他失去知觉的双方面原因。

乌娜在他无知觉的情况下用盐水给他洗了伤口。为了让他醒来，她用火烤一只鹿角，用那气味熏他的鼻子。随后，她让他喝下两品脱兑了肉桂和白糖的水，以补充他体内的缺液。

但这个人只是第一个。又有好几个男女给送了进来，他们都因失血、过量的烈酒和在事故或斗殴中受伤而遭罪。自鞭赎罪者的放荡，使得星期六晚上的病人增加了十倍之多。还有一个男人由于鞭打次数太多，后背已经腐烂。最后，过了半夜了，一名妇女因被捆绑之后遭到鞭打和强奸而给送到医院。

凯瑞丝不由得怒火中烧，一边和其他修女照看这些病人。所有这些伤害，都是由默多这样的人所散布的邪恶的宗教观引起的。他们说，黑死病是上帝对罪孽的惩罚，但人们可以用另一种惩罚自己的方式来躲避黑死病。仿佛上帝像是一个报爱心切的魔鬼，玩弄着具有发疯规则的游戏。凯瑞丝相信，上帝的正义感比起一伙男孩子的十二岁领头人该是更明智练达的。

她一直工作到礼拜天清早的晨祷时刻，随后才去睡了两个小时。她起床之后，便去见梅尔辛。

他如今住在麻风病人岛上他建好的最大一所宅子里。它位于南岸，矗立于一个新栽了苹果和梨树的宽阔的花园中，他雇了一对中年夫妇照看洛拉并管理那地方。他们名叫阿诺德和艾米莉，被此用阿恩和埃姆相称。凯瑞丝发现埃姆在厨房，埃姆指点她到花园去。

梅尔辛在用一根尖棍在秃地上画出字母，让洛拉看她的名字写成什么样，他在字母“O”上画出一张人脸，逗得她哈哈大笑。她有四岁了，是个长着淡黄皮肤和褐色眼睛的漂亮小姑娘。

凯瑞丝看着他们，心中油然升起一阵懊悔。她和梅尔辛同床快半年了。她不想要孩子，因为那将意味着她全部抱负的终止；而另一方面，她也为未能怀孕而遗憾。她为此不安，这大概正是她铤而走险的原因。但她毕竟没有怀孕。她不知道是不是她失去了怀孕的能力。或许“智者”玛蒂十年前给她服的堕胎药，在某种程度上伤害了她的子宫。她像素常一样，总想对人体及病患了解更多。

梅尔辛亲吻了她，他们随意散步，而洛拉则在他们前面跑着，玩着她自编的多样又费解的游戏，其中还有和每一棵树谈话的情节。花园仍是草创的外观：全部的植物都是新栽的，土壤是从别处用车运来的，以改善岛上的多石地面。“我来跟你谈谈自鞭赎罪人的事。”凯瑞丝说，然后就给他讲了昨晚医院里的情况。“我想在王桥禁止他们活动。”她结束说。

“好主意，”梅尔辛说，“整个闹剧不过是给默多凑钱的把戏。”

“还有菲利蒙。是他拿着钵盂的。你能跟教区公会谈一谈吗？”

“当然。”

身为执行副院长，凯瑞丝处于整个领地的首脑的地位，从理论上说，她不必咨询任何人，本人就能禁止自鞭者的活动。然而，她的自治市申请书已在国王面前，她希望不久就能把镇政府移交给公会，因此她把当前的局势视为一种过渡。再者，在试图强制推行一项规定之前取得支持总是高明的。

她说：“我想由治安官把默多及其追随者在午祷之前押送出城。”

“菲利蒙会气急败坏的。”

“他不该不和别人商量就自作主张地打开教堂。”凯瑞丝明知道会有麻烦，但她不能听凭菲利蒙反对她为镇子办正事。“我们有教皇站在我们一边。若是我们处理得谨慎而且动作迅速，我们就能赶在菲利蒙吃完早餐之前解决问题。”

“好吧，”梅尔辛说，“我要设法把公会的人在‘神圣灌木’聚齐。”

“我要在一小时后和你在那儿碰头儿。”

教区公会和镇上的一切组织一样非常松垮了，但一小伙商界精英还是从黑死病中挺了过来，其中包括玛奇·韦伯、贾克·切波斯托夫和屠宰场主爱德华。新治安官，也就是约翰的儿子芒戈也到场了，他的人候在外面等待指示。

讨论没费多少时间，市民中的头面人物中没有一个参与过那种胡闹的，而且他们一致不赞成这种公开闹剧。教皇的训示也强化了他们的决定。凯瑞丝以副院长的身份正式宣布了不准当街鞭笞、公开赤裸，闹事者将由治安官在任何三名公会成员的指示下驱逐出城的细则。公会随后通过了一项决议，支持这一新法律。

芒戈跟着就到楼上去，把默多从床上拉了起来。

默多没有乖乖地走。走下楼梯时，他一路又哭又闹，又是祷告又是诅咒。芒戈的两名助手拽着他的胳膊，半拖着把他押出了客栈。在街上他闹得更厉害了。芒戈走在前头，公会众会员随在后边。默多的一些支持者过来抗议，结果连他们自己都被押解了。在这一群人沿主街向梅尔辛的大桥行进时，少数镇民也跟在了后边。没有一个市民反对这一行动，而菲利蒙根本就没露面。连昨天鞭打过自己的人今天都二话没说，脸上全都露出了感到羞愧的样子。

人群过了大桥，群众开始散去。见到听众越来越少，默多也安静多了。他那种大义凛然变成了闷声闷气的狠毒。在双桥的远端把他释放后，他在郊区跌跌撞撞、头也不回地溜了。他的一小撮门徒心怀忐忑地尾随着他。

凯瑞丝有一种感觉：她再也不会见到他了。

她对芒戈和他的手下表示了感激，就返回女修道院了。

在医院里，乌娜正清理掉头天夜里事件的病人，为新的黑死病患者腾出地方。凯瑞丝在医院里一直工作到中午，才怀着感激的心情离开，率队进入教堂做礼拜天的主祷。她觉得自己在期盼着那一两个小时的颂歌和祈祷以及烦人的布道：对她而言，总可以静静地休息一下。

菲利蒙带领着托马斯和见习修士走进来时一副怒气冲天的样子。他显然已经听说了驱逐默多的事。他无疑把那些自鞭赎罪者当作凯瑞丝无法过问的他个人的财源了。那个希望破灭了，他直气得脸色发青。

凯瑞丝一时弄不清他在气恼之中会做出什么举动。随后她想：随他去吧。他就是不做这个，也会做那个。无论她做什么，菲利蒙迟早总会跟她生气的。为此忧虑毫无意义。

在祈祷过程中她打了盹，睁眼时他已开始布道。讲坛似乎使他更无魅力，而且他的布道辞总的来说也没得到什么呼应。然而，今天他宣称他要以私通的题目来开场，竟然抓住了听众的注意力。

他读的经文从圣·保罗的第一封信到早期在科林思的基督徒的一首韵文。他读的是拉丁文，然后又翻译出来，以盘旋上升的语调说：“现在我给你们写的是：不要与私通者交往！”

他不厌其烦地阐述着交往的含义。“不要和他们一起吃饭，不要和他们一起喝酒，不要和他们一起生活，不要和他们交谈。”但凯瑞丝焦急地想知道，他打算接下去往哪里引。他肯定不敢从讲坛上直接攻击她吧？她的目光越过唱诗班的席位瞥向在另一端与见习修士在一起的托马斯，看到他面带忧虑的神色。

她又回过头来望着菲利蒙那张愤然发青的脸，便明白他什么都做得出来了。

“我这是指的谁呢？”他很有技巧地问。“并不是指圣徒指名道姓的那些外人。他们是要由上帝来裁决的。但是，他说了，你们就是你们周围人当中的法官。”他指着教众，“你们！”他又低头去读经文：“从你们当中把那个恶毒的人赶出去！”

教众鸦雀无声。他们都意识到，这篇布道不是通常那种一般性的鼓励人有良好举止的说辞。菲利蒙要传达一个信息。

“我们应该四下打量我们自己，”他说，“在我们镇子上——在我们的教堂里——在我们的修道院中！这里面有没有私通者呢？如果有，就应该把他们亮出来！”

凯瑞丝心想，他无疑指的是她了。而且所有比较精明的镇民都会得出同样的结论。可她又能做什么呢？她难以挺身立起和他争辩。她甚至不能走出教堂去，因为那只能突显他的论点，使最愚昧的教众都能明了，他这番指责的靶子就是她。

于是她只能克制自己听下去。菲利蒙从来没讲得这样好过。他既不迟疑又不磕绊，他条理分明，嗓音生动，成功地改变了素常那种干巴巴的单调。对他来说，仇恨成了激励的力量。

当然，没人能把她赶出修道院。即使她是个不称职的女副院长，主教也会让她干下去，就是因为教士的缺乏已有很长一段时间了。全国的教堂和修道院纷纷关闭，因为没人主持祈祷或者唱圣诗。主教们忙于任命更多的教士、修士和修女，而不是裁减他们。反正，哪个主教要是想赶走凯瑞丝，镇上人会群起反对的。

尽管如此，菲利蒙的布道破坏力是极大的。如今会让镇上的头面人物更难以对凯瑞丝和梅尔辛的双飞双宿视而不见了。这种事败坏人们的声誉。比起对女人来，他们对男人性关系的不检点还能谅解。而且，她还痛苦地意识到，她的地位会招致伪君子这样的责难。

她咬紧牙关坐在那里熬完了那长篇演说——同样的信息叫得更响——和余下的祈祷。修女和修士们刚一列队出了教堂，她就来到她的药房，坐下来给亨利主教写信，要求他把菲利蒙调往另一座修道院。

相反，亨利倒提升了他。

那是在驱逐托钵修士默多的两个星期之后，他们都在大教堂北交叉甬道里。夏日炎炎，但教堂内部依旧那么凉爽。主教坐在一把雕花木椅上，其余的人都坐在板凳上：菲利蒙、凯瑞丝、副主教劳埃德和牧师会成员克劳德。

“我任命你为王桥修道院的副院长。”亨利对菲利蒙说。

菲利蒙高兴得堆起笑容，并得意地瞥了凯瑞丝一眼。

她惊得目瞪口呆。两个星期之前，她给亨利列举了一长串理由，指明不该允许菲利蒙在这里继续担任负责职务——开始讲的就是他偷窃金质烛台的行为。但看来，她的信适得其反。

她张嘴要反对，但亨利瞪了她一眼，并举起一只手，她于是决定保持沉默，等着听他还要说什么。他继续对菲利蒙讲下去。“我这样做，不是因为，而恰恰是不顾你回来后的表现。你一向是作恶多端惹是生非的人，若不是教会极缺人手，我一百年也不会提拔你。”

那么为什么现在却提拔了呢？凯瑞丝纳闷。

“但我们必须要有一位男副院长。并非不满意女副院长代行那个职务，她的能力是不容置疑的。”

凯瑞丝宁肯他任命托马斯。但她知道，托马斯一定会拒绝。他在十二年前那场继任安东尼副院长的残酷斗争中受了伤害，当时就发誓绝不再卷入副院长选举一事了。事实上，主教很可能已经同托马斯谈过，只是凯瑞丝并不知情，而且通过谈话了解到了托马斯的决心。

“然而，你的任命是有条件限制的，”亨利对菲利蒙说，“首先，在王桥获得其自治市的文书之前，你的这一职务是不会被批准的。你不能管理这座镇子，而且我也不会将你置于那一地位的。因此，在这过渡期间，凯瑞丝嬷嬷继续作为执行副院长，而你则住在修士宿舍中。这座宅院要锁上。若是你在等候期表现不轨，我就收回任命。”

菲利蒙听后感到受了伤害，面带怒容，但他紧闭双唇。他知道他胜利了，也就不打算再就这些条件争论了。

“其次，你将有你们自己的金库，但托马斯兄弟要担任司库，没有他知情和同意，不准花钱，也不准改动原有的项目。再说一句，我已命令修建一座新塔楼，我也批准了根据建桥匠师梅尔辛准备的方案付款。修道院将从修士的基金中支付这笔款项，无论菲利蒙还是任何他人都无权更动这一安排。我不想见到塔楼半途而废。”

凯瑞丝心怀感激地想，梅尔辛会至少满足他的希望了。

亨利转向凯瑞丝："我还有一项指令要发表，是有关你的，副院长嬷嬷。"

她心想，会是什么呢？

"一直有一种私通的指责。"

凯瑞丝盯着主教，心里想到她惊见他和克劳德的时刻。他怎么敢提出这个题目？

他继续说："对于过去我什么也不谈了。但是在将来，王桥的女副院长和一个男人保持一种关系是不可能的。"

她想说：可是你和你的娈童还住在一起呢！然而，她猛然注意到亨利的表情。那是一种求告的神色，他在求她不要指责那件他深知会使他像是伪君子的事情。她一下子恍然悟到，他明知他的做法有欠公允，但他别无选择。菲利蒙迫使他处于如此尴尬的境地。

她照样禁不住想刺他一下，驳他几句。但她控制住了自己。那样毫无益处。亨利的后背已经抵到墙壁，他已经尽力而为了。凯瑞丝紧紧咬住牙根。

亨利说："我可不可以听到你的保证，凯瑞丝嬷嬷，从此刻起，绝不会再有指责的空子了？"

菲利蒙垂下眼皮看着地面。她曾经有过这样的境地。她又一次面临着抉择：放弃她迄今努力的一切——医院、自治市文书、塔楼——抑或与梅尔辛分手。而且，她又一次选择了她的工作。

她抬起目光，直视着他的眼睛。"是的，主教大人，"她说，"你可以得到我的保证。"

她在医院里，当着众人的面，和梅尔辛讲话。她身体发抖，泪水欲流，可是她不能和他私下里会面啊。她深知，若是他俩单独相处，她的决心会动摇，她会伸出双臂搂住他，告诉他，她爱他，并且答应要离开女修道院，嫁给他。于是她给他带话，并在医院门口向他致意，然后用一种公事公办的口气和他讲话，双臂紧紧地扣在胸前，这样就不至于禁不住要用深情的姿态伸出手去，触摸她如此爱恋的他的躯体。

她跟他讲完主教的最后要求和她的决定之后，他看她的那副样子像是能杀了她。“这是最后一次了。”他说。

“你是什么意思？”

“你要是这样做，就是永远的了。我不会再围着你转，指望有朝一日你会成为我的妻子了。”

她觉得他仿佛击中了她。

他继续说着，故意把每句话说得都像是一记重拳。“如果你说的是真话，我就要从现在起把你忘掉。我已经三十三岁了，我不会永远这样下去——我父亲在五十八岁的时候就不行了。我要另娶别人，生更多的孩子，在我的花园里过幸福的日子。”

他描绘的画面折磨着她。她咬着嘴唇，竭力憋着自己的哀伤，但热泪还是滚下了她的面颊。

他毫无悔意。“我不会浪费我的生命去爱你。”他说，她觉得仿佛他在用刀刺她。“离开女修道院，现在，要不就在那儿待一辈子。”

她想不错眼珠地盯着他：“我不会忘记你的。我会永远爱你。”

“可还不够。”

她沉默了很长时间。她知道，不像是那样的。她的爱既非无力亦非不足。她只是面临着无法的抉择。但看来争论也无济于事。“你当真这么认定？”她说。

“像是显而易见。”

她点点头，其实她并不真正同意。“我很难过，”她说，“我活这么大，没有比这再难过的了。”

“我也一样。”他说，说完便转身走出了医院。

75

格利高里·朗费罗爵士终于返回了伦敦，但他回来得惊人地快，如同他像个皮球似的在那座大都市的城墙上弹了回来。他在天奇大厅晚餐时分露了面，满脸备受折磨的样子，扁平的鼻孔中喘着粗气，长长的灰发因出汗而绞作一团。他走进来时，缺少了往常那种目空一切、唯我独尊的神气。拉尔夫和阿兰正站前一座窗前，观赏着一把新式的宽刃短刀。格利高里一语不发，便将他那高大的身躯一屁股坐进拉尔夫的雕花大椅中：不管发生了什么情况，他还是那样高傲得不请自坐。

拉尔夫和阿兰期待地望着他。拉尔夫的母亲挑剔地吸着鼻子：她不喜欢没教养的举止。

格利高里终于开了口："国王不喜欢不服从。"

这话吓了拉尔夫一跳。

他焦急地瞅着格利高里，并且自问他究竟做了什么会被国王视为不服从。他想不出一件来。他紧张地说："我很遗憾，国王陛下不高兴——我希望与我无关。"

"已经把你卷进去了，"格利高里烦恼地说得不清不明，"连我也捎带上了。国王认为，当他的意愿受挫时，就是立下了不好的先例。"

“我很同意。”

“所以你和我要在明天离开这里，骑马到伯爵堡去见菲莉帕女士，让她嫁给你。”

原来如此，拉尔夫大大松了口气。对于菲莉帕的执拗，秉公而论，他不能负任何责任——尽管什么公道对国王并无区别。不过，从字里行间判断，他猜想，挨批的人是格利高里，所以眼下格利高里决心挽救国王的计划，也给自己挣回一点面子。

格利高里的话语中充满了怒气的威胁。他说：“等我把她的事了断了，我向你保证，她会求你娶她的。”

拉尔夫想象不出，这怎么能办成。正如菲莉帕本人指出的，你可以领着一个女人踏上婚礼殿堂的通道，但你不能强迫她说“我愿意”。他对格利高里说：“有人告诉我，寡妇拒婚的权利实际上是由大宪章保障的。”

格利高里狠狠地瞪了他一眼：“用不着提醒我。我就是向国王陛下提起这个才犯了错误的。”

拉尔夫想不出，在这种情况下，格利高里打算用什么威胁或许诺使菲莉帕屈服于他的意志。就他本人而言，要想娶她，他是无计可施了。只有将她强行劫持到一个孤立的教堂里，由大大地贿赂了一笔钱的教士对她的“不，绝不！”的高声叫喊装聋作哑一招了。

第二天一早，他们只带了很少的随从便出发了。这正是收获季节，在田地里，男人们在收割高大的黑麦秆，而妇女则跟在后边捆麦穗。

近来，拉尔夫对收获担心的时间要多于对菲莉帕的顾及。倒不是因为气候——其实是蛮不错的，而是因为黑死病。他的佃户太少，而雇工几乎为零。许多雇工被凯瑞丝副院长那样不讲情面的地主从他手里偷走，她还诱使别的地主提出高工钱和吸引人的租佃条款。拉尔夫在无路可走的情况下给了他的农奴以自由条款，就是说，他们没有在他的土地上干活的义务——这一安排使拉尔夫在收获时节的人手所剩无几。结果，他的一些庄稼很可能会烂在地里。

不过，他觉得，如果他能娶到菲莉帕，他的难处就会过去。他将有比他目前控制的多十倍的土地，外加十多项其他收入，包括法庭、森林、市场和磨坊。而他的家族也就会在贵族中重振旗鼓。杰拉德爵士将在去世前成为一位伯爵的父亲。

他还是想不出格利高里脑子里打的什么主意。菲莉帕已经为自己立下了挑战的任务，她要公然蔑视格利高里的骇人的意志和强力的关系。拉尔夫可不愿意站在她那双缀珠的丝鞋里，挨夹受气。

快到正午的时候，他们抵达了伯爵城堡。雉堞上白嘴鸦的吵闹声总是让拉尔夫回忆起他在这里为罗兰伯爵当侍从的年月——他有时觉得，那是他有生以来最幸福的时期。但如今没有伯爵，这地方冷清得很。在低院里没有侍从做剧烈的游戏，也没有战马在马厩外被照看和踏圈时的嘶鸣，也没有武装人员在城堡的台阶上掷骰子。

菲莉帕和奥狄拉以及几个女侍在那间旧式的大厅里。母女二人并肩坐在一台织机前的板凳上，一起织着一幅挂毯。挂毯完成之后，会是一幅展现森林风光的图景。菲莉帕在用褐色的丝线织树干，奥狄拉则用鲜绿色织树叶。

“真棒，但需要更多的生气，”拉尔夫用欢快友好的声调说，

“几只鸟和兔啦，也许可以再有几只狗追逐一头鹿。”

菲莉帕和往常一样，对他的迷醉不理不睬。她站起身，后退几步，躲开了他。那姑娘也照样离开了。拉尔夫注意到，母女二人身高相仿。菲莉帕问：“你来这里干吗？”

拉尔夫不痛快地想，凭你怎么看吧。他半转过身让开她。“格利高里爵士在这儿有话跟你说。”他说罢，便走到一扇窗前向外看，像是很烦躁的样子。

格利高里很正经地向两位女士致意，说他希望没有打扰她们。这是废话——他其实对她们的清静不管不顾——但这番礼数似乎平息了菲莉帕，她请他就座。他随后说道：“国王对你不高兴了，伯爵夫人。”

菲莉帕垂下头：“我当真十分抱歉，惹得陛下不快。”

“他想奖赏他的忠仆拉尔夫爵士，赐他为夏陵伯爵。与此同时，他还为你找了一位年轻力壮的夫君，为你女儿找了一个好继父。”菲莉帕战栗了一下，但格利高里没有理睬。“他对你执拗的违抗很不解。”

菲莉帕露出了怯意，这在她是理所当然的。若是她有个兄弟或叔叔为她挺身而出，事情就会不同了，可是黑死病夺走她全家人的性命。作为一个没有男性亲人的妇女，她没人出面在国王震怒时保护她。“他要怎么做呢？”她通情达理地问。

“他没有提到‘背叛’这个词……还没有。”

拉尔夫不敢肯定菲莉帕会不会依法论背叛罪，但这样的威胁还是让她面色苍白了。

格利高里继续说：“他要我第一步先跟你讲道理。”

菲莉帕说：“当然，国王把婚姻视为政治问题——”

“就是政治问题，”格利高里打断她的话，“若是你这漂亮的女儿异想天开地爱上了一个厨房打杂女仆的迷人的儿子，你就会像我说你一样对她说，贵族妇女是不能嫁给她们的意中人的；你还会把她锁在她的房间里，并在她的窗外鞭打那男孩，直到他永远放弃她为止。”

菲莉帕的样子像是受到了羞辱。她不愿意由一个不过是律师的人对她指手画脚地讲她地位的职责。“我懂得一位贵族寡妇的义务，”她高傲地说，“我是位伯爵夫人，我祖母是伯爵夫人，而我姐姐在死于黑死病之前也是伯爵夫人。然而婚姻不仅是政治，也是心的问题。我们女人将自己交给男人，他们是我们的老爷和主人，他们还有责任明智地决定我们的命运；我们请求，我们心中的感受不要被全然忽略。这样的请求通常是会得到听取的。”

拉尔夫看得出，她恼火了，但依旧在克制，不过充满了蔑视。“明智”一词有一种讽刺意味。

“在正常时期，你或许是对的，但这是特别的年头。”格利高里回答说，“通常，当国王环顾周围，想找一个人做合格的伯爵时，他会看到十几个聪明、强壮、精力充沛的人，忠于他，而且迫切地尽其所能为他效忠，他可以信心十足地任命任何一个。但如今，由于这么多最优秀的男人被黑死病击倒，而国王如同在黄昏时分才去集市的主妇——只好剩下什么要什么了。”

拉尔夫看出了论据之有力，但同时也感到受辱。然而他装作没有理会。

菲莉帕换了方法。她挥手招呼一个女仆进前，吩咐道：“给我们拿一罐上好的加斯科涅葡萄酒来，请吧。格利高里爵士要在这里用餐，所以我们要准备些应时的羊肉，加大蒜和迷迭香一起做。”

“是，夫人。”

格利高里说：“你太周到了，伯爵夫人。”

菲莉帕不会卖俏。她假做只是要殷勤待客，并无长远动机——那是她不曾考虑的。她回过头来马上重拾话题。“格利高里爵士，我必须告诉你，我的心，我的灵魂，和我的全部自己都反对嫁给拉尔夫·菲茨杰拉德爵士的前景。”

“可是为什么呢？”格利高里说，“他是和别人一样的男人啊。”

“不，他不是。”她说。

他们谈论着拉尔夫，仿佛他并不在场似的，这使他深感受辱。但菲莉帕已经不顾一切了，想说什么都口无遮拦；而他也好奇地想听一听，到底他身上的什么东西讨她如此厌恶。

她停顿下来，整理一下思绪。“若是我使用强奸犯、用刑人、杀人犯……这些字眼可能失之过于抽象。”

拉尔夫大惊失色。他并不认为自己是那样的人。当然，他在为国王服役时曾经动刑折磨过人，他也曾强奸过安妮特，在他当强盗时，还杀过好些个男男女女，乃至儿童……至少，他安慰自己，菲莉帕看来并没猜到，他就是那个杀害了他自己妻子蒂莉的蒙面人。

菲莉帕说了下去：“人类内心里有一种东西阻止他们做出这种行径。感受他人的痛苦，是一种能力……不，是一种必需。我们是禁不住的。你，格利高里爵士，不会强奸一个妇女，因为你会感受她的悲苦和凄绝，你会和她一同难过，这会迫使你手下留情。你，出于同样的原因，也不会去折磨或谋杀他人。一个没有心肝去感受他人痛苦的人不是人，哪怕他能用两腿直立行走和开口讲英语。”她俯身问前，压低了声音，但即便如此，拉尔夫依旧听得一清二楚。“我是不会和一个动物睡在一张床上的。”

拉尔夫脱口叫道：“我不是动物！”

他指望格利高里会支持他。相反，格利高里似乎让步了。“这是你最后的决定吗，菲莉帕女士？”

拉尔夫大吃一惊。格利高里难道打算就这样让事情过去了，哪怕有一半要当真呢？

菲莉帕对格利高里说：“我需要你回到国王那里，告诉他，我是他忠顺的臣民，而且我渴望得到他的眷顾，但我不能嫁给拉尔夫，哪怕天使长加百利命令我。”

“我明白了。”格利高里站起身，“我们不留下用膳了。”

就这么完啦？拉尔夫还等着格利高里拿出他的惊人的秘密武器，某种无法抗拒的诱饵或恐吓。难道这位机灵的朝廷律师当真有愧于他那昂贵的锦缎衣袍了吗？

菲莉帕同样惊讶地发现，这场争论竟然戛然而止了。

格利高里向门口走去，拉尔夫无可奈何地只好跟着。菲莉帕和奥狄拉目送着他们两个，不知对这样冷漠的离去该当如何。女侍臣们哑口无言。

菲莉帕说：“请你求国王开恩。”

“他会的，女士，”格利高里说，“他全权地要我告诉你这些，因为你太执拗了，他不会强迫你嫁给一个你讨厌的男人的。”

“谢谢你！”她说，“你救了我一命。”

拉尔夫要开口抗辩。他是得到承诺的！他犯下亵渎和谋杀的罪行才获此奖赏的。总不致现在就剥夺掉吧？

但格利高里先说话了。“要不，”他说，“按照国王的旨意，就让拉尔夫娶你的女儿。”他顿了顿，手指着站在母亲旁边的身材高挑的十五岁姑娘。“奥狄拉。”他说，似乎还有必要再强调一下他所说的是谁。

菲莉帕喘着气，奥狄拉尖叫出来。

格利高里鞠了一躬：“再见，二位。”

菲莉帕高喊：“等等！”

格利高里置若罔闻，转身走了出去。

拉尔夫不知所措地跟在后边。

格温达醒来时浑身困乏。这是收获时节，在这漫长的八月的白昼里，她把每一个小时都花在地里了。伍尔夫里克从日出到天黑，整天不知疲倦地挥动镰刀，割下庄稼。格温达的活计是捆扎。一整天里，她都得弓腰驼背地收集割下的庄稼，弯腰去收，弯腰去收，直到背疼得冒火。到天黑得看不见的时候，她踉踉跄跄地回到家，就倒在了床上，顾不上做饭，让他们父子仨在食橱里找到什么吃什么吧。

伍尔夫里克天刚亮就醒了，他的动静惊动了格温达的酣睡。她挣扎着下了地。他们都需要好好吃一顿早饭，她把冷羊肉、面包、黄油和啤酒摆到桌上。十岁的萨姆起来了，但只有八岁的大卫，还得叫醒，拉他下床。

“这块地从来没有夫妻二人耕种的。”他们边吃，格温达边发着牢骚。

伍尔夫里克却态度乐观。“桥塌的那年，你我就是靠咱俩自己把庄稼收回来的。”他兴致勃勃地说。

“当时年轻，要比现在小十二岁呢。”

“可你现在更漂亮了。”

她没心情调笑：“就在你父亲和兄弟都活着的时候，你们还在收获季节雇工呢。”

“算啦。这是咱们自己的地，我们自种自收，自己获益，用不着干一天活一个便士的小钱了。我们干得越多，得到的也就越多。这不正是你一直想要的么，是吧？”

“我一直想要独立和自给自足，不知你是不是这意思。”她走到门口。“刮的是西风，天上有一些云。”

伍尔夫里克面带忧容：“我们需要两三天之内别下雨。”

“我看会吧。来，小子们，该下地啦。你们可以走着吃嘛。”她把面包和肉捆进一只口袋做他们的午饭，这时，内特总管一瘸一拐地走进了门。“噢，别！”她说，“今天不行——我们差不多可以把我们的庄稼收完了！”

“老爷也有庄稼要收嘛。”总管说。

跟在内特身后进来的是他十岁的儿子乔纳森，大家都叫他乔诺，他一进门对着萨姆做起鬼脸。

格温达说：“再给我们三天干自己地里的活。”

“甭跟我争论这个，”内特说，“你们一星期该给老爷干一天活，在收获季节该是两天。今明两天，你们就在溪地收他的大麦吧。”

“第二天通常都算了。这样做已经好多年了。”

“那是在人手多的时候。现在老爷都急死了。这么多人都签了自由佃租的条款，他简直没人给他收庄稼了。”

“这么说，那些跟你谈妥，要求免除他们例责的人，倒得了便宜，而像我们这些接受了老条款的人，反倒受罚要在老爷的地里干上两倍的活儿了。”她埋怨地看着伍尔夫里克，想起了她要他和内特讲条件时，他根本不听她的。

“差不多就是这样。”内特漫不经心地说。

“见鬼。”格温达说。

“别骂街，”内特说，“你们会得到一顿免费午餐。有白面包和一桶新鲜淡啤酒。这还不够引人的吗？”

“拉尔夫老爷用燕麦喂马，是为了骑得狠。”

“别拖了，现在就去吧！”内特出了门。

他儿子乔诺冲着萨姆吐舌头。萨姆想抓住他，但乔诺溜掉了，追着他父亲跑了。

格温达疲惫地和一家人跋涉着穿过田野，来到拉尔夫的大麦迎风摇摆的地里。他们动手干起活来。伍尔夫里克割，格温达捆。萨姆跟在后面拣她漏掉的麦秆，搜集到一起，等到凑齐一捆，就交给她捆。大卫矮小灵活，他把麦杆编成粗绳，用来捆麦子。那些依旧按老章程签约的家庭，和他们一起劳作着，而那些较机灵的佃户则收割自己的庄稼。

太阳升到头顶上，内特赶着车，后面载着一只桶来了。他说得不错，给每家一大块可口的新鲜白面包。大家都吃着自己那一份，之后大人们都躺在阴凉处休息，孩子们则嬉戏。

格温达正在打盹，猛听到孩子们的尖叫声。她马上从声音听出来，并不是她的孩子发出的，但她照旧一跃而起。她看到她儿子萨姆正跟乔诺打架。虽说他们年龄和身量大体相仿，萨姆却把乔诺撂到地上，毫不留情地拳打脚踢。格温达向孩子们奔去，但伍尔夫里克动作更快，他一把抓住萨姆的一只手，把他拽了起来。

格温达难过地看着乔诺。那孩子口鼻流血，一只眼窝发了炎，已经肿了起来，他捧着肚子，哼哼唧唧地哭着。格温达见过多次男孩间的打架，但这次不同，乔诺给结结实实地揍了一顿。

格温达盯着她十岁的儿子看。他的脸上没有一点痕迹：看来乔诺似是没打中一拳。萨姆对他的行为毫不后悔，反倒扬扬得意。这样的表情似曾相识，格温达搜索枯肠，想找到那相似之处。她没过多久就回忆起来，是谁在打人之后就是这副模样了。

她曾在拉尔夫·菲茨杰拉德，也就是萨姆的亲生父亲的脸上，看到过同样的表情。

拉尔夫和格利高里造访了伯爵城堡的两天之后，菲莉帕女士来到了天奇大厅。

拉尔夫已经在考虑娶上奥狄拉的前景了。她是个漂亮少女，不过在伦敦只要花上几便士就能买到漂亮少女。拉尔克已经经历过娶一个比小孩子稍大的人了。在初始的激情过后，他就对她厌烦和恼火了。

他一时想不好是否娶了奥狄拉，也把菲莉帕弄到手。娶了女儿，再把母亲占为情妇的念头，让他兴奋不已。他甚至可以一起占有她们两个。他就曾有一次在加来与一对母女妓女同时性交，其中的乱伦成分激起了他伤风败俗的快感。

但是反思起来，他知道那是不会发生的。菲莉帕绝不会同意这样的做法。他可以找办法强制她，但她不会轻易受欺负的。

“我不想娶奥狄拉。”在他们从伯爵城堡回家的路上，他这样告诉过格利高里。

“你用不着娶她。”格利高里当时说，但拒不详述。

菲莉帕没带奥狄拉，而是带着一名女侍臣和一名护卫来的。在她进入天奇大厅时，总算没有那样傲气凌人。拉尔夫心想，她看着都不美了：她显然已经两夜没睡了。

他们刚刚坐下用餐：拉尔夫、阿兰、格利高里，以及一小伙扈从，还有一位总管。菲莉帕是屋里唯一的女性。

她一直走到格利高里跟前。

他先前对她表现出来的礼数全然不见了。他没有站起身，只是粗鲁地上上下下打量着她，仿佛她是个心怀悲痛的侍女。“怎么？”他终于开了尊口。

“我要嫁给拉尔夫。”

“噢！”他用一种嘲讽的惊讶说，“现在，想通了？”

“是的。比起把我的女儿牺牲给他，我宁可自己嫁他。”

“我的女士，”他讽刺地说，“你似乎以为，国王带你到一张桌前，桌上摆满了美味，要你挑你最中意的。你错了。国王是不问你喜欢不喜欢的。他只下旨意。你不服从一道旨意，他就再下另一道。他不给选择的。”

她垂下目光：“我对自己的举止十分抱歉。请饶过我女儿吧。”

“要是我说了算，我可以回绝你的请求，作为对你不让步的惩罚。不过你或许该向拉尔夫爵士求告了。”

她看着拉尔夫。他在她的眼神中看到了怒气和绝望。他感到得意。她是他见过的最高傲的女人，而他击碎了她的骄傲。他真想马上就和她躺到床上。

不过，事情还没完。

他说："你有什么话要跟我说吗？"

"我道歉。"

"过来。"拉尔夫坐在桌子的首席，她走过去，站到他身边。他抚弄着椅子扶手上刻着的一只狮子的头部。"说下去。"他说。

"我很抱歉我先前蔑视了你。我愿意收回我所说的一切。我接受你的求婚。我要嫁给你。"

"可我还没重新求婚呢。国王命令我娶奥狄拉。"

"如果你请国王恢复他原先的计划，他肯定会恩准的。"

"而这就是你求我做的喽。"

"是的。"她直视着他的眼睛，咽下了她最后的羞辱。"我在请求你……我在乞求你。拉尔夫爵士请你要我做你的妻子吧。"

拉尔夫站起身，把椅子向后一推。"那就吻我吧。"

她闭上了眼睛。

他伸出左臂，搂住她的双肩，把她拉向自己。他亲吻了她的嘴唇。她毫无反应地屈从了。他伸出右手去挤弄她的一只乳房。如他一向想象的，她的乳房又挺又沉。他的那只手沿着她的身体一路摸下去，直到两腿之间。她缩了一下，在他的怀里依旧没有抵抗，他把那只手掌抵在她的腿裆。他用手攥住她那鼓鼓的三角区的软绵绵的肉。

然后，他保持着这个姿势，但不再亲吻，转过头来，看着他的朋友们。

76

在拉尔夫被任命为夏陵伯爵的同时，一名叫作大卫·凯尔利昂的青年成了蒙茅斯的伯爵。他只有十七岁，而且与死去的伯爵只是远亲，因为所有的近亲都在黑死病泛滥中死光了。

那一年圣诞节的几天之前，亨利主教在王桥大教堂主持了一次祈祷，祝福两位新伯爵。事后，大卫和拉尔夫成为梅尔辛在公会大厅举办的宴会上的贵宾。商人们同时庆祝了王桥获颁自治市文书。

拉尔夫认为大卫格外幸运。这小子从未出过国门，也从未上战场打过仗，却在十七岁时成为一名伯爵。拉尔夫却随爱德华国王横扫整个诺曼底，在一场又一场战役中冒着生命危险，还失去了三根手指，并在国王的军队中服役期间犯下了无数罪行，然而他只好等到年满三十二岁，才当上伯爵。

不过，他终于成功了，如今身穿昂贵的用金银丝线编织的锦缎外套，坐在亨利主教身边的席位上。认识他的人把他指给陌生人，富有的商人为他让路，在他经过时毕恭毕敬地向他鞠躬致意，侍女们给他的杯中斟酒时紧张得手直发抖。他父亲杰拉德爵士已经卧床不起，顽强地滞留着生命，他说：“我是伯爵的后裔，也是伯爵的父亲。我心满意足了。”那可真是深深的感念之情。

拉尔夫急于要和大卫谈雇工的问题。眼下秋收已毕，秋耕也已完成，问题暂时得到缓解，一年的这个季节，昼短天寒，地里没有多少活可干了。不幸的是，春耕刚一开始，地土松软得可以播种，麻烦就又来了：雇工们说又要为更高的工钱动荡，一旦遭到拒绝，就会非法跑掉，奔向更肯出钱的雇主。

制止这种动向的唯一途径，是贵族们联合起来，坚定地抵制较高的工钱，并拒绝雇用外逃的人。这正是拉尔夫想和大卫说的。

然而，这位蒙茅斯的新伯爵却无意和拉尔夫攀谈。他倒是对拉尔夫的继女，与他年纪相当的奥狄拉兴致盎然。拉尔夫琢磨，他俩以前曾经见过面：菲莉帕和她的前夫威廉常去城堡做客，当时大卫一直是老伯爵的扈从。不管他们以往如何，现在却是朋友了：大卫侃侃而谈，而奥狄拉则洗耳恭听一词一句——赞同他的观点，慨叹他的故事，笑和着他的笑话。

拉尔夫一向都嫉妒能迷惑女性的男人。他哥哥就有这种本领，结果就能吸引那些最漂亮的女子，尽管他是个个子矮小、长着红发、貌不出众的男人。

拉尔夫也为梅尔辛难过。自从罗兰伯爵任命拉尔夫为护卫而贬斥梅尔辛是个木匠学徒之日起，梅尔辛便一蹶不振了。尽管他是哥哥，反倒是拉尔夫注定要当上伯爵。此时梅尔辛坐在大卫伯爵的另一侧，只能以充其量是个会长——而且具有魅力来自我安慰了。

拉尔夫甚至对自己的妻子都没有魅力。她难得和他讲话。她跟他的狗说的都更多些。

拉尔夫自问，这是怎么回事呢：他一直以男人渴望得到一件东西那样要想得到菲莉帕，等他当真到手之后，却又那么得不到满足？他从十九岁当扈从的时候就恋慕着她。如今，在成婚三个月之后，他倒一心想摆脱她了。

不过，他难以抱怨。菲莉帕尽职尽责地做着妻子。她把城堡管理得井井有条，自她的前夫在克雷西战役后被任命为伯爵以来，她一直这样做着。供应订购了，账款付齐了，衣服缝好了，壁炉点燃了，食品和酒水在餐桌上从不缺少。而且她对拉尔夫的性欲也百依百顺。他想怎么干就怎么干：扯开她的衣服，把他的几个手指粗暴地插进她体内，让她站直或从背后来满足他——她从无怨言。

但她从不呼应他的抚弄。她的嘴唇从不跟着他的动，她的舌头从不伸进他嘴里，她也从不抚摸他的肌肤。她在手头放着一小瓶杏仁油，只要他想要性生活，她就用那油来涂遍她那毫无反应的躯体。他在她身上呻吟时，她像死尸般地僵卧着。他一滚下她的身体，她马上就去洗净全身。

这一婚姻的唯一好事是奥狄拉很喜爱小杰里。那婴儿激发了她刚有的母性本能。她愿意和他说话，给他唱歌，摇着他入睡。她给了他那种母爱，是他从雇来的保姆那里永远得不到的。

但拉尔夫依旧懊悔。菲莉帕丰满的肉体，本是他多年来渴望地盯视的，如今都反抗他了。他已经好几个星期没碰她了，而且永远都不会了。他瞧着她沉甸甸的乳房和圆滚滚的臀部，却暗想起蒂莉苗条的身材和少女的肌肤。蒂莉是他用尖利的长刀从她肋骨下一直捅到她跳动的心脏致死的。那种罪行他一直不敢承认。他揪心地盘算着，他要在炼狱里为此遭多久的罪呢？

主教一行要住在副院长的宅院里，蒙茅斯的人员住满了修道院的客房，因此，拉尔夫和菲莉帕以及他们的仆从就住进了一座客栈。拉尔夫挑中了他哥哥拥有的重建的贝尔客栈。那是王桥唯一的三层建筑，底层有一大间宽敞的屋子，楼上是男女住房，顶层则是六间分隔开的客房。宴会散席后，拉尔夫和他的部下来到这家客栈，在壁炉前落座，又叫了酒来，便开始掷骰子。菲莉帕留在原处，和凯瑞丝谈话，并陪伴着奥狄拉和大卫伯爵。

拉尔夫及其一伙吸引了一群倾慕他们的青年男女，在漫度时光随手花钱的贵族周围这是常事。拉尔夫在饮酒的畅快和赌博的刺激中逐渐忘记了他的烦恼。

他注意到有一个金发的青年女子，在他痛快地在一掷骰子中输了几枚银币的赌注时，用思慕的表情瞅着他。他招呼她挨着他坐在板凳上，她告诉他她名叫艾拉。在几次紧张的时刻，她都抓紧了他的大腿，仿佛提心吊胆之下的不自主动作，其实她大概完全清楚她在做什么——女人通常都是心里明白的。

他逐渐对赌博失去了兴趣，而把注意力转移到她身上。他在结识艾拉之时，他的人还在赌着。她的一切都是菲莉帕所缺乏的：快活，性感，让拉尔夫着迷。她多次触碰他和她自己——她时时把头发从脸上撩开，然后拍着他的胳膊，再用手捂着自己的喉咙，还戏弄地推着他的肩膀。她似是对他在法兰西的经历兴趣十足。

惹拉尔夫心烦的是，梅尔辛进了客栈，并且坐到他身旁。梅尔辛没有亲自经营贝尔客栈——他把这里租给了面包师贝蒂最小的女儿——但他很关注他的租客取得成功，便问拉尔夫是否对一切都感到满意。拉尔夫介绍了他的女伴，而梅尔辛只用应付的口气说了句“噢，我认识艾拉”。这种不客气的态度是很少有的。

今天只是兄弟俩自蒂莉死后见的第三或第四面，前几次，比如在拉尔夫和菲莉帕的婚礼上，几乎都没时间交谈。但拉尔夫从他哥哥看他的眼神中，照样明白了，梅尔辛怀疑他是杀死蒂莉的凶手。那种无言的想法是一种赫然逼近的存在，虽然没说出口却总也摆脱不掉，如同在一家贫苦农户的单间陋室中挤着一头奶牛一般。若是挑明了，拉尔夫觉得就会是他们交谈的最后一次了。

因此，今晚像是二人一致同意似的，兄弟俩又一次交换了几句没什么意思的无聊话，然后梅尔辛就走了，说是他还有工作要做。拉尔夫当时就纳闷，十二月的一个傍晚，他还能有什么活要干。他当真不清楚，梅尔辛是如何打发他的时间的。他不打猎，不主持法庭，也不随侍国王。可能花上一整天，而且天天不断地画图和监督工匠们吗？这样过日子会把拉尔夫逼疯的。而且他也闹不清，梅尔辛从他的行业中挣了多少钱。拉尔夫本人一向缺钱，哪怕他在天奇当领主的时候。梅尔辛似乎从来不缺钱。

拉尔夫把他的注意力回到艾拉身上。“我哥哥脾气有些不好。”他抱歉地说。

“那是因为他已有半年没个女人了。”她咯咯笑着，“他曾经追过女副院长，但是在菲利蒙回来以后，她只好把他甩了。”

拉尔夫假装吃了一惊：“修女是不该有人追的。”

“凯瑞丝嬷嬷是个出色的女人——可是她痒得厉害，这可以从她走路的样子上看出来。”

拉尔夫从一个女人嘴里听到如此直白的话，一下子来劲了。“一个男人这样太糟糕了，”他意味深长地说，“这么长时间竟然没有女人。”

“我也这么看。”

“这会造成……挺起的。”

她把头向一边一歪，扬起了两道眉毛。他瞥了一眼自己的腿根。她随着他的目光看下去。“噢，亲爱的，”她说，“看来不舒服了吧。”她把一只手放在他挺起的阴茎上。

就在这时，菲莉帕出现了。

拉尔夫僵呆了。他感到又窘又怕，同时又因为在乎菲莉帕是否看到他的举动而生自己的气。

她说：“我要上楼去了——噢。”

艾拉没有松手。事实上，她一边轻柔地攥着拉尔夫的那家伙，一边抬头看着菲莉帕，还得意地笑容满面。

菲莉帕的脸唰地红了，满是耻辱和厌恶的神情。

拉尔夫张开嘴要说话，却不知道说什么才好。他不肯向他的泼悍的妻子道歉，认为她这是自取其辱。但他觉得有点蠢：跟一个客店妓女坐在一起，让她握着他的家伙，而他的妻子伯爵夫人就站在他俩跟前，显得很尴尬。

这场面只持续了片刻。拉尔夫懑闷地哼了一声，艾拉咯咯笑着，菲莉帕噢了一下，那腔调中充满了怒火和憎恶。菲莉帕随即转身走开，头部扬得不自然地高。她走到宽阔的楼梯跟前，拾级而上，那种高雅的姿态如同山坡上的一只鹿，头也不回地消失在视界以外了。

拉尔夫感到又气又愧，尽管他认为没必要有这两种感觉。然而，他对艾拉的兴致显而易见地消退了，他把她的手拿开了。

“再喝一点葡萄酒吧。”她说，一边从桌上的罐子里倒酒，但拉尔夫觉得一阵头疼，便把木质酒杯推开了。

艾拉把一只手放到他胳膊上拉住他，用暖融融的低声说：“别在这要紧时候撇下我，你知道，你已经让我整个人都激动起来了。”

他甩脱了她，站起身来。

她板起面孔，说：“行啊，你最好还是给我点什么，算作补偿吧。”

他把手伸进钱袋，掏出了一把银便士。他根本不看艾拉，只把钱往桌上一扔，也不管是太多还是太少。

她连忙把那些银币都收起来。

拉尔夫离开她，上楼去了。

菲莉帕已经上床，坐在床上，背靠着床头板。她已脱掉了鞋，但衣服全都在身。拉尔夫进屋时，她责难地瞪着他。

他说：“你没有权利跟我生气！”

“我没生气，”她说，“倒是你生气了。”

她总能把语锋一转，就变成了她对他错的局面。

不等他想出答话，她说：“你愿意我离开你吗？”

你吃惊地瞪着她。他无论如何都没想到这件事。“你要到哪儿去？”

“这儿，”她说，“我不会当修女，可我还是能够住在女修道院里。我只带上几个人：一个侍女、一个秘书和我的忏悔神父。我已经和凯瑞丝说好了，她愿意接受。”

“我的前妻就这样做过。人们会怎么想？”

“许多贵族妇女都在她们一生中的某段时间里，到女修道院过退隐生活，有暂时的，也有长久的。人们会认为你拒绝我是因为我过了怀孩子的年龄——我很可能就是的。话说回来，你还在乎别人说什么吗？”

他脑海闪过一个念头：看到杰里失去了奥狄拉，他会难过的。但摆脱菲莉帕那高傲和不满的前景无法抗拒。“好吧，还有什么事阻挡你吗？蒂莉可从来没得到同意的。”

“我想先看着奥狄拉订婚。”

“跟谁？”

她看了他一眼，像是嫌他太蠢。

“噢，”他说，“我猜是年轻的大卫。”

“他爱上了她，而我认为他们倒是天生的一对。”

“他还不够年龄——他得请示国王。”

“所以我才跟你说嘛。你肯不肯陪他去见国王，为支持这场婚姻说两句话？你若是为我办这件事，我发誓从今以后绝对不会求你了。我会心平气和地离开你。”

她没有要他做出任何牺牲。与蒙茅斯结盟只能对拉尔夫有益无损。“而你要离开伯爵城堡，搬进女修道院？”

“是的，奥狄拉一结婚，我马上就走。”

拉尔夫明白，这是一场梦的终结，那是一场把他抛进酸楚、凄凉的现实的梦。他完全应该承认失败，再从头开始。

“好吧，”他说，心里夹杂着悔恨和解脱的感情，“这是一笔交易。”

77

1350年的复活节早早就到来了，在耶稣受难日那天的晚上，梅尔辛的炉子里燃着旺火。桌上摆的是冷盘晚餐：熏鱼、软干酪、新鲜面包、梨和一大瓶莱茵河白葡萄酒。梅尔辛穿着干净的内衣和一件新的黄色袍子。房子已打扫过了，侧柜上的一个瓶子里插着黄水仙。

梅尔辛独自一人。洛拉和他的仆人阿恩和埃姆在一起。他们的小屋在花园尽头，但五岁的洛拉喜欢整宿待在那里。她管这叫去朝圣，还拿着一个旅行袋，里面装着她的梳子和一个她最珍爱的玩具娃娃。

梅尔辛打开一扇窗户，向外张望。一股冷风从南岸的草地吹过河来。傍晚的最后余晖正在暗淡下去，光线似乎落出天空，沉入了水中，在一片漆黑中消逝了。

他觉察到一个蒙头的身影，从女修道院走了出来。他看到那身影踏过在大教堂绿地上踩出的一条对角线，匆匆越过贝尔客栈的灯火，走下泥泞的主街。那人的面孔遮着，跟谁也不搭话。他想象那人已经来到前滩。是不是向侧面的冰冷、漆黑的河里瞥了一眼，并在刹那间想起了曾因绝望过度而竟有了自毁的念头呢？果真如此，那瞬间的回忆也很快就消失了，因为那人已经踏上了他的大桥的鹅卵石路了。那人走过了全部桥面，来到了麻风病人岛上；又从那里离开主路，穿过一片矮树丛，踏过野兔啃过的灌木丛生的草地，绕过原来麻风病人旧屋的废墟，到达河的西南岸边；随后便敲了下梅尔辛的房门。

他关上窗户等待着。没有敲门声。他巴望过切，定好的时间还没到呢。

他禁不住想喝些酒，但他没喝：一个仪式已经定好，他不想改变程序。

过了一会儿之后，敲门声传来。他打开门。她进到屋里，把兜头帽向左一推，并从肩头脱下厚厚的灰斗篷。

她比他高出一英寸也许还要多些，而且年龄也要大上几岁。她的面容骄傲，甚至高傲，但此刻她的笑靥如太阳一般发散着温暖。她穿着一件王桥红的鲜亮裙袍。他伸出双臂搂住她，把她那丰满诱人的躯体紧紧贴向自己，亲吻着她张开的嘴。“我亲爱的，”他说，“菲莉帕。”

他们就在地上，连衣服都等不及脱，马上云雨起来。他对她如饥似渴，而她对他只能说是更加急不可待。他把她的斗篷铺在草上，她撩起裙袍就躺下了。她像个溺水的人一样抱紧他，两腿夹紧他的两腿，她的双臂把他压向她柔软的肉体，她的脸埋在他的颈根里。

她曾经告诉他，在她离开拉尔夫，搬进修道院时，还以为直到修女们为安葬摆布她的尸体之前再没人会触碰她。这念头简直要梅尔辛落泪了。

从他这方面来说，他对凯瑞丝爱恋之切，使他觉得不会有别的女人引起他的激情了。无论于他还是于菲莉帕，他们爱情的到来犹如一份意外大礼，仿佛在灼热的沙漠中涌出的一股清凉的甘泉，他俩得以像渴得濒死的人似的痛饮。

事后，他们绞缠在一起，躺在炉边，喘着粗气。这时他记起了他们的第一次。她刚搬进修道院不久，就对新塔楼的修建感到兴趣。她是个喜欢做事的女性，把漫长的时间只用作祈祷和静思，实在不够充实，让她感到烦闷。她喜欢那座图书馆，但不可能整日里坐在那里阅读。她到工匠阁楼来看他，他把设计图指给她看。她很快就形成了每天都来的习惯，在他工作时和他谈天。他一向钦佩她的学识和能力，而在阁楼的亲密环境中，他逐渐认识到在她庄重的举止下面的温情、慷慨的精神气质。他发现，她有一种活泼的幽默感，他也学会了如何让她开怀大笑。她以一种浑厚又多彩的笑声呼应着他，使他想到同她做爱。有一天，她夸赞了他。“你是个善良的人，”她说，“这样的人太少了。”她的肺腑之言感动了他，他亲吻了她的手。这是一种爱慕的姿态，她若是不愿意，是可以拒绝的，也就没有戏剧性的下文了：她只消把手抽回去，后退一步，他就会明白，他的做法过分了。但她没有拒绝。相反，她握住他的手，眼睛里流露着像是爱的神情凝视着他，于是他就抱住她，亲吻起她的嘴唇。

他们就在阁楼的草垫上做爱，事后他才想起来，还是凯瑞丝鼓励他在这儿铺上垫子，还开玩笑说，工匠们需要一个软地方放他们的工具。

凯瑞丝不知晓他和菲莉帕的事。除去菲莉帕的侍女和阿恩及埃姆，谁也不知道。天一黑她就到医院楼上的私室上床，那也是修女们回宿舍的时间。她趁她们入睡时溜出来，走的是屋外的楼梯，那里只供重要客人上下，而无须穿过普通人的区域。她在天亮前原路返回，此时修女们正在颂晨祷，她随后在早餐时露面，如同她整宿都待在她房间里。

他很奇怪地发现，在凯瑞丝最终离开他不及一年的时间里，他就能爱上另一个女人。他当然没有忘记凯瑞丝。相反，他每天都会思念她。他感到急于告诉她一些已经发生的趣事，他也想听听她对一个纠结问题的意见，他还觉得他正按照她的设想在完成某项任务，比如用温酒仔细擦洗洛拉的油腻的膝盖。后来他在许多天里都见到她。新医院即将落成，但大教堂的塔楼尚未动工，而凯瑞丝密切关注着这两大建筑工程。修道院失去了控制镇上商人的权力，然而，凯瑞丝对梅尔辛及公会为创建一座自治市的一切机制所做的工作兴致勃勃——建立新的法庭，策划一项羊毛交易，鼓励工匠行会编纂标准和措施。但他想到她时，总有一种苦涩的回味，如同喝完酸啤酒留下的苦味。他曾全身心地爱着她，而她最终拒绝了他，就像回忆一场战斗告终的幸福的一天似的。

“你认为我特别容易被不自由的女性所吸引吗？”他随口问菲莉帕。

“不，怎么会呢？”

“说来有些古怪，在爱恋一位修女十二年，又孤身独处了九个月之后，我竟然倒在了我弟媳的裙下。”

“别这么称呼我，”她急忙说，“那不是婚姻。我嫁给他是违背我自己的意愿的，我和他同床不过几天，他若是永远不再见我，他会高兴的。”

他抱歉地拍拍她的肩头。“不过，我们还是得严守秘密，就像我先前和凯瑞丝一样。”他没有说出口的是，做丈夫的若是抓住了妻子的奸情，依法是有权杀死她的。梅尔辛从来没听过这样的实例，当然更没有在贵族间发生过，但拉尔夫的傲气是可怕的。梅尔辛知道，也告诉了菲莉帕，是拉尔夫杀害了他的前妻蒂莉。

她说："你父亲无指望地爱着你母亲有好长时间，是吧？"

"是啊！"梅尔辛几乎忘却了那段往事了。

"而你又爱上了一位修女。"

"我弟弟多年渴望着你，一位贵族的幸福婚配的妻子。如教士们所说，父亲的罪孽在儿子身上看得到。算了，别谈这个了。你要吃些晚餐吗？"

"再过一会儿。"

"还有什么事你要做吗？"

"你知道的。"

他当然知道。他跪在她的两腿间，亲吻着她的小腹和大腿。这是她的特殊嗜好，她总想要第二次。他开始用舌头挑弄她。她呻吟着，按着他的脑后。"对，"她说，"你知道我多么喜欢这样，尤其是在我体内注满了你的精液的时候。"

他抬起头来。"我知道。"他说，然后就又低下头继续亲吻了。

春季的到来缓解了黑死病。依然有人死去，但新发的病例少了。复活节的礼拜天，亨利主教宣布，今年将照旧举办羊毛交易集市。

在同一次祈祷中，六名见习修士宣誓成为正式修士。他们全都经过了超短的见习期，但亨利急于增加王桥的修士人数，他说，同样的做法遍及全国。此外，还任命了五名教士——他们也是从一个速成培训项目中获益的——并即赴周边乡村顶替黑死病中死去的教士。两名王桥的修士从大学归来，他们在三年之内——而不是平素的五或七年——就拿到了医生的学位。

新医生是奥斯丁和塞姆。凯瑞丝对他们的记忆相当模糊：三年前她在担任首座知客时，他们前往牛津的王桥学院。复活节星期一的下午，她带他们看了一圈几近完工的新医院。由于当天放假，没有工人上班。

这两个人都有一种趾高气扬的神气，似乎是大学赋予它的毕业生的，还伴随着医学理论的学习和对加斯科涅葡萄酒的嗜好。不过，多年与病人打交道，才树立了凯瑞丝的自信，她简洁明了地描述了医院的设备及她拟就的管理方式。

奥斯丁是个专注的瘦削青年，一头金发正在变稀。他对创新的成方圈的房间布局印象深刻。而比他年长些的圆脸的塞姆，似乎并不热衷于学习凯瑞丝的经验：她注意到，在她说话时，他总是东张西望。

“我主张，医院应该永远保持清洁。”她说。

“依据何在呢？”塞姆用一种纡尊降贵的口吻问，仿佛问一个小女孩：为什么要打玩具娃娃多丽的屁股？

“清洁是一种品质。”

“啊，所以说与体液的平衡完全无关喽。”

“我说不明白。我们不大在意体液。那种理念在抵抗黑死病中的无效是有目共睹的。”

“扫地是成功的喽？”

“最低程度，一个清洁的房间能提升病人的情绪。”

奥斯丁插话说："你必须承认，塞姆，牛津的某些大师与副院长嬷嬷持有相同的新观念。"

"那是一小伙异端。"

凯瑞丝说："要点是，把患有传染病的病人与其余的人隔离开。"

"达到什么目的呢？"塞姆问。

"限制这种传染病的蔓延。"

"那这样的病又是如何传染的呢？"

"没人知道。"

塞姆的嘴漾起一丝得意的微笑。"那么我可以请教，你怎么知道用什么方法来制止其传播呢？"

他以为他已经驳倒了她——那是他们在牛津学的一项主要技能——但她更加清楚。"从经验上看，"她说，"一个牧羊人并不理解羊羔在母羊子宫里成长的秘密，但他懂得，只要不让公羊到地里去，这种事就不会发生。"

"嗯。"

凯瑞丝不喜欢他那一声嗯的方式。她心想，他很聪明，但他的聪明从未脚踏实地。在这种知识分子和梅尔辛类型的人的对比中，她颇受震动。梅尔辛的知识面很广，他掌握复杂事物的思维能力出众——但他的智慧从不会远离物质世界的现实，因为他清楚地知道，若是他出错了，他的建筑物就会坍塌。她父亲埃德蒙就一直喜欢这样：聪敏但讲求实际。塞姆和戈德温及安东尼一样，只知常常抓住体液不放，而不顾他的病人的死活。

奥斯丁咧嘴大笑。"她在这儿制住你了，塞姆。"他说。他的沾沾自喜的朋友未能镇住这位没读过大学的妇女，显然让他很开心。“我们可能不确知疾病是怎么传播的，但是，把病人和好人隔离开，总没坏处的。”

女修道院的司库琼姐妹打断了他们的谈话：“奥特罕比的总管要见你，凯瑞丝嬷嬷。”

“他带来那群小牛了吗？”奥特罕比每逢复活节应该为修女们供应十二头一岁的小牛。

“带来了。”

“把牲畜拴进栏里，再请总管到这儿来。”

塞姆和奥斯丁告辞了，凯瑞丝便去察看厕所的石板地。总管在那里找到了她。来人是扶犁手哈里。她解雇了对改革反应迟钝的老总管，把村里最精明强干的这位青年提拔上来了。

他和她握了手，他这样做有点过分熟络了，但凯瑞丝喜欢他，并不介意。

她说：“这事办得不妥，尤其是马上就要春耕了，你却不得不赶着一群牛大老远地跑这儿来。”

“就是嘛。”他说。如同大多数扶犁手一样，他也是宽肩粗臂。需要有技术也需要有力气，也能赶着村里公有的一组八头牛在湿地里拉动沉重的犁。他似是随身带来了户外的健康空气。

“你们难道不愿意交现金吗？”凯瑞丝说，“大多数领主的贡赋如今都交现钱了。”

“那当然更便当啦。”他带着农民的精明眯缝起眼睛，“可是要交多少钱呢？”

“一头一岁的小牛在市场一般出价十到十二先令，不过这个季节里落价了。”

“现价——只有一半了。三镑可以买下十二头小牛。”

“或者用六镑就足够一年的了。”

他龇牙笑了，很高兴这样商量着办事。“那就是你的事了。”

“可你们情愿付现金。”

“要是把数定下来。”

“按八先令算吧。”

“可照这样，要是一头小牛的价只是五先令，我们村里人到哪儿去弄那份多余的钱呢？”

“我来告诉你吧。将来，奥特罕比可以缴给女修道院五镑或十二头小牛——你们看着办吧。”

哈里盘算着，想找找有什么隐藏的麻烦，但没有找到。“好吧，”他说，“咱们把这条协议封定，好吗？”

“怎么封定呢？”

出她意料，他亲吻了她。

他用两只粗手扳住她瘦削的肩头，低下头来，把他的嘴唇压到她的嘴唇上。若是塞姆兄弟这么做，她会退缩的。但哈里就不同了，或许她一直被他那种阳刚的健壮朝气所引动。别管什么理由吧，她乖乖地接受了那亲吻，听凭他把她那不抵制的身躯拉向他，她抵着他长着髭须的嘴，动起自己的唇。他把身体紧抵着她。这样她就能感到他的勃起了。她意识到，他会高高兴兴地就在这厕所铺了石板的地面上弄到她，想到这里她便清醒了。她挣脱了亲吻，把他推开。“打住！”她说，“你知道你在做什么吗？”

他泰然地说：“亲亲你啊，亲爱的。”

她意识到问题了。毫无疑问，有关她和梅尔辛的流言蜚语已四下传播：在夏陵他俩大概是两位最出名的人物了。哈里既不确知实情，那些谣传就足以让他胆大妄为了。这种事会破坏她的权威。她必须当即把它压下去。“你绝不准再做这样的事了。”她尽量严厉地说。

“你好像喜欢这个？”

“那你的罪孽就更大了，因为你引诱一个弱女子违背她神圣的誓言。”

“可我爱你。”

她明白，这是实话，而且她还能猜出原因。她曾巡视过他的村子，明察秋毫，并让农民屈从于她的意志。她看出了哈里的潜能，把他提升到他的伙伴之上。他准是把她看作女神了。他爱上她也就没什么大惊小怪的了。她最好还是尽早地摆脱这种爱情。“你要是再跟我这样说话，我就在奥特罕比另找一个总管了。”

“唔。”他说，这么说比指责他的罪孽更有效地制止了他。

“现在，回家去吧。”

“好吧，凯瑞丝嬷嬷。”

“给你自己另找个女人吧——最好是没有发誓保持女贞的女人。”

“绝不。”他说，但她并不相信他。

他走了，但她留在原地没动。她感到心绪不宁，欲火上升。若是她能独处，她会触摸自己的。这是九个月来她第一次被身体的欲望所烦恼。和梅尔辛最终分手之后，她陷入了一种中性状态，不再想性的事。她和其他修女的关系给了她温馨和情感：她对琼和乌娜都喜爱，不过她俩对她的爱都没有像梅尔那样以躯体的方式来表达。她的心随其他激情而跳动；新的医院、塔楼和城镇的复苏。

想到塔楼，她就离开医院，走过绿地，前往大教堂。梅尔辛已经在教堂外面、旧塔楼的地基周围开挖了四个大洞，其深度是人们所不曾见过的。他还造了大吊车把洞里的土提出来。整个多雨的秋季，牛车整天隆隆驶过主街，越过大桥的第一段，把泥土堆在多石的麻风病人岛上。他们再从岛上的梅尔辛码头装上建筑石料，再上坡拉回来，把石头卸在教堂的周遭地面上，越堆越高。

冬季的霜冻期一过，他的石匠们就开始垒地基。凯瑞丝来到大教堂的北侧，从中殿外墙和北交叉甬道外墙所形成的角度向洞内俯瞰。洞深得令人晕眩。底部已经铺满了整齐的石料，切成方形的石头由薄薄的灰浆砌就，垒成了笔直的垂线。由于旧地基不适用，新塔楼是建在自身完全独立的新地基上的。它将在教堂现有的围墙外升起，因此就不必破坏埃尔弗里克所拆除的旧塔楼上层的高处部分。只是在完工后，梅尔辛才会拆掉埃尔弗里克在十字通道上方的临时屋顶。这是典型的梅尔辛式设计：简单又彻底地对地基这一单一问题的出色解决。

如同在医院一样，在这个复活节星期一，也没有建筑匠在工作，但是她看到洞内有动静，这才意识到在地基上有人在走动。过了一会儿，她认出来那是梅尔辛。她走到石匠们使用的一架由绳子和木棍做成的单薄得吓人的软梯，摇摇晃晃地爬了下去。

她很高兴来到了洞底。梅尔辛笑容满面地扶她下了梯子。“你脸色有点苍白。”他说。

“到下边来可真够长的。你这儿进展得怎么样了？”

“挺好。要干很多年呢。”

“为什么？医院看起来要复杂得多，可是都完工了。”

“有两个原因。越往高处砌，能在上面干活的石匠就越少了。眼下我有十二个人打基础。可升得越高，就越窄了，就没地方容下这么多人了。另一个原因是灰浆要长时间才能定型。我们得用一个冬天等它干硬，然后上面才经得住这么大的重量。”

她根本没怎么听。她端详着他的脸，想起了他们在副院长宅院里在晨祷和诵诗之间做爱的情况：第一道曙光从敞开的窗户射进来，落在他们赤裸的身体上，如同为他们赐福。

她拍了拍他的胳膊：“是啊，医院就用不了这么长时间了。”

“到圣灵降临节你们就能搬进去了。”

“我真高兴。虽说我们因黑死病而有些延缓：死的人还是少了。”

“感谢上帝，”他热烈地说，“或许就要结束了。”

她凄凉地摇摇头：“先前我们就曾以为它过去了，还记得吗？大概是去年这会儿吧。后来又变本加厉地回来了。”

“上天不容啊。”

她用手掌摸了摸他的面颊，触着他那尖硬的胡子：“至少你是平安的。”

他看上去有些不快：“医院一完工，我们就能开展羊毛交易了。”

“我希望，你想得对，生意很快就要有起色了。”

“要是还没生意，我们无论如何都活不成了。”

“别这么说。”她吻了他的面颊。

“我们应该按照我们还要活下去的设想来行动。”他激动地说，仿佛她惹他心烦了。“但实情是我们也不知道。”

“咱们别想最坏的了。”她用双臂搂住他的腰，拥抱了他，把她的乳房贴着他瘦削的身体，感到他坚硬的骨骼抵着她渴求的肉体。

他粗暴地推开了她。她往后踉跄了几步，几乎摔倒了。“别这样！”他叫道。

她惊愕的程度犹如被扇了一记耳光：“这是怎么回事？”

“别碰我！”

“我只是……”

“就是别这么做！你在九个月之前就结束了咱们的关系。我说过是最后一次了，我说话当真。”

她想不通他的气愤：“可我只是抱了抱你。”

“哼，那也不要。我不是你的情人。你没有权利这样。”

“我没权利碰你吗？”

“没有！”

“我觉得我不需要什么批准。”

“你当然知道。你不让别人碰你的。”

“你不是别人。你不是生人。”但在她这样说的时候，她明知道，她错了，而他是对的。是她拒绝了他，但她并没有接受其结果。同从奥特罕比来的哈里的相遇燃起了她的欲火，她来找梅尔辛想发泄一下。她告诉自己说，她触摸他只是表达深情厚谊，但这是自欺欺人。她待他的态度犹如他还是她的人，犹如有钱又有闲的贵妇放下一本书又拿起来一样轻易。这么长时间以来，她都不给他触摸她的权利，如今只因为一个肌肉饱满的扶犁青年吻了她，她就想恢复这一特权，当然就错了。

即便如此，她还是期待着梅尔辛能够温情脉脉地指出这一点。可他敌对而粗暴。她若是把对他的友情也像爱情一样抛却呢？泪水涌进了她的眼睛。她转身离开他，向梯子走回去。

她发现往上爬梯子太困难了。这是个令人疲惫的活动，何况她又没了力气呢。她中途停下来歇口气，并且往下看。梅尔辛站在软梯脚下，用他的体重稳住梯子不摇晃。

当她差不多爬到顶的时候，她又往下看了。他还在那儿。在她看来，若是她跌下去，她的不幸就会了结。那是要从高处跌到那些无情的石头上的。她会当场死去。

梅尔辛似乎觉察到了她在想些什么，因为他不耐烦地摇了一下，示意她该赶快上去，离开软梯。她虑及她若是这样自杀，他会如何痛不欲生，一时之间她倒得意地想象着他的悲痛和负疚了。她觉得上帝绝不会在来世惩罚她的——果真有来世的话。

随后她便攀上最后几级，并且站到了实地上。她刚才曾一时多么糊涂啊。她不打算结束她的生命。她还有太多的事要做呢。

她回到女修道院。已是晚祷时间了，她率队走进大教堂。她做年轻的见习修女时，很讨厌把时间浪费在祈祷上。事实上，塞西莉亚嬷嬷也特意给她些工作，使她有托词逃避了大部分祈祷的时间。如今她却欢迎有这样的机会让自己休息和反思。

她认定这个下午是个情绪低落的时刻，但她会克服的。反正，在她唱着颂歌时发现，她已经把泪水压回去了。

修女们的晚饭是熏鳗鱼。味道浓重又有嚼头，并不是凯瑞丝爱吃的。今晚她反正也不觉得饿。她只吃了一些面包。

饭后她来到了药房。两名见习修女在那里抄录凯瑞丝的书。她在圣诞节后不久就写完了。许多人都想要一本：药剂师、女修道院副院长、理发师，甚至还有一两位医生。抄录这本书，成了想在医院工作的修女的部分培训课程。手抄本很便宜——书不算厚，又没有精美的插图，也没有昂贵的墨水——求购似乎没有止境。

三个人就使房间很挤了。凯瑞丝期盼着新医院中那间宽敞明亮的药房。

她想独自待一会儿，就打发那两名见习修女走了。然而，她却不得安静，没过多久，菲莉帕女士就走了进来。

凯瑞丝对这位矜持的伯爵夫人从来缺乏热情，只是同情她的处境，故此乐于为任何逃避拉尔夫这样的丈夫的女性提供避难所。菲莉帕是个容易应付的客人，要求很少，大部分时间都待在自己的房间里。她对修女们的祈祷和自我克制的生活兴趣有限——在所有的人当中也只有凯瑞丝理解了。

凯瑞丝邀她坐在挨着条凳的板凳上。

菲莉帕尽管举止高雅，却是出奇直爽的女性。她开门见山地说："我想要你别去招惹梅尔辛。"

"什么？"凯瑞丝觉得又吃惊又被冒犯。

"你当然得和他谈话啦，可你不该亲吻他或触摸他。"

"你怎么敢这么说？"菲莉帕知道了什么——又为什么要在乎呢？

"他已经不再是你的情人了。别再烦他了。"

梅尔辛大概是跟她讲了今天下午的口角。"可他为什么要告诉你……？"她的问题还没有出口，她就已经猜到答案了。

菲莉帕接下来的话更证实了。"他不是你的，他如今是我的了。"

“噢，我的天！”凯瑞丝目瞪口呆了，“你和梅尔辛？”

“对。”

“你们……你们实际上已经……”

“是的。”

“我可不知道？”她有一种遭人背叛的感觉，尽管她明知自己没有权利。“这事什么时候发生的呢？”可是怎么……在哪儿……

“你用不着了解详情。”

“当然不用了。”她推测是在麻风病人岛上他的住宅里。大概在夜间。“多久了……”

“那没关系。”

凯瑞丝可以估摸出来。菲莉帕住到这里还不足一个月。“你倒是行动蛮快的。”

这样的嘲弄毫无价值，菲莉帕有风度不予理睬。“他为了留住你肯做出一切的。但你抛弃了他。现在就放开他吧。在你之后，他很难再爱别人了——但他还是做到了。你难道敢于干涉吗？”

凯瑞丝想气愤地驳斥她，满怀怒火地告诉她，她无权颐气指使，无权提出道德要求——但麻烦的是菲莉帕是对的。凯瑞丝必得放掉梅尔辛，永远放弃。

她不想在菲莉帕面前流露她的伤心。“请你现在就离开我好吗？”她说这话时是想试一下菲莉帕式的自尊。“我想独自待一会儿。”

菲莉帕可不是轻易任人摆布的。她反倒又坚持了一次：“你肯于照我说的做吗？”

凯瑞丝不喜欢被逼无奈，但她已了无情绪。“当然肯啦。”她说。

“谢谢你。”菲莉帕走了。

凯瑞丝确信菲莉帕已经走得远了听不见时，就放声大哭了。

78

菲利蒙担任副院长并不比戈德温强到哪里去。他被经营修道院产业的挑战压倒了。凯瑞丝在担任执行副院长期间，开列了修士们主要财源的清单：

1. 租金。
2. （十户区的）商业及手工业分红。
3. 未租出土地的农业收益。
4. 磨面坊及其他工业磨坊的利润。
5. 水面过路费和地面售鱼分红。
6. 市场的摊位费。
7. 审判程序收益——法庭的诉讼费及罚金。
8. 来自朝圣者及其他人的虔诚赠助。
9. 出售书籍、圣水、蜡烛等的收益。

她把这一清单给了菲利蒙，他却掷还给她，如同受到了羞辱。戈德温只在这一点上胜过菲利蒙：他表面总会做得周全，他会感激她，然后不动声色地将她的清单丢在一旁。

在女修道院，她已推行了一种新的记账方法，那是她帮她父亲做生意时从博纳文图拉·卡罗利那里学到的，如今引了进来。老办法只是简单地在羊皮纸上记下每一笔交易的简目，以便于翻阅查对。意大利体系则是在左侧记载收入，而在右侧记下支出，在页末写下总计。收支总数的差额表明了盈亏。琼姐妹热情地接受了这种方法，但当她主动向菲利蒙讲解时，却被草率地拒绝了。他认为别人的主动帮助，是对他的能力的侮辱。

他只有一种天赋，和戈德温如出一辙：有本事摆布他人。他精明地排除新来的修士，把思想新颖的医生奥斯丁兄弟和另两名聪明的青年打发到林中圣约翰修道院去，那里远处偏僻之地，无法挑战他的权威。

然而，菲利蒙如今成了主教的麻烦。亨利既然任命了他，就只好同他打交道。镇子已经独立了，而凯瑞丝有了她的新医院。

医院将在圣灵降临节那天由主教奉献，那一天总是在复活节的七个星期之后。在那之前，凯瑞丝把她的设备及供应搬进了新药房。里面有宽松的地面供两个人坐在板凳上备药，还能容下第三个人坐在写字台边。

凯瑞丝在配制一份催眠剂，乌娜在研磨干药草，一个名叫格丽塔的见习修女在抄写凯瑞丝的著作，这时一个见习修士抬着一个小橱柜走了进来。他叫乔西亚，是个十几岁的男孩，人们都习惯称他叫乔西。他来到三名女性跟前，显得很尴尬。“我把这个放哪儿？”他问。

凯瑞丝看着他：“那是什么？”

“一个橱柜。”

“我能看出来。”她耐心地说。某个人学会了读和写，不幸的是，并不能使他聪明。“这橱柜里装的什么？”

“书。”

“你干吗给我搬来一橱柜书呢？”

“我是奉命行事。”他过了一会儿意识到，这样的回答并没有提供充分的信息，便补充说，“是塞姆兄弟说的。”

凯瑞丝扬起了眉毛。“是塞姆当礼物送给我这些书的吗？”她打开了橱柜。

乔西避而没答这个问题就溜走了。

这些书全是医学课本，都是用拉丁文写的。凯瑞丝从头到底翻了一遍。都是经典著作：阿维森纳的《医典》，希波克拉底的《饮食与卫生》，盖伦的《论医学分类》和艾萨克·朱迪亚乌斯所著的《尿》。全都是写于三百多年以前的著作。

乔西抱着另一个橱柜又回来了。

“这又是什么？”凯瑞丝问。

“医疗器械。塞姆兄弟说不许你动。他会来把这些东西放在适当的地方的。”

凯瑞丝惊愕了：“塞姆想把他的书和器械放到这里？他打算在这儿工作吗？”

乔西当然对塞姆的意图一无所知。

没等凯瑞丝再说什么，塞姆就由菲利蒙陪着来了。塞姆跟着就四下看了看房间，二话不说，就动手打开他的东西。他把凯瑞丝的一些容器从一个架子上取下来，把他的书摆上去。他取出割开静脉的几把利刃和用来检查尿样的水滴形的玻璃瓶。

凯瑞丝不愠不火地说：“你是不是打算在这医院里待很长时间，塞姆兄弟？”

菲利蒙显然已经料到这个意味深长的问题，便替他作答了。

“还能在哪儿呢？”他说。他的腔调中含着怒气，好像凯瑞丝已经向他挑战了。“这里是医院，难道不是吗？而塞姆是这修道院里唯一的医生。人们要是不找他，谁给看病呢？”

刹那间，药房似乎是不那么宽敞了。

凯瑞丝什么还都没说，一个陌生人进来了。“托马斯兄弟要我来这里。”他说，“我是药剂师乔纳斯，从伦敦来的。”

这位生客是个五十岁上下的男人，身穿绣花外衣，头戴一顶毛皮帽。凯瑞丝注意到他常挂着的笑容和可亲的举止，便猜测他是以售货为生的。他握了手，然后打量着房间，明显赞许地朝凯瑞丝摆放整齐、贴了标签的瓶瓶罐罐点着头。“太了不起了，”他说，“我在伦敦之外，从来没见过这么井井有条的药房。”

“你是个医生吗，先生？”菲利蒙问。他的语气很谨慎：他不确知乔纳斯的地位。

“药剂师。我在史密斯菲尔德有一座店铺，紧挨着圣巴塞洛缪医院。我不想自吹，可我的店是伦敦城里同类店里最大的。”

菲利蒙松了一口气。药剂师不过是个商人，在社会等级上还要低于修道院副院长。他以轻蔑的暗示说：“是什么风把伦敦最大的药剂师吹到我们这儿来了？”

“我想得到一本《王桥灵方》。”

“什么？”

乔纳斯会意地笑着：“你过于谦恭了，副院长神父，可是我看到这位见习修女正在你们的药房这儿抄写那书呢。”

凯瑞丝说：“那本书？可不叫灵方。”

“可里面包含着治百病的药方。”

她意识到，其中有某种逻辑。“你是怎么知道这本书的？”

“我四处周游，寻找稀少的草药和其他配料，家里的店由儿子们照料。我在南安普顿遇到一位修女，她给我看了一个抄本，她把那书叫作‘灵方’，还告诉我是在王桥编写的。”

“那位修女是克劳迪娅姐妹吗？”

“就是。我求她把书借给我，只要够我抄完的时间就行了，但她不肯放手。”

“我记得她。”克劳迪娅曾经到王桥来朝圣，住在女修道院，还不顾个人安危地看护黑死病人。凯瑞丝为了答谢她，就给了她一本抄本。

“一部杰出的著作，”乔纳斯热情地说，“而且还是用英文写的！”

“是给不是教士的看病的人用的，他们不太用拉丁文的。”

“这样的书不管用什么文字写的，都是独一无二的。”

“是这么不同寻常吗？”

“按题分类！”乔纳斯情绪高涨，“各章不按体液或疾病分类，而是考虑病人的痛苦。因此，无论顾客说他犯胃疼、出血、发烧、腹泻或打喷嚏，你都可以找到相关的那页！”

菲利蒙不耐烦地说：“只适合药商和他们的顾客吧，我敢说。”

乔纳斯像是没听出话中的嘲笑意味：“我估摸，副院长神父，你是这部无价之宝的作者吧？”

“当然不是！”他说。

“那又是谁……？”

“我写的。”凯瑞丝说。

“一位妇女！”乔纳斯大吃一惊，“可你又是从哪里得到这一切资料的呢？实际上在任何一本教科书里可都没有出现过。”

“那些旧教科书从来没给我证明过是有用的，乔纳斯。最初由王桥的一位女智者叫玛蒂的教了我配药，她伤心地离开了这里，因为怕被当作女巫处死。我从我的前任女修道院副院长塞西莉亚嬷嬷学到了更多的东西。但是搜集处方和疗法并不困难。人人都知道上百种。难处在于从各种方法中辨别出少数有效的精华。我多年来一直对试用过的每一种处方的效果加以记载。在我的书里，我只写进了由我亲眼目睹的一次又一次行之有效的那些方法。”

“我能和你本人面谈真是不胜荣幸之至。”

“好吧，我可以给你一本我的书了。能够有人如此远道而来求这一本书，我也受宠若惊呢！”她打开了一个柜子。“这本原来是要给我们的林中圣约翰修道院的，不过他们可以等一等，拿下面抄好的一本。”

乔纳斯像手捧圣物一样接过了那本书。“我实在感激不尽呢。”他掏出一个软皮口袋，递给了凯瑞丝。“为表达我的谢意，请接受我们全家给王桥修女们的一点不成敬意的礼物。”

凯瑞丝解开那口袋，取出了用绒布包着的小物件。她打开绒布，发现里边是一个镶嵌了宝石的金制十字架。

菲利蒙的眼睛贪婪得发亮了。

凯瑞丝大惊。“这可是个贵重的礼物！”她惊呼道。她意识到这不是外观迷人的问题。她补充说：“你们家可是过于慷慨了，乔纳斯。”

他做出一个不必客气的姿态：“感谢上帝，我们生意兴隆。”

菲利蒙嫉妒地说：“那——就为了一个老妇人的灵丹妙药的

一本书！”

乔纳斯说：“啊，副院长神父，你当然超脱于这类事情啦。我们可不指望到达你那样高的精神境界。我们也不想理解体液的事。就像小孩子要吮吸破了的指头一样，因为那样可以缓解疼痛，因此，我们经营药剂只是因为能治病。至于这些药为什么和如何有效，我们都留给那些比我们伟大的头脑去分析。上帝的创造太神秘了，不是我们这种人能弄懂的。”

凯瑞丝觉得乔纳斯的话中露骨地语含讽刺。她看到乌娜憋着笑。塞姆也听出了嘲弄的贬义，目中闪着怒火。但菲利蒙并没注意到，反倒因为受到恭维而消了气。他脸上掠过了一道狡猾的神色，凯瑞丝猜想，他在打主意如何才能从这本书的声誉中分一杯羹——也为自己弄上一个镶珠宝的十字架。

羊毛交易集市一如既往地在圣灵降临节那天开幕。按传统，那该是医院忙碌的一天，这一年也不例外。上年纪的人经过长途跋涉来到集市就病倒了；婴幼儿由于水土不服得了腹泻；成年男女则由于在客栈里饮酒过度，伤了自己，也互相伤害。

凯瑞斯第一次能够把病人分成两类。黑死病人的数量急速下降，其他患有反胃和疱疹这类疾病的人都去了当天一早由主教正式祝福开幕的新医院。由于事故和斗殴而受伤的人都在旧医院治疗，以免感染。那种因拇指错位来到修道院转而死于肺炎的日子，已经一去不复返了。

危机在圣灵降临节这一天到来了。

刚过中午，凯瑞丝饭后散步来到集市，并四下瞧瞧。与旧日相比要安静许多，那时节数百名来客和几千名镇民不仅在大教堂的绿地还要在几条主要街道上拥来挤去。然而，今年的集市在上一年取消之后，总算好过预期。凯瑞丝揣摩，人们已经注意到了黑死病的泛滥已经减弱。那些至今幸免于难的人认为自己不会受感染了——有些是这样，但另一些人都不然，因为黑死病还在置人于死地。

玛奇·韦伯的绒布是集市上谈论的焦点。由梅尔辛设计的新型织机不仅织得快——还便于织出复杂的图案。她已经卖掉一半存货了。

凯瑞丝在和玛奇谈话。玛奇的话让她不好意思，跟以前一样，她总是说，没有凯瑞丝，她还是一文不名的织工。凯瑞丝正要像往常一样不让她这么说的时，她们听到了叫嚷声，一场斗殴开始了。

凯瑞丝马上辨出了好斗的青年的深沉的喉音。声音来自三十码外的一家淡啤酒馆附近。叫嚷声很快就越来越大，还加进了一个青年女子的尖叫。凯瑞丝匆忙赶到事发地点，希望在失控之前加以制止。

她晚了一步。

打斗已经发生了。镇上的四个小流氓正在跟一伙农民——从他们土气的衣服看得出来，大概都是来自一个村子的——剧烈厮杀。一个漂亮姑娘——无疑就是刚刚尖叫的那人，正拼命分开两个毫不容情地斗殴的男人。镇上的一个青年抽出了一把刀，农民则手握沉重的木锨。凯瑞丝赶到时，更多的人分别加入了各自一方。

她转向跟在后边的玛奇："找个人去叫治安官芒戈，尽快。他大概在公会大厅的地下室呢。”玛奇拔腿就跑了。

斗殴越来越凶残了。好几个城里小子拔出了刀子。一个农家小伙倒在地上，一条胳膊上血流如注，另一个则不顾脸上的一道口子，继续打斗着。就在凯瑞丝旁观的时候，又有两个镇上的小子抬腿踢着躺在地上的农民。

凯瑞丝又迟疑了一下，然后便迈步向前。她抓住最近一个斗殴者的衬衫。“面包师家的威利，马上住手！”她用最威严的语气喊道。

几乎立见成效。

威利吃了一惊，从他的对手跟前向后退开，他歉疚地看着凯瑞丝。她刚张开嘴准备再讲，可就在这时，一柄木锨本来肯定对准威利的，却重重地打在了她的头上。

这一下直打得她天旋地转。她的视力模糊了，身体也站不稳了，她只晓得随后便倒在了地上。她头晕眼花地躺在那里，竭力想恢复神志，周围的世界却似乎摇晃起来。跟着便有人挟起她腋下，把她拖开了。

“你受伤了吗，凯瑞丝嬷嬷？”声音很熟悉，但她对不上号了。

她的头脑终于清晰了，她在救助她的人的帮助之下，挣扎着站起身，这时她才认出那人是肌肉强健的粮食商玛格·罗宾斯。“我只是有点晕，”凯瑞丝说，“我们得制止这些男孩子互相杀戮。”

“治安官都来了。让他们来处理吧。”

没错，芒戈和六七名助手，个个都一路挥舞着棍棒，赶来了。他们冲进了打架的人群，不分青红皂白地朝那些人的头上砸去。他们造成的伤害不亚于原先的斗殴，而且他们的出现把阵容也搅乱了。那些小子吓慌了手脚，有些趁乱跑掉了。没出几分钟，斗殴便停止了。

凯瑞丝说："玛格，跑到女修道院去，找到乌娜姐妹，要她带上纱布快来。"

玛格赶紧去了。

还能走路的伤者迅速走开了。凯瑞丝开始检查那些留下来的人。一个肚子上挨了一刀的青年农民正在用力把肠子揉进去：看来他没多大希望了。一个胳膊上砍了一道口子的，若是凯瑞丝能为他止血的话，还能活下去。她解下他的腰带，扎住他的上臂，勒紧到血流减缓成细线。"就这样待着别动。"她嘱咐完他，就往前走到一个像是断了指骨的镇上男孩跟前。她的头还在疼，但她不去理睬。

乌娜带着好几位修女来了。紧跟着，理发师马修提着他的口袋也到了。他们一齐动手包扎伤者。在凯瑞丝的指挥下，主动来帮忙的人挑出重伤号，把他们抬到女修道院去。"把他们送到旧医院，别去新医院。"她说。

她从跪姿一站起来，立刻感到一阵晕眩。她拽住乌娜，稳住自己。"你怎么了？"乌娜问。

"一会儿就好了。咱们还是快回医院去吧。"

她们在市场摊位中间的缝隙中穿行到了旧医院。她们一进去，当即发现里面没有一个伤员。凯瑞丝动火了。"这些蠢货全都把人送错了地方。"她说。要人们学会区别安置的重要性还要假以时日，她总算明白了。

她和乌娜来到了新医院。进门处要穿过一座宽大的拱门。她们进去的时候，正遇到那些帮忙的人出来。“你们把他们送错了地方！”凯瑞丝愠怒地说。

一个人说：“可是，凯瑞丝嬷嬷——”

“别争了，没时间啦，”她不耐烦地说，“赶紧把他们抬到旧医院去。”

她走进回廊，看到臂上开了口子的青年正被抬进一个她知道住了五个黑死病患者的房间。她疾速跑过院子。“站住！”她怒冲冲地叫道，“你们知道自己在干什么吗？”

一个男人的声音说：“他们在执行我的指令。”

凯瑞丝站住脚，四下一看。原来是塞姆兄弟。“别干蠢事了，”她说，“他受了刀伤——你想让他死于黑死病吗？”

他的圆脸涨红了：“我以为，我的决定用不着要经你批准吧，凯瑞丝嬷嬷。”

这真是愚昧，她不予理睬。“所有这些受伤的男孩一定要远离黑死病患者，不然会受感染的！”

“我看你是操劳过度了。我建议你去躺一会儿。”

“躺一会儿？”她已经愤怒了，“我刚刚包扎了所有这些人——现在我要好好看顾他们了。可不是在这儿！”

“感谢你的急救，嬷嬷。你现在可以走开，由我来彻底检查这些病人。”

“你这白痴，你会害死他们的！”

“请在冷静下来之前离开医院。”

“你不能把我从这儿赶出去，你这浑小子！我是用修女的钱盖的这所医院。这儿由我负责。”

“是吗？”他冷冷地说。

凯瑞丝意识到，她虽然没有预见到这一时刻，他却早已料到。他面红耳赤，但他控制着自己的感情。他是个有想法的男人。她停下来迅速动着脑筋。她四下打量，看到修女们和帮忙的人都在观望，等待会有什么结果。

“我们得看护这些孩子，”她说，“我们站在这儿争论的时候，他们会因失血过多而死去。我们一时先让步吧。”她提高了嗓音。“请把他们原地放下。”天气很温暖，没必要把病人放进屋里。“我们先来看一下他们的需要，然后再决定把他们安置在什么地方。

帮忙的和修女们都了解并且尊重凯瑞丝，而塞姆对他们来说只是新人；他们都欣然服从她。

塞姆看到自己受到打击，脸上掠过愤怒不已的神色。“在这种环境下，我没法给病人看病。”他说完，便大步走了出去。

凯瑞丝很是吃惊。她本来以自己的让步来给他留面子，却没想到他会在一怒之下，撇下病人，扬长而去。

接下来的几个小时，她都忙于给他们洗伤处，缝伤口，调配安定的草药和舒心的饮料。理发师马修在她身边工作，接上断骨，复位关节。马修如今已年届五旬，不过他儿子路加已经有了相应的技术给他帮忙了。

他们忙完了，天色已经进入了凉快的傍晚。他们都坐在回廊的围墙上休息。琼姐妹给他们拿来了清凉的苹果汁。凯瑞丝的头依旧在疼。她刚才忙得顾不上，可现在就疼得难受了。她决定早早上床休息。

大家正喝着苹果汁，年轻的乔西来了：“主教大人要你在方便的时候到副院长宅院去见他，副院长嬷嬷。”

她烦恼地哼了一声。无疑是塞姆去告状了。这是她最不希望的了。“告诉他，我马上就到。”她说。她又压低声音补充了一句：“但愿把这事了断算了。”她喝完她的苹果汁就走了。

她疲惫地走过绿地。摊主们都在为入夜打点着：盖上货物，锁上屋门。她穿过墓地，进入了宅院。

亨利主教坐在桌子的首席，牧师会的克劳德和副主教劳埃德和他在一起。菲利蒙和塞姆也在场。戈德温那只叫“大主教”的猫，卧在亨利的膝头，看样子挺自在。主教说：“请坐吧。”

她坐在克劳德旁边。他和蔼地说：“你样子很疲乏，凯瑞丝嬷嬷。”

“一下午我都在包扎那些大打出手的蠢小子。我自己头上还挨了一下呢。”

“我们听说那场斗殴了。”

亨利补充说：“还有在医院里的那场争论。”

“我想这就是我在这儿的原因吧。”

“对。”

“新医院的全部理念就是把病人和传染病隔离开——”

“我知道争论的是什么了，”亨利打断了她的话，他对全体在场的人说着，“凯瑞丝吩咐把打架中受伤的人送到旧医院。塞姆违背了她的指示。他们当着众人的面发生了不应有的争吵。”

塞姆说：“我为此道歉，主教大人。”

亨利似是没有听见。“在我们继续谈论之前，我想澄清一些事情。”他看了看塞姆，又看了看凯瑞丝，然后又看着塞姆。“我是你们的主教，也是不在位的王桥修道院的院长。我有全权对你们发号施令，而服从我则是你们的职责。你接受这一点吗，塞姆兄弟？”

塞姆低头鞠躬：“我接受。”

亨利又转向凯瑞丝：“你呢，副院长嬷嬷？”

这当然没有争论的余地。亨利完全在理。“我接受。”她说。她信心十足地想，亨利不致愚蠢到强制受伤的小痞子去染上黑死病吧。

亨利说：“请允许我陈述一下这场争论。新医院是用修女的钱，按照凯瑞丝嬷嬷的特殊要求修建的。她设想为黑死病患者和其他——按照她的说法可能从病人传给好人的疾病提供一处地方。她相信隔离这两种病人是必要的。她认为在任何情况下她都有权坚持要使她的计划得以实行。这么说对吗，嬷嬷？”

“对。”

“凯瑞丝设想她的计划时，塞姆兄弟不在这里，所以没法和他商议。然而他在大学里研读了三年医学，还获得学位。他指出，凯瑞丝没受过培训，而且，除去她从实践经验中获取的东西之外，也不大懂病理。他是个合格的医生，而且不仅如此，他还是修道院里，或者确切地说在整个王桥唯一的医生。”

“一点不错。”塞姆说。

“你怎么能说我没受过培训？”凯瑞丝爆发了，“经过多年来我治疗病人之后——”

“请安静些。”亨利说，声音几乎没有提高，他那平和的语气中有一种东西使凯瑞丝闭上了嘴，“我就要提到你治病的经历了。你在这里的工作无法估量。你对黑死病——如今还在我们这里——的精心治疗远近闻名。你的经验和实践知识是无价之宝。”

“谢谢你，主教。”

“另一方面，塞姆是教士，是大学毕业生——还是男人。他带回来的学问对一座修道院医院的恰当管理是根本性的。我们不希望失去他。”

凯瑞丝说：“大学里的一些大师同意我的方法——可以问问奥斯丁兄弟嘛。”

菲利蒙说：“奥斯丁兄弟已经被派往林中圣约翰修道院去了。”

“而现在我们知道其中的原因了。”凯瑞丝说。

主教说：“是由我来做出裁决，而不是奥斯丁或者大学里的大师。”

凯瑞丝意识到，她对这样摊牌毫无准备。她精疲力尽，她还头疼，而且她难以理清思绪。她身处一场权力之争当中，自己却没有战略。若是她有充分警觉的话，主教唤她时，她就不会应召而来。她就该上床休息，让头疼好了，到早晨起来再补充些营养，要等到想好作战方案之后再面见亨利。

是不是为时已晚呢？

她说；“主教，我觉得今晚讨论这件事不合适。或许我们可以推迟到明天，等我身体好些再说。”

“没必要了，”亨利说，“我已听取了塞姆的抱怨，而且我也了解你的观点。再说，明天一早我就要走了。”

凯瑞丝明白，他已经打定了主意。她再说什么也没用了。可是他是如何决定的呢？他要踏上哪条路呢？她当真不晓得。何况她已累得做不成任何事情，只有坐听她的命运了。

“人类是软弱的，”亨利说，“我们知道，诚如先知保罗所指出的：透过玻璃就昏暗。我们犯错，我们迷路，我们推理不当。我们需要帮助。所以上帝才把他的教会，还有教皇、教士制度，给了我们——来指引我们，因为我们自己的智谋不足而且有误。如果我们按照自己的思路办事，我们就会失败。我们该向权威咨询。”

凯瑞丝得出结论，看来他是要支持塞姆了。他怎么会这么蠢呢？

可他就是这样蠢。“塞姆兄弟在大学里大师的监督下，研读过古代医学课本。他的课程是由教会出资的。我们应该接受那种教育的，因此也是他的——权威。他的判断不能服从于一个没受过教育的人，而不论她是如何勇气十足和值得尊敬。他的决定才该是主导的。”

凯瑞丝感到身心俱疲，病体难支，她简直为这次接见的结束感到高兴。塞姆胜利了，她失败了，她只想躺倒睡觉。她站起身来。

亨利说：“我很抱歉让你失望了，凯瑞丝嬷嬷……”

她往外走时，他的话音越来越远了。

她听到菲利蒙说：“目空一切。”

亨利平静地说：“由她去吧。”

她走到门口，就头也不回地出去了。

她在慢慢地走过墓地时，这件事的全部意义对她变得明朗了。塞姆要负责医院了。她得服从他了。不同类型的病人不会隔离了。不会戴面罩和用醋液泡手了。体弱的人会因放血而更弱；挨饿的人会因洗肠而更瘦；伤口会因敷上动物粪便制成的泥罨而导致化脓。没人会在乎清洁卫生和新鲜空气了。

她走过回廊，上了楼梯，穿过宿舍，回到她自己的房间，一路上跟谁都没说话。她趴在床上，头一阵阵地疼痛。

她失去了梅尔辛，她又失去了医院，她已失去了一切。

她知道，头部的伤可能会致命。或许她会就此睡下去，永远不醒了。

也许那样才最好。

79

梅尔辛的果园是1349年栽种的。一年之后，大部分树都长了起来，繁茂的枝叶散乱地伸展着。有两三棵还在挣扎着成长，只有一棵是彻底死掉了。他并没有指望有哪棵树很快结果，可是到了七月，有一株幼树出他意料地结出了十多个小小的深绿色的梨，虽说个头很小，硬得像石子，却肯定到秋天就能成熟。

一个礼拜天的下午，他把这些小梨指给洛拉看，小姑娘却拒不相信它们会长成她爱吃的香甜多汁的果子。她觉得——或者假装觉得——他又在逗她玩。当他问她，她想象中成熟的梨从哪儿来的，她责难地看着他，说："市场啊，真傻！"

他想，有一天她也会成熟的，虽然还难以想象她瘦骨嶙峋的身体会丰满起来长成妇女的柔软轮廓。他不知道她会不会给他生外孙。她现在五岁，所以那一天也就是十年之后了。

他一心想着成熟的事，看到菲莉帕穿过花园向他走来，当时便感到她的乳房真是太浑圆丰满了。大白天她来找他很不寻常，他想不出是什么原因把她带到这里。为了怕别人看见，他只文雅地吻了她的面颊，就像是夫兄给弟妹的那样，不会引起议论的。

她神气很烦，他意识到，这几天来她一直比平素要含蓄多思。她在草地上坐到他身边后，他说："你有心事？"

“我从来不善于委婉地说出什么消息，”她说，“我怀孕了。”

“好上帝啊！”他惊得都没控制自己的反应，“真没想到，因为你告诉我……”

“我知道。我肯定自己年龄太大了。我的月经周期不正常已经有两三年了，后来干脆彻底停了——我这么以为的。可是我现在早晨呕吐，而且我的乳头还胀疼。”

“你走进花园时我注意到你的乳房了。但是，你确实能肯定吗？”

“我先前怀过六次孕了——三个孩子和三次流产——我知道那种感觉。绝对没有疑问。”

他笑了：“好啊，我们就要有孩子了。”

她没有跟着笑：“别高兴。你还没想透全部含义。我是夏陵伯爵的夫人。我从十月份起就没有和他睡过，从二月份起就和他分居了，可是在七月份我却有了两个月或者最多三个月的身孕。他和全世界的人都会明白，这孩子不是他的，夏陵的伯爵夫人犯下了通奸罪。”

“可他不致……”

“杀死我？他已经杀死了蒂莉，是不是？”

“噢，我的上帝。是啊，他杀了她。可是……”

“而若是他杀了我，也就杀了我的孩子。”

梅尔辛想说这不可能，拉尔夫不致做这样的事——不过他也知道另一种可能。

“我得决定怎么办。”菲莉帕说。

“我认为你不该吃药来堕胎——那太危险了。”

“我不会吃药的。”

“那么说你想要这孩子了。”

“是的。可是又该怎么办呢？”

“要不你就待在女修道院，偷着养这孩子？那地方有的是黑死病造成的孤儿。”

“可保不了密的是母爱。人人都会知道这孩子是我特别关爱的。之后拉尔夫就会发现了。”

“你说得对。”

“我可以一走了之——从这里消失。到伦敦、约克、巴黎、阿维尼翁去。谁也不告诉我去哪儿了，这样拉尔夫就绝不能追踪我了。”

“我可以和你一起走。”

“那样的话，你就无法完成你的塔楼了。”

“而且你也会想念奥狄拉的。”

菲莉帕的女儿嫁给大卫伯爵有六个月了。梅尔辛可以想象，离开她对菲莉帕有多难。何况，要他放弃他的塔楼会极其痛苦也是实情。他长大成人之后，一心就想要建造英格兰最高的塔楼。如今总算动工了，放弃这工程会让他伤心透顶的。

想到塔楼就联想到凯瑞丝。他的直觉告诉他，这条消息会让她一蹶不振的。他已有好几个星期没见到她了；在羊毛集市上她头部挨了那一重击之后，一直卧病在床，如今虽已痊愈，却极少出修道院了。他猜测，她可能在某种权力斗争中失败了，因为医院现在由塞姆兄弟主持了。菲莉帕怀孕一事对凯瑞丝将是又一个毁灭性的打击。

菲莉帕补充说：“而且奥狄拉也怀孕了。”

“这么快！这可是好消息。又多了一条理由让你不能流亡，再不见她或你的外孙了。”

“我不能跑掉，也不能躲藏。不过，若是我不采取措施，拉尔夫就会杀死我。”

“应该有一条出路的。”梅尔辛说。

“我只能想到一个答案。”

他盯着她。他意识到，她早已想好了。她在有了解决办法之后才把问题告诉他。但她谨慎地向他表明，一切现成的答案都是错的。这就意味着她确定的计划是他不会喜欢的。

“告诉我吧。”他说。

“我们得让拉尔夫认为孩子是他的。”

“这样你就不得不……”

“对。”

“我明白了。”

想到菲莉帕要去和拉尔夫睡觉，让梅尔辛堵心。倒不是有多少妒意，当然那也是一个因素。使他备感压抑的是，她会有多么可怕的感受。她从身体和情感上都对拉尔夫极端厌恶。梅尔辛对此很理解，虽说不是他的亲身感受。他长这么大，始终经受着拉尔夫的残忍，而这个残忍的人就是他的弟弟，而且无论拉尔夫做什么，这个事实终是抹杀不掉的。无论如何，想到菲莉帕要迫不得已地强制自己和世界上她最痛恨的男人去发生性行为，都让他难受。

“但愿我能想到一个更好的办法。”他说。

“我也一样啊。”

他紧盯着她：“你已经决定了。”

“是的。”

“我非常难过。”

“我也是。”

“可是会成功吗？你能……诱惑他吗？”

“我不知道，”她说，“可我总得试一下啊。”

大教堂是对称的。石匠阁楼在西翼的东北塔楼上，俯瞰北门。与之相对的西南塔楼也有一个大小和形状相仿的房间，俯瞰回廊。那里用来贮存很少派用场的价值不大的物品。放在那儿的有用于神秘剧的全部服装和象征性道具，以及不算没用的各类东西：木制的烛台、生锈的铁链、破裂的瓶罐，还有一本书，精制的羊皮纸年久腐烂，以致上面那么认真写的字都模糊难辨了。

梅尔辛到那里去是为了用垂下长线上的尖头铅锤，测一下墙有多直，就在那里的时候，他有了一桩发现。

墙上有些裂缝。有裂缝不一定是不结实的迹象，只有经验老到的目光才能对此做出解释。所有的建筑物都在移动，裂缝可能只表明结构在如何调节着随之而变。梅尔辛判断，这间贮藏室墙壁上的大多数裂纹都是无害的。但有一道缝隙的尺寸让他费解。看上去不正常。再看之后他就明白了：有人利用一道自然裂缝，把一块小石头弄松了。他把那块石头取了下来。他马上看明白了，他发现了某个人的秘密藏窟。石头后面是一个贼人藏赃的地方。他把里边的东西一件件取出。有一个镶了一大块绿宝石的女用胸针；一个银扣；一条丝围巾，还有一卷抄了赞美诗的羊皮纸。在最里边，他找到了一件东西，对那贼的身份提供了线索。

那是洞里唯一不值钱的东西。就是一块磨光的木头，表面上刻的字母是：“M：Phmn：AMAT。”

M是个首写字母。Amat是拉丁文的“爱”。而Phmn肯定是菲利蒙了。

一个名字的M打头的人，男孩也罢，女孩也罢，曾经爱过菲利蒙，并且给了他这件东西；他就把它和他偷来的东西一起藏在了这里。

菲利蒙自幼就有谣传是个三只手。在他身旁，总有丢失东西的事发生。看来这是他的藏赃之地。梅尔辛想象着，他大概是在夜里，一路爬到这上边，取出石头，把他的赃物凝视一遍。这无疑是一种病癖。

从来没有菲利蒙有情人的传闻。如同他的师父戈德温一样，是为数不多的性爱很弱的男人。但有人在某段时间里爱恋上了他，他便珍藏了这一记忆。

梅尔辛把东西完全按照原来的位置一一放好——他对这类事情有极好的记忆力。他把那块松动的石头也嵌进原处。随后，他思绪重重地离开了那房间，沿螺旋形楼梯返回了。

菲莉帕回了家，拉尔夫大为意外。

那是湿润的夏季里难得的一个晴天，他本来要出门架鹰去狩猎的，但没去成，这让他很气恼。夏收就要开始了，伯爵领地中总共二三十个管家、总管和乡长的大多数人都紧急求见他。他们都有同样的问题：地里的庄稼已经成熟，但缺乏足够的男女劳力去收割。

他是无能为力的。他已经抓紧一切机会处置那些违令外出谋求更高工钱的雇工——但能够抓到的少数人在从他们的收入中交掉罚款之后就又跑了。因此，他的总管们不得不勉为其难。但是，他们都想向他诉苦，而他也一筹莫展，只好听着，同意他们的权宜之计。

大厅里挤满了人：总管、骑士和士兵，两三个教士和十几个闲散的仆人。大家都不出声时，拉尔夫猛然听到外面车声辚辚，而叫停的声音听起来不像是警告。他抬头一看，只见菲莉帕站在门口。

她开口先吩咐仆人。“玛莎！这桌子吃完饭还脏着呢。弄点热水来，好好擦洗一下，现在就去。迪基——我刚刚看到伯爵最心爱的马匹满身像是昨天的泥土，你却在这里削木棍。回到马厩你的岗位上去，把那匹马刷洗干净。你，小子，把那只小狗弄出去，它正在地上撒尿呢。只有一条狗可以待在厅里，就是伯爵的猛犬，这你是知道的。”仆人们立即行动起来，连那些她没有指名道姓的都找到活儿干了。

拉尔夫倒不介意菲莉帕对家中仆人发号施令。没有女主人摆布他们，他们都偷懒了。

她走到他跟前，行了个深深的屈膝礼，对长期在外才回归而言，倒是很合体统的。她没有主动去吻他。

他平淡地说：“这……出乎意料。”

菲莉帕不悦地说：“看来我根本不该赶那么远的路回来。”

拉尔夫心里哼了一声。“什么风把你吹到这儿来了？”他说。他敢说，无论是什么原因，就会有麻烦了。

“我的英格斯比采邑。”

菲莉帕有她自己的少量产业，在格洛斯特郡的那几个村庄给她而不是给伯爵纳贡。自她出走住到女修道院后，那些村子的总管都到王桥去拜望她，直接和她结算他们应付的权益，这些都是拉尔夫知道的。唯独英格斯比是例外。那处采邑把贡赋交给他，再由他转给她——而从她走后，他就忘记转交了。“妈的，”他说，“这事从我脑子里溜过去了。”

“这也没什么，”她说，“你要想的事多着呢。”

这是出奇的和解态度。

她上楼到私室去，他也就继续他的工作了。在另一位总管列举成熟的庄稼地并抱怨缺少收割的人手时，他想到，半年的分居让她容光焕发了不少。不过，他仍希望她不要有久住的计划。夜里睡在她身边，如同与一头死奶牛做伴。

她在晚餐时候又露面了。她坐在拉尔夫旁边，就餐中间，她彬彬有礼地同几位来访的骑士说话。她一如既往地冷漠内敛——既不热情，也不幽默——但他没看出他们婚后她所表现出来的难容的冰冷痛恨。那种情绪已经消失，或者至少深藏不露了。吃完饭之后，她又回房去了，留下拉尔夫和骑士们饮酒。

他想到了她计划经常回来的可能性，但最终他还是打消了这个念头。她永远都不会爱他哪怕喜欢他。只不过是长期的分居把她怨恨的边缘磨钝了。那种突出的内心感情恐怕永远都不会离开他了。

他估摸他上楼时她已入睡，但他没想到的是，她身穿一件象牙色的亚麻睡袍坐在写字台旁，仅有的一支烛光把柔和的光线投到她那高傲的五官和浓密的深发上。在她面前，是女孩子的字体写的一封长信，他猜是来自奥狄拉，如今的蒙茅斯伯爵夫人的。

菲莉帕正在写回信。像大多数贵族一样，她向书记口述公事信函，但私信都由她亲笔来写。

他走进衣帽间，然后出来脱掉他的外衣。时值夏季，他通常都穿着内衣睡觉。

菲莉帕写完了信，站起身——碰翻了桌上的墨水瓶。她往后一跳，已经太晚了。不知怎么，墨水朝她洒来，在她的白色睡袍上染了一大片黑渍。她诅咒了一声。他却暗自开心：她对小事从不马虎，此刻却泼洒了墨水，看着委实可笑。

她迟疑了片刻，然后从头上脱掉睡袍。

他惊愕了。她通常是不那么快地脱掉衣服的。他明白了，她是让墨水弄得惊慌失措了。他盯着她赤裸的身体。她在女修道院发福了些：她的乳房比先前像是更大更圆了，她的小腹微显隆起，她的臀部有着一条诱人的翘起的曲线。连他自己都没想到，他感到下身起来了。

她弯腰从铺石板的地面上用捆扎起来的睡袍抹去墨渍。她在擦地时，乳房抖动着。她转过身去，他看到了她丰满后身的全貌。若不是他对她了解至深的话，准会疑心她想挑起他的欲火。但菲莉帕从来不想挑动任何人，更不消说他了。她只不过是狼狈不堪，尴尬至极罢了。而这恰恰更刺激了他在她拖地时盯着她暴露无遗的裸体。

他已经好几个星期没有女人了，何况最后那个是索尔兹伯里的令人十分不满的妓女。

到菲莉帕站直身体时，他那家伙已经挺起了。

她看到他在盯着她看。“别瞅我，”她说，“上床去吧。”她把脏污的睡袍扔到待洗衣物的大篮子里。

她到衣橱跟前，打开了盖子。她去王桥时把她大部分服装都留在那里了：住在女修道院里，哪怕是贵族客人，也不宜穿得太绚丽的。她又找出了一件睡袍。在她把衣服拉出来时，拉尔夫的目光在她身上扫来扫去。他盯着她那高耸的乳房，覆盖着黑毛的隆起的阴部，他的嘴发干了。

她注意到了他的目光。“你别碰我。”她说。

要是她不这么说，他大概就会躺下睡觉了。但她这么迅捷的反应刺激了他。“我是夏陵伯爵，而你是我妻子，”他说，“我想什么时候碰你就碰你。”

“你不敢。”她说完就转过身去穿睡袍。

这一下可激怒了他。就在她举起衣服，想从头上套下去的时候，他抽了她屁股一巴掌。那是抽在光皮肤上的狠狠的一巴掌，他知道把她打疼了。她跳起来，还叫出了声。“这就叫不敢。”他说。她转过身来面对着他，嘴角露出反抗的意味，他冲动之下，挥拳打在她嘴上。她被打得后退几步，摔倒在地。她连忙用两只手去捂嘴，血从指间淌下。但她仰卧在地，浑身赤裸，大腿叉开。他能看到她腿裆处阴毛丛生的三角区，那道裂缝微张，看上去就像是在招迎。

他趴到了她身上。

她拼死推拒，但他比她块头大，而且孔武有力。他毫不费力地就制伏了她的抵抗。跟着他就进入了她的身体。她那儿很干，却不知为什么反倒让他激动。

很快就完事了。他喘着粗气，滚下她的身体。过了一会儿，他看了看她。她的嘴上有血。她并没有回望他；她的眼睛紧闭着。但他似乎看到她脸上有一种奇特的表情。他想了一会儿，终于明白了，这时他比先前更感困惑了。

她看上去有些得意。

梅尔辛知道菲莉帕已经回到王桥，因为他看到她的侍女在贝尔客栈里。他期待着他的情人能在当晚到他住处来，结果却失望了——她没有来。他觉得，她无疑是感到尴尬了。没有一位女士在做了她这种事后会舒服的，哪怕有着不得已的理由，哪怕她热恋的男人知情并理解。

又一个晚上过去了，她还是没露面。随后到了礼拜天，他肯定会在教堂见到她。可是她没来祈祷。一位贵族缺席礼拜天的弥撒简直闻所未闻。是什么原因妨碍了她呢？

祈祷之后他打发洛拉跟阿恩和埃姆一起回家，然后便穿过绿地，来到旧医院。楼上有为重要客人备下的三个房间。他上了户外楼梯。

在走廊里他与凯瑞丝面对面地相遇了。

她并没有劳神问他在这里做什么。“伯爵夫人不想让你见她，不过你倒大概该去见她。”她说。

梅尔辛注意到她说话的古怪次序：不是“伯爵夫人不想见你”，而是“伯爵夫人不想让你见她”。他看着凯瑞丝手里的盆。里面有一块血染的布片。他心里一怕。“出什么事了？”

“没什么大不了的，”凯瑞丝说，“婴儿无妨。”

“感谢上帝。”

“你是那婴儿的父亲，不用说了？”

“请你千万别让别人听到你这话。”

她面带哀伤："这些年来你我都在一起，而我只怀过一次孕。"

他移开了目光："她住在哪个房间？"

"对不起，我谈起了我自己。我是你最没兴趣的人了。菲莉帕女士在中间那个房间。"

他虽然惦记着菲莉帕，但还是注意到了她声音中压抑不住的凄凉，便停下了脚步。他触了触凯瑞丝的胳膊。"请不要认为我对你没有兴趣，"他说，"我始终关心着你的事和你是不是高兴。"

她点点头，泪水涌进了她的眼睛。"我知道，"她说，"我太自私了。去看看菲莉帕吧。"

他离开了凯瑞丝，走进了中间那房间。菲莉帕正跪在祷告台前，背对着他。他打断了她的祈祷。"你没事吧？"

她站起来，转过身面对着他。她的脸上乌七八糟。她的嘴唇肿得有平日的三倍，还结着厚痂。

他猜想，凯瑞丝给她洗过了伤口——所以盆里的布片上才有血迹。"出什么事了？"他说，"你还能讲话吗？"

她点点头："我的话音听起来怪怪的，可我还能讲话。"她的话音很含糊，但还能听明白。

"你怎么伤成这样了？"

"我的脸难看极了，但伤得不重。除此之外，我挺好的。"

他伸出双臂搂住她。她把头靠在他肩上。他就这样搂着她，等候着。过了一会儿，她哭了出来。她哭泣得直抖，他摩挲着她的头发和后背。他说："好啦，好啦。"并且亲吻着她的额头，不过并没想让她不做声。

她的哭泣慢慢地止住了。

他说："我能亲你的嘴吗？"

她点点头："轻一点。"

他用自己的嘴唇轻摩着她的嘴唇。他尝到了杏仁味：凯瑞丝给伤口敷了油。"告诉我事情的经过吧。"他说。

"成功了。他上当了。他肯定会以为孩子是他的了。"

他用指尖轻触她的嘴："这是他干的？"

"别生气。我设法挑动他，我成功了。他打了我，我倒挺高兴。"

"高兴？为什么？"

"因为他以为他得强迫我。他相信不动粗我就不会驯服。他一点都想不到我成心引诱他。他永远都不会怀疑真相的。这就是说，我安全了——我们的孩子也安全了。"

他把一只手放到她肚皮上："可你为什么不来看我呢？"

"就是这副模样？"

"在你受伤之后，我更想和你在一起了。"他把手移到她的乳房上。"何况我这么想念你。"

她把他的手拿开："我不能像个妓女似的送往迎来。"

"噢。"他还没想到这一层。

"你理解吗？"

"我能吧。"他看得出，一位女性会感到下贱——而一个男人做同样的事情可能会得意。"可是要过多久……？"

她叹了口气，走开了。"不是多久的问题。"

"你这话是什么意思呢？"

"咱们已经说好，要向世人宣布这是拉尔夫的孩子，而且我敢肯定他会相信的。如今他要想把孩子带大。”

梅尔辛感到沮丧了：“我还没想得这么细，不过我以为你还能住在女修道院呢。”

“拉尔夫不肯答应他的孩子在女修道院养大的，尤其要是男孩的话。”

“那你怎么办呢，回伯爵城堡吗？”

“是啊。”

孩子当然还算不上什么，不算是人，甚至不能算婴儿，只是菲莉帕肚子里的一块肉，然而梅尔辛依旧感到伤悲的刺痛。洛拉早已成为他生活中的一大乐趣，他一直切盼着再有一个孩子。

不过至少他还有菲莉帕能够在他身边再待些时日。“你什么时候走？”他问。

“马上。”她说。她看到了他的脸色，泪水涌进了她的眼睛。“我没法告诉你我有多难过——可我只会感到错了，跟你亲热过后又计划回到拉尔夫身边。跟任何两个男人都是一样的，而你们是兄弟俩这一事实只能使事情更丑陋。”

他的眼睛因泪水而模糊了：“这么说咱俩已经了结了？就现在？”

她点点头：“还有一件事我得告诉你，我们永远不能再做情人的另一个理由：我已经忏悔了我的奸情。”

梅尔辛知道，菲莉帕有她自己个人的忏悔神父，对高级贵族妇女这是很恰当的。自她来到王桥，那神父就一直与修士们住在一起，对人数稀少的修士队伍倒是个讨人欢迎的补充。现在她已经跟他讲了自己的风流韵事。梅尔辛希望他能严守忏悔的秘密。

菲莉帕说：“我已经得到了赦免，我就不该再继续那种罪孽

了。”

梅尔辛点点头，她是对的。他们两人都有罪，她背叛了她的丈夫，而他则背叛了他的弟弟。她还有个借口：她是被迫出嫁的。他却没有丝毫托辞。一个美貌女子爱上了他，他也回报了她的爱，尽管他无权这样做。她此刻感受到的悲哀与失落的痛苦煎熬，是这种行为的自然结果。

他端详着她——冷静的灰绿色眼睛，挨过打的嘴唇，具有成熟美的身体——意识到他已经失去了她。或许他从来没有真正拥有过她。在任何情况下，这总是错的，如今已经过去。他想说话，说一句道别的话，但他的喉咙似乎卡住了，什么也说不出来了。他简直都哭不出来了。他转过身去，向门口摸索而去，不知怎么出的屋。

一名修女拿着一个罐子沿走廊而来。他看不清那是谁，但当她说了“梅尔辛吗？你没事吧？”的时候，他辨出了那是凯瑞丝的声音。

他没有回答。他向相反的方向走去，穿过门洞，下了屋外的楼梯。他不在乎有谁看到而公然哭泣着，一边穿过大教堂的绿地，走过主街，过桥回到他的岛上。

80

1350年9月天气阴冷，但依旧有一种令人愉快的感觉。当潮湿的麦穗在周围的乡村中收割下来的时候，王桥只有一个人死于黑死病，那就是玛吉·泰勒，一位六十岁的裁缝。十月、十一月和十二月，都没人患那种病了。梅尔辛感激不尽地想，看来那病算是过去了——至少眼下如此。

多年来，不安分、谋进取的人们从乡村流入城镇的移民潮，在黑死病期间反过来倒流了，近来，又重新返回。他们来到王桥，搬进空房子，装修一新，给修道院付房租。有些人做起了新生意——烤面包、酿酒、做蜡烛——补充因业主及后人都已死去而消亡的行当。身为公会会长的梅尔辛废除了多年来由修道院制定的获得经营许可的漫长过程，使开店或设摊容易多了。每周一次的集市繁忙热闹起来了。

梅尔辛把他在麻风病人岛建好的店铺、住房和客栈一个接一个地租了出去，他的房客不是想发迹的新来的人，就是想找个好地点的原有的业主。横穿岛子、连接两桥的大路，成了镇上主路的沿长线，因此也就成了首屈一指的商产——诚如梅尔辛十二年前所预见的那样，可当年人们还认为他把光秃的石头地当作他筑桥的工钱是发疯呢。

冬天临近，从镇上千家万户升起的烟重新悬在上空，形成低矮的褐色云层，但人们照旧工作、买卖、吃喝，在客栈里掷骰子，在礼拜天上教堂。公会大厅自教区公会变成自治市公会以来，举办了第一次圣诞夜晚宴。

梅尔辛邀请了修道院的男、女副院长。他们已失去掌控商人的权力，但仍属镇上最重要的人物。菲利蒙来了，但凯瑞丝谢绝了邀请，她已经令人担忧地退避了一切。

梅尔辛坐在玛奇·韦伯的旁边。她如今是王桥最富的商人和最大的雇主，说不定在全郡都是首屈一指。她是副会长，若不是妇女担任会长职务非同小可，她可能早就当上正职了。

在梅尔辛的众多生意中，有一家作坊是制作脚踏织机的，这种机器大大改进了“王桥红”的质量。玛奇买下了他的大半产品，而来自远如伦敦的手工业商人则订购了余下的产品。这种织机结构复杂，要求制作精准，装配严密，因此梅尔辛只能雇用找得到的最出色的木工；虽然他对成品的要价要高出成本的一倍以上，但人们仍迫不及待地向他付款。

好几个人都曾暗示，他该娶玛奇，但这个主意无论对他还是她都没有诱惑力。她再也找不到一个堪与马克相比的男人：既有巨人般的身材，又有圣哲般的气质。她本来是矬墩子，近日来越发胖了。如今在她四十多岁的年纪上，已经长成了那种从肩到臀上下一般粗的水桶身材。享受吃喝如今是她的最大乐趣。梅尔辛看着她吞下蘸苹果和丁香汁的姜煨火腿，心想，吃喝和挣钱就是她生活的全部了。

晚宴临近结束时，他们喝了加上糖和香料的葡萄酒。玛奇一阵鲸饮之后，打了个饱嗝，在板凳上向梅尔辛凑近。“我们得对医院做点什么。”她说。

“哦？”他没料到会提出问题，“眼下黑死病已经结束，我觉得人们不那么需要医院了。”

“他们当然需要啦，”她顺口就说，“他们还会发烧、腹痛和得痹症；女人想怀孕却不能，或者会遇到难产。儿童会烫伤或者从树上掉下来。男人会被马甩下或者被敌人刺伤或者被他们生气的老婆打破了头——”

“好啦，我弄明白了。”梅尔辛说，对她的喋喋不休感到开心，“有什么问题呢？”

“没人肯去医院了。他们不喜欢塞姆兄弟，而且更重要的，他们不信任他的学识。在我们都忙着应付黑死病的时候，他在牛津读那些古旧的教科书，而他的疗法还是放血和拔火罐那一套，谁都不再信服了。他们想要凯瑞丝出马——可她拒不露面。”

“人们生病时，要是不去医院怎么办呢？”

“他们去找理发师马修，或者药剂师塞拉斯，或者一个善长妇女问题的新来的聪明人玛拉。”

“那你操心的是什么呢？”

“他们开始抱怨修道院了。要是他们从修士和修女那儿得不到帮助，他们说，他们又何必要为修建塔楼交费呢？”

“噢。”塔楼是个巨大的工程。没有哪一个人能够担起其费用的。把男、女修道院和城镇的财力加在一起才是资金的唯一出路。若是镇上撤资，工程就会受到威胁。“好吧，我明白了，”梅尔辛忧心忡忡地说，“这是个问题。”

凯瑞丝在从头到尾坐在那里参与圣诞节祈祷时，心想，对大多数人来讲，这一年不坏。人们以惊人的速度调整着黑死病造成的灾难。这场疾病不但造成了可怕的死亡，使文明生活几近崩溃，而且也带来了大动荡的机遇。按照她的估算，几乎半数人口都死掉了，但有一个好处是：她剩下的农人只耕种着最肥沃的土地，因此每个人生产的都更多了。尽管有雇工法和拉尔夫伯爵这样的贵族对此强制执行，她仍满意地看到，人们继续奔向工钱最高，也就是通常最高产的土地去。粮食丰富，牛羊也再次在成群增加。女修道院又兴旺起来，而且由于凯瑞丝在戈德温的出走之后，在重组修女事务的同时，也重组了修士事务，修道院也出现百年以来最繁荣的局面。财富创造了财富，乡下的好日子为城镇带来了更多的生意，因此，王桥的工匠和店主们开始重振旗鼓。

在祈祷结束后，修女们离开教堂时，菲利蒙叫住了她。“我需要和你谈一谈，副院长嬷嬷。请你到我住处来好吗？”

曾经有一段时间，她都毫不迟疑地礼貌地接受这样的要求，但那样的日子已经一去不复返了。“不，”她说，“我看算了吧。”

他的脸立刻红了：“你不能拒绝和我谈话！”

“我没拒绝和你谈话。我只是拒绝到你的宅院去。我不愿像个下级似的听你召唤。你想谈什么？”

“医院。一直都有人抱怨。”

“跟塞姆兄弟去说吧——他在那儿负责，这事你清楚得很。”

“难道跟你就没道理好讲吗？”他气恼地说，“要是塞姆能够解决这问题，我就跟他而不是跟你说了。”

这时，他们已来到修士回廊。凯瑞丝坐到四方院子的矮墙上。石头冰凉。“我们就在这儿谈吧。你有什么话要和我说？”

菲利蒙很烦恼，但他还是让步了。他站在她面前，这会儿他倒像是下级了。他说：“镇上人对医院不高兴。”

“我毫不奇怪。”

“梅尔辛在公会的圣诞宴会上向我抱怨。他们再不来这里看病了，而是去看药剂师塞拉斯那样的庸医。”

“与塞姆相比并不差。”

菲利蒙意识到有好几个见习修士站在附近，聆听这场争论。“走开，你们都走开，”他说，“去学习吧。”

他们都急忙走了。

菲利蒙对凯瑞丝说：“镇上人认为你应该在医院。”

“我也这么认为。但我不会照塞姆的方法做的。至少，他的疗法不见成效。而更多的时候，他那一套只能使病人恶化。所以人们生病时就不再来这儿了。”

“你的新医院病人寥寥无几，我们把它用作客房了。这事不让你心烦吗？”

这句嘲弄一箭中的。凯瑞丝忍气吞声，移开了目光。“这让我伤心透了。”她平静地说。

“那就回来吧。想办法和塞姆妥协一下。当初你刚来这里的时候，也是在修士医生手下工作的。约瑟夫兄弟当时是这里的首席医生。他受到的训练和塞姆是一样的。”

“你说得对。在那些日子，我们就觉得修士们有时候弊大于利，但我们还能和他们共事。大多数时间，我们并不完全照他们的吩咐去做。”

“你不能认定他们总是错的。”

“没有。有时候他们还是能治好病的。我记得约瑟夫打开一个男人的头颅，抽出造成难忍的疼痛的积液——那次让人难忘。”

“现在就照样做吧。”

“不再可能了。是塞姆结束了这一切，对吧？他把他的手术设备搬进药房，并且负起了医院的责任。我敢肯定，他这样做是你唆使的。事实上，很可能就是你的主意。”她从菲利蒙的表情看出来，她的判断完全正确。“你和他策划把我排挤出去。你们成功了——而如今你们自食其果了。”

“我们可以恢复老制度。我会让塞姆搬出去。”

她摇起头：“还有别的变化呢。我从黑死病学到了很多。我比以前更有把握地说，医生的办法可能是致命的。我不会出于和你妥协的缘故而杀害病人的。”

“你没有认识到事情已成燃眉之急。”他露出淡淡的沾沾自喜的表情。

看来，还有别的事。她一直纳闷，他为什么把这件事提出来。为医院的事操心不像他一向的做派，他从来不大在意治病的事，他一心只关注什么可以提高他的地位并维护他那脆弱的自尊。“好吧，”她说，“你胡芦里卖的什么药？”

“镇上人在议论要削减修新塔楼的资金一事。他们说，他们既然从我们这儿得不到想要的东西，又何必为大教堂额外破费呢？如今镇子是自治市了，我这个副院长再也不能强迫他们出钱了。”

“要是他们不出钱……？”

“你的心上人梅尔辛就不得不放弃他心爱的工程。”菲利蒙得意扬扬地说。

凯瑞丝看得出，他以为这是他的王牌。而且事实上，确有一段时间，这一揭示会震动她。但现今已不再如此了。“梅尔辛不再是我的心上人了，是吧，”她说，“也是你终止了我们的关系。”

他脸上闪过惊慌失措的表情：“可主教已经对这座塔楼用上心思了——你不能冒险行事！”

凯瑞丝站起身。“我不能吗？”她说，“为什么不能？”她转过身，朝女修道院走去。

他目瞪口呆了。他在她身后喊道：“你怎么这么不顾后果？”

她本来想不搭理他，随后改了主意，决定解释一下。她转回身来。“你知道，我原先珍视的一切全都从我这里被夺走了。”她用一种务实的口气说。“而当你失去一切——”她的面容开始变化，她的声音嘶哑了，但她努力说下去。“当你失去一切的时候，你也就没任何可失去的了。”

在一月份下了头场雪。雪在大教堂的屋顶上形成了一层厚毯，把塔尖上那些精细的雕刻都盖平了，还把西门上天使和圣徒的雕像的面部都遮住了。新塔楼地基的石件上都蒙着草，以防护新砌的灰浆不受冬天的霜冻，现在草上又覆盖了一层雪。

修道院中没有多少壁炉。厨房当然有火，所以见习修士总喜欢在厨房工作。但是大教堂里没火，而修士和修女们每天都得在那里待上七八个小时。教堂失火烧毁，往往是由于一些修士冻得受不了，就把炭火盆带进建筑物，从火里飞出的火星直抵木头天花板。当修士和修女们不在教堂里或劳动时，他们照理该在户外的回廊中散步和阅读。让他们感到舒适的唯一地方是回廊边上的一间温暖的小屋，在最恶劣的天气里，那儿会点火。他们获准从回廊进入那间温暖的小屋里稍待片刻。

凯瑞丝一如既往地藐视规章和传统，允许修女们在冬天穿羊毛长袜。她不相信上帝需要他的仆人生冻疮。

亨利主教对医院忧心忡忡——或者说得确切些，担心他的塔楼受到威胁。他乘着一辆座位上有靠垫、蒙着涂蜡帆布车篷的沉重的木头大车来了。陪他一起到来的有牧师会的克劳德和副主教劳埃德。他们在副院长宅院只稍事停留，烘干身上的衣服并喝了杯葡萄酒暖和了一下，当即召集了有菲利蒙、塞姆、凯瑞丝、乌娜、梅尔辛和玛奇参加的紧急会议。

凯瑞丝明知这是浪费时间，但她还是去了：这比拒绝要省事得多，那样将会造成她坐在女修道院应付没完没了的传信要求、命令，乃至对她的威胁。

她眼望着雪花飘过结冰的窗户，这时主教沉闷地总结了一场她委实不感兴趣的争吵。“这场危机是由凯瑞丝嬷嬷不忠实和不服从的态度引发的。”亨利说。

这话刺激她做出了回应。“我在这医院里工作了十年了，”她说，“我的工作和我之前塞西莉亚嬷嬷的工作，才使这医院在镇上人中间有了声誉。”她毫不客气地用一根手指点着那主教，“你改变了这医院。别多责怪别人。你坐在那把椅子里，宣布塞姆从此负责。现在你要对你的愚蠢决定负责任。”

“你该服从我！”他说，声音已经由于受挫而升高到了尖叫。“你是修女——你宣过誓的。”那咬牙切齿的声音惊动了那只猫“大主教”，它站起来，走出了屋。

“我明白，”凯瑞丝说，“这就把我置于一个无法容忍的境地。”她说话时事先毫无准备，但话既出口，她意识到并非真的考虑不周。事实上是几个月来酝酿成熟的结果。“我再也不能用这种方法为上帝服务了，”她继续说着，她的语气平和，但心怦怦直跳。“所以我决定放弃我的誓言，并且离开女修道院。”

亨利不觉地站了起来。“你不准！”他大叫道，“我不准你解脱你的神圣誓言。”

“但是，我希望上帝肯。”她说，根本不掩饰她的轻蔑。

这使他火上浇油了：“这种个人能够与上帝交流的念头是恶毒的异端。自从黑死病以来，这种松懈的言论太多了。”

“你是否认为会出现这种情况，是因为当人们在黑死病期间到教会来寻求帮助，可是往往发现教会的教士和修士……”她说到这里，眼睛看着菲利蒙，“……却像胆小鬼一样出逃了呢？”

亨利举起一只手，制止了菲利蒙的气愤答话。“我们可能有错误，无论如何，只有通过教会及其教士，世间的男女才能靠拢上帝。”

“你当然会这么看，”凯瑞丝说，“可这并不使其正确。”

“你是魔鬼！”

牧师会的克劳德插话了。“考虑到一切方面，我的主教大人，您和凯瑞丝之间的公开争吵，于事无补。”他向她友好地微微一笑。自从那天她看到他和主教亲吻而什么也没说以来，他对她一直相当友善。“她目前的不合作态度应该是与她多年来的奉献，有时是英勇的服务大相径庭的。何况人们都爱戴她呢。”

亨利说：“可是，我们若是解除她的誓言又会怎么样呢？那又会如何解决这问题呢？”

在这当儿，梅尔辛头一次开口发言。“我有个建议。”他说。

大家都看着他。

他说："让镇上再建一所新医院。我会在麻风病人岛上捐赠一大片地。这所医院由一群修女在其中任职，她们构成新的人群，与修道院分开。她们当然处于夏陵主教的精神权威之下，但与王桥修道院或修道院的任何医生毫无关系。在新医院中设一位俗世的监护人，这个人应该是镇上的头面人物，由公会推选，并任命医院的女副院长。"

大家很长时间都保持沉默，消化着这一创新的建议。凯瑞丝很震惊。一座新医院……设在麻风病人岛上……由镇上人出资……由一批新型修女在其中任职……与修道院没有关联……

她扫视四周的人。菲利蒙和塞姆显而易见地仇恨这个主意。亨利、克劳德和劳埃德一派茫然。

最后，主教说道："这位监护人应该十分有权——代表镇民，交付账款，并任命女副院长。谁出任这一职务都将掌控医院。"

"是的。"梅尔辛说。

"若是我批准一所新医院，镇民们会心甘情愿地为塔楼继续付款吗？"

玛奇·韦伯首次开口："要是指定了正确的监护人，就没问题。"

"这个人该是谁呢？"亨利说。

凯瑞丝意识到，大家的目光都朝向了她。

几个小时之后，凯瑞丝和梅尔辛都裹着厚斗篷，穿着靴子，穿过雪地向那岛子走去，他在岛上指给她他想好的地点。新医院的选址在岛的西侧，离他的住宅不远，可以俯视那条河。

她对她生活中的这一突变依旧感到晕眩。她就要从她做修女的誓言中解脱出来了。经过几乎十二年之后，她将重新成为一名普通市民。她觉得自己能够考虑毫无痛苦地离开修道院。她所挚爱的人全部死去了：塞西莉亚嬷嬷、老朱莉、梅尔、蒂莉。她对琼姐妹和乌娜姐妹也都十分喜欢，但不可同日而语。

何况她还要负责一所医院。她有权任命和解聘这座新机构的女副院长，她将得以根据黑死病时期成熟起来的新理念来管理这所医院。主教对此一一点头赞同。

“我看我们还可以再次使用回廊的布局，”梅尔辛说，“你在那儿负责的那段时间，那种布局看来行之有效。”

她凝视着那一层平坦无痕的雪地，惊叹他想象出墙壁和房间的能力——而她只能看到一片白茫茫的地面。“进口的拱门几乎当作大厅来使用了，”他说，“那是人们候诊和修女们对病人初检以决定怎么治疗他们的地方。”

“你愿意把那里扩大些？”

“我认为那里应该是一个真正的接待厅。”

“好吧。”

她有些茫然：“简直难以置信。一切都按照我的愿望实现了。”

他点点头：“我就是这么做的。”

“真的？”

“我自问，你需要什么，然后我就想好如何加以实现。”

她盯视着他。他说得轻描淡写，仿佛只是解释了一下引导他得出结论的推论过程。他似乎没想到这对她是何等事关重大：他一直惦记着她的希望和如何实现她的希望。

她说："菲莉帕已经生完孩子了吗？"

"生了，一个星期以前。"

"她生的是男孩还是女孩？"

"男孩。"

"给你道喜了。你看到他了吗？"

"没有。在世人的眼睛里，我只是他的伯父。拉尔夫还给我送来了一封信呢。"

"他们给他起名字了吗？"

"罗兰，随着老伯爵的名字叫的。"

凯瑞丝改换了话题："河水流到这段下游就不很纯净了。医院可真是需要净水的。"

"我要铺设一条管道从远远的上游为你引来净水。"

雪下得稀了，随后便停了，他们便看到了岛上清晰的景色。

她对他莞尔一笑："你对一切问题都有答案。"

他摇了摇头："这些都是容易的问题：清洁的水、通风的房间、接待大厅。"

"那么，难题是什么呢？"

他转过身来面对着她。他的红胡须上缀着雪花。他说："就像：她还爱我吗？"

他们彼此凝视了好长时间。

凯瑞丝感到了幸福。

第七部分

*1361*年*3*月至*12*月

81

伍尔夫里克四十岁的时候，在格温达眼里仍然是世界上最英俊的男人。他那黄褐色的头发中已夹杂起些许银丝，但这使他不仅显得强壮，也显得睿智了。他年轻的时候肩膀很宽，到了腰部却急剧变窄，现在腰不那么细了，反差也不那么大了——不过他干起活儿来仍然可以一个人当两个人使。而且他永远比她年轻两岁。

她觉得自己变化不那么大。她那头黑发恐怕到了晚年也不会变白。她的体重也不比二十年前重，尽管生了孩子后她的乳房和肚子都比以前松弛了许多。

只有当她看到自己的儿子戴夫，看到他光滑的皮肤和健步如飞的活力时，她才会想起自己的年龄。戴夫今年二十岁，简直跟她在那个年龄时一模一样，只不过他是个男的。那时候她也像他一样，脸上没有一丝皱纹，走路时快活地迈着大步。不分寒暑地终日在地里劳作，使得她现在手上布满了皱纹，面颊也变得很红很粗糙，这些提醒着她走路时要慢一些，要保存体力了。

戴夫像她一样是个小个子，也一样头脑精明，总给人一种猜不透的感觉：由于他是老小，她从来摸不清他究竟在想什么。萨姆则正相反：又高又壮，呆头呆脑，连一句谎都不会撒，可又有那么一点野性难驯，格温达把这点归咎于他的生父：拉尔夫·菲茨杰拉德。

已经有好几年了，两个孩子都跟着伍尔夫里克一起在地里干活儿——直到两个星期前，萨姆突然不见了。

他们知道他为什么走。整个冬天他一直在说要离开韦格利，到能挣更多工钱的村子去。春耕一开始，他就失踪了。

格温达明白他想挣更多的工钱是无可厚非的。虽说离开自己的村庄，或者接受高于1347年标准的工钱，都是非法的，但全国各地不安分的年轻人都无视这条法律，而急需人手的农夫们也愿意雇他们。像拉尔夫伯爵这样的地主，除了咬牙切齿外，对此也无可奈何。

萨姆没说过他要去哪里，走时连一声招呼也没打。如果戴夫这么做，格温达会相信他一定经过了深思熟虑，认定了这是最好的选择。但她敢说萨姆只不过是一时冲动。有人跟他提起了一个村庄，第二天一早他醒来，就立刻动身去了。

她一再劝说自己不必担心。他都二十二岁了，长得身材高大，没人敢剥削他，也没人敢欺负他。但她毕竟是他的母亲，她的心在隐隐作痛。

她寻思着，如果她找不着他，别人也休想找着他，这样也好。但她仍然渴望知道他在哪里过活，有没有找到一个好东家，别人待他好不好。

那年冬天，伍尔夫里克为他那些越发多沙的地新做了一张轻型犁。春天的一天，格温达和他一起去诺斯伍德买铁犁头，那是他们没法自己做的零件。像往常一样，一小伙韦格利村的乡亲们结伴去赶集。为玛奇·韦伯操作漂洗机的杰克和伊莱要添置给养：他们没有自己的地，因而所有吃的都得买。安妮特和她十八岁的女儿阿玛贝尔用板条箱装了十几只母鸡去卖。内森乡长也和他儿子乔诺一起去。萨姆儿时的对头乔诺这会儿也已经长大了。

安妮特依然向迎面而来的所有漂亮男人抛着媚眼，而他们大多傻傻地一笑，也回个媚眼。在去诺斯伍德的一路上，她都在和戴夫搭话。虽然他还不到她年龄的一半，她却不时地假笑着，把头甩来甩去，还假装嗔怪地拍打着他的胳膊，就仿佛她才二十二岁而不是四十二岁。格温达心中不快地想到，她已经不是姑娘家了，可她好像一点儿也不明白。安妮特的女儿阿玛贝尔像安妮特以前一样漂亮。她故意和她妈妈拉开一段距离，好像因为她而尴尬。

上午过了一半时，他们到了诺斯伍德。伍尔夫里克和格温达买好东西后，就去老橡树酒馆吃午饭。

就格温达记忆所及，酒馆外一直有一棵古老的橡树，一棵枝干很难看的、低矮、茂密的树，冬天像个弯腰驼背的老人，夏天却投下宜人的浓浓荫翳。她的儿子们小时候就围着树追逐嬉闹。但树一定是死了或者摇晃不稳了，因为它已被砍掉，现在只剩下了树桩，直径竟和伍尔夫里克的身高差不多。顾客们拿它来当椅子或桌子，还有一位筋疲力尽的车夫，竟把它当床，躺在了上面。

有一个坐在树桩边缘的人，正用大杯子喝着淡啤酒，是扶犁手哈里，奥特罕比的乡长。

格温达的思绪一下子回到了十二年前。那强烈地刺激着她的头脑，竟使她热泪盈眶的，是希望，是那天早晨她们全家从诺斯伍德出发，穿过森林前往奥特罕比迎接新生活时，从她心底涌起的希望。然而还不到两个星期，那希望就粉碎了，伍尔夫里克被用绳子套着脖子牵回了韦格利村——一想起那情景，她至今仍怒火中烧。

但自那以后，拉尔夫也不能为所欲为了。形势逼迫他把伍尔夫里克父亲的土地归还了他，尽管伍尔夫里克不够机灵，没有像他的一些邻居那样赢得自由佃农的身份，但这对格温达来说，是个虽说代价惨重可还算满意的结果。格温达很高兴他们现在毕竟是佃农而不再是雇农了，伍尔夫里克实现了自己的梦想，但她仍然渴望着更多的独立性——一个免除了封建义务的佃农身份，只须用现金交租，全部协议都写入采邑卷宗，任何老爷也别想反悔。这是大多数农奴都向往的，而且许多人自黑死病以后也得到了。

哈里热情地向他们打招呼，并坚持为他们买了淡啤酒。伍尔夫里克和格温达在奥特罕比短暂居留后不久，哈里就被凯瑞丝嬷嬷提升为乡长，他现在仍然担任着这一职务，尽管凯瑞丝嬷嬷早已还了俗，琼嬷嬷现在担任着副院长。从哈里的双下巴和啤酒肚来看，奥特罕比现在仍然很富裕。

他们正准备同韦格利村的乡亲们一起离去，哈里压低声音对格温达说道："有个叫萨姆的小伙子正在给我干活儿。"

格温达的心里咯噔一声。"我儿子萨姆？"

"这怎么可能呢？不是。"

格温达糊涂了。那你提他干什么？

但哈里敲了敲自己的酒糟鼻，格温达意识到他在故作神秘。"这个萨姆向我保证说，他的主人是一位我从来没听说过的汉普郡的骑士，他准许他离开自己的村庄到别处干活儿，而你儿子的主人是拉尔夫伯爵，从来不准手下的雇农离开。我当然不能雇你们家的萨姆了。”

格温达明白了。如果有人正儿八经地问起，这便是哈里的托词。“哦，他在奥特罕比。”

“在‘老教堂’，山谷里的一个小村子。”

“他好吗？”她急切地问道。

“好极了。”

“谢天谢地。”

“他是个棒小伙儿、好劳力，不过他挺爱跟人吵架。”

她了解这一点。“他住的房子暖和吗？”

“他住在一对好心肠的老夫妇家。老夫妇的儿子到王桥给皮匠当学徒去了。”

格温达还有一打问题想问，但她突然发现驼背的内森乡长正倚着酒馆的门柱打量着她。她强忍着才没骂出声来。她有那么多事情想知道，但她不敢让内特知晓哪怕一点点萨姆在哪里的线索。她应当对自己已经了解到的情况知足了。让她兴奋的是，至少她知道了可以在哪里找到他。

她转过身去背对着哈里，努力装作漫不经心地结束了一场无关紧要的谈话。但在转身的一刹那，她又从嘴角里挤出一句话来：“别让他跟人打架。”

“我尽力而为吧。”

她马马虎虎地挥了下手，就跟在伍尔夫里克后面走了。

大家一起步行回家的路上，伍尔夫里克把沉重的犁头扛在肩上，并不显得怎么费力。格温达急切地想告诉他这个消息，但不得不等到大家在路上散开，她和她丈夫与别人拉开了几码距离之后，她小声地讲述了与哈里的谈话。

伍尔夫里克放下了心。“至少咱们知道这孩子去哪儿了。”他说，尽管肩扛重负，却呼吸自如。

“我想去一趟奥特罕比。”格温达说。

伍尔夫里克点了点头。“我猜你就会去的，”他很少顶撞她，但这时还是表达了担心，“不过，这很危险。你必须确保不能让任何人知道你去哪儿了。”

“没错。尤其是不能让内特知道。”

“那你打算怎么办？”

“他肯定会注意到我有几天不在村里。咱们得想个说法。”

“咱们可以说你病了。”

“那太冒险了。他可能会来家里看的。”

“要么说你回娘家了。”

“内特不会相信的。他知道我从来不在那儿多待一会儿。”她咬着指甲上的逆刺，绞尽脑汁地想着。在冬天漫漫的长夜里，人们围坐在炉火旁讲着寓言神话，故事里的人物总是不假思索地相信别人的谎话，但现实中的人们不那么容易受骗。“咱们可以说我去王桥了。”她最终说道。

“去做什么？”

“也许，可以说我去买产蛋的母鸡了。”

“你可以向安妮特买嘛。”

“大家都知道，我不会买那母狗的任何东西的。”

“这倒是真的。”

“而且内特知道我一直是凯瑞丝的朋友，他会相信我会在她家住几天的。”

“好吧。”

这并不是个很好的理由，但她想不出更好的了，而她迫不及待地想看到她儿子。

第二天一早她就走了。

她悄悄地离开屋子时，天还没亮。她裹着厚厚的斗篷以抵御三月的寒风。在一片漆黑中，她凭借摸索和记忆蹑手蹑脚地穿过村子。她可不希望还没出村就被人撞见和盘问。不过这时候还没人起床呢。内森乡长家的狗低低地吠了几声，就辨出了她的脚步声。她听见它摇摆着的尾巴敲打在木狗舍的壁上发出的轻轻的声响。

她离开了村子，沿着大路穿过田野。破晓时分，她已经走出了一英里外。她回头看了看身后的大路，空空如也，没有人跟踪她。

她嚼了点儿僵硬的面包皮当早餐。上午过了快一半时，她在韦格利到王桥的大路和诺斯伍德到奥特罕比的大路交叉口的一个小酒馆歇了歇脚。酒馆里没有她认识的人。她一边紧张地注视着门口，一边吃了碗炖咸鱼，喝了一小杯苹果汁。每当有人进门，她都连忙遮住自己的脸，但每次进来的都是陌生人，也没有人注意她。她迅速地离开了，走上了通向奥特罕比的大路。

她到达山谷时，下午已过了一半。她上次来这里，已是十二年前了，但这地方没怎么变化。这里黑死病后的复苏快得令人惊叹。除了有几个小孩子在屋子周围玩耍之外，大部分村民都在干活儿，有人犁地，有人撒种，也有人在照料新生的羊羔。他们知道她是个陌生人，在田里远远地注视着她，心里猜测着她会是什么人。如果走近了，他们中的一些人会认出她来。尽管她在这里只待了十来天，那却是一段令人难忘的日子，他们会记得的。乡下人很少能遇见那样激动人心的事情。

她沿着在两道山之间的平地上蜿蜒的乌特恩河，穿过主村，经过一串她在这里时知晓了名字的小村落——汉姆、短亩和长水，来到了最小也最远的村落：老教堂。

离村子越近，她的心情就越激动，连双脚的酸痛都忘记了。老教堂是个很小的村子，只有三十来间简陋的房子，没有一间大到可以做地主的府第，甚至连乡长的宅子都做不了。然而，顾名思义，这里有一座老教堂。格温达猜想足有好几百年历史了。教堂有一座低矮的塔楼和一个很短的中殿，都是粗石料建成的。厚厚的墙上有几扇很小的方形窗，显然是胡乱地砌上去的。

她继续向前走向田地，没有在意远处牧场上的一群牧羊人：精明的扶犁手哈里是不会把大个子萨姆浪费在这样轻松的活计上的。他一定是在耙地，或者在疏通沟渠，或者帮着掌控一组八头牛拉的犁。她逐个地扫视着三块田地，寻找着一群头戴暖和的帽子，脚蹬沾满泥的靴子，相互大声吆喝着的男人，寻找着一个比其他人高出一头的小伙子。她扫视了一遍，并没有看到她儿子，心里不禁又担忧起来？他会不会已经被抓回去了？会不会又跑到别的村子去了？

她在一排正把粪肥撒入新犁出的沟里的男人中找到了他。尽管天很冷，他却把外衣脱了。他挥动着一把木锨，背部和胳膊上的肌肉在他的旧亚麻布衬衫下不时地隆起和收回。一想到这样的一个人是从她自己小小的躯体里生出来的，她心里充满了骄傲。

当她走近时，所有的人都抬眼看着她。他们凝视的目光中充满了好奇：她是什么人？来这里干什么？她径直走向了萨姆，一把抱住了他，丝毫没在乎他浑身散发着马粪的臭味。“你好，妈妈。”他说。于是其余的人都大笑起来。

她不明白他们为什么这样开心。

一个一只眼眶里没有眼睛的瘦而结实的男人说道：“好了，好了，萨姆，这下你就好了。”他们又一次大笑起来。

格温达明白了，像萨姆这样的大个子，竟然有她这样一位矮小的母亲，大老远跑来查看他的情况，就仿佛他还是个任性的孩子，他们觉得很好笑。

“你怎么找到我的？”萨姆问。

“我在诺斯伍德的集市上遇见了扶犁手哈里。”

“我希望没人跟踪你来这儿。”

“我天不亮就出村了。你爸爸跟人家说我到王桥去了。没人跟着我。”

他们交谈了几分钟，萨姆说他得回去干活儿了，不然别人会不高兴，说他把活儿都甩给了他们。“你回村里去吧，去找莉莎老太太，”他说，“她住在教堂对面。告诉她你是谁，她会给你吃喝的东西的。我黄昏时回去。”

格温达瞟了一眼天空。这是个阴沉的下午，再过一小时左右，这些人就不得不收工了。她在萨姆的面颊上吻了一下，就离开了他。

她在一所比村里大多数房子都稍大一些的房子里找到了莉莎——她有两间屋子而不是一间。老太太向格温达介绍了她丈夫罗布，他是个瞎子。正如萨姆所说的，莉莎很好客：她把面包和浓汤端上了桌子，又倒了一杯淡啤酒。

格温达问起了他们的儿子，这下子打开了莉莎的话匣子。她滔滔不绝地说起了他，从婴儿时期一直说到了当学徒，直到老头儿严厉地打断了她。他只说了一个字："马。"

他们安静了下来，格温达听到了小跑的马蹄有节奏的嗒嗒声。

"是匹小马，"瞎子罗布说道，"一匹驯马，或者矮种马。对贵族和骑士来说太小了，不过有可能骑马的是一位太太。"

格温达吓得打起了寒战。

"一个小时内来了两位客人，"罗布说，"一定有关联。"

这正是格温达所害怕的。

她站起身来望了望门外。一匹健壮的黑矮马正沿着房子间的小路跑了过来。她立刻认出了骑马的人，心里不禁一沉：这是乔诺总管，韦格利乡长的儿子。

他是怎么找到她的?

她想赶紧闪回屋，但他已经看见了她。"格温达！"他高喊着，勒住了马。

"你这魔鬼。"她说。

"我不明白你在这儿干什么呢。"他嘲讽地说道。

"你怎么到这儿来的？没有人跟着我呀。"

"我父亲派我去王桥，看看你在那里搞什么鬼，但我在十字路口的酒馆停了停，有人记得你走上了去奥特罕比的路。"

她不知道她能否骗得过这个精明的小伙子。"我就不能来这儿看看我的老朋友吗？"

"你没有理由，"他说，"你那个逃亡的儿子呢？"

"他不在这儿，虽然我原本也希望他在这儿。"

他稍稍迟疑了一下，好像是觉得她说的有可能是真话，但他随即说道："也许他藏起来了。我要找找。"他一踢马肚，继续向前。

格温达目送着他走了。她没能骗过他，但也许让他对自己的想法不那么肯定了。如果她能抢先找到萨姆，就有可能把他藏起来。

她匆匆同莉莎和罗布打了个招呼，便连忙穿过小屋，从后门走了出去。她贴着树篱穿过了田野，然后回头看了一眼村子方向，看到一个骑着马的人也出了村，但与她行进的方向并不同。天色正在变黑，她想自己矮小的身躯以黑糊糊的树篱为背景，也许分辨不出。

她遇到萨姆他们时，他们正往回走，木锨扛在肩上，靴子上粘着厚厚的粪肥。远远地乍一看，萨姆俨然就是拉尔夫：那高大的身材、自信的大步，还有结实的脖子上帅气的头颅，简直一模一样。但从他说话的神态上，她又能看出伍尔夫里克的影子：那摆头的姿势、羞涩的微笑，还有那激愤的手势，全都是跟他的养父学的。

那些人看见了她。她刚一来就逗乐了他们，于是，那个独眼的人喊了声："你好，妈妈！"他们全都大笑起来。

她把萨姆拉到一边，说："乔诺管家来了。"

"见鬼！"

"我很抱歉。"

"你说过没人跟踪你的！"

"我没看见他，但他摸到了我走过的路。"

"该死。现在我怎么办？我不回韦格利去！"

"他正找你呢，但他出村后往东去了。"她扫了一眼正在变黑的四周，但看不清多少东西。"要是咱们赶紧回到老教堂，就能把你藏起来——也许，在教堂里。"

“好吧。”

他们加快了脚步。格温达回头说道：“你们要是碰见一个叫作乔诺的总管……就说没见过韦格利的萨姆。”

“我们从来没听说过他，妈妈。”一个人说道，其他人全都附和着。农奴们通常都乐意相互帮助，和乡长斗争。

格温达和萨姆进村时没看到乔诺。他们径直奔向教堂。格温达心想他们也许能直接进去：乡下的教堂通常都空无一人，因而一般也都开着门。但假如这座教堂例外的话，她也不知道该怎么办。

他们在房屋间穿行着，已经能看见教堂了。当他们经过莉莎家的前门时，格温达看到了一匹黑色的矮马。她哼了一声。乔诺一定是借着薄暮绕了回来。他猜想格温达一定能找到萨姆并把他带回村，他的宝押对了。他像他父亲内特一样狡猾。

她抓住了萨姆的胳膊，催他赶紧走到路对面，钻进教堂——这时乔诺从莉莎的房子里走了出来。

“萨姆，”他说，“我猜你就在这儿呢。”

格温达和萨姆停住脚步，转过身来。

萨姆倚在自己的木锨上：“你想怎么着？”

乔诺胜利般地咧嘴一笑：“把你带回韦格利去。”

“我倒希望你试试。”

一大帮村民，大多是妇女，从村子的西边涌了过来，驻足观看这场争执。

乔诺走到他的矮马旁，从鞍囊里掏出了一副带链子的铁家伙：“我要给你戴上脚镣，识相的话就别反抗。”

格温达不明白乔诺怎么这么胆大。他真的以为单凭他自己就能逮捕萨姆吗？他的确壮得像头牛，但没有萨姆高大。难道他指望村民们会帮他？法律的确是在他一边，但很少有农民会认为他办的事情是正当的，尤其是年轻人。他没意识到他的不利条件。

萨姆说："咱们小时候，我就经常揍得你拉稀，今天我要再过过瘾。"

格温达不想让他们打斗起来。无论谁打赢，就法律而言，萨姆都不占理。他是个逃亡的农奴。她说："今天已经太晚了，哪儿也去不了了。咱们明天早上再商量，好吗？"

乔诺鄙夷地大笑起来："像你偷偷地溜出韦格利一样，天不亮就让萨姆逃走？没门儿。他今晚得戴着脚镣睡觉。"

和萨姆一起干活儿的人们来到了，也都停下脚步，想看个究竟。乔诺说："所有守法的人都有责任帮助我逮捕这个逃亡的农奴，而任何妨碍我的人，也必将受到法律的严惩。"

"我能帮你，"那个独眼的人说道，"我帮你牵住马吧。"其他人都吃吃地笑起来。没有人支持乔诺，可是也没有人为萨姆辩解。

乔诺突然起动了。他两手握着铁镣，向萨姆迈出一步，弯下腰去，试图出其不意地锁住萨姆的双腿。

对于一个动作迟缓的老人，这招也许管用，但萨姆反应很快。他后退了一步，随即抬腿就是一脚，一只沾满污泥的靴子正踢在乔诺伸出的左臂上。

乔诺痛苦地呻吟了一声，勃然大怒。他收回右臂，把铁镣径直甩出，正奔萨姆的脑袋而去。格温达听到了一声惊恐的尖叫，意识到那是她自己发出的。萨姆飞快地又是向后一退，跳到了铁镣打不着的地方。

乔诺眼看这一击又要落空，便在最后一瞬撒了手。

铁镣飞过了空中。萨姆连忙躲闪，把头一扭，弯下腰来，但他没法完全躲过这一击。铁块击中了他的耳朵，铁链抽打在他的脸上。格温达大叫了一声，好像是她自己受了伤一样。旁观的人们都屏住了呼吸。萨姆踉跄了一下，铁镣落在了地上。有那么一瞬间，一切都仿佛静止了。血从萨姆的耳朵上和鼻子里涌了出来。格温达迈步走向他，张开了双臂。

但萨姆随即从震惊中恢复了过来。

他转身面对着乔诺，以一个漂亮的动作挥动了他那沉重的木锨。乔诺方才使出浑身气力抛出铁镣后，还没有完全站稳，因而无法躲闪。木锨的刃劈中了他头的侧部。萨姆身强力壮，木头敲击骨头的声音响彻了村子的街道。

乔诺还在晕头转向，萨姆便又给了他一击。这回木锨是当头落下的。萨姆是双臂一起挥动，木锨刃部朝下，重重地落在了乔诺的头顶上。这回的撞击声没有回响，更像是一记闷雷，格温达担心乔诺的头盖骨怕是裂开了。

乔诺重重地跪倒在地上，萨姆第三次击中了他，又是用橡木木锨使尽浑身气力的狠命一击，这回劈中了乔诺的前额。格温达绝望地心想，一把铁打的剑也不可能造成更大的伤害了。她迈步向前想拦住萨姆，但村民们已想到了她前面，因而出手更早。他们两人抓住萨姆的一只胳膊，把他拽开了。

乔诺躺在了地上，头枕在一片血泊中。这一幕让格温达恶心得想吐，而且她抑制不住地想象着这孩子的父亲内特闻讯后将会怎样地悲伤。乔诺的母亲在黑死病中死了，因而她至少是不会受这伤痛的折磨了。

格温达能看出萨姆伤得不重。他在流血，但他仍然奋力挣扎着，想摆脱抓住他的人，继续攻击。格温达俯身看了看乔诺。他紧闭着双眼，一动不动。她把手放在了他的心口，什么也没感觉到。她又学着凯瑞丝的样子摸了摸他的脉，也是什么都没有。乔诺似乎也没了呼吸。

她明白这将是什么后果，开始抽泣了起来。

乔诺死了，萨姆成了杀人犯。

82

1361年那年复活节，凯瑞丝和梅尔辛结婚整整十年了。

凯瑞丝站在大教堂里，注视着复活节的游行队伍，回忆起他们的婚礼。因为他们断断续续地相恋已有很久，他们都认为婚礼不过是对一个久已存在的事实的确认，他们错误地以为那只是一件悄无声息的小事，他们计划在圣马可教堂举行一个不兴师动众的仪式，然后在贝尔客栈办一个简朴的宴会招待少数亲友。但是在婚礼的前一天，乔夫罗伊神父通知他们，据他估算，至少有两千人打算出席婚礼，他们不得不将仪式挪到了大教堂。后来他们发现，玛奇·韦伯在他们不知情的情况下，在教区公会大厅设了宴席招待镇上的头面人物，在“情人地”办了野餐会招待王桥的全体居民。于是，他们的婚礼最终成了当年最盛大的一场婚礼。

凯瑞丝一边回忆着，一边微笑起来。她穿着一件新的“王桥红”的罩袍，主教应当会认为这种颜色适合于这样一位妇人。梅尔辛穿着一件图案华丽的意大利外套，是栗色的，上面绣着金丝线，一派喜气洋洋。他们后来都意识到，他们原本以为两人旷日持久的恋爱不过是私事，但在王桥居民眼里，多年以来却都是跌宕起伏的好戏，所有的人都想庆祝其幸福的结局。

随着凯瑞丝的宿敌菲利蒙登上讲坛，她那幸福的回忆烟消云散了。凯瑞丝结婚这十年来，菲利蒙长得相当胖。他那剃得短短的修士头和刮得净净的脸更凸显出脖子上的一圈赘肉，那身教士袍也鼓得像个帐篷。

他做了一场反对人体解剖的布道。

他说，死者的遗体属于上帝。上帝指示基督徒要严格地按照专门的礼仪来埋葬遗体，灵魂获救的人要埋在神圣的墓地，而不可宽恕的人则埋在别处。对遗体做其他任何事情都是违背上帝的意志的。他以难得一见的激情说道，把遗体切开是亵渎神灵的行为。当他请求听众们想象遗体被切开，器官被分割，并被所谓的医学研究者们拿在手里把玩，是多么可怕的情景时，他的声音甚至颤抖了起来。他说，真正的基督徒都明白，那些食尸鬼一般的男女，是天理难容的。

凯瑞丝心想，“男女”这个词还很少从菲利蒙嘴里听到，这绝非无足轻重。她瞟了一眼紧挨着她站在中殿里的她丈夫，他扬着眉毛，一副不安的表情。

禁止检查尸体是明确的律条，是在凯瑞丝还不记事时就由教会提出的，但在黑死病发生之后已经松弛了。开明的年轻教士们深知教会在黑死病中是多么地对不起百姓，他们热切地希望改变教士们教授和实施医学的方式。然而，保守的高级教士们固执陈规，阻挠一切政策改变。结果便是人体解剖在原则上是禁止的，在实践中却是容许的。

凯瑞丝的新医院从一开始就是实践人体解剖的。她在医院外面从不谈及此事：叨扰那些迷信的人们是毫无意义的。但她本人不放过任何一次实践的机会。

近年来，她通常是和一两名年轻的修士医生一起解剖人体。

许多受过培训的医生除了在处理极其严重的伤口时，从来没见过人体内部。传统上，他们被准许切开的唯一畜体是猪。人们认为猪是身体结构与人最近似的动物。

对于菲利蒙的发难，凯瑞丝既感到迷惑又感到忧虑。她知道他一向恨她，尽管她始终不明白为什么，但自1351年大雪中的那次对峙后，他就不理她了。仿佛是为他失去了对小镇的权力做补偿，他在他的宅院里大肆置备起奢侈物品，如挂毯、地毯、彩绘玻璃窗、精致华美的手稿，等等。他也变得越发地颐指气使，要求手下的修士和见习修士对他毕恭毕敬、俯首帖耳，他在做礼拜时穿着华丽的袍服，如果他需要去别的城镇，就坐着装饰得像公爵夫人的化妆室一样的彩车。

唱诗班席上有几位显赫的教会来宾出席了礼拜仪式——有夏陵的亨利主教、蒙茅斯的皮尔斯大主教，还有约克的雷金纳德会吏总——菲利蒙大概是想以慷慨激昂地宣讲保守教义来给他们留下深刻印象。但他是出于什么目的呢？难道他还想再获晋升？大主教病了——他是被抬进教堂的——菲利蒙难道能觊觎那个职位？韦格利村乔比的儿子能当上王桥修道院副院长，已经近乎奇迹了。而且，从副院长升为大主教，可是个非同寻常的跳跃，就好比一名骑士没有做过男爵或伯爵就直接当上了公爵。只有天之骄子才能指望这样的腾飞。

然而，菲利蒙的野心是无边无际的。凯瑞丝心想，那不是因为他觉得自己出类拔萃。那是戈德温的想法，狂妄傲慢，自以为是。戈德温认为上帝让他当上副院长，是因为他是镇上最聪明的人。菲利蒙则恰恰相反，在他的内心里，他认为自己一无是处。他一生的奋斗就是要向自己证明：他并非一钱不值。他对于别人的拒绝非常敏感，他不能想象自己不胜任某个职位，无论那个职位多么崇高。

凯瑞丝考虑过礼拜仪式后同亨利主教谈谈。她可以提醒他王桥修道院副院长对于麻风病人岛上的圣·伊丽莎白医院没有管辖权的那个十年协定。医院是由主教直接管辖的，因此对医院的任何攻击就是对亨利本人特权的攻击。但是，她进一步一想，又意识到这样的抗议将使主教确信她在做人体解剖。这样，目前还只是捕风捉影、很可能被置之不理的猜测，就会变成昭然若揭、必须解决的事实。于是她决定保持沉默。

站在她身旁的还有梅尔辛的两个侄子，拉尔夫伯爵的儿子：十三岁的杰里和十岁的罗利。两个男孩儿都在修士的学校里读书。他们住在修道院，但大部分课余时间都是在麻风病人岛上梅尔辛和凯瑞丝的家中度过的。梅尔辛不时地把手抚在罗利的肩膀上。这个世界上只有三个人知道罗利不是他的侄子而是他的儿子。他们是梅尔辛本人、凯瑞丝，还有孩子的母亲：菲莉帕。梅尔辛努力不显露出对罗利的偏爱，但发现很难掩盖自己真实的感情，每当罗利学会了什么新本领，或者在学校里获得了好成绩时，他都格外高兴。

凯瑞丝经常想起她自己怀过又流产了的梅尔辛的孩子。她总是想象那是个女孩儿。凯瑞丝沉思着，如果她还活着，这会儿都该二十三岁了，很可能已经结婚，并有了自己的孩子。这想法就像一处老伤，虽然很痛，但因为时常发作，已经引不起悲伤了。

礼拜仪式结束后，他们一起离开。两个男孩像往常的星期天一样，应邀与他们共进午餐。走出大教堂后，梅尔辛回头看了看如今已高耸在教堂中央的塔楼。

他审视着自己即将完成的工程，对于某个只有他自己看得出来的瑕疵皱起了眉头，凯瑞丝则深情地凝望着他。自他十一岁起，她就认识他，并且几乎自那时起就爱上了他。他现在四十五岁了，额头部分已经开始谢顶，红色的头发在他头顶周围竖立着，像是拱起了一个卷曲的光轮。自从一截小小的雕梁被一个马虎的石匠从脚手架上掉落，砸到他的肩膀后，他的左臂就只能僵直地抬着了。但他仍然浑身洋溢着孩子气的热情，正是这种热情，三十多年前吸引了年方十岁的凯瑞丝。

她转身顺着他的目光望去。塔楼看上去匀称地立在中殿和侧翼交叉处的四边上，恰好占据了两个开间，不过实际上它的重量是由建在交叉甬道外部角上的巨大的扶壁支撑的。这些飞扶壁本身就是建在与原来的基础不同的新基础上的。塔楼看上去轻盈挺拔，有纤细的柱子，还有成组的窗户，天气好的时候可以透过窗户看见蔚蓝的天空。在塔楼的方顶上，网一样的脚手架正在搭起，准备建造最后部分——尖塔。

当凯瑞丝的视线回到地面上时，她看到她姐姐正在走过来。艾丽丝只比她大一岁，今年四十五岁，但凯瑞丝觉得她的样子简直像是要长一辈。艾丽丝的丈夫埃尔弗里克在黑死病中死了，但她没有改嫁，变得邋里邋遢起来，好像她觉得寡妇就该这样。多年以前，凯瑞丝和艾丽丝因为埃尔弗里克对待梅尔辛的态度而争吵过。时间的流逝已经冲淡了她们彼此间的敌意，但艾丽丝在打招呼时，仍然带有怨气地仰着头。

和艾丽丝在一起的，是她的继女格丽塞尔达，不过她只比艾丽丝小一岁。格丽塞尔达的儿子叫作野种梅尔辛，站在她身旁，比她要高出一头。他是个外表迷人的高个儿小伙子——正像他的父亲，杳无音信的瑟斯坦，而与建桥师梅尔辛一点儿也不像。和格丽塞尔达一起来的还有她十六岁的女儿：彼得拉妮拉。

格丽塞尔达的丈夫石匠哈罗德，在埃尔弗里克死后继承了他的产业。在梅尔辛看来，他是个不怎么样的建筑匠，但他混得不错，尽管他没能垄断当年使埃尔弗里克致富的修道院修缮和扩建工程。他站到了梅尔辛身旁，说："人们都说你盖尖塔的时候将不使用模架。"

凯瑞丝知道，模架又叫拱鹰架，是在灰泥未干之前支撑石头就位的木架。

梅尔辛说："在那么窄的尖塔里，没有地方放模架。再者说，它怎么支撑呀？"他的语气彬彬有礼，但从他语速的快捷，凯瑞丝能听出他不喜欢哈罗德。

"如果尖塔是圆形的，我还能相信。"

这道理凯瑞丝也明白。尖塔如果是圆形的，盖的时候可以将一圈石头垒在另一圈石头上面，每圈都比上一圈窄一些。那就不需要模架了，因为石圈是自我支撑的：石头不可能向内落下，因为它们彼此之间都有压力。而如果是任何带角的形状，就不可能这样了。

"你看过设计图了，"梅尔辛说，"尖塔是八角形的。"

在四方形的塔楼顶上盖带角的尖塔，只需将眼睛慢慢地向上移动，看到塔楼变成形状不同的越来越窄的尖塔，就会感到尖塔有沿对角线向外倾倒的趋势。梅尔辛模仿的是法国沙特尔大教堂的尖塔，但只有塔楼也是八角形的，这才行得通。

哈罗德说："可你怎么才能不用模架就盖八角形的塔呢？"

"等着瞧吧。"梅尔辛说完，就走开了。

当他们走上主街时，凯瑞丝问道：“你为什么不告诉人们你打算怎么办呢？”

“这样他们就没法解雇我了，”他回答道，“我修这座桥的时候，刚刚把最难办的事情办完，他们就把我一脚踢开了，另雇了工钱低的人。”

“我记得这事。”

“这回他们就休想了，因为再没有人能盖那尖塔。”

“那会儿你还年轻。现在你是教区公会的会长了。没有人敢再解雇你了。”

“也许没有人敢。但最好是叫他们不能。”

在主街的尽头，老桥矗立的地方，有一座名唤“白马”的声名狼藉的小酒馆。凯瑞丝看到梅尔辛十六岁的女儿洛拉正倚在酒馆的外墙上，和一帮年长的朋友们一起厮混。洛拉是个很招人的姑娘，长着橄榄色的皮肤和亮光光的黑头发，还有一张性感的大嘴巴和一双撩人的褐色眼睛。那群人正围在一起玩掷骰子游戏，他们都在从一只大桶里畅饮淡啤酒。凯瑞丝看到她的继女大白天当街纵酒，虽然不感到意外，却也很是难过。

梅尔辛勃然大怒。他走上前去抓住了洛拉的胳膊。“你最好是回家吃午饭去。”他厉声说道。

她一扬头，甩了甩浓密的黑发，显然是给别的什么人而不是她父亲看的。“我不想回家，我在这儿玩得挺高兴。”她说。

“我没问你想怎么样。”梅尔辛回答道。他一把把她从人群里拽了出来。

一个二十岁左右的漂亮小伙儿也走出了人群。他长着卷曲的头发，一脸嘲弄人的微笑，正用一根小树枝剔着牙。凯瑞丝认识他，他叫贾克·莱利，是个没有特定职业却似乎总是有钱花的小家伙。他从容地迈着步子。“怎么回事？”他说了一声。他说话时将那根小树枝伸到了嘴外，像是一种侮辱。

“不关你的鸟事。”梅尔辛说道。

贾克挡住了梅尔辛的去路。“可这姑娘不想走。”

“你最好别挡我的道儿，小子，除非你想在镇上的仓库里关上半天。”

凯瑞丝焦虑地呆立着。梅尔辛做得对：洛拉还有五岁才满成年，梅尔辛有权管教她。但贾克是那种敢于不管不顾地顶撞他并甘心承担后果的年轻人。然而，凯瑞丝还是没有插嘴，她明白那样的话，梅尔辛也许会放过贾克，转而迁怒于她。

贾克：“我猜你是她父亲。”

“你完全明白我是谁，你要么叫我会长，跟我说话时放尊重些，要么就准备承担后果吧。”

贾克傲慢地瞪了梅尔辛一阵子，然后转过身去，漫不经心地说：“好吧，好吧。”

凯瑞丝舒了口气，这场对峙终于没能化为拳脚之争。梅尔辛从来没跟别人打过架，但洛拉有可能气得他神经错乱。

他们一起向桥头走去。洛拉甩脱了她父亲抓着她的手，头也不回地径直走在前面，她双臂抱在胸前，低着头，皱着眉，怒气冲冲地嘟囔着。

他们已不是第一回看到洛拉和坏伙伴们在一起了。梅尔辛对于他的小女儿如此固执地要和这样的人们厮混，感到既恐惧又气愤。当他们跟在洛拉后面过桥前往麻风病人岛时，梅尔辛问凯瑞丝：“她为什么要这样？”

“天知道。”凯瑞丝注意到这样的行为在失去了父母中一方的年轻人中非常普遍。自西尔维娅死后，洛拉先后由贝茜·贝尔、菲莉帕夫人、梅尔辛的管家埃姆，当然还有凯瑞丝本人照看过。也许她不知道该听谁的。但凯瑞丝没有把这个想法说出，因为那似乎在暗指梅尔辛是个不大称职的父亲。“我在她那年龄时，也和彼得拉妮拉姑姑打得昏天黑地。”

“为什么事？”

“差不多同样的事情。她不喜欢我和‘智者’玛蒂在一起。”

“那完全不同。你又没和小流氓们一起去泡下流酒馆。”

“彼得拉妮拉认为玛蒂是坏朋友。”

“那不一样。”

“我看差不多。”

“你从玛蒂那里学到了很多东西。”

洛拉无疑也从英俊的贾克·莱利那里学到了不少东西，但凯瑞丝没有把这个会火上浇油的想法说出口，梅尔辛已经怒不可遏了。

岛子现在已完全建设好了，成了王桥城不可或缺的一部分。岛上甚至有了自己的教区教堂。凯瑞丝和梅尔辛以前漫步过的荒地，现在已修起了一条步行小道，在房屋间延伸着，转着笔直的弯。野兔早就跑没了。医院占据了岛西端的大部分。虽然凯瑞丝每天都去那里，但当她看到那洁净的灰色石屋、一排排整齐的窗户和像士兵队列一样的烟囱，心头仍然会涌起一阵骄傲。

他们穿过一扇门，走进了梅尔辛的地盘。果园已经进入成熟期，苹果树上开满了雪白的花朵。

像往常一样，他们从厨房的门进了屋。房子在临河的一面有一扇很气派的大门，但从来没人用过。凯瑞丝感到有些好笑地心想，即使是出色的建筑师也有考虑不周的时候，但她又一次决定，今天不把这样的想法说出口。

洛拉跺着脚跑上楼梯，回她自己的房间去了。

前屋里传来了一个女人的声音：“你们好，各位！”两个男孩子惊喜地喊叫起来，冲进了客厅。那是他们的母亲菲莉帕。梅尔辛和凯瑞丝热情地同她打着招呼。

凯瑞丝嫁给梅尔辛后，就和菲莉帕成了妯娌，但她们昔日的对抗多年以来仍使凯瑞丝在见到菲莉帕时感到尴尬。最终是孩子们让她们完全和解了。先是杰里继而是罗利，都上了修道院的学校，梅尔辛照顾他的侄儿便是天经地义的，于是每当菲莉帕来到王桥，造访梅尔辛家也就顺理成章了。

起初，凯瑞丝对菲莉帕吸引梅尔辛与她发生了性关系感到忌妒。梅尔辛从来不假称他对菲莉帕的爱只是表面的。他显然仍在关心她。但菲莉帕如今已是个悲情人物了。她今年四十九岁，但看上去还要更老。她的头发灰白了，脸上满是失意的皱纹。她现在只是为了孩子们活着。她是她女儿、蒙茅斯伯爵夫人奥狄拉家的常客；当她不在那里时，又经常到王桥修道院来看她的儿子。她尽量只和她丈夫拉尔夫一起在伯爵城堡里住很少的时间。

“我要带孩子们去夏陵，”她解释着她来的原因，“拉尔夫想带他们出席郡法庭审案。他说这是他们的教育中必不可少的一部分。”

“他说得对。”凯瑞丝说。杰里如果活得足够长，将成为伯爵，但假如他有个三长两短，罗利就将继承爵位，所以他们都需要熟悉法庭事务。

菲莉帕又补充了一句："我本想参加大教堂的复活节礼拜的，但我的车子在路上坏了一只轮子，不得不在外面住了一宿。"

"那么，既然你已经到了，就一起吃午饭吧。"凯瑞丝说。

他们一起走进了餐厅。凯瑞丝打开了临河的窗户，一股清冷但新鲜的空气涌了进来。她不知道梅尔辛会拿洛拉怎样。他一言未发，就让她一个人在楼上生闷气，这倒让凯瑞丝感到了一丝欣慰：一个阴沉着脸的少女上了餐桌，会毁了大家的兴致的。

他们吃着韭葱炖羊肉。梅尔辛倒了些红葡萄酒，菲莉帕大口地畅饮着。她变得很爱喝葡萄酒。也许这能抚慰她的心灵。

他们正吃着，埃姆神色慌张地进来了。"厨房门口有人要见太太。"她说。

梅尔辛不耐烦地问道："哦，是什么人？"

"他不肯说出他的名字，但他说太太认识他。"

"是个什么样的人？"

"是个小伙子。从衣服上看，是个农民，不是城里人。"埃姆有些势利，不喜欢乡下人。

"嗯，听起来不像是坏人。让他进来吧。"

片刻之后，走进来一个把兜头帽拉得低低的，遮住了大半张脸的大个子。他把帽子拉开后，凯瑞丝认出是格温达的长子萨姆。

自他来到这个世界，凯瑞丝就认识他。她曾亲眼目睹他出生，看着他覆满黏液的小脑袋从他母亲小小的身躯中露出来。她一直看着他长大成人，变成了一个棒小伙儿。现在她能从他行走、站立和开口说话时微微一抬手的姿态，看出伍尔夫里克的影子，但她一直怀疑伍尔夫里克并非他真正的父亲——不过，尽管她和格温达很亲近，她却从来没向她提起过自己的疑虑。有些问题还是不问为好。然而，当她听说萨姆因为杀死乔诺总管而受到通缉时，这种怀疑又不可避免地回到她心头。因为萨姆天生就有些像拉尔夫。

现在他正向凯瑞丝走来。他像伍尔夫里克那样抬着手，犹豫了一下，然后双膝跪地。“求求你，救救我。”他说。

凯瑞丝吓了一跳：“我怎么救你？”

“把我藏起来。我已经跑了好几天了。我在夜里离开了老教堂村，整个晚上都在走，自那以后差不多就没停过。刚才我想在一个小酒馆里买点儿吃的，有人认出了我，我只好又跑了。”

看着他焦急而渴望的表情，凯瑞丝心头涌起了一阵怜惜，但她还是说：“可你不能藏在这里，你因为谋杀罪正受到通缉。”

“那不是谋杀，是搏斗。乔诺先动的手。他用铁镣打我，看——”萨姆摸了摸他脸上的两个地方：耳朵和鼻子，让他们看那两处结了痂的伤口。

凯瑞丝作为医生，不可能不注意到那两处伤都是五天前的，鼻子上那处已经很好地愈合了，而耳朵上那处实际上还需要缝针，但她现在首要考虑的是：萨姆不能待在这里。“你必须接受审判。”她说。

“他们会站在乔诺一边的，他们肯定那样。我是从韦格利逃走的，因为奥特罕比工钱更高。乔诺想把我抓回去。他们会说他有权锁一名逃犯。”

“你在打他之前就该想到这一点。”

萨姆责难地说道：“你在奥特罕比当修道院副院长的时候，也雇用逃亡者。”

凯瑞丝心中一痛：“是的，我雇逃亡者，却不雇杀人犯。”

“他们会绞死我的。”

凯瑞丝心如刀割。她怎么能赶他走呢?

梅尔辛说话了。“萨姆，你不能藏在这里，有两个原因：一个原因是，窝藏逃犯是犯法，尽管我很喜欢你母亲，我却不能为了你而违法。但是还有第二个原因，所有的人都知道你母亲是凯瑞丝的老朋友，如果王桥的治安官正在搜捕你，他们首先会来这儿找的。”

“是吗？”萨姆问道。

凯瑞丝知道，他比较迟钝——他的弟弟戴夫则聪明绝顶。

梅尔辛说：“你再也找不出比这儿更糟糕的地方躲藏了。”他的语气软了下来。“喝杯葡萄酒，拿上一条面包，出城去吧，”他更加慈祥地说道，“我得去找芒戈治安官，报告说你来过这里，不过我可以走得慢些。”他在一个木杯里倒满了葡萄酒。

“谢谢你。”

“你唯一的希望是远走高飞，到没人认识你的地方去开始新生活。你是个壮小伙儿，总能找到活儿干的。到伦敦去，找一条船干吧。以后再别跟人打架了。”

菲莉帕突然开口了：“我记得你的母亲……是格温达吧？”

萨姆点了点头。

菲莉帕转向凯瑞丝说道：“我在卡斯特汉姆见过她，那时候威廉还活着。她来找我，是为了韦格利村那个被拉尔夫强奸了的姑娘。”

“她叫安妮特。”

“对。”菲莉帕又转向了萨姆，“你一定就是那会儿她怀里抱的孩子。你母亲是个好女人。为了她的缘故，我很遗憾你惹上了麻烦。”

大家都沉默了一阵子。萨姆喝干了杯中酒。凯瑞丝则在沉思着，菲莉帕和梅尔辛无疑也都在沉思着同样的问题，那就是时光的流逝，怎样把一个天真无邪的孩子变成了杀人犯。

在沉静中，他们听到了声音。

像是有几个人在厨房的门口。

萨姆像一头落入圈套的熊一样四下张望一番。一扇门通向厨房，另一扇通向房子的前面。他冲向了前门，一把拉开它，跑了出去。他头也不回地跑向了河边。

过了一会儿后，埃姆打开了通向厨房的那扇门，治安官芒戈走进了餐厅，身后拥着四名助手，他们全都拿着木棒。

梅尔辛指了指前门：“他刚离开。”

“小伙子们，追。”芒戈说道。他们全都穿过屋子，跑出了前门。

凯瑞丝一跃而起，也慌张地跑出门外，其余的人都跟着她。

房子建在一座只有三四英尺高的石崖上。河水从低矮的断崖脚下湍急地流过。往左边看，梅尔辛建的桥优雅地横跨在河面上；往右边看，则是一段泥泞的河滩。河的对面，埋葬黑死病死者的老坟场里的树已经长出了叶子。破烂简陋的郊外小屋似杂草蔓延般在公墓的两旁盖了起来。

萨姆本来既可以往左跑也可以往右跑，凯瑞丝五内俱焚地看到他选错了方向。他跑向了右边，那是条绝路。她看见他沿着河的前滩跑着，靴子在泥中留下了大大的脚印。治安官们像猎犬追野兔一样追赶着他。她为萨姆感到难过，正像她一向为野兔感到难过一样。这与正义无关，只因为他是被猎捕者。

萨姆见无路可去，便蹚入了水中。

芒戈本来一直站在房前铺砌的步道上观望，这时转向了相反的方向，往左边跑向了桥。

两名助手丢掉了棍子，脱下了靴子，甩掉了外衣，只穿着内衣跳进了河中。另两人站在岸上，好像不会游泳，也可能是不愿在这样的冷天里下水。两个下水的人则奋力游向了萨姆。

萨姆本来身强力壮，但他厚厚的冬衣浸透了水，变得累赘起来。凯瑞丝万分惊恐地眼看着两名助手逼近了他。

这时从另一个方向传来了一声大吼。芒戈已经到了桥上，正飞奔过桥。他看到有两名助手没有下水，就停下来招呼了他们一声。他们明白了他的手势，便向他跑去。他则继续过桥。

萨姆在那两个人就要追上他时游到了对岸。他站起了身，跌跌撞撞地蹚过浅水。他甩了甩头，水顺着他的衣服流下。当他回头张望时，一名助手已经追到了他身旁。那人趔趄了一下，不小心向前倾了下身子。萨姆飞起一脚，用浸满了水的靴子重重地踢在了他脸上。那名助手惨叫了一声，向后倒下。

另一名助手要谨慎得多。他逼近了萨姆，又停住了脚，始终保持着距离。萨姆转身向前跑去，跑出了水，到了黑死病死者坟场的草地上，但那助手紧追不舍。萨姆又停住了脚，那助手也停下了。萨姆明白过来他在戏弄自己。他愤怒地大吼一声，扑向了对手。那助手转身就跑，但他后面就是河，他蹚进了浅水中，速度慢了下来，结果萨姆追上了他。

萨姆抓住那人的肩膀，把他扳了过来，用头狠狠地撞了他一下。凯瑞丝隔着河都听到了一声破裂声，那可怜的人鼻子被撞破了。萨姆甩开了他，他倒在了河里，鲜血漫到了水面上。

萨姆又转身上了岸——但是芒戈已经候在了那里。这回萨姆处在了前滩的坡下，地势不利，身后又被河拦住。芒戈猛扑向他，又突然停住，放他向前，随即举起了沉重的木棒。他虚晃一招，萨姆躲闪了一下，紧接着芒戈挥出了真正一击，正打在萨姆的头顶上。

这一下看来着实不轻。凯瑞丝心头一紧，屏住了呼吸，像是自己被击中了一样。萨姆疼得大声号叫着，用手抱住了头。惯于与身强力壮的小伙子交手的芒戈又给了他一棒子，这回打在了他毫无防护的肋部。萨姆倒在了水中。那两个从桥上跑过来的助手恰好赶到。他们同时扑向了萨姆，在浅水中抓住了他。另外两个被萨姆打伤的人报复了起来，在他们的同伴按住他的同时，狠命地踢他、揍他。直到萨姆再无还手之力时，他们才直起身来，把他拖出了水。

芒戈麻利地把萨姆的双手捆在背后。接着治安官们便押着逃犯回城了。

“多么可怕呀，”凯瑞丝说道，“可怜的格温达。”

83

在郡法庭开庭的日子里，夏陵镇洋溢着一股狂欢节的气氛。广场四周所有的旅店客栈都忙碌不堪，店内的餐厅里挤满了穿着各自最好的衣服的男男女女，大声吆喝着点吃点喝。镇上自然会借这个机会举办一个集市。广场本身就密密麻麻地挤满了各种各样的货摊，以致走上几百码路都得花半个小时。除了合法的摊位外，还有成群的游商小贩在其中窜来窜去，有托着托盘卖小圆面包的面包师傅，有当街卖艺的小提琴手，有缺胳膊短腿瞎眼睛的乞丐，有卖弄着胸脯的妓女，有跳舞的狗熊，还有讲道的托钵修士。

拉尔夫伯爵是能够迅速穿过广场的为数不多的人物之一。他骑在马上，有三名骑士在前面开路，一群仆从在后面跟随。他的扈从们像犁铧犁地一般穿过喧嚣拥挤的人群，横冲直撞地将所有挡在前面的人驱向旁边，丝毫不顾忌他们的安全。

他们策马上山来到郡守的城堡。他们招摇地在院子里盘桓了一圈后才下马。扈从们立刻叫喊起马夫和脚夫。拉尔夫很愿意人们都知道他来了。

他心里有些惴惴不安。他的宿敌的儿子就要以谋杀罪受到审判了。他眼看着就能以想象得到的最快意的方式复仇了，但他又有些担心落空。他如此地心神不宁，以致自己都感到有些羞耻：他不愿意手下的骑士们知道这事对他有多么重要。他小心翼翼地隐藏着，就连阿兰·弗恩希尔，他都不愿意让他知道自己多么渴望绞死萨姆。他害怕在最后一刻出岔子。再没有人比他更了解司法机制是多么地不牢靠：毕竟，他本人就曾经两度逃脱了绞架。

他将在审判时坐在法官席上，这是他的权利。他将竭尽全力确保万无一失。

他把马缰交给了一名马夫，然后四下望了望。这座城堡不是军事堡垒。尽管建得也很坚固，把守也很严密，但更像一座有院子的酒馆。夏陵的郡守可以安居其中，不必担心被他逮捕的人的亲戚前来报复。城堡中有地牢监禁犯人，也有客房可供来访的法官平安地休息。

伯纳德郡守把拉尔夫领到了他的屋中。郡守是国王派驻本郡的代表，既负责收税，也负责行政、司法事务。这是个油水很大的职位，不仅有俸禄，也能源源不断地收取礼品和贿赂，还能从罚金和没收的保释金中提成。郡守与伯爵的关系往往不好：伯爵地位要高，但郡守有独立的司法权。伯纳德是个与拉尔夫年纪相仿的富裕羊毛商，他对待拉尔夫既有同僚情谊，又谦恭驯顺，让人颇有些不自在。

菲莉帕在专为他们留出的客房里等着拉尔夫。她那灰白色的长发挽成了一个精致的发型，她穿着昂贵的外衣，却是用极土气的灰色和褐色的料子裁成的。昔日傲慢的风度为她赢得了冰美人的声誉，如今却使她看上去不过是个乖戾暴躁的老太太。人们或许会以为她是拉尔夫的母亲呢。

拉尔夫向他的儿子杰里和罗利打了招呼。他不知道究竟该怎样同孩子们打交道。他一向很少见到他们：他们幼年时，当然是女人在照看，而现在他们又在修士的学校里读书。他同他们说话时，多少有些像对待手下的扈从，有时候对他们发号施令，有时候又和蔼地开起玩笑。他心想，也许等他们再大些，就容易交谈了。但这似乎无所谓：无论他做什么，他们都视他为英雄。

"明天你们将坐在法庭里的法官席上，"他说，"我想让你们看看怎样伸张正义。"

年龄稍大的杰里问道："今天下午我们可以到集市上转转吗？"

"可以——让迪基跟你们一起去。"迪基是伯爵城堡的一名仆役。"给，拿点儿钱去花吧。"他给了他俩一人一把银便士。

孩子们出去了。拉尔夫坐在了屋子的另一端，菲莉帕的对面。他从不碰她，而且总是和她保持距离，以免不小心碰上。他确信她的穿着和举止像个老太太是为了确保自己对他没有吸引力。她还每天都去教堂。

对于两个共同生育了一个孩子的人来说，这真是一种奇怪的关系，但他们已经这样相处了好多年，并且似乎也不大会改变了。至少这让他可以无所顾忌地去挑逗勾引年轻女仆，或者去酒馆里嫖娼。

然而，他们却不得不商量孩子的事情。菲莉帕很有眼光，多年以来，拉尔夫已经意识到，当菲莉帕有不同意见时，与其武断地做出决定，再同她争吵，还不如先和她好好商量。

于是拉尔夫说道："杰拉德年龄已经够大，可以做一名护卫了。"

菲莉帕说："我同意。"

“好！”拉尔夫说道。他很感意外——他原本以为要费一番口舌的。

“我已经向大卫·蒙茅斯提起过他了。”她补充了一句。

这句话解释了她为什么会心甘情愿。她先走了一步。“我明白。”拉尔夫说道，心中加紧盘算着。

“大卫同意了，还建议我们一等他满十四岁就把他送过去。”

杰里现在只有十三岁。菲莉帕实际上把他离开的时间推迟了将近一年，但这并不是拉尔夫非常担心的事情。蒙茅斯伯爵大卫娶了菲莉帕的女儿奥狄拉。“做护卫会促使一个男孩变成男子汉，”拉尔夫说，“但杰里到了大卫手下，日子会很容易混。他的继姐喜欢他——也许会袒护他。那样他就经不起摔打了。”他沉思了片刻，又说：“我猜这就是你想送他去那里的原因吧？”

她没有否认，但又说道：“我以为你会很高兴加强你与蒙茅斯伯爵的联盟的。”

她说得对。大卫是拉尔夫在贵族中最重要的盟友。把杰里送进蒙茅斯家，就等于在两位伯爵间添了条新纽带。大卫也许会喜欢这孩子。过些年后，也许大卫的儿子也会送到拉尔夫的伯爵城堡来做护卫。这样的家族联系，价值是不可估量的。“你能保证孩子在那边不被惯坏吗？”

“当然能。”

“嗯，那就好。”

“好的。我很高兴来安排这件事。”菲莉帕站起了身。

但拉尔夫的话还没完：“那么罗利呢？他也可以去，那样的话，他俩就在一起了。”

拉尔夫能看出，菲莉帕完全不喜欢这个主张，但她很聪明，没有和他正面交锋。“罗利还有点儿小，”她说，似乎在思考这个问题，“他还没学好功课呢。”

“学习功课对于贵族来说远不如学习打仗重要。毕竟，他是爵位的第二继承人，万一杰里有个……”

“上帝不会容许那种事情发生的。”

“但愿如此。”

“不过，我仍然认为他该等到十四岁。”

“我不知道。罗利总有些女人气。有时候他会让我想起我的哥哥梅尔辛。”他看出她眼里闪过了一丝恐惧，但他猜想她是舍不得小儿子。他本想继续说下去，只为折磨折磨她，然而十岁对于做一名护卫来说也的确太小了。“咱们走着瞧吧，”他含糊地说道，“他早晚得刚强起来。”

“时候到了，他会的。”菲莉帕说。

法官刘易斯·阿宾登老爷不是本地人，是伦敦国王法庭的一名律师，奉旨出巡到各郡法庭审理重案。他胖得像头肥牛，面色白里透红，还留着一副精致的小胡子。他比拉尔夫小十岁。

拉尔夫一再告诫自己不要吃惊。他今年四十四岁。他这代人有一半已经被黑死病夺去了性命。然而，每当他见到有权有势的人比自己年轻，仍然会感到讶异。

他们和杰里、罗利一起，在法庭客栈的一间侧室中，等待着陪审团集合，嫌犯被从城堡中提来。交谈中拉尔夫了解到刘易斯老爷作为一名年轻护卫参加过克雷西战役，不过拉尔夫记不起他了。他对待拉尔夫小心翼翼，卑恭至极。

拉尔夫敏锐地试探着法官，想看看他有多难缠。“我们发现，雇农法令很难执行，”他说，“农民们一看到有办法赚钱，就全然不顾法律了。”

“每个挣非法工钱的逃亡者背后，都有一个付他们钱的雇主。”法官说。

“对极了！王桥修道院的修女们就从来不遵守这条法令。”

“可是很难起诉修女呀。”

“我不明白为什么。”

刘易斯老爷转换了话题。“你对今天早上这件案子格外感兴趣吗？”他问。也许有人告诉过他，拉尔夫伯爵行使自己坐在法官身旁的权利，还很少见。

“杀人犯是我村上的农奴，”拉尔夫承认说，“不过我今天出席的主要原因是让这两个孩子看看审判将怎样进行。等我一命呜呼后，他俩中的一个很可能会成为伯爵。明天，他们还要去观看绞刑。他们越早看到死人越好。”

刘易斯点头表示赞同：“贵族的儿子可不能心软。”

他们听见法庭的书记员敲响了木槌，隔壁房间里的喧嚣声静了下来。拉尔夫的担忧却没有减弱：他从刘易斯老爷的言谈中没有探听出什么。也许这本身就表明了他将难以施加影响。

法官打开了门并站到一旁，让伯爵走在前面。

房子的近端，两把大木椅摆放在讲台上，旁边有一张矮矮的长凳。当杰里和罗利在长凳上落座时，人群中传来了一阵兴味盎然的低语声。人们看到长大后将成为自己主子的孩子，总会饶有兴趣。但拉尔夫心想，还不止于此，这两个还不到青春期、满脸稚气的孩子，显然与处置暴力、偷盗和欺骗事务的法庭不大相称。他们看上去就像是猪舍里的羊羔。

拉尔夫坐在了两把椅子中的一把上，心里回想着二十二年前的那一天，也是在这个法庭，他作为被控强奸犯站在被告席上——对于一名领主来说，那真是个可笑的指控，而所谓的受害者竟是他自己的农奴。菲莉帕是那场控告的幕后黑手。哼，他已经让她为此尝到了苦头。

在那场审判中，陪审团刚刚宣判拉尔夫有罪，他便夺路而逃了，后来他获得了赦免，参加了国王的军队开赴法国。萨姆这回跑不了了：他没有武器，脚上还戴着铁镣。同法国人的战争似乎也暂时平息了，因而也不可能再有大赦。

宣读起诉书时，拉尔夫仔细地打量起萨姆。他的身材像伍尔夫里克而不像格温达，他是个高大的小伙子，长着一副宽肩膀。假如他出身高贵，倒真是块当战士的好料儿。虽然他的神情举止会让人想到伍尔夫里克，但他长得实际上并不像他。如同很多被指控的人一样，他装出了一副桀骜不驯的表情，掩盖着内心的恐惧。拉尔夫心想，当年我也是这样。

第一个作证的是内特总管。他是死者的父亲，但更重要的是，他证明了萨姆是拉尔夫伯爵的农奴，没有人准许他前往老教堂村。他说他派自己的儿子乔诺跟踪格温达，就是想找到逃亡者。他不讨人喜欢，但他的悲痛显然是发自内心的。拉尔夫很高兴：这是无可辩驳的罪证。

萨姆的母亲站在他身旁，她的头顶才和她儿子的肩膀一般高。格温达长得不漂亮：她的两只黑眼睛离得太近，又配上了一只鹰钩鼻子，加之前额和下巴向后倾斜得太厉害，使她看上去像只神情坚定的啮齿类动物。然而，格温达身上也有极其性感的一面，哪怕她已人到中年。拉尔夫和她睡觉，已过了二十多年了，可他依然记得她，宛若昨日。他们是在王桥贝尔客栈的一间屋子里做的爱，当时她是跪在床上的。他的脑海里依然能浮现出当时的情景，一想到她那娇小的身躯，他又兴奋起来。他回忆着，她有一头非常浓密的黑头发。

突然，他们的目光相遇了。她迎着他的凝视，似乎在猜测他正想什么。那天晚上在床上，一开始她神情冷漠、一动不动地被动地接受着他的插入，因为是他在逼迫她，但到了后来，某种奇妙的东西征服了她，尽管违背她自己的意愿，她却和他一起有节奏地动了起来。她一定也记起了同样的事情，因为她的脸上明白地现出了羞耻的表情，她迅速地把头扭开了。

在她另一边的也是个小伙子，大概是她的二儿子。这个儿子更像她，长得又矮又瘦，脸上却透着股机灵劲儿。他以一种全神贯注的注视迎接了拉尔夫的目光，好像他很好奇伯爵这会儿在想什么，并认为自己能从拉尔夫的脸上找到答案。

但拉尔夫最感兴趣的还是他们的父亲。自1337年羊毛集市上他们打架以来，拉尔夫就一直痛恨伍尔夫里克。他本能地摸了摸被打折的鼻子。近年来又有好几个其他人打伤过他，但还没有人这么严重地伤过他的自尊。不过，拉尔夫对伍尔夫里克的报复也够厉害的。他心想，我剥夺了他的继承权足有十年。我睡了他的老婆。当他试图阻止我逃出这座法庭时，我给他脸上留下了那道疤。当他试图逃亡时，我把他锁回了家。现在我又要绞死他儿子了。

伍尔夫里克比以前胖了些，却不显老。他留着黑白混杂的胡子，但没有掩盖住拉尔夫留给他的那道长长的剑伤。他的脸饱经风霜，密布皱纹。格温达显得怒气冲冲，伍尔夫里克却显得悲恸欲绝。当老教堂村的村民们作证说萨姆是用一把橡木锹砍死乔诺时，格温达眼中闪烁出桀骜的光，伍尔夫里克却痛苦地皱起了眉头。

陪审团主席问萨姆那时候是否一直提心吊胆，害怕丧命。

拉尔夫很是不快。这个问题有替凶手找借口之嫌。

一个独眼的瘦瘦的农民回答道："他不害怕乡长，一点儿也不。不过，我想他怕他母亲。"人们纷纷窃笑起来。

陪审团主席又问，是否乔诺挑起的争斗，这又是一个让拉尔夫心烦的问题，暗示着对萨姆的同情。

"挑起争斗？"那个独眼的人说，"只不过是用铁镣打了他的脸，如果你把这叫作挑起争斗的话。"人们哄堂大笑起来。

伍尔夫里克显得迷惑不解。他的表情在说，我儿子眼看着性命难保，人们怎么还笑得出来？

拉尔夫越发感到焦虑了。这个陪审团主席看来靠不住。

轮到萨姆作证了。拉尔夫注意到这年轻人一说起话来更像伍尔夫里克。那翘起的头和那手势，都让人一下子想到伍尔夫里克。萨姆说他提出第二天一早再见乔诺，但乔诺的回答是想给他戴铁镣。

拉尔夫对法官耳语起来。"这些都无所谓，"他强压着怒火说道，"不管他害不害怕，不管是不是他挑起的争斗，不管他说没说第二天早上再见。"

刘易斯老爷一言不发。

拉尔夫说："明明白白的事实是，他是个逃亡者，他杀死了去抓他的人。"

“他当然是这么干的。”刘易斯老爷谨慎地答了一句，让拉尔夫丝毫不能放心。

在陪审团讯问萨姆时，拉尔夫扫视起旁听席。梅尔辛夫妇在人群中。凯瑞丝在做修女前，穿着很是时尚，还俗后她又恢复了原状。今天她穿着一件用鲜艳的蓝绿两种颜色的料子做成的长袍，披着有毛皮镶边的“王桥红”斗篷，还戴着一顶小圆帽。拉尔夫记得凯瑞丝从小就和格温达是朋友，实际上那天他们是一起在林子里目睹了托马斯·兰利杀死了两名士兵。为了格温达的缘故，梅尔辛和凯瑞丝一定希望萨姆会被从轻发落。拉尔夫心想，但这事和我有关，那就没门。

继凯瑞丝后担任女修道院副院长的琼嬷嬷也在法庭上，大概是因为女修道院是奥特罕比山谷的所有者，因而也就是萨姆的非法雇主。拉尔夫心想，琼应当和凶手一起站在被告席上；然而当他的目光与她相遇时，她责难地白了他一眼，似乎她认为这起命案是他拉尔夫，而非她本人的过错造成的。

王桥男修道院副院长没有现身。萨姆是菲利蒙副院长的外甥，但菲利蒙并不想让人们注意到他是一个杀人犯的舅舅这一事实。拉尔夫记得，菲利蒙曾经拥有过保护他妹妹的热情，但大概是被岁月消磨掉了。

萨姆的外祖父，声名狼藉的乔比，却来了。他已是个白发苍苍的老人，佝偻着身子，牙齿全脱落了。他来干什么？多年来他一直和格温达不睦，似乎对他外孙也没多少感情。他也许是想趁人们全神贯注于审判，从他们的钱包里偷几个子儿。

萨姆站在台下，刘易斯老爷简短地讲了话。他的概括让拉尔夫高兴了起来。“韦格利的萨姆是不是逃亡者？”他问道，“乔诺总管有没有权力逮捕他？萨姆是不是用他的木锨杀死了乔诺？如果对这三个问题的回答都是肯定的，那么萨姆就犯有杀人罪。”

拉尔夫既意外又欣慰。他根本没有纠缠于萨姆是否受到了挑衅。这法官太棒了！

“你们的判决如何？”法官问道。

拉尔夫看了看伍尔夫里克。他像是五雷轰顶一般。这就是冒犯我的人的下场，拉尔夫心说，他真想大声地喊出来。

伍尔夫里克和他目光相遇了。拉尔夫紧盯着他，想看穿他在想什么。他这会儿会是什么心情？拉尔夫看出那是恐惧。伍尔夫里克从来没在拉尔夫面前显示过恐惧，但现在他崩溃了。他的儿子就要死了，这给了他致命一击。拉尔夫凝视着伍尔夫里克那惊惶的眼神，深深地陶醉于一种满足感。二十四年了，他心想，我到底打垮了你。终于，你害怕了。

陪审团商量了起来。主席似乎在和其他人争论。拉尔夫不耐烦地看着他们。法官都发话了，他们还敢说三道四？但陪审团显然是意见不一。拉尔夫心想，煮熟的鸭子，难道还会飞吗？

他们似乎做出了结论，不过他猜不出哪派意见占了上风。主席站起了身。

“我们认为韦格利的萨姆犯有杀人罪。”他说。

拉尔夫又把目光紧盯在他的宿敌身上。伍尔夫里克看上去就像是被捅了一刀。他面色苍白，双目紧闭，似乎疼痛难当。拉尔夫努力克制着，才没有喜形于色。

刘易斯老爷转向了拉尔夫。拉尔夫这才把目光从伍尔夫里克身上移开。“你对判决意下如何？”法官问道。

“对我来说，只有一种选择。”

刘易斯老爷点了点头："陪审团没有要求从轻发落。"

"他们不希望一个杀死了执法者的逃亡者逍遥法外。"

"那么，这就是最终的判决喽？"

"当然。"

法官转身面向法庭。拉尔夫又一次把目光锁定了伍尔夫里克。所有其他人则都看着刘易斯老爷。法官说道："韦格利的萨姆，你杀死了你的乡长的儿子，本庭判处你死刑。你将在明天凌晨于夏陵市场广场被处以绞刑，愿上帝宽恕你的灵魂。"

伍尔夫里克趔趄了一下。他的小儿子一把抓住了他的胳膊，扶他站直，否则他一定会摔倒在地上。让他倒下吧，拉尔夫很想说，他完了。

拉尔夫又看了看格温达。她握着萨姆的手，眼睛却瞪着拉尔夫。她的表情让他吃惊。他本以为会看到悲伤、眼泪、尖叫、歇斯底里。但她平静地瞪着他。她的目光中闪烁着仇恨，但是还有：轻蔑。她不像她丈夫，她没有垮。她不相信这事已定。

拉尔夫惊慌地心想，她像是还藏着一手。

84

萨姆被带走后，凯瑞丝已泪流满面，梅尔辛却不能装出痛心疾首的样子。这对格温达来说是个噩耗，他也为伍尔夫里克感到非常难过。然而，对世界上的其他人来说，绞死萨姆并不是坏事。乔诺总管是在执法。这也许是条糟糕的法律，是条不公平的法律，是条压迫人的法律——但萨姆也没有权力杀死乔诺。毕竟，内特总管也失去了儿子。虽然没有人喜欢内特，却不能否定这一事实。

一个窃贼被押到了长凳前，梅尔辛和凯瑞丝离开法庭，走进了客栈的餐厅。梅尔辛要了些葡萄酒，给凯瑞丝斟了一杯。过了一会儿，格温达来到他们的桌旁。“现在是中午，”她说，“我们还有十八个小时救萨姆。”

梅尔辛惊讶地看着她。“你有什么办法？”他问。

“我们必须让拉尔夫去求国王赦免他。”

这似乎根本不可能。“你怎么才能说服他那样做？”

“我当然不能，”格温达说，“但是你能。”

梅尔辛感到上了圈套。他认为萨姆不应当赦免，但另一方面，他又很难拒绝一位母亲的央求。他说：“我曾经替你求过我弟弟——你还记得吧？”

“当然，”格温达说，“为伍尔夫里克继承他父亲土地的事。”

“他断然地拒绝了我。”

“我知道，”她说，“但你得试试。”

“我恐怕不是合适人选。”

“那他还能听得进谁的话呢？”

她说得对。梅尔辛的成功概率不大，但其他人就更没有可能了。

凯瑞丝能看出梅尔辛不情愿，但她帮格温达求起了情。“求求你，梅尔辛，”她说，“想想假如这是洛拉你会怎么感觉。”

他本想说女孩子不会打架，但马上就意识到对洛拉来说，一切都有可能。他叹了口气，说：“我觉得这是白费口舌，”但他看了看凯瑞丝，“不过，为了你的缘故，我会试试的。”

格温达说：“你干吗不现在就去？”

“拉尔夫还在法庭上呢。”

“现在已经到午饭时间了。他们马上就会结束的。你可以在私室等他呀。”

他不能不佩服她的韧劲。“好吧。”他说。

他离开了餐厅，绕到了客栈后。一名卫兵守在法官的私室外。“我是伯爵的哥哥，”梅尔辛对卫兵说，“王桥教区公会的梅尔辛会长。”

“是，会长先生，我认识您，”卫兵说道，“您可以在里面等。”

梅尔辛走进小屋坐下。开口央求他弟弟让他非常不舒服。他们俩已疏远了几十年。拉尔夫早已变得让梅尔辛认不出。梅尔辛不认识这个能强奸安妮特、杀死蒂莉的人。这样的人怎么可能是当年梅尔辛称之为弟弟的那个男孩子？自他们的父母离世后，他们除了在正式场合，根本不见面，即使在正式场合，也极少交谈。以为他会利用他们的关系牟取私利，实在是想当然。他不会为格温达这样做的。但为了凯瑞丝，他不得不这样做。

他没有等太久。只过了几分钟，法官和伯爵就进来了。梅尔辛注意到随着年纪增长，他弟弟的脚跛得更厉害了——这是法国战争给他留下的伤。

刘易斯老爷认识梅尔辛，和他握了手。拉尔夫也和他握了手，然后揶揄地说道："我哥哥来看我，真是难得的喜事呀。"

这嘲讽并非不公平，梅尔辛点头承认了。"不过，"他说，"我想如果有什么人有面子向你求情的话，也就是我了。"

"你有什么需要求情的？你杀人了？"

"还没有。"

刘易斯老爷咯咯地笑了起来。

拉尔夫说："那是什么事？"

"你我都从小就认识格温达。"

拉尔夫点了点头："我还用你做的弓射死了她的狗。"

梅尔辛倒忘了这事。他这才意识到，那就是拉尔夫后来转变的早期征兆之一。"也许你可以因此赏她个人情。"

"我想内特总管儿子的命比那条倒霉的狗的命要贵，你觉得呢？"

"我不是求你别的。只不过你可以用现在的仁慈补偿那时的残忍嘛。"

"补偿？"拉尔夫说道，他的声音中升起了怒气，梅尔辛立刻明白自己的使命失败了。“补偿？”他敲了敲自己被打折的鼻子，“我该为这个得到什么补偿？”他伸出一根手指，气势汹汹地指着梅尔辛。“我告诉你我为什么不能赦免萨姆。因为今天我在法庭上看到了伍尔夫里克的脸，当他儿子被宣布犯有杀人罪时，你知道我看见了什么？恐惧。那个傲慢无礼的农民终于怕我了。他到底服了。”

“他在你眼里那么重要吗？”

“为了看他那副表情，我不惜吊死六个人。”

梅尔辛准备放弃了，但他一想到格温达的悲伤，便又试了一次。“如果你已经征服了他，你的心愿就已经实现了，是吧？”他分辩道，“那就放过那孩子吧。求求国王赦免他。”

“不。我要让伍尔夫里克永世不得翻身。”

梅尔辛真后悔来了这趟。向拉尔夫施压只会使他更加顽固。拉尔夫报复心如此之重，又如此歹毒，让梅尔辛深感震惊。他再也不想同他弟弟说话了。这种感觉他非常熟悉，拉尔夫没少让他这样过，然而一次次地看清他的真面目仍然让他一次次地惊骇。

梅尔辛转过身去。“好吧，我不能不试试，”他说，“再见。”

拉尔夫又变得和颜悦色起来。“来城堡吃午饭吧，”他说，“郡守摆下了盛宴。带凯瑞丝一起来吧。咱们可以好好谈一谈。菲莉帕跟我一起来了——你喜欢她，对吧？”

梅尔辛一点儿也不想去。“我去问问凯瑞丝吧。”他说。他知道凯瑞丝宁愿同路济弗尔共进午餐。

“那就回头见吧。”

梅尔辛像逃跑一般离开了。

他回到了餐厅。当他穿过屋子时，凯瑞丝和格温达都满怀期望地看着他。他摇了摇头。“我竭尽了全力，”他说，“我很抱歉。”

格温达预料到了这结果。她感到失望，但并不意外。她觉得自己必须先通过梅尔辛试试，因为她手头的另一服药太猛了。

她草草地谢了梅尔辛，就离开了客栈，前往山上的城堡。伍尔夫里克和戴夫去了郊外的一家小酒馆，他们在那里可以花很少钱吃顿饱饭。伍尔夫里克不太擅长于这种事。同拉尔夫这样的人谈判，他的力气和诚实是派不上用场的。

而且，她甚至都不能让伍尔夫里克知道她希望凭什么来说服拉尔夫。

她正往山上走，就听到了背后的马蹄声。她停住脚转过身，看到拉尔夫带着扈从和法官一起疾驰而来。她一动不动地站着，两眼瞪着拉尔夫，以确保他在经过时能注意到自己的眼神。他会猜到她是来找他的。

几分钟后她走进了城堡的院子，但通向郡守官邸的路被栅栏挡住了。她径直来到主楼的门廊，对大厅的门官说道：“我是韦格利村的格温达。请通报拉尔夫伯爵我需要单独见他。”

“好的，好的，”门官说，“看看你周围吧：这些人都需要见伯爵、法官或者郡守。”

院子里站着二三十人，有的手里还攥着成卷的状纸。

格温达下定了决心，纵然冒再大的危险，也要把儿子从绞架上救下来——但除非她能在天亮前同拉尔夫说上话，否则她连机会都没有。

“要多少钱？”她问门官。

他看了看她，模样不那么凶蛮了。“我不能保证他会见你。”

“你可以把我的名字告诉他。”

“两先令。二十四个银便士。”

这不是个小数目，但格温达的包里装着家里全部的积蓄。然而，她还不打算就这么把钱交出去。“我叫什么名字？”她问。

“我不知道。”

“我刚才告诉过你了。如果你都没记住，你怎么告诉拉尔夫伯爵我的名字。”

他耸了耸肩：“你再告诉我一遍吧。”

“韦格利村的格温达。”

“好的。我会向他提起的。”

格温达把手伸进了包里，掏出了一把小银币，点出了二十四枚。这是一个雇农四个星期的工钱。格温达想着她为挣到这笔钱付出的艰辛劳动。现在，这个游手好闲、盛气凌人的门官却什么也不用做就要得到这笔钱了。

门官伸出了手。

她问：“我叫什么名字？”

“格温达。”

“哪个村的格温达？”

“韦格利。”他又补了一句，“今天上午审的杀人犯就是你们村的，是吧？”

她把钱给了他。“伯爵会见我的。”她尽可能有力地说道。

门官把钱装进了口袋。

格温达退到了院子里，不知道自己的钱会不会打水漂。

过了一会儿后，她看到了一个宽肩膀上顶着个小脑袋的熟悉的身影：阿兰·弗恩希尔。这可真是走运。他正从马厩那边走向大厅。院子里的其他请愿者都不认识他。格温达走到了他面前。“你好，阿兰。”她说。

“现在是阿兰老爷了。”

“祝贺你。你能告诉拉尔夫说我想见他吗？”

“我不用问你有什么事吗？”

“就说我想单独见他。”

阿兰扬了扬眉毛：“请别见怪，不过你上回还是个姑娘家。现在可老了二十多岁了。”

“咱们还是由他来决定，好吗？”

“当然。”他带有侮辱意味地咧嘴一笑，“我知道他还记得贝尔客栈的那天下午。”

没错，那天阿兰也在场。他亲眼目睹了格温达脱去衣服，还紧盯着她赤裸的身体看。他看着她走向床，跪在垫子上，把脸扭向了一边。当拉尔夫说她从后面看更好看时，他还猥亵地大笑呢。

她忍住了厌恶，藏起了羞耻。“我希望他记得。”她尽量不动声色地说道。

其他请愿者也意识到阿兰一定是个重要人物。他们也围了过来，向他央告乞求。阿兰推开了他们，走进了大厅。

格温达静下心来等。

一个小时过去了，拉尔夫显然不打算在午饭前见她。她找到了一块不那么泥泞的地面，背靠着石墙坐下了，但她的眼睛一刻也没有离开大厅的门口。

第二个小时过去了，第三个小时也过去了。贵族的午餐经常会持续整整一下午。格温达不明白他们怎么能一连吃喝那么长时间。难道他们不会撑着？

她这一天还一点儿东西没吃呢，但她紧张得根本没觉得饿。

四月的天气阴沉沉的，天很早就开始黑下来。格温达坐在冰凉的地上瑟瑟发抖，但她一直坐在那里。这是她唯一的机会。

仆人们出来点亮了院子四周的火炬。一些房间的百叶窗后面也亮起了灯。夜幕降临了，格温达意识到离天亮只有十二个小时左右了。她想着这时正坐在城堡下面地牢里某间牢房地上的萨姆，不知道他冷不冷。她强忍着眼泪。

事情还没完，她对自己说，但她的勇气在减弱。

一个高大的身影挡住了最近一盏火炬的光。她抬起头来，看到了阿兰。她的心跳加剧了。

“跟我来吧。”他说。

她一跃而起，走向了大厅的门。

“不是那边。”

她诧异地看着他。

“你说要单独见他，不是吗？”阿兰说，“他不打算在和伯爵夫人共用的房间里见你。这边来吧。”

她跟着他穿过了马厩附近的一扇小门。他领着她经过了几间房子，又上了一段楼梯。他打开了一间狭小的卧室的门。她走了进去。阿兰没有跟她进去，而是在外面关上了门。

这是一间低矮的屋子，几乎完全被一张床塞满。拉尔夫只穿着内裤站在窗前。他的靴子和外衣都堆在地上。他的脸喝得通红，但他的声音既清晰又镇定。“脱掉你的衣服。”他说，面带的微笑表示他已有所预料。

格温达说：“不。”

他似乎吓了一跳。

“我不会脱掉我的衣服的。”她说。

“那你为什么对阿兰说想单独见我？”

“以便让你以为我想和你性交。”

“可如果不……你来这儿干什么？”

“求你去要国王赦免萨姆。”

“而你却不肯献身于我？”

“我为什么要献身于你？我已经那样做过一回了，而你违背了诺言。你破坏了交易。我把身子给了你，你却没把我丈夫的土地给他。”她故意让拉尔夫从她的声音中听出轻蔑来。“你还会那样做的。你的信誉已经一钱不值了。你让我想起了我父亲。”

拉尔夫勃然作色。对一位伯爵说他不值得信任，是一种侮辱，而把他和一个在森林里逮松鼠的无地雇农相比，更是严重冒犯。他愤愤地说道：“你以为这样就能说服我吗？”

“不。但你会去请求赦免的。”

“为什么？”

“因为萨姆是你的儿子。”

拉尔夫紧盯了她一会儿。“哈，”他鄙夷地说道，“你以为我会相信吗？”

“他是你的儿子。”她重复了一遍。

“你没法证明。”

“是的，我没法，”她说，“但你知道在萨姆出生前九个月，我和你在王桥的贝尔客栈睡过觉。不错，我也和伍尔夫里克睡过觉。可你们谁是他的父亲呢？的确，他有些习性像伍尔夫里克——那是二十二年中学来的。可你看看他的模样。”

她从拉尔夫的表情看出他陷入了沉思，知道自己的话击中了要害。

“最重要的是，想想他的性格吧，”她穷追猛打地说道，“你听到了审判时的证词。萨姆可不是像伍尔夫里克那样只想把乔诺打跑。他不是打倒他再把他扶起来，伍尔夫里克会那样做的。伍尔夫里克身强力壮，也容易动怒，但他心肠软。萨姆可不是。萨姆是用木锨打乔诺的，那一下子能把任何人打昏；接着，还没等乔诺倒下，萨姆就又打了他一下，虽然他已经无力还手了，可这下更狠；再接着，就在乔诺歪歪斜斜地马上要倒在地上时，萨姆又打了一下。要不是老教堂村的农民们扑过去抓住了他，他还会用那把血淋淋的木锨继续打，直到把乔诺的脑袋拍个稀巴烂。他想杀人！”她意识到自己在哭，便用袖子抹了抹眼泪。

拉尔夫紧盯着她，一副震惊的样子。

“他那杀人的天性从哪里来，拉尔夫？”她说，“想想你自己的黑心肠吧。萨姆是你的儿子。求上帝宽恕我，他也是我儿子。”

格温达走后，拉尔夫坐在小屋的床上，凝视着蜡烛的火苗。这可能吗？在对格温达合适的情况下，她当然会撒谎。没必要相信她。但萨姆是拉尔夫的儿子，可能性和是伍尔夫里克的儿子一样大。他们都在那关键时刻和格温达睡过觉。真相也许永远弄不清。

然而，萨姆是他的儿子，单是这种可能性就让拉尔夫的心中充满了恐惧。难道他要绞死的是他自己的儿子吗？他为伍尔夫里克准备的严厉惩罚也许要降临到他自己头上。

已经入夜了。绞刑将在天亮时执行。拉尔夫没有多长时间决断了。

他端起蜡烛离开了小屋。他来这里本是为获得肉欲的满足，却得到了生命的震撼。

他走到屋外，穿过院子，来到了地牢。房子的一层是郡守下属的办公室。他走进屋，对值班的人说道："我想见见杀人犯，韦格利的萨姆。"

"遵命，我的爵爷，"狱卒说道，"我给您带路。"他端着盏灯，把拉尔夫领到隔壁屋里。

地上有格栅，气味恶臭。拉尔夫通过格栅向下一望。牢房有九到十英尺深，墙是石头砌的，地上很脏。里面没有家具，萨姆背靠着墙，坐在地上。他身旁有一个木头做的罐子，大概盛着水。地上的一个小坑似乎就是茅坑。萨姆抬头瞟了一眼，就漠然地扭过头去了。

"打开。"拉尔夫说。

狱卒用钥匙开了锁，装着铰链的格栅弹了起来。

"我要下去。"

狱卒吓了一跳，但不敢跟伯爵顶嘴。他搬过了一架靠在墙上的梯子，放进了牢房里。"多加小心，我的爵爷。"他怯怯地说道，"您记住，这恶棍可是无所顾忌了。"

拉尔夫端着蜡烛，顺着梯子爬了下去。臭味令人作呕，他却毫不在意。他下到梯子底部后，转过身来。

萨姆厌恶地抬头看了他一眼，说："你想干什么？"

拉尔夫注视着他。他俯下身子，把蜡烛凑近萨姆，仔细地端详起他的五官，努力地与自己照镜子时看到的那张脸对比着。

“你要怎样？”萨姆问道。拉尔夫目不转睛的凝视让他有些害怕。

拉尔夫没有回答。这是他自己的儿子吗？他心想，有可能。很有可能。萨姆是个帅小伙儿，而拉尔夫年轻时，在鼻子被打折前，人人也都说他英俊。早先在法庭上，拉尔夫就觉得萨姆的脸在让他想起什么人，这时他全神贯注，绞尽脑汁地想着萨姆会让他想到谁。直直的鼻子，瞪大的黑眼睛，一头会让少女们倾羡的浓密头发……

他想起来了。

萨姆像拉尔夫自己的母亲，已故的莫德太太。

“我的天哪。”他叫了一声，但声音像是在耳语。

“什么？”萨姆说道，声音中流露出了恐惧。“你想怎样？”

拉尔夫必须说话了。“你母亲……”他刚一开口，声音就变小了。他的喉咙因为激动而哽住了，使他难于发声。他又试了一遍。“你母亲为你求情了……很有说服力。”

萨姆警觉了起来，什么也没说。他以为拉尔夫是来戏弄他的。

“告诉我，”拉尔夫说，“你用木锨打乔诺时……你是想打死他吗？你要说实话，你已经没什么可害怕的了。”

“我当然是想打死他，”萨姆说，“他想骗我。”

拉尔夫点了点头。“我也会那么想的。”他说。他停顿了一下，打量了一番萨姆，又说：“我也会那么想的。”

他站起身来，转向了梯子，犹豫了一下，然后又转过身来，把蜡烛放在了萨姆旁边的地上。然后他爬了上去。

狱卒又重新把格栅锁上。

拉尔夫对他说："绞刑取消了。这个犯人将得到赦免。我这就去跟郡守说。"

他离开时，狱卒打了个大大的喷嚏。

85

梅尔辛和凯瑞丝从夏陵回到王桥后，发现洛拉失踪了。

在他们家服务已久的仆人阿恩和埃姆等在花园的门口，看上去像是一整天都呆立在那里。埃姆刚一开口就泣不成声了，阿恩告诉了他们这个消息。“洛拉不见了，”他发狂地说道，“我们不知道她去哪儿了。”

梅尔辛一开始没明白过来。“晚饭的时候她就会回来的，”他说，“别担心，埃姆。”

“可她昨晚就没回来，今天白天也没回来。”埃姆说。

梅尔辛这才明白了他们的意思。她跑了。一阵恐惧像冬日的寒风一样令他浑身发凉、心头发紧。她才十六岁呀。有好长一阵子他没法理性地思维，只是在脑海里勾勒着她的模样。她不是孩子了，也还没到成年，像她母亲一样长着撩人的黑褐色眼睛和性感的大嘴，还有一副无忧无虑、故作自信的表情。

当他恢复了理智后，他问自己哪里做错了。自洛拉五岁起，他就时常在外出时把洛拉留给阿恩和埃姆照顾几天，从来没出过岔子。难道有什么情况发生变化了？

他意识到，自两个星期前的复活节星期天，他抓着她的胳膊把她从白马酒馆门外她那些狐朋狗友们身旁拽开后，他就几乎没和她说过话。全家人吃饭时，她在楼上生闷气，甚至在萨姆被捕时都没露面。几天后，当梅尔辛和凯瑞丝和她吻别，动身前往夏陵时，她仍在怄气。

负疚感刺痛了他。他待她太粗暴了，是他赶走了她。不知道西尔维娅的魂灵是否正看着他，因为他没有照顾好他们的女儿而鄙视他呢？

他又想起了洛拉的那些狐朋狗友们。“那个叫贾克·莱利的家伙一定跟这事有关，”他说，“你去找过他吗，阿恩？”

“没有，主人。”

“我最好是现在就去。你知道他住在哪里吗？”

“他在圣保罗教堂后面渔贩家隔壁租房子住。”

凯瑞丝对梅尔辛说：“我跟你一起去。”

他们过了桥回到城里，向西走去。圣保罗教区囊括了码头一带各类匠人的作坊，有屠宰场、锯木场、手工作坊、皮匠作坊，自“王桥红”发明后，染匠作坊像九月的蘑菇一般激增起来。梅尔辛径直走向圣保罗教堂的矮塔，越过这一片低矮的房屋屋顶，能够看到矮塔的塔尖。他循着气味找到了渔贩家，敲响了隔壁破旧的大房子的门。

是萨尔·索耶斯开的门，她是个穷寡妇，丈夫是个打零工的木匠，死于黑死病。“贾克有时候回来，有时候不回来，没准儿，会长先生，”她说，“这回我有一个星期没见他了。只要他付房钱，我从来不管他。”

凯瑞丝问：“他走的时候，洛拉跟他在一起吗？”

萨尔小心翼翼地斜睨了梅尔辛一眼。“我不喜欢说别人坏话。”她说。

梅尔辛说："请把你知道的事情告诉我。我不会生气的。"

"她通常都跟他在一起。不管贾克要她干什么，她都会去干。我不会再多说什么了。如果你们找到贾克，你们就能找到她。"

"你知道他可能去哪里吗？"

"他从来不说。"

"你能想到有什么人会知道吗？"

"除她之外，他从不把朋友带到这里来。但我相信他的伙伴们通常都能在白马酒馆找到。"

梅尔辛点了点头："我们去那儿看看。谢谢你，萨尔。"

"她会一切都好的，"萨尔说，"她只不过要野一段时间。"

"但愿像你说的那样。"

梅尔辛和凯瑞丝又往回走，来到河边离桥不远的白马酒馆。梅尔辛回忆起在黑死病疫情最为严重的时期，他亲眼所见发生在这里的纵酒狂欢，当时垂死的酒馆主人大卫·白马拿出了他所有的淡啤酒供大家免费畅饮。这地方此后沉寂了好多年，但现在又成了热闹的酒馆。梅尔辛经常想这地方为什么受欢迎，却百思不得其解。酒馆的屋子又狭小又肮脏，还经常发生打斗。平均每年都有一个人被杀死在这里。

他们走进了一间烟气弥漫的屋子。下午才过了一半，已经有十几个懒散的酒客坐在长凳上了。还有一小群人聚在一张十五子棋棋盘旁，桌上的几小堆银便士显然是赌注。一个名叫乔伊的红脸颊妓女见有新客人进来，满怀期望地抬起头来，但当她看清来者是什么人后，又恢复了原先那种懒洋洋的神态。在一个角落里，一个男人正在给一个女人展示一件看上去很贵的外衣，显然是在推销，但他一看见梅尔辛，就赶紧把衣服折起来，收到了看不见的地方。梅尔辛猜这是偷来的赃物。

店主埃文正吃着一块煎咸肉，作为推迟的午餐。他站起身来，在外套上擦了擦手，有些不安地说道："日安，会长先生——很荣幸您光临小店，要我给您斟一壶淡啤酒吗？"

"我是来找我女儿洛拉的。"梅尔辛直截了当地说道。

"我已经有一个星期没看见她了。"埃文说。

梅尔辛想起，萨尔也说有一个星期没见贾克了。他对埃文说："她可能和贾克·莱利在一起。"

"是的，我注意到他俩很友好，"埃文的回答很得体，"贾克走了也有一个星期了。"

"你知道他去哪里了吗？"

"贾克是个口紧的家伙，"埃文说，"如果你问他夏陵有多远，他都会摇摇头，皱皱眉，说这不关他的事，他没必要知道。"

妓女乔伊一直在听他们交谈，这时插嘴了："不过，他出手可大方，"她说，"该公平还是得公平。"

梅尔辛瞪了她一眼："他的钱从哪儿来？"

"马，"她说，"他在乡下四处转悠，从农民手里买小马驹，再到城里卖了。"

他的马也许是从不留神的旅客那里偷来的，梅尔辛烦躁地想。"他会不会现在就去办这事了——买马？"

埃文说："很有可能。马上就有一连串集市要举行了。他可能是添货去了。"

"洛拉可能跟他一起去了。"

"我不想惹您生气，会长先生，但这很可能。"

"惹我生气的不是你。"梅尔辛说。他草草地点了点头以示告别，就离开了酒馆，凯瑞丝跟在他身后。

“看看她干的这事，”他气愤地说道，“她跟贾克跑了。她大概还以为这是场美妙的历险呢。”

“恐怕这回你说得对，”凯瑞丝说，“但愿她没怀孕。”

“但愿最坏不过如此吧。”

他们不自觉地一起往家走去。过桥的时候，梅尔辛在桥的最高点停住脚，越过郊区低矮的屋顶眺望起远处的森林。他年少的女儿就和一个面目不清的马贩子在那里的某个地方。她身处危险中，他却没办法保护她。

第二天一早，梅尔辛来到大教堂，想检查新塔楼的工程进度，却发现所有的工作都停了下来。“这是副院长的命令。”梅尔辛问托马斯兄弟时，他这样答道。托马斯已经将近六十岁了，而且老态龙钟，他那战士的体型已经无迹可寻，如今弓腰驼背，步履蹒跚。“南廊有塌方。”他补充了一句。

梅尔辛瞟了法国人巴托米一眼，他是个饱经风霜的诺曼底老石匠，这时正坐在客房外磨一把凿子。巴托米摇了摇头。

“那次塌方已经是二十四年前的事了，托马斯兄弟。”梅尔辛说。

“啊，是的，你说得对，”托马斯说，“我的记性不如从前了，你知道。”

梅尔辛拍了拍他的肩。“咱们都老了。”

巴托米说：“如果你想见副院长的话，他在塔楼上。”

梅尔辛当然想见。他走进了北交叉甬道，穿过一座小拱门，爬上了墙里的一条窄窄的螺旋梯。当他穿过旧的交叉路口，走进新塔楼时，石头的颜色由乌云般的灰黑色变成了清晨天空那种明亮的珍珠色。这是一段长长的阶梯：塔楼已经有三百多英尺高了。然而，他却健步如飞。十一年了，他几乎每天都要爬这段阶梯，而且每次爬时，阶梯都会再增高些。他突然想到，如今体态已非常臃肿的菲利蒙，一定是有什么极其重要的原因，才会拖着他那肥胖的身躯爬上这么多级台阶。

在距塔顶不远的地方，梅尔辛穿过了一间装有一个巨大轮子的房间。这是一个有两人高的木制旋转提升机械，用于把石头、灰泥和木材吊到需要的地方。塔尖完工后，轮子也将永久保留在那里，以供后代的建筑匠维修时使用，直到末日审判的号声吹响。

他来到了塔顶，一股地面上感觉不到的凛冽寒风正在劲吹着。塔的最高层内部有一圈围起的步道。八角形的孔的四周，已经为建造尖塔的石匠们搭起了脚手架。附近堆着一堆切割好的石块，一块木板上还有一堆已经变干从而没用了的灰泥。

这里没有工匠。菲利蒙副院长和石匠哈罗德一起站在远端。他们谈得正酣，但一看见梅尔辛，就做贼心虚地闭上了嘴。梅尔辛不得不在风中大喊着，让他们听见自己的话。“你们为什么要停工？”

菲利蒙的回答是早已准备好的：“你的设计有问题。”

梅尔辛看了看哈罗德：“你是说有人不明白吗？”

“有经验的人说这个样子没法建。”菲利蒙挑衅般说。

“有经验的人？”梅尔辛轻蔑地重复了一遍，“王桥有谁有经验？有谁建过桥？有谁和佛罗伦萨的大建筑师们一起工作过？有谁去过罗马、阿维尼翁、巴黎、鲁昂？这位哈罗德当然没有了。

别见怪，哈罗德，可你连伦敦都没去过。”

哈罗德说：“不是我一个人认为在没有模架的情况下是不可能建八角形的塔楼的。”

梅尔辛本想说些讽刺的话，但克制住了自己。他意识到，菲利蒙一定还另有手段。这位副院长蓄意挑起争端，必然是拥有比石匠哈罗德的意见更强大的武器。他大概已经赢得了一些公会成员的支持——但他是怎么得手的呢？准备声称梅尔辛的尖塔不可能建成的其他建筑匠一定是获得了什么好处。可能是提供给他们的建筑项目。“到底是什么？”他问菲利蒙，“你打算建的是什么？”

“我不明白你的意思。”菲利蒙盛气凌人地说道。

“你已经另有建筑项目了。你给了哈罗德和他的朋友们一些活儿。是什么建筑？”

“你在说什么？”

“是为你自己建一座更大的宫殿？还是建一座新的会议室？总不会是医院吧，我们已经有三座医院了。说吧，你最好还是告诉我。除非你心里有鬼。”

菲利蒙被激怒了，答道：“修士们希望建一座圣母堂。”

“啊。”这倒说得通。对圣母的膜拜正变得越来越流行。教会高层首肯是因为崇拜马利亚的浪潮多少抵消了自黑死病以来便折磨着教会会众的怀疑论调和异端邪说。无数的大小教堂都在其建筑的最东端——也是最神圣的地方——增建了一个专门供奉圣母的小礼拜堂。梅尔辛不喜欢这种建筑：因为大多数教堂的圣母堂都一眼就能看出是后添加的，而且也的确如此。

菲利蒙的动机是什么？他总是在努力迎合某些人——这是他

惯用的伎俩。在王桥建一座圣母堂无疑将取悦保守的高级教士。

这是菲利蒙在这方面采取的第二个行动。在复活节星期天，他在大教堂的讲坛上谴责了人体解剖。梅尔辛意识到，他在发动一场战役。但目的是什么呢？

梅尔辛决定在看清菲利蒙的意图前先不轻举妄动。他没有多说一句话，便离开了塔顶，沿着一系列梯子和阶梯下到了地面上。

梅尔辛在午饭时间赶回了家。几分钟后，凯瑞丝从医院回来了。“托马斯兄弟情况更糟了，”他对凯瑞丝说，“能为他做些什么吗？”

她摇了摇头：“人的衰老是没法救治的。”

“他跟我说南廊塌方了，好像是昨天才塌的一样。”

“这是典型症状。他记得遥远的过去的事情，却不知道今天正发生着什么事。可怜的托马斯。他的病情也许会迅速加剧。不过至少他身处熟悉的环境中。修道院这几十年没什么大变化。他的日常生活恐怕也同从前差不多。这对他有好处。”

他们坐下来吃着韭菜和薄荷炖的羊肉，梅尔辛向凯瑞丝讲述了上午的事情。几十年来，他们一直在同王桥修道院的副院长斗争：先是安东尼，继而是戈德温，现在是菲利蒙。他们本以为获得了国王的自治特许将结束这场旷日持久的战斗。这当然大有裨益，但看来菲利蒙还没有放弃争斗。

“我倒并不担心尖塔，”梅尔辛说，“亨利主教会否定菲利蒙的决定的，只要他一听说，就会立刻下令恢复工程的。亨利想当英格兰最高的大教堂的主教。”

“菲利蒙一定也知道这点。”凯瑞丝若有所思地说道。

“也许他只是想摆个建圣母堂的姿态，因为尝试而获得赞许，再把没有建成归咎于其他人。”

“也许吧。”凯瑞丝心怀疑虑地说道。

“但他真正的目的是什么呢？”在梅尔辛的心中，这是更为重要的问题。

“菲利蒙所做的一切，都是受让他觉得自己重要这一动机驱使的，”凯瑞丝把握十足地说道，“我猜想他是在谋求晋升。”

“那他在指望什么职位呢？蒙茅斯的大主教好像快死了，但菲利蒙肯定不能打那个主意？”

“他一定知道些我们不知道的事情。”

不等他们再多说什么，洛拉走了进来。

梅尔辛的第一反应是一阵强烈的宽慰，他险些流下了眼泪。她回来了，她平安地回来了。他上下打量了她一番。她没有受伤的迹象，步履轻快有力，只不过她的脸上还是通常那副闷闷不乐、冷若冰霜的表情。

凯瑞丝先说了话。“你回来了！”她说，“我太高兴了！”

“是吗？”洛拉说。她经常说觉得凯瑞丝不喜欢她。虽然梅尔辛不会上当，但凯瑞丝会起疑，因为她对自己不是洛拉的生母非常敏感。

“我们都很高兴，”梅尔辛说，“你吓坏我们了。”

“为什么？”洛拉把斗篷挂在挂钩上，就坐在了桌旁。“我一切都非常好。”

“可我们不知道啊，所以我们非常担忧。”

“你们没必要嘛，”洛拉说，“我能照顾好自己。”

梅尔辛强压住怒火。“我不大相信你能。”他尽可能温和地说道。

凯瑞丝连忙插嘴，想降降温。“你到哪儿去了？”她问，“你出去了两个星期。”

“不同的地方。”

梅尔辛追问道：“你能给我们举一两个例子吗？”

“穆德福德路口、卡斯特汉姆、奥特罕比……”

“你都干什么了？”

“你们是在盘问我吗？”洛拉生气地说道，“我必须回答所有这些问题吗？”

凯瑞丝把一只手放在梅尔辛的胳膊上以示劝阻，然后对洛拉说：“我们只是想知道你有没有过危险。”

梅尔辛说：“我还想知道你跟谁一起旅行的。”

“没什么特别的人。”

“那就是说，是贾克·莱利？”

她耸了耸肩，显得有些发窘。“是。”她说，好像这是细枝末节。

梅尔辛本打算原谅她、拥抱她，她却不让他这样做。他努力保持着语气柔和，问道：“你和贾克是怎么睡的？”

“这不关你的事！”她大喊道。

“不，关我的事！”梅尔辛也咆哮起来。“这是我的事，也是你继母的事。假如你怀孕了，谁来照看你的孩子？你敢肯定那个贾克能把一切都安排好吗？他准备好做丈夫和父亲了吗？你跟他谈过这些吗？”

“别说了！”她吼道，然后放声大哭，跺着脚跑上楼去。

梅尔辛说：“有时候我真希望咱们都住在一间屋里——那她就没法耍心眼儿了。”

“你对她不够温和。”凯瑞丝语气柔和地表达了自己的异议。

“那我该怎么办？”梅尔辛说，“你看她说话的态度，好像她什么都没做错似的。”

“不过，她了解实情，所以她才大哭的。”

“噢，见鬼。”他说。

有人敲门，一个见习修士从门后探出头来。“请原谅我打搅您，会长先生，”他说，“格利高里·朗费罗老爷来修道院了，他希望您在方便的时候尽快赏光，有要事相商。”

“讨厌，”梅尔辛说，“告诉他我马上就到。”

“谢谢您。”见习修士说完，就走了。

梅尔辛对凯瑞丝说：“也许这正好让她有时间冷静冷静。”

“你也该冷静冷静。”凯瑞丝说。

“你不是站在她一边说话吧，呃？”梅尔辛有点生气地说。

凯瑞丝微笑着碰了碰他的胳膊。“我永远站在你一边，”她说，“不过我记得十六岁的姑娘是什么样。对于她和贾克的关系，她像你一样担忧。但她不肯承认，哪怕是对她自己，因为那会伤她的自尊。所以她气恼你说出了实情。她围绕着自己的自尊心建起了一道脆弱的防线，你却把它撕裂了。”

“我该怎么办？”

“帮她建一道更好的防线。”

“我不明白你的意思。”

“你会明白的。”

“我得去见格利高里老爷了。”梅尔辛站起了身。

凯瑞丝伸出双臂搂住他，吻了吻他的嘴唇。“你是个尽心尽力的好人，我整个心都在爱你。”她说。

这使他沮丧的心情得到了极大的安慰，当他大步流星地过桥走上主街来到修道院时，他的心平静了下来。他不喜欢格利高里。这个人狡诈、无耻，为他的国王主子效劳时不择手段，就像戈德温当副院长时菲利蒙伺奉他那样。梅尔辛不安地思忖着格利高里想同他谈什么。很可能是税的问题——这永远是国王忧心的事情。

梅尔辛首先来到副院长宅院，菲利蒙显得很高兴见到他，告诉他格利高里老爷在大教堂南侧的修士宿舍里。梅尔辛不知道他做了什么，竟获得了在那里讲演的权利。

这位律师也老了。他的头发白了，高高的个子伛偻了，深深的皱纹像括弧一样在那个时常发出哧声的鼻子两侧展开，还有一只眼睛也浑浊了，但另一只眼睛依然相当锐利，尽管他和梅尔辛已经十年没见了，却一眼就认出了他。“会长先生，”他说，“蒙茅斯的大主教去世了。”

“愿他的灵魂安息。”梅尔辛像条件反射一般说道。

“阿门。国王陛下鉴于我要路经他的王桥自治市，要求我代表他问候你，并向你通报这一重要消息。”

“我很感激。大主教的去世并不令人意外。他一直在患病。”梅尔辛疑惑地心想，国王让格利高里来见他，当然不会只是传达一条令人感兴趣的消息。

“如果你不介意的话，我要说你是个足智多谋的人，”格利高里爽快地说道，“我在二十多年前首先认识了尊夫人。自那以后，我就看到你们二位步步为营，稳扎稳打，最终控制了王桥镇。你得到了你所心仪的一切：桥、医院、自治特许，而且你们二位也终成眷属。你不仅意志坚定，而且很有耐心。”

格利高里的语气是居高临下的，但梅尔辛还是从他的奉承中听出了一丝敬佩。他不断地告诫自己保持警惕：像格利高里这样的人的赞扬，肯定是怀有目的的。

“我还顺路看望了阿伯加文尼修道院的修士们，他们必须投票选出一位新的大主教。”格利高里靠在了椅子上。“几百年前，当基督教刚刚传入英格兰时，修士们就是通过选举产生他们的上司的。”解释是老年人的习惯，梅尔辛回想着：格利高里年轻时可没这么啰唆。“如今，主教和大主教位高权重，当然不能再由一小股与世隔绝的虔诚空想家们来选择了。国王做出了他的选择，而教皇陛下批准了国王的决定。”

梅尔辛心想，就连我都知道事情绝没有那么简单。通常都要经过一番较力的。但他什么也没说。

格利高里继续说道：“不过，修士们的选举仪式还得举行，控制它比废除它要容易，所以我来了。”

“那么你是来告诉修士们选谁的。”梅尔辛说。

“坦白地说，是这样的。”

“你会叫他们选谁呢？”

“我没说过吗？就是你们的亨利主教呀。他是个出色的人才：忠诚、可信，从来不惹麻烦。”

“噢，天哪。”

“你不高兴吗？”格利高里脸上轻松的表情烟消云散了，变得聚精会神起来。

梅尔辛意识到这才是格利高里来这里的真正目的：探查以梅尔辛为代表的王桥人对他的计划的感受，看看他们是否会反对他。梅尔辛整理着思路。产生一位新主教有可能危及尖塔的建设和医院的前景。“亨利是王桥力量平衡的关键，”他说，“十年前，商人、修士和医院之间达成了一种休战协议。结果，三方都得到了巨大繁荣。”为了迎合格利高里的兴趣——也就是国王的兴趣——他又补充了一句：“这种繁荣保证了我们能缴这么高的税。”

格利高里点了一下头，表示承认。

“亨利的离去显然会使我们之间稳定的关系产生疑问。”

“我想，恐怕是要看谁接替他吧？”

“的确如此。”梅尔辛说。他想：现在咱们该说说关键问题了。“你心目中有什么人选吗？”他问。

“显见的人选是菲利蒙副院长。”

“不！”梅尔辛惊呆了，“菲利蒙！为什么？”

“他非常保守，在如今这个怀疑论调和异端邪说甚嚣尘上的时候，这一点对于教会高层来说很重要。”

“当然。现在我明白他为什么要在布道时反对解剖了。还有他为什么要建圣母堂了。”梅尔辛心想，我早该预料到才对。

“而且他还到处宣扬他不会影响教士们的税收——这是经常引发国王和一些主教之间冲突的根源之一。”

“菲利蒙早就有预谋了。”梅尔辛对自己的麻痹大意深感懊悔。

“我想，自大主教患病起就有了。”

“这真是大难临头了。”

“你为什么这么说？”

“菲利蒙心狠手辣、睚眦必报。他要是当上主教，肯定把王桥搅得鸡犬不宁。我们必须阻止他。”他直视着格利高里的眼睛。

“你为什么要来这里预先警告我？”他刚问出这个问题，就自己想到了答案。“你也不希望菲利蒙得逞。用不着我来告诉你他有多麻烦——你已经领教过了。不过你没法直率地否决他，因为他已经赢得了某些高级教士的支持。”格利高里笑而不答，梅尔辛认为这意味着自己猜对了。“那么你想要我做什么呢？”

“假如我是你，”格利高里说，“我首先要另找一位候选人来顶替菲利蒙。”

有道理。梅尔辛沉思着，点了点头。“我要考虑一下。”他说。

“好的。”格利高里站起了身，梅尔辛意识到会谈结束了。“考虑好后，请把你的决定告诉我。”格利高里补充了一句。

梅尔辛一路沉思着，离开修道院，走回麻风病人岛。他可以提议谁来做王桥主教呢？镇民们一向与劳埃德副主教相处融洽，但他太老了——如果让他当选，弄不好一年后就得重选一次。

直到他到家时，他仍然没有想出合适人选。他在客厅里找到凯瑞丝，正要问她，她却先开了口。她站在那里，面色苍白，一副吓坏了的样子。她说：“洛拉又不见了。”

86

教士们说礼拜天是休息日，可格温达从来没休息过。今天，在教堂里做过礼拜，又吃过午饭后，她和伍尔夫里克一起在屋后的花园里干活儿。这是个很不错的花园，有半英亩大。园里有一个鸡舍、一棵梨树和一个谷仓。在远端的一块菜地里，伍尔夫里克犁着沟，格温达播撒着豌豆种。

男孩子们都到邻村去参加足球比赛了，这是他们星期天通常的消遣。足球对于农民来说，相当于贵族的马上比武：都是在模仿战斗，有时候还会真的有人受伤。格温达心里祈祷着她的儿子们能够完好无损地回家。

今天萨姆很早就回来了。“球爆了。”他气恼地说道。

“戴夫呢？”格温达问。

“他没去踢球。”

“我还以为他跟你在一起呢。”

“没有，他经常一个人溜走。”

“这我倒不知道。”格温达皱起了眉，“他去哪儿了？”

萨姆耸了耸肩：“他没跟我说。”

他也许是去见女孩子了，格温达心想。戴夫对所有的事情都保密。如果是去见女孩子，那么是谁呢？韦格利村合适的姑娘不多。那些从黑死病中幸存下来的都迅速结了婚，好像是急于为这片土地添丁进口；而自那以后出生的女孩子还都太小。也许他是在森林中约好的地点，去会邻村的某个姑娘了。这样的约会像人的头疼脑热一样普遍。

几个小时后，戴夫回来了，格温达正等着他。他丝毫没想否认自己溜走了。“如果你们愿意，我带你们去看看我在干什么，”他说，“我没法永远保密。跟我来吧。”

格温达、伍尔夫里克和萨姆都跟着他去了。人们都严格遵守安息日的规定，地里没人干活。四个人在料峭的春风中走过百亩时，看到那里已经荒芜了。有不少狭长的地都被撂了荒：仍然有些村民地多得顾不过来了。安妮特就是其中之一——她只有十六岁的女儿阿玛贝尔帮她。除非她能雇个人，但这很难。她那畦燕麦地就长满了杂草。

戴夫领着他们走进森林中大约半英里，在一块人迹罕至的空地前停下。“就是这里。”他说。

格温达半天没明白过来他在说什么。她面前的这块地，大树之间长满低矮的灌木，并没有什么特别之处。她再定睛一看那灌木，才发现这是一种她从没见过的植物。它的茎是方的，叶子是尖的，每四片叶子长成一簇。它们覆盖了地面，使她觉得这是一种匍匐植物。灌木的一侧有一堆拔起的杂草，说明戴夫刚才是来除草的。“这是什么？”她问。

“这叫茜草。上次咱们去梅尔库姆时，我从一个水手那儿买了种子。”

“梅尔库姆？”格温达说，“那都是三年前了。”

“它就长了这么长时间。”戴夫微笑起来，“起初我还担心它们根本活不了。那水手告诉我需要沙质的土壤，不怕蔽光。我挖出了这片空地，播下了种子，但第一年只长出了三四根很弱的苗。我以为我的钱全白花了。但第二年，根在地下蔓延开，发了芽，今年就长满了这块地。”

格温达很惊讶她的孩子居然瞒了她这么长时间。“可是茜草有什么用呢？”她问，“很好吃吗？”

戴夫大笑起来：“不，这不是吃的。你把根挖出来，晒干后研成粉，就成了一种红色的染料。非常贵。王桥的玛奇·韦伯花七先令才买一加仑。”

这价钱可真不得了，格温达心想。最贵的谷物麦子，大概是卖七先令一夸脱，一夸脱是六十四加仑。“这价钱是麦子的六十四倍呀！”她说。

戴夫又微笑起来：“所以我才种它呢。”

“所以你才种什么呢？”一个新的声音响了起来。他们全都转过身去，结果看到了内特总管，他俯身弯腰躲在一棵山楂树后，脸上带着胜利的笑容：他抓了他们一个现行。

戴夫马上回答道：“这是一种药草，叫作……沼地草。”他说。格温达能看出他是现编的，内特是不会相信的。“能治我妈妈的气胸。”

内特看了看格温达：“我没听说她有气胸呀。”

“冬天时会犯。”格温达说。

“一种药草？”内特怀疑地说道，“这块地种的够全王桥的人吃了。而你还在除草，还想收得更多。”

“我喜欢把事情做好。”

这样的回答软弱无力，内特根本没在意。“这是一种未经授权的作物，”他说，“首先，农奴种什么，需要得到许可——不能想种什么就种什么。那样就全乱了。其次，农奴不能开垦领主的森林，哪怕是种药草。”

他们都无言以对。这是规定，令人沮丧：农民们经常能了解到一些需求量很大但不大常见，因而价钱很高的作物，如果种了就能赚些钱，例如能做绳子的大麻、能做昂贵内衣的亚麻、能取悦阔太太们的樱桃，但领主和乡长们出于本能的保守，往往都不允许。

内特的表情充满了恶毒。“一个儿子是逃亡者兼杀人犯，”他说，“另一个儿子公然藐视领主。瞧瞧这一家人。”

内特有理由气愤，格温达心想。萨姆杀了乔诺却毫发无损，内特无疑会至死都痛恨他们一家。

内特弯下腰，粗暴地从地上拔起一撮草。“咱们采邑法庭上见，这就是证据。”他满意地说道，然后转过身，磕磕绊绊地走过林间。

格温达一家跟在后面。戴夫毫不畏惧。“内特会罚款，我交，”他说，“交完了之后还能赚钱。”

“要是他命令捣毁这些茜草怎么办？”格温达问。

“怎么捣毁？”

“用火烧或者用马踏。”

伍尔夫里克插话了：“内特不会那样做的。村民们不会支持。这种事情一般都是罚款了事。”

格温达说：“我就是担心拉尔夫伯爵会怎么说。”

戴夫挥手做了个反对的手势：“伯爵不可能管这样的小事。”

“拉尔夫对咱们家特别感兴趣。”

“是的，的确如此，”戴夫若有所思地说道，“我还是不明白他为什么赦免萨姆。”

这孩子不傻。格温达说：“可能是菲莉帕太太说服了他。”

萨姆说：“她记得你，妈妈。我在梅尔辛家时她告诉我的。”

“我一定是做过什么让她喜欢的事情，”格温达一边现编，一边说道，“也可能她只是同情我，出于一个母亲对另一个母亲的同情。”这理由并不充分，但格温达也编不出更好的了。

自萨姆被释放以来，他们已经一起讨论了好几次拉尔夫赦免萨姆的可能原因。格温达装作像其他人一样糊涂。幸好伍尔夫里克不是个疑心重的人。

他们回到了家。伍尔夫里克看了看天，说天还能亮一个小时，便走进花园继续播种豌豆。萨姆主动去给他帮忙。格温达坐下给伍尔夫里克补一只袜子上的破口。戴夫在格温达对面坐下，说：“我还有个秘密要告诉你。”

格温达笑了笑。她不介意儿子有秘密，只要他愿意告诉妈妈。“说吧。”

“我恋爱了。”

“太好了！”她俯身亲了一下他的面颊。“我真为你高兴。她是个什么样的姑娘？”

“她很美。”

在看到茜草之前，格温达一直在猜想戴夫可能是在与邻村的姑娘约会。她的直觉是正确的。“我早就有感觉。”她说。

“是吗？”他似乎有些不安。

“别担心，没有出任何岔子。我只是觉得你在和什么人约会。”

“我们一起去了我种茜草的那片空地。这种事情一般都是从那样的地方开始的。”

“你们交往了多久了？”

“一年多了。”

“那么，是当真的。”

“我要娶她。”

“我很高兴。”她慈爱地望着他。“你才二十岁，不过，如果找到了合适的人，这年龄也够了。”

“我很高兴你这么想。”

“她是哪个村的？”

“就是咱们村，韦格利。”

“哦？”格温达吃了一惊。她想不出本村有什么合适的姑娘。“是谁？”

“妈妈，就是阿玛贝尔。”

“不行！”

“别喊。”

“安妮特的女儿不行！”

“你不要发怒嘛。”

“不要发怒！”格温达竭力想使自己平静下来。她像被人扇了一巴掌一样震惊。她连做了好几次深呼吸。“听着，”她说，“我们和那家人不和，已经有二十多年了。安妮特那头母牛伤透了你父亲的心，后来也一直不让他消停。”

“我很抱歉，但那都是过去的事情了。”

“不是——安妮特仍然不放过任何机会对你父亲卖弄风情！”

“那是你们的问题，不是我们的。”

格温达站起身来，她缝补的袜子和针线从腿上滑到了地上。“你怎么能这样对我？要那条母狗成为我们家的一员！我的孙子是她的外孙。她可以随随便便进出我们家，用她的妖气来愚弄你父亲，然后再嘲笑我。”

“我又不是要娶安妮特。”

“阿玛贝尔也不是什么好货。瞧她那德性——跟她母亲一个样儿。”

“她不是，实际上——”

“你不能那样做！我绝对不允许！”

“你不能不允许，妈妈。”

“哦，我当然能——你还太小。”

“我用不了多久就会长大的。”

伍尔夫里克的声音在门口响起：“你们都在嚷嚷什么？”

“戴夫说他想娶安妮特的女儿——但我不会允许的。”格温达的声音不断升高，终于尖叫起来。“决不！决不！决不！”

拉尔夫伯爵让内特总管大吃了一惊，他说他要亲自去看看戴夫种的那种奇异的作物。内特是在到伯爵城堡例行公干时，顺口提起这件事的。未经准许在森林里开垦一小块地是极其轻微的违法行为，通常都是罚款了事。内特是个粗人，平素只对贿赂、佣金之类感兴趣，拉尔夫对格温达一家成见极深：他痛恨伍尔夫里克，对格温达居心不良，而现在又暴露出他是萨姆生父的可能，内特却丝毫没注意到。所以当拉尔夫说等他下次去韦格利一带，要亲眼去看看那作物时，内特吓了一跳。

从复活节到圣灵降临节之间一个晴朗的日子里，拉尔夫带着阿兰·弗恩希尔一起骑马从伯爵城堡前往韦格利村。他们来到那个作为领主宅第的小木屋时，看到了女管家维拉，她已经弓腰驼背，鬓发斑白，但仍在忙前忙后。他们命令她准备午饭，然后就找到内特，跟着他进了森林。

拉尔夫认出了这种植物。他不是农民，但能分辨出不同灌木间的差别，他在行军作战途中看到过不少不是英格兰原产的农作物。他从马鞍上弯下腰来，拔起了一把。“这是茜草，”他说，“我在佛兰德斯见过，长成后能制作成同名的红色染料。”

内特说：“他跟我说这叫沼地草，是治气胸的。”

“我相信这的确也是药材，但人们种它可不是为了这个。他的罚金会是多少？”

“通常都是一先令。”

“那远远不够。”

内特的神情紧张了起来：“规矩一坏，竟然捅出这么大的娄子来，爵爷，我……”

“没关系。”拉尔夫说。他一踢马肚，马小跑着穿过空地中央，践踏着灌木。“来吧，阿兰。”他叫了一声。阿兰也模仿着他。两人策马兜着小圈慢跑着，踏平了地上的作物。没过一会儿，全部的灌木就都被摧毁了。

拉尔夫能看出，即便这些都是非法种植的作物，内特仍然为它们的被毁而感到惊骇。农民最见不得农作物被糟蹋。拉尔夫从法国学到，打击敌国士气最好的办法就是把他们即将收割的庄稼在地里烧掉。

“这就行了。”他说。他很快就变得烦躁起来。他为戴夫无视领主，擅自种植这些作物而感到气愤，但这并不是他来韦格利的主要原因。他真正的目的是想再看看萨姆。

他们骑马回村时，他扫视着田野，寻找着一个长着浓密黑发的高个儿小伙子。由于萨姆身材高大，在一群驼背扛着木锨的发育不良的农奴中会非常惹眼的。他远远地看见了他，在溪地。他收住了缰绳，目光越过狂风劲吹的田野，凝视着这个长到了二十二岁他却从不知道的儿子。

萨姆和那个他以为是他父亲的人——伍尔夫里克——一起用一张马拉的轻犁犁着地。他们一定是出了什么差错，不时地停下来调整着马具。当他们两人在一起时，很容易看出他们的差异。伍尔夫里克的头发是黄褐色的，萨姆却是黑色的；伍尔夫里克的身子横竖一般粗，像头牛，萨姆肩膀很宽，但有些含胸，像匹马；伍尔夫里克的动作又慢又小心，萨姆则又快又优雅。

看着一个陌生人，心里却想着这是我的儿子，这真是世界上最奇怪的感觉。拉尔夫自信绝无妇人之仁。如果同情或悔恨之类的情感能影响他，他也就没有今天了。然而发现了萨姆却似乎要让他丧失男人气概。

他强迫自己离开，策马慢跑着回到村里，然而他又一次屈从了自己的好奇心和感情，派内特去找萨姆，把他带到领主宅第来。

他不清楚自己究竟想拿这孩子怎么样：和他聊天，挑逗他，邀他共进午餐，还是别的？他本该想到格温达是不会给他自由选择的机会的。她和内特、萨姆一起来了，伍尔夫里克和戴夫也跟着他们进来了。“你想要我儿子干什么？”格温达质问道。她的语气就好像拉尔夫并非她的领主，而是和她地位相当似的。

拉尔夫并没有事先考虑过，便说道：“萨姆可不是生就要做一个锄地的农奴的。”他看到阿兰·弗恩希尔吃惊地望着他。

格温达也现出了迷惑的表情。“我们生就做什么，只有上帝知道。”她慢吞吞地说道，拖延着时间。

“如果我想了解上帝的事情，我会去问教士，而不是问你，”拉尔夫对她说，“你儿子是块当战士的料。我不用祈祷就能看出来——这对我是显而易见的，任何身经百战的老兵都是如此。”

“不，他不是个能打仗的人，他是个农民，也是农民的儿子，他命定要像他父亲一样种庄稼、养牲口。”

“别在乎他父亲。”拉尔夫想起了格温达在夏陵郡守的城堡里劝说他赦免萨姆时所说的话。“萨姆有杀人的天性，”他说，“对于一个农民来说，这太危险了，但对于一名士兵来说，这是无价的品质。”

格温达开始揣度拉尔夫的意图，她似乎吓坏了。“你到底想干什么？”

拉尔夫已经意识到按照这个逻辑他将得出什么结论。“让萨姆做个有用的人，而不是危险的人。让他学习武艺。”

“荒唐，他已经太大了。”

“他二十二岁。是有点晚。不过他很健壮。他能行。”

“我看不出他怎么才能行。”

格温达假装在挑萨姆的毛病，但拉尔夫猜透了她的心思，知道她打心眼里反对这个主意。这反倒让他更坚定了。他面带着胜利的微笑说道：“这很容易。他可以住到伯爵城堡去，做个护卫。”

格温达的样子就像是被刺了一刀。她的眼睛闭上了一会儿，她那橄榄色的脸变得苍白。她嘴唇动着说“不”，却没有任何声音发出来。

“他已经跟你过了二十二年了，”拉尔夫说，“够长的了。”现在该轮到我了，他心想，嘴上却说道：“现在他是个男子汉了。”

因为格温达一时哑了口，伍尔夫里克发话了。“我们不同意，”他说，“我们是他的父母，我们不准许他去。”

“我没问你同意不同意，”拉尔夫轻蔑地说道，“我是你的伯爵，你是我的农奴。我不是在请求你，而是在命令你。”

内特总管插话了：“而且，萨姆已经过了二十一岁，所以该由他自己做决定，而不是他父亲。”

他们全都转向了萨姆。

拉尔夫不敢肯定会有什么结果。做一名护卫是许多年轻人梦寐以求的，无论出自哪个阶层，但他不知道萨姆是否也这样。比之在田地里累折腰，城堡中的生活奢侈气派，激动人心；但士兵也经常死得很早——或者比这还糟——缺胳膊断腿地回家，悲惨的后半生就只能在小酒馆的门外乞食了。

然而，拉尔夫一看到萨姆的脸就明白了他的心思。萨姆笑得很灿烂，眼睛里闪烁着热切的光芒。他迫不及待地想去了。

格温达终于发出了声音。“别去，萨姆！”她说，“别受诱惑。别让妈妈看到你被箭射瞎眼睛，或者被法国骑士的剑砍伤，再或者被他们的马蹄踩残废。”

伍尔夫里克也说：“别去，儿子。留在韦格利，长命百岁吧。”

萨姆脸上又现出了疑惑的神情。

拉尔夫说：“好了，小伙子。以前你一直听你妈妈的，还听这个把你养大的农民爸爸的。但现在该你自己拿主意了。你想怎么办？是在韦格利村过一辈子，和你弟弟一起种地？还是离开？”

萨姆只犹豫了一会儿。他负疚地看了一眼伍尔夫里克和格温达，然后转向拉尔夫。“我去，”他说，“我要做一名护卫，谢谢你，我的爵爷！”

“好小伙子。”拉尔夫说。

格温达放声大哭。伍尔夫里克搂住了她。他抬眼看着拉尔夫，问：“他什么时候走？”

“今天，”拉尔夫说，“午饭后他可以跟我和阿兰一起骑马回伯爵城堡。”

“别那么急。”格温达哭叫道。

但没人听她的。

拉尔夫对萨姆说：“回家去拿上你想拿的所有东西。和你妈妈一起吃顿午饭。然后回到这儿来，在马厩等我。内特会去征用一匹马，送你去伯爵城堡。”他转过身，表示和萨姆一家说完了话。“现在，我的午饭呢？”

伍尔夫里克、格温达和萨姆都出去了，戴夫却留了下来。难道他已经知道自己的作物被踏平了？还是有别的什么事？“你还有什么要求？”拉尔夫问。

“爵爷，我想求您开恩。”

拉尔夫简直不敢相信这是真的。一个胆敢不经准许就在森林里种茜草的无法无天的农民，居然乞求起来。这是多么令人愉快的一天呀。“你没法当护卫，你继承了你妈妈的身材。”拉尔夫对他说，阿兰则在一旁大笑起来。

“我想娶安妮特的女儿阿玛贝尔。”那年轻人说。

“那你妈妈可不会高兴啊。”

“我只差一岁就成年了。”

拉尔夫当然非常了解安妮特。他差点儿为了她的缘故而被绞死。他这辈子和她的纠葛一点儿也不比和格温达少。他记得她的所有家人都在黑死病中死了。“安妮特还有一些他父亲留下的地。”

“是的，爵爷，她愿意在我娶了她女儿后把那些地转让给我。”

这样的请求通常是不会被拒绝的，不过所有领主都会为此收一笔税，叫作“过户费”。然而，领主也没有义务非要同意。领主们有权凭一时心血来潮拒绝这样的请求，从而毁掉一个农奴的一生，这是农民们最大的苦恼之一。但这也给了主子们一个行之有效的约束手段。

“不，”拉尔夫说，“我不会把那些地转给你的。”他咧嘴一笑。“你和你的新娘可以去吃茜草嘛。”

87

凯瑞丝必须阻止菲利蒙当主教。这是他迄今最大胆的行动，但他准备得格外细致，而且他有机会。若是他得逞了，他就会再度控制医院，也就有了摧毁她毕生心血的权力。但他还可能变本加厉。他会恢复旧日黑暗的正统教义，会在村庄里任命像他本人一样心狠手辣的教士，会关闭为女孩子们开办的学校，会反对跳舞。

她在选择主教问题上没有发言权，但有办法施加压力。

她第一个游说的是亨利主教。

她和梅尔辛前往夏陵的主教宅院去见他。路上，梅尔辛仔细打量着每一个进入视野的黑头发姑娘，当路旁没有姑娘时，他就扫视森林。他在寻找洛拉，但当他们抵达夏陵时，却连她的影子也没看见。

主教宅院坐落在中心广场上，在教堂的对面，羊毛交易楼的旁边。今天不是集日，所以广场上人很少，那个永久树立在那里的绞刑架便显得格外醒目，在警告着坏人们：看看郡民们将怎样对付不法之徒。

主教宅院是座朴实无华的石砌建筑。底层有一个厅和一个礼拜堂，二层有几间办公室和几间私人住房。亨利主教给这座宫带来了一种凯瑞丝认为大概是法国式的风格。每间屋子似乎都能入画。主教宅院的装饰丝毫不铺张奢华，不像菲利蒙在王桥的宅院，到处是地毯、挂毯和珠宝，让人想起强盗的洞穴。然而，亨利的房子中也有一些极具艺术性的物件，使房中的一切都显得令人愉快，比如：一座能映照从窗外射来的光的银烛台；一张闪闪发光又古色古香的橡木桌；没有点燃的壁炉上摆放着春天的花朵；墙上挂着绣有大卫和约拿单故事的小幅挂毯。

亨利主教不是敌人，但在很大程度上也不是盟友，当他们在厅里等候时，凯瑞丝不安地想。他也许会说他将努力超脱于王桥的争执之上。如果以更大的恶意来揣度他，那么无论他做出什么决定，都会坚定不移地关注自己的利益。他不喜欢菲利蒙，但他不会让这一点来影响他的判断的。

亨利进来时，像往常一样，跟着克劳德教士。这两人都不显老。亨利比凯瑞丝稍大一点，克劳德可能要小十岁，但两人看上去都像是小伙子。凯瑞丝注意到，教士通常都会比贵族显得年轻许多。她怀疑这是因为大多数教士——除少数道德极其败坏者外——都过着有节制的生活。他们的禁食制度迫使他们在星期五、圣徒节，以及整个四旬斋期间，都只能吃鱼和蔬菜，理论上他们也不允许喝醉酒。贵族和他们的妻子正相反，纵情吃肉，豪饮狂欢。他们的脸上布满皱纹，他们的皮肤易于脱落，他们的身材大多佝偻，而教士们在他们平静、简朴的一生的晚年，仍大多保持着匀称的体型和敏捷的身姿，恐怕这就是原因。

梅尔辛祝贺亨利被提名为蒙茅斯大主教，随即直截了当地进入了正题："菲利蒙副院长停止了塔楼的建造。"

亨利刻意以一种不偏不倚的语调问道："有什么原因吗？"

“有一个借口，也有一个理由，”梅尔辛说，“借口是设计存在缺陷。”

“那么所谓的缺陷是什么呢？”

“他说没有模架的话没法建造八角形的尖塔。通常的确是这样，但我想出了一个办法。”

“什么……？”

“非常简单。我先建一座圆形的尖塔，那不需要模架，然后在它外面用石头和灰泥再砌一个八角形的薄薄的包层。从视觉上看，尖塔是八角形的，但从结构上讲，它其实是圆锥形的。”

“你跟菲利蒙说了这办法了吗？”

“没有。如果我说了，他会另找借口的。”

“他真正的理由是什么？”

“他想另建一座圣母堂。”

“啊。”

“这是他讨好高级教士的行动之一。上次雷金纳德副主教来王桥，他布道反对人体解剖。他还对国王的顾问说他不会反对教会征税。”

“他的目的是什么？”

“他想做夏陵的主教。”

亨利一扬眉毛：“菲利蒙一向胆大，我承认这点。”

克劳德首次开口了：“你怎么知道的？”

“格利高里·朗费罗告诉我的。”

克劳德看着亨利说：“如果是这样的话，格利高里会知道的。”

凯瑞丝能看出亨利和克劳德都没有预料到菲利蒙如此野心勃

勃。为了确保他们不要忽视问题的严重性，她说：“如果菲利蒙得逞了，你作为蒙茅斯大主教，就得没完没了地评判菲利蒙主教和王桥镇民之间的纠纷。你知道以往发生过多少这样的摩擦吗？”

克劳德说：“我们当然知道。”

“我很高兴我们的看法是一致的。”梅尔辛说。

克劳德沉思着，说：“我们必须另提一位候选人。”

凯瑞丝正等着这句话。“我们心中已经有一个人选了。”她说。

克劳德问：“谁？”

“你。”

屋里一阵沉寂。凯瑞丝能看出克劳德喜欢这主意。她猜想他也许私下里很妒羡亨利的晋升，怀疑自己是否注定一辈子要当亨利的助手。他对主教这个职位胜任有余。他非常熟悉主教教区，并且已经在处理大多数行政事务了。

然而，两个人此刻肯定都在思考他们的私生活。凯瑞丝确信他们的关系形同夫妻：她亲眼看到过他俩亲嘴。但最初浪漫的冲动已经过去几十年了，她的直觉在告诉她，他们能够忍受暂时的分别。

她说：“你们还会一起处理很多事情的。”

克劳德说：“大主教有很多理由访问王桥和夏陵。”

亨利说：“王桥的主教也需要经常来蒙茅斯。”

克劳德说：“做主教是一件很大的荣誉。”他的眼里闪烁着快乐的光芒，又说，“特别是在大主教你的领导下。”

亨利将眼光移开，假装没注意到这句话的双关意味。“我觉得这是个高明的主意。”他说。

梅尔辛说："王桥教区公会将支持克劳德——这点我可以保证。不过你，亨利大主教，必须向国王提出这个建议。"

"当然。"

凯瑞丝问："我可以再提一个建议吗？"

"请讲。"

"也给菲利蒙另外安排个位置。我不知道是否合适，比如林肯郡的副主教。他会喜欢的，不过那会让他远离这儿。"

"好主意，"亨利说，"如果他在两个职位上都获得了提名，那么获得哪个职位的可能性就都在下降。我会留心一切动向的。"

克劳德站起身来。"这太让人兴奋了，"他说，"你们愿意和我们共进午餐吗？"

一个仆人走了进来，对凯瑞丝说道："外面有人找你，夫人。是个小男孩儿，不过他好像很伤心。"

亨利说："让他进来吧。"

一个约摸十三岁的男孩儿走了进来。他浑身很脏，穿的衣服却不便宜，凯瑞丝猜他家境不错，但遭了什么难。"你能去我们家一趟吗，凯瑞丝嬷嬷？"

"我已经不是修女了，孩子，不过你有什么事？"

男孩儿说得很快："我爸爸、妈妈，还有我哥哥，全都病了，我妈妈听人说你到主教宅院来了，就让我来请你。她知道你帮助穷人，不过她付得起钱。你能去一趟吗？求求你。"

这样的请求对凯瑞丝来说可不少见，无论她去哪儿，都带着一个药箱。"我当然能去，孩子，"她说，"你叫什么？"

"贾尔斯·斯派塞，嬷嬷，我领你去，我等着你。"

"好的，"凯瑞丝转身对主教说道，"你们请先用午餐吧，我会尽快赶回来的。”说罢她拎起药箱，跟着小男孩出去了。

夏陵之存在，是因为有小山上的郡守城堡，正如王桥之存在是因为有修道院一样。市场广场附近是镇上头面人物们的大房子。这些人有羊毛商、郡守属下的官员、国王的官员如验尸官等。稍远一点是比较富裕的商人和工匠的住宅，如金匠、裁缝和药师等。贾尔斯的父亲是个香料商，正如他的姓氏所表明的[①]，贾尔斯领着凯瑞丝来到这个地区的一条街上。像这个阶级大多数人家的房子一样，贾尔斯家的房子一楼也是石头建的，用做库房和店面，上面居住用的楼层则是用相对就不那么结实的木材建的。今天店面关门上锁。贾尔斯领着凯瑞丝从外面的楼梯上了楼。

她刚一进门，就闻到了一股熟悉的疾病的气味。她迟疑了一下。这是一种特殊的气味，触动了她记忆中的某根弦，使她感到一阵莫名的恐惧。

她没多想，就走过起居室进了卧室，于是她找到了可怕的答案。

屋子四周的垫子上躺着三个人：一个和她年龄相仿的女人、一个稍微老一点的男人，还有一个少年。那个男人病得很重。他躺在那里呻吟着，因为发烧而大汗淋漓。他的衬衣自脖子处敞开着，能看到他胸部和喉咙上有很多黑紫色的斑点。他的嘴唇上和鼻孔中都有血迹。

他得的是黑死病。

“到底复发了，”凯瑞丝说，“上帝帮帮我。”

有那么一阵子，她吓得呆若木鸡。她一动不动地站着，凝视

① 斯派塞原文为Spicers，意为“香料商”。

着眼前的情景，感到无能为力。她一直认为，从理论上讲，黑死病是会复发的——这也是她写她那本书的一半原因——然而她仍然没有做好心理准备，来应对再度看到那种皮疹、高烧和鼻血的惊愕。

那女人用臂肘支撑着，爬起身来。她病得还没有那么重：她出了皮疹，也发了烧，但似乎还没有流血。“看在上帝的分上，给我点儿喝的。”她说。

贾尔斯拿起了一罐葡萄酒，凯瑞丝终于清醒了过来，身子也不再动弹不得了。“别给她喝葡萄酒——那样她会更渴的，”她说，“我看见别的屋子里有淡啤酒——给她盛一杯来。”

那女人紧盯着凯瑞丝。“你就是那位副院长，是吗？”她说。凯瑞丝没有纠正她。“人们都说你是圣人。你能治好我们家的病吗？”

“我会试试的，但我不是圣人，只是一个观察过病人和健康人的女人。”凯瑞丝从包里掏出了一条亚麻布，系在了自己的嘴上和鼻子上。有十年了，她没再见过一起黑死病例，但她已经养成了在治疗传染病人时预作防护的习惯。她把一块干净的布在玫瑰水中浸湿，擦洗了那女人的脸。像往常一样，这些动作使病人平静了下来。

贾尔斯端着一杯淡啤酒回来了，那女人喝了起来。凯瑞丝吩咐贾尔斯：“让他们尽量多喝水，不过只能给他们喝淡啤酒或者兑了水的葡萄酒。”

她又挪向了那位父亲。他活不了太久了。他说话不连贯，眼睛也不能紧盯着凯瑞丝。她为他洗了脸，擦去了他鼻子和嘴周围已经变干了的血迹。最后，她来到了贾尔斯的哥哥身旁。他是最近刚刚染上病的，还在打喷嚏，但他的年龄已经能意识到自己的病有多么严重，他看上去非常害怕。

她做完这一切后，对贾尔斯说："尽量让他们舒服些，多给他们水喝。你也没有别的事可做了。你还有什么亲戚吗？叔叔或姨妈？"

"他们全都在威尔士。"

凯瑞丝在脑子里做了个记号，要告诉亨利主教，他也许需要安置一名孤儿了。

"妈妈说要付你钱。"男孩儿说。

"我没有为你们做太多事情，"凯瑞丝说，"你给我六便士就可以了。"

他母亲的床边有一个皮钱袋。他掏出了六枚银便士。

那女人又撑起了身子。这回她的语气平静多了。她问："我们得的是什么病？"

"我很遗憾，"凯瑞丝说，"这是黑死病。"

那女人露出听天由命的神色，点了点头："这正是我所担心的。"

"你们难道没从上次的黑死病发作看出症状来吗？"

"我们住在威尔士的一个小镇——我们躲过了上次。我们全都会死吗？"

凯瑞丝认为在这样重大的问题上瞒哄病人并无好处。"有人活下来了，"她说，"不过，不多。"

"那就求上帝可怜可怜我们吧。"那女人说。

"阿门。"凯瑞丝说。

在返回王桥的路上，凯瑞丝一直在忧郁地沉思着黑死病的事情。无疑，这场瘟疫将会像上次一样迅猛流行，会夺去成千上万条性命。想到这点，她简直要发狂。黑死病像战争一样，是无情的屠杀，只不过战争是人类引起的，而黑死病不是。她该做些什么呢？她绝不能坐视十三年前那场惨剧重演。

黑死病无法救治，但她已找到了能够延缓其凶猛地传播的办法。当她的马小跑着穿过崎岖的林间小路时，她思索着自己到底对这种病了解多少，能有什么办法与之搏斗。梅尔辛看出了她心事重重。他非常冷静，也许已猜到了她在想什么。

他们到家后，她向他解释了她想怎么办。“会有人反对的，”他警告说，“你的这个计划，手段太激烈了。上次瘟疫中没有丧失亲友的人们会认为他们是不会感染的。他们会说你反应过火的。”

“这正是你能帮我的地方。”她说。

“那样的话，我提议，咱们把有可能反对的人分开，分别去劝说他们。”

“好的。”

“你需要争取三部分人：教区公会成员、修士，还有修女。先从教区公会开始吧。我来召集个会——我将不邀请菲利蒙。”

如今教区公会的会议已经在布匹交易中心举行了。这是在主街上新建的一座大型石头建筑。它的落成使得商人们即使在恶劣的天气下也能做生意了。其建筑经费是由“王桥红”的利润支付的。

但在会议召开前，凯瑞丝和梅尔辛已经分别会见了公会的主要成员，预先争得了他们的支持。这是梅尔辛很久以前就学会的一种策略。他的信条是：“除非结果十拿九稳，否则绝不召开会议。”

凯瑞丝本人去见了玛奇·韦伯。

玛奇又结了婚。让所有的人都感到有趣的是，她迷倒了一个像她的前夫一样英俊，还比她小十五岁的农民。他叫安塞尔姆，似乎很倾慕她，尽管她像以前一样胖，还挑选了很多稀奇古怪的帽子来遮盖她头上的白发。更加令人惊奇的是，她在四十多岁时又怀了孕，生下了一个健康的女婴塞尔玛，如今已经八岁了，上了修女们开的学校。抚育孩子并没有妨碍玛奇做生意，在安塞尔姆的襄助下，她继续主宰着“王桥红”的市场。

她仍然住在主街上的那幢大房子里。那是她和马克刚刚开始从织布和染布赢利时搬进去的。凯瑞丝看到她和安塞尔姆刚刚收下了一批交货的红布，正在底层已经过度拥挤的库房中寻找着存放它们的地方。“我在为羊毛集市备货。”玛奇解释道。

凯瑞丝等着她检查完货物交割，然后她们一起上了楼，留下安塞尔姆在店里打理。凯瑞丝一进起居室，便清晰地记起了十三年前的那一天，她被请到这里来看马克——王桥第一位因黑死病去世的人。一阵悲痛涌上她的心头。

玛奇注意到她的表情。“你怎么了？”她问。

你的心事也许能瞒过男人，却休想瞒过女人。“十三年前我来过这间屋子，因为马克病了。”凯瑞丝说。

玛奇点了点头。“那是我一生中最悲惨的一段日子的开始，”她用平淡的语气说道，“那时候，我有一个很棒的丈夫，还有四个健康的孩子。三个月后我成了没有孩子的寡妇，什么活头也没有了。”

“一段伤心的日子。”凯瑞丝说。

玛奇走到了餐具柜旁，那里面有一个罐子和好几只杯子，但她没有给凯瑞丝倒什么饮料，而是呆呆地站着，凝视着墙。“我该不该告诉你点儿奇怪的事情？”她说，“他们死后，我再听到主祷文，就说不出阿门了。”她咽了咽口水，声音变得更加平静了。“要知道，我明白那句拉丁文的意思。我父亲教过我。Fiat voluntas tua：‘愿你的意旨成全。’我说不出来。上帝夺走了我的家庭，这是非常残酷的刑罚——我不能就这么认了。”她回忆着，眼睛里涌出了泪水。“我不愿意上帝的意旨成全，我想要回我的孩子。‘愿你的意旨成全。’我知道我会下地狱的，但我还是说不出阿门来。”

凯瑞丝说：“黑死病又复发了。”

玛奇踉跄了一下，她紧紧抓住餐具柜才站稳了身子。她那结实的身躯突然之间显得非常虚弱，当她脸上自信的神情消退后，她看上去也老多了。“不。”她说。

凯瑞丝拽过了一张长凳，扶着玛奇的胳膊帮她坐下。“我很抱歉让你受惊了。”她说。

“不，”玛奇又说了一遍，“不能再复发了。我不能再失去安塞尔姆和塞尔玛。我受不了了。我受不了了。”她脸色非常苍白，凯瑞丝也开始担心她会再受到什么伤害。

凯瑞丝从罐子里倒了一杯葡萄酒，端给了玛奇。她机械地喝了下去，脸上恢复了些血色。

“现在我们对黑死病的了解已经比以前多了，”凯瑞丝说，“也许我们可以和它斗。”

“和它斗？怎么斗？”

“这就是我要来告诉你的。你现在感觉好些了吗？”

玛奇终于直视着凯瑞丝的眼睛了。“和它斗，”她说，“我们当然必须这么做。告诉我怎么办吧。”

“我们得封城。关上城门，叫男人们把守城墙，阻止任何人进城。”

“可城里的人得吃饭呀。”

“可以叫人把给养品送到麻风病人岛上，让梅尔辛来做中间人，负责给钱——他上次感染了黑死病，但活了下来，到现在为止还没有人能感染两次呢。商人们可以把货物放到桥上。等他们走后，城里的人可以出城来取食品。”

“人们可以离开城市吗？”

“可以，但是就不能回来了。”

“那羊毛集市怎么办？”

“这恐怕是最难办的事情，”凯瑞丝说，“必须取消了。”

“可是这样一来王桥的商人们就会损失好几百英镑呢！”

“总比死要好呀。”

“如果我们照你说的做了，就能避开黑死病吗？我的家人就能活下来吗？”

凯瑞丝犹豫了一下，抵御着通过撒谎给人吃定心丸的诱惑。“我不能保证，”她说，“黑死病也许已经来到我们中间了。此时此刻河边某个小茅屋里也许就有人快要死了，而身旁没有任何人能帮他。所以我担心我们也许没法全都逃过这一劫。但我相信我的办法能在最大程度上保证到圣诞节时，安塞尔姆和塞尔玛仍然在你身边。”

“那就这么办。”玛奇坚定地说道。

“你的支持至关紧要，”凯瑞丝说，“坦率地讲，羊毛集市取消了，你比其他任何人的损失都大。因此，人们更可能相信你的话。我需要你来讲一讲情况有多么严重。”

“放心吧，”玛奇说，“我会告诉他们的。”

“一个很不错的主意。”菲利蒙副院长说道。

梅尔辛深感意外，他记得菲利蒙没有一次爽快地同意过教区公会的建议。“那么你会支持了。”他问道，以确保自己没有听错。

“是的，没错。”副院长说道。他正吃着一碗葡萄干，他把满满的一大把塞进嘴里，大嚼特嚼起来，却没有请梅尔辛吃。“当然，”他说，“这不适用于修士。”

梅尔辛叹了口气。他早该想到的。“恰恰相反，这适用于任何人。”他说。

“不，不，”菲利蒙用一种大人教训小孩子的口气说道，“教区公会没有权力限制修士的行动。”

梅尔辛注意到菲利蒙脚下有一只猫，非常肥，也像他一样，长着一张猥琐的脸。这只猫很像戈德温的那只“大主教”，但那只猫肯定早就死了。这只也许是它的后代。梅尔辛说：“教区公会有权力关闭城门。”

“但我们也有来去自由的权力。我们不能听从教区公会的命令——这太荒唐了。”

“即便如此，教区公会仍然要控制全城。我们已经决定，在黑死病流行期间，不许任何人进城。”

“你不能替修道院定规矩。”

“但我能为这座城定规矩，而修道院恰好在城里。”

“你是在跟我说假如我今天离开了王桥，明天你就不让我进来了吗？”

梅尔辛迟疑了。让王桥修道院的副院长站在城门外请求进城，哪怕只是想一想，也够让人难堪的。他一直希望说服菲利蒙接受这一限制，并不想把教区公会的意志强加于人。然而，他尽可能地使自己的回答听上去斩钉截铁。“正是。”

“我要向主教申诉。”

“请告诉他，他不能进入王桥。”

凯瑞丝发现，女修道院的人员十年来几乎没什么变化。所有女修道院基本上都是这样：既然进去了，就该在里面待上一辈子。琼嬷嬷仍然是副院长，乌娜姐妹在塞姆兄弟的监督下掌管着医院事务。如今已很少有人来这里就医了，大部分人都选择了凯瑞丝在岛上开办的医院。那些来找塞姆的病人主要是因为极其虔信宗教，他们在厨房旁边的旧医院里得到治疗，新建的楼是用来接待客人的。

旧的药房现已被用作女副院长的办公室。凯瑞丝和琼、乌娜、塞姆一起在里面坐下，她说明了自己的计划。“老城外面的人如果患了黑死病，可以到岛上我的医院里去治，”她说，“黑死病流行期间，我和修女们昼夜都待在医院里。任何人不得离开，只除了极少数侥幸康复的人。”

琼问："老城里面的人怎么办？"

"假如我们采取了这些预防措施后，黑死病仍然袭进了城里，你们这里接纳不了太多患者的。教区公会规定，黑死病患者及其家人将被隔离在他们的家中。这一规定适用于所有居住在发现了黑死病的房子中的人，无论是父母、子女、祖父母，还是仆人、学徒。任何被发现离开了这样的房子的人都将被绞死。"

"这太粗暴了，"琼说，"但如果能避免像上次黑死病流行时那样死那么多人的话，值得一试。"

"我知道你是个明白人。"

塞姆一言不发。黑死病复发的消息看来重挫了他的傲气。

乌娜问："如果患者们被隔离在家中，他们怎么吃饭呢？"

"邻居们可以把食物放在他们的门阶上。但任何人不得进去，只有做医生的修士和修女们除外。他们可以看病人，但不得接触健康人。他们从修道院去患者家，从患者家回修道院，中间不得再进入任何其他房子，甚至不能同街上的任何人说话。他们应当无论何时都戴上面罩，每次接触病人后，都必须用醋洗手。"

塞姆似乎被吓坏了："这能保护我们吗？"

"在一定程度上能，"凯瑞丝说，"但不完全能。"

"那样我们照顾病人，岂不是非常危险！"

乌娜回答了他。"我们不害怕，"她说，"我们期待着死。对我们来说，那是企盼已久的和基督的团聚。"

"是的，那当然。"塞姆说。

第二天，所有的修士离开了王桥。

88

格温达看到拉尔夫对戴夫的茜草的所为后，感到锥心之痛，怒不可遏。肆意地摧毁庄稼是罪孽。地狱中应该专门为那些糟蹋农民辛苦所得的贵族专设一处惩罚地。

然而戴夫并没有沮丧。“这没什么，”他说，“茜草值钱的是根，他没有伤到根。”

“可你付出了多少辛苦呀。”格温达愤愤地说道，但随即又高兴了起来。

实际上，这种灌木恢复得非常迅猛。拉尔夫可能不知道茜草是在地下繁殖的。整个五月和六月，随着黑死病复发的消息不断传到韦格利，茜草的根又发了新芽，到了七月初，戴夫认为该是收割的时候了。一个星期天，格温达、伍尔夫里克和戴夫花了一下午时间挖出了根。他们先松了植物周围的土壤，然后把它们拔了出来，除去了枝叶，让根上只连着一小段茎。格温达一辈子都在干这种腰酸背疼的活儿。

他们留下了一半的茜草没动，希望它们明年还能再生。

他们推着满满一手推车茜草根，从森林里回到了韦格利，然后在谷仓里卸了车，把茜草根在干草棚里散开晾干。

戴夫不知道他什么时候才能卖出他的收获。王桥封城了。当然，那里的人们仍然要买东西，但只能通过掮客。戴夫干的是全新的事情，他需要向买主说明情况，而通过中间人传话是令人尴尬的。但他也许不得不试试。不过他需要先把茜草根晾干，再把它们研成粉末，反正这也需要时间。

戴夫没再提起阿玛贝尔，但格温达敢肯定他仍然在跟她约会。他装出了一副乐于听天由命的样子。如果他当真放弃了那姑娘，他会愤愤不平地抹眼泪的。

格温达所能希望的便是在他长到不需要父母允许便能结婚的年龄前，他能了断和那姑娘的恋情。他们家将和安妮特家联姻，哪怕只是想一想，她都受不了。安妮特一直在羞辱她。她不停地挑逗伍尔夫里克，而他对她那愚蠢的调情，也始终是傻傻地笑着。安妮特已经四十多岁了，她那红润的面颊已现出了破败的血管，她那秀丽的卷发中也出现了斑白。她的行为已不仅仅是令人尴尬，简直是荒唐可笑，可伍尔夫里克的反应，就好像她还是个姑娘家似的。

而现在，格温达心想，我儿子又掉进了同样的陷阱。一想到这儿，她就想啐上一口。阿玛贝尔看上去正像二十五年前的安妮特，一副漂亮的脸蛋，一头随风飘动的卷发，一个长长的脖颈，一对窄窄的白肩膀，小小的乳房就像母女俩在市场上卖的鸡蛋。她甩头发的姿势也和她母亲一样，并且也使她母亲的那种小伎俩：用假作嗔怪的眼神看着男人们，用手背拍打他们的胸，看上去像是重重的一击，其实却是轻轻的爱抚。

不过，戴夫至少在身体上还是安然无恙的。她更不放心的是萨姆。他现在和拉尔夫伯爵一起住在城堡里，学习做一名武士。她上教堂时，祈祷他千万不要在打猎、学剑和比武时受伤。

二十二年来，她天天能看到他，可突然之间他就被人家从她身边夺走了。做女人真难呀，她心想。你全心全意地爱着你的孩子，可突然有一天他就离开了你。

一连几个星期，她都在找理由，想到伯爵城堡去看看萨姆。随即她就听到了黑死病肆虐的消息，这使她下定了决心。她要在收庄稼之前去。伍尔夫里克将不陪她去：地里有太多的活儿需要他干了。她反正不怕单独出行。“太穷了，没的可抢；太老了，没人强奸。”她自嘲道。但真正的原因是她在这两方面都不好对付。她还带了把长长的刀子。

七月里炎热的一天，她穿过了伯爵城堡的吊桥。门楼的城垛上像哨兵一样立着一只乌鸦，太阳照在它乌黑的羽毛上闪闪发光。乌鸦叫了起来，仿佛在警告她，那声音就像是：“走吧，走吧！”当然，她已经逃过黑死病一次了，但那也许是因为走运：她来这里，是冒着生命的危险的。

下层院子里一切如常，只是稍微有些安静。一个砍柴人在面包房前卸着一辆满载着木柴的车子，一名马夫在马厩前为一匹满身尘土的马卸着马鞍，但是没有往日的喧闹声。她注意到小教堂的西门外聚着一小群人，便穿过地面像火烤一般的院子去看个究竟。“里面是得了黑死病的人。”一名女仆回答了她的提问。

她走进了门，感到心头像是压了一块沉重无比的冰块。

地上排开了十到十二个草垫。像医院里一样，每个草垫上的人都能看到圣坛。大约一半的病人似乎都是小孩子。有三名成年病人。格温达揪着心，扫视了他们一遍。

他们都不是萨姆。

她跪在地上，说了句感谢的祷词。

出了教堂后，她又走到了刚才说过话的那个女人身旁。“我找韦格利来的萨姆，”她说，“他是名新护卫。”

那女人指了指通向里面院子的桥。“到主楼去问问吧。”

格温达顺着她指的路走去。桥上的哨兵没有搭理她。她爬上了主楼的台阶。

巨大的厅里又黑又冷。一条大狗躺在壁炉冰冷的石头上。四周的墙边摆着长凳，屋子的远端有一对大大的扶手椅。格温达注意到椅子没有靠垫，也没有椅套，墙上也没有挂饰。她猜想菲莉帕夫人很少住在这里，因而对装饰也不上心。

萨姆和三个比他更年轻的人坐在窗前。一副铠甲按照从面罩到胫甲的顺序摆放在他们面前的地上。每个人都在擦着一部分。萨姆正用一块光滑的卵石刮着胸甲，试图除去铁锈。

她站在那里看了他一会儿。他穿着新衣服，是夏陵伯爵手下那种红黑相拼的制服。颜色与他那黝黑而英俊的外貌很般配。他看上去很轻松，和其他人一起，一边干着活儿，一边随意地聊着天。他的样子很健康，看来吃得不错。这正是格温达所希望的，但她还是感到了一阵有悖常情的失望，他在没有她照料的情况下居然过得这么好。

他一抬眼看到了她，脸上的表情先是惊讶，继而是高兴，随即又变成了调皮。“小伙子们，”他说，“我在你们中间年龄最大，你们恐怕都以为我能照顾自己了吧，可事情并不是这样。无论我走到哪里，我妈妈都要跟着我，来看看我是不是一切都好。”

他们看着她，大笑起来。萨姆放下了手中的活儿，走了过来。母子俩在通向上层房间的楼梯旁角落里的一张长凳上坐下了。“我在这里过得很好，”萨姆说，“这里的大部分时间，所有的人都在玩游戏。我们打猎、放鹰，举行摔跤和马术比赛，还踢足球。我学了很多东西！整天和一帮少年人待在一起有点儿让人尴尬，不过我受得了。我只不过必须掌握在骑马的同时使用剑和盾的本领。”

她注意到，他说话的方式已经变化了。他不再用农民说话那种慢吞吞的节奏了。他在说“放鹰”和“马术”时还使用了法语。他正在渐渐地融入贵族生活。

“那么，你们都干什么活儿呢？”她问，“不能总是玩呀。”

“是的，有很多活儿。”他指了指正擦铠甲的其他人，“但是比犁地和耙地还是轻松多了。”

他问起了他弟弟，她告诉了他家里的全部情况：戴夫的茜草又再生了，他们挖出了根，戴夫依然和阿玛贝尔纠缠在一起，迄今为止还没人得黑死病。他们正交谈着，她开始觉得有人在注视他们，她知道这并非幻觉。又过了一会儿，她回头看了看。

拉尔夫伯爵正站在楼梯顶端一扇敞开的门前。他显然是从自己的屋里走出来的。她不知道他已经看了她多久了。她迎住了他的目光。他紧紧地盯着她，她不明白这有什么意味，她看不懂。过了一会儿，她开始觉得这目光中有一种令人很不舒服的亲密感，于是她扭开了头。

当她再次回头时，他已经离开了。

第二天，当她在返家的路上走到一半时，一个骑马的人从后面疾驰而来。他起初骑得很快，继而放慢了速度，最后停了下来。

她的手伸向了腰间的长刀。

骑马的人是阿兰·弗恩希尔老爷。“伯爵想见你。”他说。

“那他最好是自己来，而不是派你来。”她回答道。

“你一向回答得很巧妙，是不是？你觉得这会让你上面的老爷们高兴吗？”

阿兰说得有道理。这让她很是吃惊，也许是因为这么多年来他一直是拉尔夫的亲密扈从，而她从来没听见他说过什么在理的话。如果她当真聪明的话，她就该奉承像阿兰这样的人，而不是取笑他们。“好吧，”她厌倦地说道，“伯爵要见我，难道要让我一路走回城堡去吗？”

“不。他在森林里有间小屋，离这儿不远，他打猎时有时候会在那儿休息一下。他现在就在那里。”他指了指路旁的森林。

格温达对此很不高兴，但作为农奴，她没有权利拒绝她的伯爵的召唤。不管怎么说，如果她拒绝的话，她能肯定阿兰会把她打倒在地，捆绑起来，用马驮到那里去。“好吧。”她说。

“如果你愿意的话，跳上马来，坐到我前面。”

“不了，谢谢。我还是自己走吧。”

一年中的这个时候，地上的灌木非常茂密。格温达跟在马后进了森林，沿着马从荨麻和蕨类中踩出的路走着。他们身后的路很快就又被草木掩盖了。格温达心里惴惴不安地想着，究竟是什么让拉尔夫心血来潮，安排了这次林中会见。她觉得，这对她或她的家庭绝非好事。

他们走了大约四分之一英里，来到了一座茅草屋顶的矮房子前。如果不是事先知道，格温达会以为这是护林官的茅舍呢。阿兰把马缰绳拴在一棵小树上，领她进了屋。

这地方像格温达在伯爵城堡中看到的一样，一副毫无装饰、只求实用的样子。地面是夯实的土，墙是都不能算完工的抹灰篱笆，屋顶实际上就是茅草的另一面。家具也很简单：一张桌子，几只长凳，还有一张简易的木床，上面铺着草垫。后面还有一扇半开的门，里面是个小厨房。拉尔夫的仆人大概就是在这里为他和他打猎的随从们准备吃喝。

拉尔夫坐在桌前，桌上摆着一杯葡萄酒。格温达站在他对面，等着他发话。阿兰斜倚在她背后的墙上。“这么说，阿兰找到你了。”拉尔夫说。

“这里没有别人了吗？”格温达不安地说道。

“只有你、我和阿兰。”

格温达的担忧又加剧了一分。“你为什么要见我？”

“当然，是谈谈萨姆的事情。”

“你已经把他从我身边夺走了。还有什么可说的？”

“他是个棒小伙儿，你知道……我们的儿子。”

“别这么说。”她看了看阿兰。他一点儿也没显出惊讶，显然他已经知道这个秘密了。她非常沮丧。伍尔夫里克肯定是根本不知道的。“别说他是我们的儿子，”她说，“你根本没养育他。是伍尔夫里克把他养大的。”

“我怎么养育他？他连他是我儿子都不知道！但我正在弥补失去的时光。他过得不错，他告诉你了吗？”

“他和别人打斗吗？”

“当然。松鼠还要打斗呢。这是在为战争做训练。你该问他打赢了没有。”

“这不是我想让他过的生活。”

“这是他命中注定要过的生活。”

“你叫我来，就是想炫耀炫耀吗？”

“你干吗不坐下说话呢？”

她很不情愿地在他对面坐下。他往一个杯子里倒满了葡萄酒，推到她面前。她视若无睹。

他说：“既然我已经知道了我们有个共同的儿子，我想我们应该更亲密一些。”

“不了，谢谢。”

“你真让人扫兴。”

“你让我有兴致吗？你是我一辈子的灾星。我巴不得从来没见过你。我不想跟你亲密。我想离你越远越好。哪怕你去了耶路撒冷，我都不觉得远。”

拉尔夫的脸气得铁青，格温达后悔言辞太过夸张了。她记起了阿兰的责备，希望自己说话时不是脱口而出，而是能冷静些，不带那些刻薄的俏皮话。但是再没有人能像拉尔夫那样能激起她的怒火了。

“你难道看不出吗？”她努力用通情达理的口吻说道，“你恨我丈夫有多久了？足足有二十五年。他打伤了你的鼻子，你划破了他的脸。你先是不让他继承遗产，后来被迫归还了他们家的土地。你强奸了他曾经爱过的女人。他逃跑了，你用绳子套着他的脖子把他拽了回来。发生了所有这些事情后，即便你我共同生了一个儿子，我们也没法成为朋友了。”

“我不那么认为，”他说，“我想我们不仅可以做朋友，还可以做情人。”

“不！”从阿兰策马领她进入森林起，她打心底担忧的就是这个。

拉尔夫的脸上露出了微笑："你干吗不脱了衣服呢？"

她紧张了起来。

阿兰在她背后俯下身子，麻利地抽走了她腰带里的长刀。他显然已预谋了好久，动作之快让她根本来不及反应。

但拉尔夫说："不，阿兰——这没必要。她会心甘情愿的。"

"决不！"她说。

"把刀还给她，阿兰。"

阿兰很不情愿地掉转了刀头，手握着刀刃，把刀柄递还了格温达。

她一把抓过了刀，一跃而起。"你们可以杀了我，但是以上帝的名义发誓，我会拉上你们中的一个一起走的。"她说道。

她举着刀后退了一步，与他们拉开距离，准备搏斗。

阿兰向门口迈了一步，准备打掉她手里的刀。

"别拦着她，"拉尔夫说，"她哪儿也不会去的。"

她不明白拉尔夫为什么会这么自信，但他绝对大错特错了。她会冲出这间小屋，拼尽全力地逃跑，除非她被撂倒了，否则谁也别想拦住她。

阿兰停在了原地。

格温达走到了门口，背对着门，用手从身后拉开了简易的木闩。

拉尔夫说："伍尔夫里克还不知道，是吧？"

格温达愣住了。"还不知道什么？"

"他还不知道我是萨姆的父亲。"

格温达的声音低得就像耳语。"是的，他不知道。"

“我想不出如果他知道了真相，会怎么想。”

“那会要了他的命的。”

“我也是这么想。”

“求求你不要告诉他。”她乞求道。

“我不会的……只要你照我说的做。”

她有什么办法呢？她知道拉尔夫对她有性的欲望。她曾经利用这一点，孤注一掷地闯入郡守城堡去见他。多年以前他们在贝尔客栈的遭逢，对她来说是噩梦般的记忆，而在他的印象中却是黄金般的一刻，也许还随着岁月的流逝而升华了。而又是她，使他产生了重温那一刻的念头。

这是她自己的过错。

她能不能想出什么办法让他幡然省悟呢？“我们都不是多年前那样的人了，”她说，“我已经不再是天真无邪的少女了。你应该去和你那些女仆风流风流。”

“我不想要年轻的女仆们，只想要你。”

“不，”她说，“求求你了。”她强忍着泪水。

但他非常坚决：“脱掉你的衣服。”

她把刀插进鞘中，解开了腰带的扣子。

89

梅尔辛一睡醒，就想洛拉。

她失踪至今已经三个月。他给格洛斯特、蒙茅斯、沙夫茨伯里、埃克塞特、温彻斯特和索尔兹伯里的市政当局都写了信。作为王桥这样的大城市的教区公会会长，他的信都引起了重视，并且得到了慎重的答复。只有伦敦的市长没有帮助。他说实际上伦敦半数的少女都是从父母身边逃跑而来的，市长没有义务把她们送回家。

梅尔辛还亲自去夏陵、布里斯托尔和梅尔库姆寻找过。他同每个酒馆的老板交谈，详细地向他们描述洛拉的情况。他们全都看见过很多黑头发的姑娘，通常都有一个或者叫贾克，或者叫杰克，或者叫乔克的英俊的流浪汉陪同，但谁也不敢肯定他们看到的就是梅尔辛的女儿，或者听到过洛拉这个名字。

贾克的一些朋友也都带着一名或两名女友消失了。其他失踪的女子都比洛拉大几岁。

洛拉可能已经死了——梅尔辛明白这一点——但他不肯放弃希望。她不大可能染上黑死病。黑死病新近的爆发正在城市和乡村肆虐着，夺走了大部分十岁以下儿童的性命。但是上一波黑死病的幸存者，例如洛拉和他本人，一定都是因为某种原因对这种病有抵抗力的人，或者说像他本人，是有力量从这种病中康复的人——不过这后一种人非常稀少——这些人这回都不会感染。然而，对于一个离家出走的十六岁少女来说，黑死病仅仅是危险之一，每当下半夜梅尔辛思虑起洛拉会有什么遭遇时，他那丰富的想象力就会剧烈地折磨他。

王桥是一个黑死病算不上肆虐的城市。就梅尔辛通过隔着城门与玛奇·韦伯相互喊话得知，老城中每一百座房子中才有一座有人染病。玛奇·韦伯目前在城墙里代理会长一职，而梅尔辛则打理城墙外的事情。王桥的郊区，以及其他城镇，大约有五分之一的人染病。但是凯瑞丝的办法是能够最终战胜黑死病，还是仅仅能延缓其发展呢？黑死病会不会一直持续下去，最终摧毁她设置的屏障呢？这次黑死病的危害性会不会最终像上次一样大？在黑死病的这次爆发结束前——而这可能是几个月，也可能是几年——这些问题他们都无法回答。

他长叹一声，从他那孤零零的床上起了身。自封城后他就没再见过凯瑞丝。她住在医院里，离梅尔辛的房子只有几码之遥，但她不能回来。人们只准进医院，不准出来。凯瑞丝认为她只有和修女们并肩战斗，才有可能获得信任，因此她坚持住在那里。

看上去，梅尔辛有半辈子都没有和她生活在一起，但这丝毫无助于他适应当下的生活。实际上，人到中年之后，他比年轻时更加疼爱她了。

他的仆人埃姆比他起得早。他看到她在厨房里剥兔子皮。他吃了一片面包，喝了些淡啤酒，就出了门。

贯穿全岛的主路上已经挤满了农民和他们装载着各种生活日用品的小车。梅尔辛和一群助手与他们挨个儿谈话。那些带来了已经谈妥价格的标准产品的人最好办：梅尔辛让他们穿过内桥，把东西放在门楼紧锁的门前，等他们空着手回来时，把钱付给他们。对于那些带来诸如水果和蔬菜等季节性产品的人，他会先谈定价格，再让他们把货送过桥去。一些特殊的寄售产品，必须提前几天达成交易，他才能下订单，例如：给皮匠们送来的兽皮；给已经在亨利主教的命令下恢复了塔楼尖顶建设的石匠们送来的石料；给珠宝匠们送来的银料；给城里的制造业者们送来的铁、钢、大麻和木料——这些制造业者即使已经与大部分客户断绝了联系，仍不得不坚持生产。最后，还有一次性产品，梅尔辛必须听从城里相关人员的指示。今天来的有一名小贩，想把意大利锦缎卖给城里的一名裁缝；还有给屠户送来的一头一岁的公牛；再有就是韦格利的戴夫。

梅尔辛听了戴夫的讲述，既惊讶又高兴。他钦佩这小伙子购买茜草种子种植以生产昂贵染料的胆识。听说拉尔夫曾试图摧毁这一计划，他一点也不奇怪：拉尔夫像大多数贵族一样，蔑视一切与生产和贸易相关的事物。但戴夫有勇有谋，最终坚持了下来。他甚至还付钱给一位磨坊主，把晒干的茜草根研成了粉。

“事后磨坊主清洗了磨石，他的狗喝了流下来的水，”戴夫告诉梅尔辛，“结果整整一个星期那狗撒的尿都是红色的，所以我们知道这染料能行！”

现在他推着手推车来了，车上满载着旧的四加仑的面粉袋，里面满都是他认为非常珍贵的茜草染料。

梅尔辛叫他挑出一袋，拎到城门口去。他们到达那里后，梅尔辛呼叫了城门另一侧的哨兵。那人爬上城垛，向下观望。“这个包是给玛奇·韦伯的，”梅尔辛喊道，“务必交给她本人，能做到吗，哨兵？”

“没问题，会长老爷。”哨兵说。

像往常一样，一些乡村的黑死病患者被亲戚抬到了岛上。大多数人现在都已明白了黑死病是无法医治的，因而只是任由他们心爱的人死去，但也有不少人或是无知或是极度乐观，寄希望于凯瑞丝能创造出奇迹来。病人被放在医院门口，就像生活日用品被放在城门口一样。到了晚上，当亲人们离开后，修女们再出来把他们抬进去。不时有万分幸运的病人存活下来，恢复了健康，但绝大多数病人都是从后门抬出去的，被葬在了医院楼远端新建的墓地里。

中午时，梅尔辛请戴夫共进午餐，吃的是兔肉馅饼和新摘的豌豆。戴夫告诉梅尔辛他爱上了母亲宿敌的女儿。“我不知道妈妈为什么恨安妮特，但都是很久以前的事情了，而且跟我或者阿玛贝尔没有一点儿关系。”他说道，语气中充满了年轻人对不讲理的父母的气愤。梅尔辛同情地点了点头，戴夫问：“你父母也像这样干涉过你吗？”

梅尔辛思索了片刻。“是的，”他说，“我本想做一名护卫，再做一名骑士，终身为国王而战。可他们让我给木匠做学徒，我当时伤透了心。不过，事实证明，这样对我很不错。”

但这件轶事并没有让戴夫高兴起来。

下午，岛上通向内桥的道路封锁了，城门却打开了。成群的挑夫走出来，收拾了城门口留下的所有东西，抬到了城里的目的地。

然而没有玛奇·韦伯关于染料的口信传出。

那天梅尔辛还有一位客人。黄昏将近，贸易逐渐结束时，克劳德教士来了。

克劳德的朋友和恩主亨利主教已就任蒙茅斯大主教。然而，接替他担任王桥主教的人选还未确定。克劳德想担任这个职务，他去伦敦见了格利高里·朗费罗爵士，在返回蒙茅斯的途中经过王桥。他目前仍在蒙茅斯担任亨利的助手。

“国王欣赏菲利蒙在教会税收问题上的立场，”他吃着冷兔肉馅饼，用高脚杯喝着梅尔辛最好的加斯科涅葡萄酒，说道，“高级教士们则喜欢他反对人体解剖的布道和修建圣母堂的计划。而在另一方面，格利高里不喜欢菲利蒙——说他不可信。结果国王推迟了决定，下令王桥修道院的修士们在流亡林中圣约翰修道院期间不得举行选举。”

梅尔辛说：“我想，在黑死病流行、城市封闭的情况下，国王认为没必要选定主教。”

克劳德点头表示同意。“我也取得了些成果，虽然不大，”他继续说道，“英国驻教皇处大使一职出现了空缺。受到任命的人将被派驻阿维尼翁。我推荐了菲利蒙。格利高里似乎很感兴趣。至少，他没有反对。”

“太好了！”一想到菲利蒙有可能被送到如此遥远的地方去，梅尔辛顿时来了精神。他真希望能在这件事上帮克劳德些忙，但他已经给格利高里写过信，请求支持教区公会了，而他的影响力也就这么大。

“还有一条消息——实际上，是个令人悲痛的消息，”克劳德说，“我在去伦敦的路上，路过了林中圣约翰修道院。亨利在名义上仍然是修道院的院长，他派我去申斥菲利蒙未经许可就擅自迁移。结果却纯粹是浪费时间。不管怎么说，菲利蒙采用了凯瑞丝的预防办法，根本不让我进门，不过我们隔着门谈了话。迄今为止，还没有修士染上黑死病。但你的老朋友托马斯兄弟却因为年老而去世了。我很遗憾。”

“愿上帝让他的灵魂安息，”梅尔辛悲伤地说道，“他到后来身体已非常虚弱了。思维能力也丧失了。”

“搬到林中圣约翰修道院去也许对他没有好处。”

“当我还是个年轻的建筑匠时，他鼓励过我。”

“奇怪的是，上帝有时候把好人收走了，却把坏人给我们留下。”

克劳德第二天一早就离开了。

梅尔辛正照例打理着一天的事务，一个推车运货的人从城门返回时带来了口信。玛奇·韦伯上了城楼，要见梅尔辛和戴夫。

“你说她是要买我的茜草吗？”当他们走上内桥时，戴夫问道。

梅尔辛也不知道。“但愿如此。”他说。

他们并肩站在紧闭的城门前，抬头望去。玛奇在城墙上俯身喊道：“这东西是从哪儿来的？”

“是我种的。”戴夫说。

“你是谁？”

“我是韦格利的戴夫，伍尔夫里克的儿子。”

“哦——是格温达的孩子？”

“对，是她的老二。”

“嗯，我试过你的染料了。”

“能行，是吧？”戴夫热切地问道。

“太淡了。你是不是把根整个儿研碎了？”

“是的——我还能怎么办呢？”

“你该先把壳去掉，然后再研。”

“我不知道该这么办，”戴夫顿时沮丧起来，“这粉不好吗？”

“我说过了，太淡了。我不能付给你纯正染料的价钱。”

戴夫一副垂头丧气的样子，梅尔辛深深地同情他。

玛奇问：“你总共有多少粉？”

“像你拿去的那种四加仑的口袋，还有九袋。”戴夫没精打采地说道。

“我按正常价钱的一半付你——三先令六便士一加仑。一袋是十四先令，十袋正好是七英镑。”

戴夫又顿时喜笑颜开了。梅尔辛真希望凯瑞丝也在场，能分享一下这快乐。“七英镑！”戴夫重复了一遍。

玛奇还以为他嫌少，说：“我不能再付更多钱了——这染料不够强。”

但是对戴夫来说，七英镑就算是发财了。即使按时价算，这都是一个雇农好几年的收入。他看了看梅尔辛。“我有钱了！”他说。

梅尔辛大笑着说道：“可别一下子都花了。”

第二天是礼拜日。梅尔辛去岛上的小教堂做了晨祷。这座小教堂供奉的是匈牙利的圣·伊丽莎白，是医疗人员的保护神。然后他回了家，从园丁的棚子里拿了把结实的橡木锹。他把木锹扛在肩上，步行穿过外桥，走过郊区，思绪也回到了遥远的过去。

他努力想回忆起三十四年前他和凯瑞丝、拉尔夫，还有格温达一起在森林中走过的路，但似乎不可能。森林里除了鹿迹根本没有路。当年的小树已长得高大挺拔，而原本参天的橡树却被国王的伐木工砍倒了。然而，让他惊奇的是，仍然有一些可供辨认的地标存留了下来，有一股从地下汩汩而出的清泉，他记得十岁的凯瑞丝曾跪在那里饮过水；有一块巨大的石头，她说简直像是从天堂里掉下来的；还有一个两侧都非常陡峭的小山谷，底部是一片沼泽，使她的靴子里渗进了泥。

他一边走着，孩提时代的那一天的记忆变得越来越清晰。他记起了小狗“蹦蹦”跟着他们，而格温达又跟着她的小狗。他又一次感受到凯瑞丝听懂了他的玩笑时给他带来的快乐。当他想起他当着凯瑞丝的面使用自己制作的弓是多么无能，而他弟弟运用那武器又是多么轻松时，他的脸红了。

他想起最多的，还是小时候的凯瑞丝。那时他们还年幼，但他仍然为她的机智、她的大胆，以及她毫不费力就成了他们的头儿的那种气质所倾倒。那不是爱情，但也是一种不无爱的成分的迷恋。

回忆分散了他寻找路径的注意力，他找不到那片空地了。他开始感到自己仿佛置身于一个完全陌生的所在——紧接着，突然之间，他的眼前出现了一片空地，他明白自己找对了地方。那片灌木已经扩展得很大了，橡树的树干也更粗了，空地上开满了夏天的野花。1327年11月的那一天却不是这样。但他毫不怀疑这就是那片空地：这就像是一张多年未见的熟悉的脸，虽然起了变化，却绝不会认错。

当年又瘦又小的梅尔辛爬进了那片灌木中，躲避踩踏着草木跑来的大人们。他还记得筋疲力尽、气喘吁吁的托马斯靠在了那棵橡树上，拔出了剑和匕首。

在他的脑海中，那天的事情又重演了一遍。两个身穿黄绿相拼的制服的人追上了托马斯，要他交出一封信来。托马斯告诉他们有人藏在灌木丛中窥视着他们，从而分散了两个人的注意力。梅尔辛以为他和其他孩子都必死无疑了——然而当时只有十岁的拉尔夫杀死了其中一名士兵，表现出了日后在法国战争中使他如鱼得水的果敢和敏捷。托马斯结果了另一名士兵，但在此之前他受了伤——尽管得到了王桥修道院医院的救治，或许也正因为这种救治——最终导致他失去了左臂。再后来，梅尔辛帮助托马斯埋藏了那封信。

就在这里，托马斯当时说，在橡树前面。

梅尔辛现在明白了，信里藏着秘密，一个让高层人士惧怕的惊天大秘密。这个秘密保护了托马斯，不过他不得不躲进了一座修道院度过余生。

如果你听说我死了，托马斯对孩提时代的梅尔辛说道，我希望你挖出这封信，把它交给一位教士。

现在，已是成人的梅尔辛举起了锹，挖了起来。

他不敢肯定托马斯是否希望他这样做。这封被埋起的信，是防备托马斯死于非命的，却不是防备他在五十八岁上寿终正寝的。那么他是否还希望把信挖出来呢？梅尔辛不知道。他要在读过信后再决定怎么办。他无法克制自己的好奇心，迫切想知道信里到底写了些什么。

他记不大清楚把那个包埋在哪里了，第一次挖掘没有挖到。他才挖了十八英寸就知道挖错地方了：他能肯定当年那个坑只挖了一英尺深。他向左挪了几英寸，又挖了起来。

这回挖对了。

一英尺下，锹触到了什么东西，不是土壤。那东西是软的，但不能弯曲。他把锹扔到一边，用手指在坑里刨了起来。他摸到了一块年代久远、已经腐烂的皮子。他轻轻地拂去了上面的土，把那东西拾了起来。那正是多年前托马斯系在腰带上的皮包。

他在上衣上擦了擦沾满泥的双手，打开了包。

里面有一个用油布做的小包，依然完好无损。他松开了包上的拉绳，把手伸了进去，从里面掏出了一张卷成了卷，外面封着蜡的羊皮纸。

他想轻轻地打开纸卷，但手一碰到，蜡就碎了。他小心翼翼地用手指展开纸卷。纸卷完好无损：在土里整整埋了三十四年，真是不可思议。

他马上看出这不是正式文件，而是私人信件。他能分辨出那上面是一位有教养的贵族虽然潦草却很用心写就的笔迹，而不是教士工整的文书。

他读了起来。抬头是这样写的：

发自英格兰国王爱德华二世，于巴克利堡；由他忠实的仆人托马斯·兰利大人亲手转交；致他心爱的长子爱德华；致以国王的祝福和父亲的慈爱。

梅尔辛顿时害怕起来。这是老国王致新国王的信。他拿着纸片的手颤抖了起来。他抬眼扫视了一遍四周的林木，仿佛有什么人躲在灌木丛中窥视着他。

我亲爱的儿子：你很快就会听说我死了。要知道那不是真的。

梅尔辛皱起了眉。他没想到会是这样的内容。

你的母后，我心爱的妻子，起了歹心，指使夏陵伯爵罗兰和他的儿子，派人来这里刺杀我。但是托马斯事先警告了我，刺客被杀死了。

这么说，托马斯不是刺客，而是国王的救星了。

你的母亲一次没能得手，肯定还会再派人来，因为只要我活着，她和她的淫夫就不得安宁。所以我和一名被杀死的刺客换了衣服。这个人和我身材相仿，面貌也大致相似。我买通了一些人，要他们坚称那就是我的尸体。你母亲看到尸体后会明白真相的，但她会将错就错，因为如果人们都以为我死了，就没人能打着我的旗号来反叛或对抗王权了。

梅尔辛大吃了一惊。全国的人都以为爱德华二世死了。整个欧洲都被骗了。

但他后来又会怎样呢？

我不告诉你我要去哪里，但我打算离开我的英格兰王国，再也不回来了。不过，我的儿子，但愿我有生之年还能再见到你。

托马斯为什么要把信埋起来，而不是送出去呢？因为他担心自己的性命，并把这封信视为保护自己的强大武器。一旦伊莎贝拉王后坚持伪称自己的丈夫已经死了，她就得处理为数不多的那些了解真相的人。梅尔辛于是想起了在他还是个少年时，肯特伯爵因为坚称爱德华二世还活着，被控谋反而遭到斩首。

伊莎贝拉王后派人追杀托马斯。他们在王桥镇外抓住了他。但托马斯在时年十岁的拉尔夫帮助下，反倒杀死了他们。后来，托马斯一定威胁过要揭穿整个阴谋——而且他有证据，就是老国王的信。那天晚上，托马斯躺在王桥修道院的医院时，与王后，或者更准确地说，是王后的代理人——罗兰伯爵及其儿子——进行了谈判。他承诺保守秘密，条件是要接受他做一名修士。他在修道院里会感到安全——而且，为了防备王后在别人的劝诱下食言，他说信藏在一个安全的地方，一旦他死了就会暴露。于是王后不得不保证他的生存。

王桥修道院老副院长安东尼了解一些内情，他在临死时告诉了塞西莉亚嬷嬷。而当塞西莉亚嬷嬷也躺在了临终的病榻上时，她又向凯瑞丝透露了部分真相。梅尔辛心想，人们也许会把秘密保守上几十年，但在死到临头时，都会感到必须说出实情。凯瑞丝也看到了那份以接受托马斯做修士为条件将林恩田庄交给修道院的文件。梅尔辛现在明白了为什么凯瑞丝对这份文件漫不经心的询问竟然引发了轩然大波。格利高里·朗费罗老爷竟然劝动拉尔夫闯进修道院，偷走了修女们的所有文件，期望找到那封信。

那么这片羊皮纸的杀伤力是否已随着时间的流逝而减弱了呢？伊莎贝拉很长寿，但她已经在三年前过世了。爱德华二世几乎可以肯定也死了——如果他还活着，他现在得有七十七岁了。当世人都以为他父亲死了，老国王却还活着，爱德华三世会害怕这一真相揭露吗？他如今已是位不可一世的君王，没人能对他构成重大威胁，但他会因此而感到巨大的尴尬和羞耻。

那么梅尔辛该怎么办呢？

他原地不动，在森林中繁盛的野花碧草中伫立了良久。最终他卷起了那片纸，把它放回包中，又把包塞进了旧皮囊里。

他把皮囊放回了坑中，重新埋了起来，又把自己起初挖错的那个坑也填满了土。他把两个坑上的土都抚平了，又从灌木上扯下了些叶子，散布在橡树前。他后退几步，端详了一番自己的活计，感到很满意：如果只是不经意地瞟上一眼，根本看不出这里有人挖过坑。

接着他转身离开了空地，回家去了。

90

八月末，拉尔夫伯爵在他长期的扈从阿兰·弗恩希尔老爷和他新发现的儿子萨姆的陪同下，巡视了他在夏陵周围的领地。尽管萨姆已长大成人，他仍然喜欢让这个儿子随侍左右。他的另外两个儿子杰里和罗利，做这样的事情还太小。萨姆并不知道拉尔夫是他的父亲，而拉尔夫也很愉快地保守着这个秘密。

他们所到之处看到的情景让他们触目惊心。拉尔夫的农奴正成百上千地死去，或在垂死当中，地里的庄稼根本无人收割。在他们从一地到另一地的途中，拉尔夫越来越生气，也越来越沮丧。他的冷嘲热讽让他的随从噤若寒蝉，他的坏脾气也使他的马好似惊弓之鸟。

在每座村庄，以及归农奴所有的土地中，都有若干英亩的土地是伯爵个人专有的，应当由伯爵的雇农耕种，一些农奴也有义务每星期为伯爵劳动一天。如今这些土地是所有土地中境况最糟的。他的许多雇农，还有一些应当为他出工的农奴，都已经死了。还有一些农奴在上次黑死病流行后，通过谈判得到了更优惠的租赁条件，因而已无义务再为领主劳动了。最糟糕的是，当下还根本雇不到劳力。

拉尔夫来到韦格利时，在领主宅第后面转了一圈，看了看由木头建成的巨大谷仓。往年的这时候，谷仓里早就堆满了等待碾磨的谷物——然而现在却空空如也。甚至还有一只猫在一座干草棚中生了一窝小崽。

“我们拿什么做面包？”他冲内特总管咆哮道，“没有大麦酿啤酒，我们喝什么？看在上帝的分上，你得想点儿办法呀。”

内特看上去很是蛮横。“我们所能做的，就是重新分配土地。”他说。

拉尔夫为他的无礼很感吃惊。内特一向是阿谀奉承的。这时内特瞪了一眼年轻的萨姆，于是拉尔夫明白了这个马屁精变化的原因。内特对萨姆杀了他儿子乔诺一向怀恨在心。拉尔夫不仅没有惩罚萨姆，而且先是赦免了他，继而又让他当上了护卫。怪不得内特看上去愤愤不平呢。

拉尔夫说：“村里一定有那么一两个年轻人可以多种几亩地的。”

“啊，是的，但他们不愿意交过户费。”内特说。

“他们想白白地得到土地？”

“是的。他们能看出你现在地太多而人手不够，他们明白自己有条件讨价还价。”以往内特一向是热衷于斥责桀骜不驯的刁农的，现在却似乎也为拉尔夫的窘境而感到幸灾乐祸了。

“他们这个样子，就好像英格兰是他们的，而不是贵族的。”拉尔夫气愤地说道。

“这实在是不像话，爵爷。”内特的语气谦恭多了，但他脸上又浮现出一副狡黠的神情。“比如，伍尔夫里克的儿子戴夫想娶阿玛贝尔，并接手她母亲的土地。这样倒也合理：安妮特的土地一向管理得不好。”

萨姆开腔了："但我父母不会付过户费的——他们一向反对这桩婚事。"

内特说："不过，戴夫自己付得起。"

拉尔夫很是诧异："怎么回事？"

"他卖出了在森林里种的新作物。"

"茜草。显然我们踩踏得很不彻底。他卖了多少钱。"

"谁也不知道。不过格温达买了头小奶牛，伍尔夫里克买了把新刀……礼拜天上教堂时，阿玛贝尔围了条新围巾。"

而内特肯定也得到了一笔不菲的贿赂，拉尔夫心想。"戴夫胆大妄为，我本不想纵容他，"他说，"但我没办法。就把那些地给他吧。"

"那你就得特许那桩他父母反对的婚事了。"

戴夫曾为此求过拉尔夫，但拉尔夫拒绝了他，不过那是黑死病复发前的事情了，现在拉尔夫正急需人手。他很不情愿改变这样的决定，但这是不得不付出的小小代价。"我准许他。"他说。

"太好了。"

"不过咱们去看看他。我要亲口对他说。"

内特大吃了一惊，但他当然不会反对。

拉尔夫的真实意图是想再见见格温达。她身上有某种气质总是令他欲火中烧。他们上次在狩猎小屋的遭遇，并没有让他的满足持续太长时间。自那以后一连好几个星期，他都时常想起她。如今那些他平素交欢的女子，比如年轻的娼妓、酒馆的荡妇、青春的侍女等，已经刺激不起他的兴趣了。尽管在他行事时她们都故作欢颜，他却明白她们都是为了事后他给的钱。而格温达正相反，她毫不掩饰自己对他的憎恶，对他触碰的反应是战栗和痉挛。奇怪的是，这却令他兴奋不已，因为格温达是诚实的，那体验便也是真实的。他们在狩猎小屋的那次相会之后，他给了她一袋银便士，她却狠狠地掷还给他，竟然把他的胸脯都砸肿了。

"他们今天在溪地，正翻他们收割的大麦呢。"内特说，"我领你去。"

拉尔夫和随从跟着内特出了村，沿着大片农田边上的小河向前走去。韦格利一向多风，但今天夏日的微风又轻柔又温暖，就像格温达乳房给人的感觉。

有几条狭长的田地里，庄稼已经收割了，但在另外一些田地里，拉尔夫绝望地看到已经熟过了头的燕麦、大麦和野草混杂在一起。有一片黑麦田已经收割了，却没有打捆，结果黑麦散了一地。

一年前他还以为他在财务上的一切麻烦都已经了结了。他从最近一次法国战争中凯旋时带回了一名俘虏——纽沙特侯爵，谈定赎金为五万英镑。然而侯爵家筹不起这笔钱。在波瓦第尔战役中被威尔士亲王俘获的法国国王让二世，也发生了同样的情况。国王让在伦敦住了四年，名义上是囚徒，实际上舒舒服服地住在兰开斯特公爵所建的萨伏伊新宫中。国王的赎金被降低了，但迄今仍没有交齐。拉尔夫曾派阿兰·弗恩希尔去了趟纽沙特，重新商谈侯爵的赎金，阿兰把价码降到了两万英镑，可侯爵家还是交不起。继而侯爵死于黑死病，拉尔夫重新陷入了困境，不得不惦记起庄稼的收成来。

时值日中，农民们都在田间地头吃着午餐。格温达、伍尔夫里克和戴夫在一棵树下席地而坐，吃着生洋葱和冷猪肉。他们看见有人骑马而来，都站了起来。拉尔夫径直奔向格温达一家，挥手叫其他人走开。

格温达穿着一件宽松的绿色连衣裙，遮掩了她的体形。她的头发束在脑后，使她的脸更像老鼠了。她的手很脏，指甲缝里全是泥。然而，当拉尔夫打量起她时，他在想象中看到的却是她赤身裸体，躺在床上等着他，一副无可奈何又愤恨厌恶的表情。他的欲火又被激发了起来。

他把目光从她身上移开，转向了她丈夫。伍尔夫里克平视着他，神情不卑不亢。他那黄褐色的胡子已经有些斑白，但还没有遮掩住拉尔夫留给他的剑痕。“伍尔夫里克，你儿子想娶阿玛贝尔，还想接管安妮特的土地。”

格温达答话了。她向来做不到只在别人问话时才开腔。“你已经偷走了我的一个儿子了——你还想偷走另一个吗？”她愤愤地说道。

拉尔夫没理她：“谁来缴租地继承税呢？”

内特插嘴说：“共三十先令。”

伍尔夫里克说：“我没有三十先令。”

戴夫平静地说道：“我能付。”

面对这么一大笔钱他竟然不动声色，想必茜草卖得很不错，拉尔夫心想。“很好，”他说，“那样的话——”

戴夫打断了他的话：“可是你有什么条件呢？”

拉尔夫感觉到自己脸红了：“你什么意思？”

内特又插嘴了：“当然，和安妮特掌管那些地的条件一样。”

戴夫说：“那我谢谢伯爵了，我不能接受他的这份好意。”

拉尔夫说：“你到底想怎样？”

“我愿意接管这些地，我的爵爷，但只愿意做自由的佃农，缴现金地租，不承担例定劳役。”

阿兰老爷恶狠狠地问道：“你敢和夏陵伯爵讨价还价吗？你这胆大包天的狗崽子！”

戴夫吓了一跳，但并没有畏缩。“我没想冒犯你，爵爷。但我想自主决定种我能卖得出去的庄稼。我不想种内特总管根本不看市场价格就选的庄稼。”

拉尔夫心想，戴夫继承了格温达的那股子顽固劲儿。他气愤地说道：“内特表达的是我的意愿！你难道认为你比伯爵还明白吗？”

“请原谅，爵爷，但你既不耕地也不去市场。”

阿兰的手伸向了他的剑鞘。拉尔夫看见伍尔夫里克瞟了一眼他的长柄大镰刀。那镰刀倒在地上，锋利的刀刃在阳光下闪闪发光。在拉尔夫的另一边，年轻的萨姆的坐骑不安地蹦跳着，透露出骑手的紧张。拉尔夫心想，假如真的打起来了，萨姆会站在他的主人一边，还是站在他的家庭一边？

拉尔夫并不想打斗。他想把庄稼收割了，而杀死农民只会使事情更麻烦。他用手势制止了阿兰。“黑死病就是这样败坏了人心，”他厌烦地说道，“我答应你的要求，戴夫，因为我不得不这么办。”

戴夫吸了口气，说道：“能写下来吗，爵爷？”

“你还想要一个副本，是吗？”

戴夫点了点头，不敢多说了。

“你怀疑你的伯爵说的话吗？”

“不，爵爷？”

“那你还要成文的租约？”

“以免将来有人不相信。”

农民们在要副本时都这么说。他们的言外之意是，如果租约白纸黑字地写下来，地主就没法轻易变卦了。这又是对由来已久的传统的破坏。拉尔夫本不想再做让步——然而，又一次，如果他想把庄稼收了，他就别无选择。

这时他突然想到，可以利用这一情况达到他的另一个目的，于是他高兴了起来。

“好吧，”他说，“我可以给你一份文字租约。但我不希望男人在收割季节离开田地。你妈妈可以在下星期来伯爵城堡取这份文件。”

在一个骄阳似火的日子，格温达步行前往伯爵城堡。她知道拉尔夫叫她来的目的，一想到可能发生的情况，她就心烦意乱。当她穿过吊桥走进城堡时，门楼上那只乌鸦好像也在嘲笑她。

太阳无情地炙烤着院子，城墙又阻挡了微风。护卫们在马厩外玩着游戏，萨姆在他们当中，玩得非常专注，没有注意到格温达。

他们把一只猫绑在一根柱子上齐眼高的地方。猫的头和腿都可以动。一名护卫必须反绑双手杀死这只猫。格温达以前看过这游戏。护卫要达到目的，唯一的办法就是用头去撞那可怜的畜生，但猫会本能地自卫，抓、打袭击者的脸。这回的挑战者是一名约摸十六岁的少年，正在柱子附近逡巡着，而那只惊恐万状的猫则紧紧地盯着他。突然，那男孩儿一扬头，前额撞进了猫的胸口，那畜生则猛地一挥利爪。护卫疼得尖叫起来，向后一跳，两颊涌出了鲜血，其他护卫全都大笑着哄叫起来。挑战者被激怒了，又一次扑向柱子，用头撞向了猫。这回他被抓得更狠，头也撞伤了，其他人笑得越发开心了。第三回，男孩儿多加了小心。他迫近后，先虚晃了一招，猫的爪子挥空了。这时他发出了准确的一击，正中猫的头部。鲜血从猫的嘴里和鼻孔里喷了出来，它耷拉下脑袋，失去了知觉，但仍在呼吸。男孩儿又用头撞出了最后一击，最终杀死了猫，其他人欢呼着，鼓起掌来。

格温达感到一阵恶心。她并不太喜欢猫——她更喜欢狗——但是无论看到什么样无助的生灵受折磨，都是令人难受的。她猜想男孩子们做这样的游戏，是在为到战场上杀人和伤人做准备。难道非这样不可吗?

她没有同儿子说话，就向前走去，汗流浃背地穿过第二座桥，爬上楼梯，来到了里面的门楼。这座大厅里却冷得瘆人。

她很高兴萨姆没有看见她。她想尽可能长地躲开他，不希望他怀疑出了什么岔子。萨姆不是非常敏感，但他有可能察觉出母亲的忧虑。

她对大厅的门官说明了来意，他答应转告伯爵。“菲莉帕太太在家吗？”格温达期冀地问道。如果伯爵夫人在，拉尔夫也许会收敛一些。

然而门官摇了摇头：“她在蒙茅斯她女儿那里。”

格温达冷冷地点了点头，坐下来等。她忍不住回想起她在狩猎小屋中与拉尔夫的遭遇。当她凝视着大厅毫无装饰的灰墙时，眼前便浮现出了拉尔夫。他贪婪地微微张着嘴，正注视着她脱衣服。不同于和心仪的人做爱让人快乐，和仇恨的人交媾便令人作呕。

二十多年前，当拉尔夫第一次胁迫她时，她的身体背叛了自己，尽管她经受着精神的折磨，却感到了皮肉的欢愉。在森林里和强盗阿尔文也发生了同样的情况。但这回和拉尔夫在狩猎小屋却没有这种体验了。她把变化归因于年纪。当她还是个春心荡漾的少女时，肉体的动作能够激发本能的反应——一种她无法抑制的感觉，尽管这让她更加羞愧。现在，她已经成熟了，身体不再那么脆弱敏感了，反应也就不再是本能的了。至少她对此感到欣慰。

大厅远端的楼梯通向伯爵的房间。上上下下的人络绎不绝，有骑士、仆人、佃农、管家……一个小时后，门官叫她上去了。

她本来担心拉尔夫就在此时此地强迫她性交，却发现他公务正繁忙，于是松了口气。和他在一起的有阿兰老爷，还有两个担任文书的教士手拿纸笔坐在桌旁。其中一位教士递给她一个羊皮纸卷。

她没有打开看，因为她不识字。

“拿去吧，”拉尔夫说道，“现在你的儿子是个自由的佃农了。你不是一直盼望着这一天吗？”

拉尔夫知道，她想得到的是自身的自由，但她始终没有得到——不过拉尔夫说得对，戴夫得到了。这意味着她的一生并非完全没有意义。她的孙儿们将是自由独立的，愿意种什么就可以种什么，只要交了租金，剩下的就全归自己了。他们将不用体验格温达从小经受过的贫困和饥饿的苦日子了。

那么她所经受的一切值得吗？她不知道。

她拿起羊皮纸卷向门口走去。

阿兰跟在她身后，在她出门时低声说道：“今晚留在这里，住在大厅。”城堡里的绝大多数居民都睡在大厅里。“明天午后两点到狩猎小屋。”

她想不答话就走。

阿兰伸手拦住了她。“明白了吗？”他问。

“明白了，”她低声说道，“明天下午我到那里。”

他放她走了。

她直到晚上才同萨姆说上话。护卫们整个下午都在玩各种暴力游戏。她很高兴能有时间一个人待着。她独自坐在冷森森的大厅里想心事。她努力想说服自己，与拉尔夫性交对她并无损害。毕竟，她已经不是处女了。她都结婚二十多年了，做爱也不下千次了。只消几分钟，事情就完了，不会留下任何疤痕。做完了忘了就行了。

直到下一次。

这是最糟糕的。他会不断地逼她。只要伍尔夫里克还活着，他以揭露萨姆父亲的秘密相威胁，就会让她害怕。

拉尔夫肯定不久就会对她厌倦，再去找他那些身体紧绷的酒馆少女们，是吧？

“你怎么了？”薄暮时分，护卫们来吃晚饭时，萨姆问道。

“没什么，”她慌忙说道，“戴夫给我买了头小奶牛。”

萨姆看上去有些羡慕。他正过着快活的日子，但护卫是没有工钱的。他们基本上不需要钱——吃、喝、住、穿都是供给的——但是，年轻人仍然喜欢钱包里能有几便士。

他们谈起了戴夫即将来临的婚礼。“你和安妮特都要当奶奶了，”萨姆说，“你该跟她讲和了。”

“别说傻话，”格温达断然说道，“你根本不明白是怎么回事。”

晚饭上来时，拉尔夫和阿兰从屋里出来了。所有的居民和来客都聚在大厅里。厨房的杂役端上来三条用药草烤制的狗鱼。格温达坐在桌子末端附近，远远地离开拉尔夫。他也没有正眼看她。

晚饭后，她睡在了地板上的草垫上，萨姆睡在她旁边。能像萨姆小时候那样挨着他睡，让她很是快慰。她回忆起萨姆幼年时，在静谧的夜晚，他酣睡时发出的轻柔而满足的鼾声。她的思绪飘散开来，思忖着孩子们长大后，是怎样违逆父母的意愿。她自己的父亲想把她当商品买卖，她愤怒地拒绝了。现在她的两个儿子也都走上了各自的人生之路，却都不是她所规划的。萨姆要做骑士，戴夫想娶安妮特的女儿。她心想，早知道他们是这样，还会不会那么热切地生养他们呢？

她梦见她来到了拉尔夫的狩猎小屋，却没有看见他，而他的床上卧着一只猫。她知道自己必须杀死那只猫，但她的双手被反绑着，于是她用头去撞那只猫，直到把它撞死。

她醒来时，思忖着自己能不能在狩猎小屋里杀死拉尔夫。

多年以前，她杀死过阿尔文。她把他自己的刀插进了他的喉咙，又推进到他的脑袋里，直到刀尖从他的眼睛里伸出来。她还杀死了小贩西姆。她把他的头按在水里，尽管他拼命地挣扎，她仍然死死地按住，直到他的肺里灌满河水死去。假如拉尔夫一个人来狩猎小屋，那么她也许能瞅准机会杀死他。

但他不会一个人来。伯爵从来不会独自去任何地方。他会像从前一样由阿兰陪护。他只带一名随从出游，已经是很不寻常的了，他不可能单独出行。

她能把他们俩都杀死吗？再也没有人知道她将在那里见到他们。假如她能杀了他们，她只需不慌不忙地走回家去，甚至都不会有人怀疑她。没有人了解她的动机——这是个秘密，这一点很关键。也许会有人意识到她当时离小屋不远，但他们只会问她是否看到过形迹可疑的人在附近出没——谁也不会想到人高马大的拉尔夫会死于一个身材矮小的中年妇女之手。

她能做到吗？她思来想去，但打心底明白这是没有希望的。他们都是惯于厮杀的勇士。二十多年来，他们早已身经百战，最近的一仗就是前年冬天打的。他们的反应极其敏捷。他们的还击是致命的。许多法国骑士都想杀死他们，却反而送了自己的性命。

她也许能够通过用计，出其不意地杀死他们中的一个，却不可能把两人都杀死。

她将不得不屈服于拉尔夫。

她面色严峻地走出门去，洗了洗脸和手。当她回到大厅里时，厨房的杂役正在端上黑麦面包和淡啤酒做早餐。萨姆把一片干硬的面包浸入淡啤酒中想泡软。“你又是这么一副表情，”他说，“你到底怎么了？”

“没什么。”她说。她掏出刀子切下了一片面包。“我今天得走好长一段路啊。”

“你就是为这个担心吗？其实你不用一个人走呀。好多女人都愿意结伴而行的。”

“我比别的女人都能吃苦。”她很高兴他能关心她。这是他真正的父亲拉尔夫根本做不到的。伍尔夫里克到底对这孩子产生了些影响。但他觉察出她的表情，揣测着她的心思，这让她很是不安。“你用不着为我担心。”

“我可以陪你回去，”他说，“我想伯爵肯定会让我去的。他今天不需要任何护卫——他要和阿兰一起去什么地方。”

这是格温达最不希望的事情。如果她不能按时赶到聚会地点，拉尔夫就会披露秘密。格温达很容易想象他会怎样地以此为乐。他会毫不犹豫地这样做的。“不啦，”她坚定地说道，“你留在这里。没准儿伯爵什么时候就会找你的。”

“他不会找我的。我可以陪你走。”

“我绝对不许你这么做。”格温达咽下了嘴里的面包，又把剩下的面包塞进了腰包里。“你关心我，是个好孩子，但你没必要陪我走。”她吻了吻他的面颊。“照顾好你自己吧。不要冒任何不必要的危险。如果你为我着想，就好好地活着。”

她迈步走了。走到门口时，她回了下头。他正若有所思地打量着她。她强迫自己挤出了一副她希望能显得轻松的笑容，然后就出去了。

路上，格温达开始担忧会有人发现她和拉尔夫的私通。这样的事情向来是纸包不住火的。她已经在那儿密会过他一次了，她马上又要来第二次，而且她担心今后还会有更多这样的事情。没准儿哪天就会有人发现她在回家路上，一到某个地方就会离开大路折进森林，便会因此而心生疑窦。如果有人在不适当的时候碰巧闯进了狩猎小屋，会怎么样？有多少人会注意到，每当格温达从伯爵城堡回韦格利，拉尔夫就会和阿兰一起出去？

正午之前，她在一个小酒馆停下，喝了点儿淡啤酒，吃了点奶酪。为了安全起见，行路的人们在离开这样的地方时往往是结伴而行，但她故意磨蹭到所有的人都走了，才一个人上路。当她来到该折进森林的地方时，她前后张望了半天，以确保没人在注意她。她觉得四分之一英里外的林子里好像有动静，便仔细往那片模模糊糊的区域张望了一番，想看清楚到底是什么在动，但那里没人。她觉得自己神经过敏了。

她艰难地在夏天茂盛的灌木丛中穿行着，又思忖起杀死拉尔夫的事情。假如万幸，阿兰不在，她能找到机会吗？但是阿兰是这个世界上唯一知道她到这里来会拉尔夫的人。如果拉尔夫被杀死了，阿兰当然知道是谁干的。因此她必须连他一起杀了。但这似乎根本不可能。

小屋外有两匹马。拉尔夫和阿兰在屋里，坐在一张小桌前，面前还摆着吃剩的午饭：半条长面包、一根火腿的骨头，奶酪的外壳，还有一只葡萄酒瓶。格温达在身后关上了门。

“她来了，很守信用。”阿兰满意地说道。显然他承担让她准时来到这里的任务，他很欣慰她遵从了命令。“正好做你的饭后甜点，”他说，“就像葡萄干一样，虽然起了皱，但很甜。”

格温达对拉尔夫说：“你干吗不让他在外面待着？”

阿兰站起了身。“说话总是这么难听，”他说，“你就不能学乖点儿吗？”但他还是离开了房间，走进了厨房，把门从背后重重地关上。

拉尔夫对她微笑了一下。“到这边来。”他说。她顺从地向他走近了一些。“如果你愿意，我会叫阿兰别那么粗鲁的。”

“千万别这样！”她惊恐地说道，“如果他突然对我好起来，别人会起疑心的。”

“那随你的便吧。”他抓住了她的手，想把她再拉近一些，“坐到我的腿上。”

“我们不能快点儿把事做完吗？”

他大笑起来。“这就是我喜欢你的地方——你可真实在。”他站起身来，扶着她的双肩，凝视着她的眼睛，然后他低头吻了她一下。

这是他头一回这样做。他们性交了两次都没有接吻过。这让格温达越发厌恶起来。当他的嘴唇压在她的嘴唇上时，她觉得这是比他的阳物插进她体内更大的侮辱。他张开了嘴，她闻到了他带着奶酪味的气息。她挣脱了，感到一阵恶心。“不。”她说。

“别忘了你这样会失去什么。”

“别这样。”

他开始发怒了。“我非要不可！”他大声说道，“把衣服脱了。”

“放我走吧。”她说。他嘴里也开始说着什么，但她提高了声音压过了他的话。墙很薄，她知道厨房里的阿兰能听见她在哀求，但她顾不上了。“别逼我，我求你了！”

“你说什么都没用，”他咆哮道，“上床去！”

“求求你放过我吧！”

前门突然大开了。

格温达和拉尔夫都转过身来，瞪大了眼睛。

是萨姆。

格温达叫道：“噢，天哪，不！”

三个人都僵直地呆立了片刻。就在这一瞬间，格温达猛然明白了是怎么回事。萨姆一直在为她担忧，他没有听从她的叮嘱，而是自伯爵城堡起就跟着她。他一直处于她看不见的地方，但也始终没落下太远。他看见她离开大路进了森林——她回头时也看到了一丝动静，然而她忽略了。他找到了小屋，比她晚到了一两分钟。他一定是站在外面听到了叫喊声。拉尔夫在逼迫格温达屈从于不情愿的性行为，这是显而易见的——不过，闪电般地过了一遍他们说过的话后，格温达意识到他们并没有提及她不得不屈从的真正原因。秘密还没有泄露——还没有。

萨姆拔出了剑。

拉尔夫一跃而起。当萨姆扑过来时，拉尔夫也拔出了自己的剑。萨姆挥剑砍向拉尔夫的头，拉尔夫一抬手，刚好挡开了这一击。

格温达的儿子正试图杀他的父亲。

萨姆的处境极度危险。他比个孩子大不了多少，而和他交手的却是一位能征惯战的悍将。

拉尔夫大叫一声："阿兰！"

格温达马上明白过来，萨姆要对付的还不止是一个人，而是两名高手。

她冲到了屋子的另一端。当厨房的门就要打开时，她站到了门背后，身子紧贴在墙上，从腰带上拔出了那柄长匕首。

门大大地张开了，阿兰跨进了屋里。

他打量着两个打斗的人，但没有看见格温达。他停顿了片刻，观察着眼前的情景。萨姆的剑又一次划过空中，这回是奔着拉尔夫的脖子而去的，但拉尔夫又一次用自己的剑挡开了这一击。

阿兰立刻看明白了，他的主人正受到猛烈的攻击。他把手伸向了鞘中自己的剑，并且向前迈了一步。这时格温达的匕首插进了他的后腰。

她使出了一个长年在地里劳作的农民的全部力气，把刀往里一推，又往上一挑，穿透了阿兰背部的肌肉，又向上刺破了他的肝、肠和肺。她还想刺透他的心。刀子有十英寸长，又尖又利，切割着他的器官，但还没能立刻要他的命。

他疼得惨叫一声，又突然安静下来。他踉踉跄跄地转过身来抓住了她，以一个摔跤手的搂抱动作把她拽向了自己。她又刺了他一刀，这回刺进了肚子。她又同样地把刀往上一挑，刺向了他致命的器官。他的嘴里喷出了鲜血。他趔趄了一下，双臂垂向了体侧。他以一种全然无法相信的眼神，盯着这个不起眼儿的小个子女人良久。接着他闭上了眼睛，倒在了地上。

格温达又打量起另外两人。

萨姆在攻击，拉尔夫在躲闪。萨姆步步进逼，拉尔夫节节后退。萨姆又挥出了一剑，拉尔夫又躲过了一击。拉尔夫拼命抵挡着，却不进攻。

拉尔夫害怕杀死自己的儿子。

萨姆不知道他的对手就是自己的父亲，因而没有这样的顾虑，他奋勇向前，猛打猛攻。

格温达知道这种情况不可能持久，他们中的一个人会刺伤另一个人，继而这就将变成一场殊死搏斗。她举起了自己血淋淋的刀子，全神贯注地寻找着机会，准备像刺穿阿兰那样刺穿拉尔夫。

“等一等。”拉尔夫举起左手说道。然而萨姆怒不可遏，依然奋不顾身地扑向他。拉尔夫抵挡着，又说了一声：“等一等！”他已累得气喘吁吁，但最终还是从嘴里挤出了一句话：“有些事情你不知道。”

“我知道的够多了！”萨姆吼道。格温达能听出他那成人的嗓音里透射出了孩子气的歇斯底里。他又挥出了一剑。

“你不知道！”拉尔夫喝道。

格温达知道拉尔夫想对萨姆说什么。他要说的是“我是你父亲”。

绝不能让他说出口。

“听我说！”拉尔夫说道。萨姆终于停下了。他后退了一步，不过依然举着剑。

拉尔夫大口喘着粗气。他调整着呼吸准备说话，然而，就在他停顿的工夫，格温达冲向了他。

拉尔夫转过身子面对着他，同时挥剑向右平着画了道弧线。他的剑刃击中了她的刀刃，震落了她手中的刀。她彻底失去了防卫能力，她知道拉尔夫只要回手一击，她就必死无疑了。

但是，自萨姆拔出剑以来，这是拉尔夫第一次门户大开。他的身前毫无防备。

萨姆一个箭步上前，把剑刺进了拉尔夫的胸膛。

锋利的剑尖刺破了拉尔夫轻薄的夏装，从他的左胸骨处扎进了他的体内。剑刃一定是穿过了两根肋骨间，因为又向里陷了很深。萨姆发出了一声残忍的号叫，以示欢呼。他又使劲把剑向里扎去。拉尔夫被推得踉踉跄跄地向后退着，肩膀重重地撞在了身后的墙上，但萨姆还在向前推，使出了浑身的力气。剑似乎一路穿透了拉尔夫的胸部。当剑尖从他的背后穿出，扎进木墙时，发出了奇特的砰的一声。

拉尔夫的眼睛紧盯着萨姆的脸，格温达知道他在想什么。拉尔夫明白自己受了致命的伤。在他生命的最后几秒钟，他清楚他是被自己的儿子杀死的。

萨姆松开了剑，但剑并没有掉下来，而是嵌在了木头中，把拉尔夫钉在了墙上，模样非常可怕。萨姆后退了一步，大惊失色。

拉尔夫还没有死。他的胳臂虚弱地挥动了一下，试图把剑从自己的胸中拔出，但他已经无法协调自己的动作了。格温达脑中闪过了一个可怕的念头，觉得他有点像那只被护卫们绑在柱子上的猫。

她弯下腰，迅速地从地上捡起了她的匕首。

就在这时，令人难以置信的是，拉尔夫又开口说话了。

“萨姆，”他说，“我是……”这时一股鲜血从他的嘴里喷出，打断了他的话。

谢天谢地，格温达心想。

鲜血戛然而止，正如喷出时一样快，于是他又开口了：“我是……”

这回是格温达阻止了他。她向前一蹿，把匕首刺入了他的口中。他发出了一声可怕的咕哝。刀子扎进了他的喉咙。

她松开刀子，后退了一步。

她惊恐万分地看着自己的作为。这个折磨了她这么久的人像被钉在十字架上一样钉在了墙上，一支剑插在他的胸上，一把刀插在他的口中。他发不出声音了，但他的眼睛还在转，在表明他还没有死。他来回打量着格温达和萨姆，眼神中既有痛苦，也有惊骇，还有绝望。

格温达和萨姆呆呆地僵立着，紧盯着他，沉默着，等待着。

终于，他的眼睛闭上了。

91

九月中，黑死病开始消退了。随着旧的病人死去，又没有新的病人进来，凯瑞丝的医院逐渐空了。腾空的病房得到了彻底的打扫和擦洗，壁炉里燃起了杜松木，使医院里充满了秋天浓郁的芳香。十月初，最后一名死者被安葬在医院的墓地里。当四名强壮的年轻修女将裹尸布包裹的尸体放进墓穴时，一轮雾气腾腾的红日升起在王桥大教堂的上方。死者是一位驼背的奥特罕比织工，然而当凯瑞丝凝视着墓穴时，她看到的却是她的宿敌——黑死病——躺在冰冷的土中。她低声说道："你是真的死了，还是会卷土重来呢？"

葬礼之后，修女们回到医院时，已经无事可做了。

凯瑞丝洗了洗脸，梳了梳头，穿上了她早就为这一天准备好的新衣服。这是一件鲜艳的"王桥红"连衣裙。随后，半年以来第一次，她走出了医院。

她立刻走进了梅尔辛的花园。

他的梨树在朝阳之下投射出长长的阴影。树叶已开始发红变脆，还有一些熟透了的果子挂在树枝上，滚圆饱满，但已变成了棕色。园丁阿恩正用斧子砍着柴。他看到凯瑞丝，先是吓了一大跳，继而明白过来她的出现意味着什么，于是他的脸上绽开了灿烂的笑容。他扔下斧子跑进了屋里。

厨房里，埃姆正用旺火熬着粥。她看到凯瑞丝，就像是看到了天使，激动得吻起了她的手。

凯瑞丝上了楼，走进了梅尔辛的卧室。

他穿着内衣站在窗前，正端详着屋前湍急奔流的河水。他转过身来面向着她。她看着他那张熟悉然而并不端正的脸，那闪烁着睿智的眼神，还有那透着幽默感的翘起的嘴唇，她的心颤抖了起来。他那金褐色的眼睛亲切地望着她，他咧开嘴，现出了欢迎的微笑。他没有显出惊讶：他一定早就注意到送到医院来的病人越来越少，他已经预料到她就要回来了。看他的神情，就像是一个实现了愿望的人。

她走到窗前，站在他身旁。他搂住了她的肩膀，她也搂住了他的腰。她觉得他那红色的胡子比六个月前又多了一些斑白，而他头上的那圈头发又向后退去了不少，不知道这是否是她的想象。

有那么一会儿，他俩全都凝望着河流。在昏黑的晨曦中，河水呈现出铁灰色。水面无休无止地流动着，时而像镜子一样明亮，时而又幽暗得深不可测，气象万千。河水总是在变化着，然而永远是同一条河。

“总算过去了。”凯瑞丝说道。

然后他俩拥吻在一起。

梅尔辛宣布专门举行一场秋季集市，以庆祝王桥城的重开。集市在十月的最后一个星期举行。羊毛交易季已经过去了，但不管怎么说，羊毛已经不再是王桥交易的主要商品了，成千上万的人们来这里，都是要买如今以这个城市而闻名的那种红布。

礼拜六，在集市开幕的晚宴上，教区公会专门向凯瑞丝致了敬。尽管王桥并没有完全逃过黑死病，但损失比其他城市小得多，大多数居民都认为，正是由于凯瑞丝的预防措施，他们才保住了性命。在所有的人眼里她都是英雄。教区公会的人们坚持表彰她的功绩。玛奇·韦伯特意修改了晚宴的仪程，为凯瑞丝颁发了一枚金钥匙，是王桥城门钥匙的象征。梅尔辛深感骄傲。

第二天是礼拜日，梅尔辛和凯瑞丝来到了大教堂。修士们还在林中的圣约翰教堂，因而礼拜是由城里圣彼得教区教堂的米歇尔神父主持的。夏陵伯爵夫人菲莉帕出席了礼拜。

梅尔辛自拉尔夫的葬礼后一直没见过菲莉帕。人们没有为他的弟弟和她的丈夫流太多眼泪。伯爵应当正式安葬于王桥大教堂，但由于封城，拉尔夫被埋在了夏陵。

他的死因依然是个秘密。他的尸体是在一个狩猎小屋中发现的，胸部被刺穿了。阿兰·弗恩希尔躺在附近的地上，也是死于刺伤。两个人似乎共进过午餐，因为桌上还有饭食的残余。现场显然发生过搏斗，但不清楚拉尔夫和阿兰是在相互打斗中给对方造成了致命伤害，还是有外人涉入。没有东西丢失：两具尸体上都发现了钱，两人精良的武器都在他们身旁，两匹昂贵的战马也在屋外的空地上吃着草。因此，夏陵的验尸官倾向于认为两人是互殴致死的。

然而从另一个角度想想，这事也没什么神秘的。拉尔夫是个暴虐成性的人，他死于非命，丝毫也不奇怪。耶稣说过：凡动刀的，必死在刀下——尽管在爱德华三世统治下，教士们不经常引用这句话。如果说这事有什么非同寻常的，那就是拉尔夫经历过那么多宏大战役，经历过那么多浴血厮杀，经历过法国骑兵那么多猛烈冲锋，都活了下来，最后却死在了家门口的一场争斗中。

让梅尔辛奇怪的是他自己居然在葬礼上泣不成声。他不明白自己为什么伤心。他弟弟是个恶贯满盈的坏人，他的死是百姓的福气。自他杀死蒂莉后，梅尔辛就和他疏远了。那还有什么可难过的？最终，梅尔辛明白了，让他悲伤的是拉尔夫本有可能成为别样的人——一个暴力倾向得到控制而不是放纵的人；一个好斗精神受到正义感而不是个人荣耀驱使的人。拉尔夫也许曾有可能成为这样的人的。当他俩五六岁，在泥水中划木船时，拉尔夫并不是暴戾恣睢的。这就是梅尔辛哭泣的原因。

菲莉帕的两个儿子都出席了葬礼，今天也跟着她参加了礼拜。长子杰里是拉尔夫和可怜的蒂莉所生。幼子罗利，所有的人都以为是菲莉帕为拉尔夫所生，实际上却是梅尔辛的骨肉。幸运的是，罗利并不像梅尔辛那样是个活泼、精明的红头发矮个子。他将像他母亲一样长成个雍容威严的大个子。

罗利手里攥着一幅木雕。他郑重地送给了梅尔辛。木雕上是一匹马。梅尔辛意识到，一个十岁的孩子能刻成这样，实属难能可贵。大多数孩子刻的动物，都是四蹄牢牢地定在地上，罗利却让马动了起来，四蹄分别蹬开在不同位置，马鬃也在风中飞扬着。这孩子继承了他生父把复杂的物体在三维空间形象化的特长。梅尔辛感到喉咙不期然地哽住了。他俯下身子亲了亲罗利的额头。

他向菲莉帕感激地微笑了一下。他猜想一定是她鼓励罗利把这幅木雕马给他的，她明白这对他有什么意义。他又瞟了一眼凯瑞丝，看出她也明白这其中的意味，不过她什么也没说。

大教堂里的气氛是欢快的。米歇尔神父不是一个口若悬河的布道者，整个弥撒过程中，他的声音都低得像是嘀咕。但修女们的歌唱仍像以前一样优美，阳光透过颜色浓烈的彩绘玻璃照射进来，也使人们的心情更加愉快。

礼拜之后，他们呼吸着秋天清新的空气，到集市上转了转。凯瑞丝挽着梅尔辛的胳膊，菲莉帕走在他的另一侧。两个孩子在前面跑着，菲莉帕的卫士和侍女则在后面跟着。梅尔辛看到生意很兴旺。本城的手艺人和商人已着手重新创业了。王桥从这次黑死病中复兴，一定比上次要快。

教区公会的高级会员们四处走动着，检查着各种度量衡器。一包羊毛的重量、一块布的尺寸、一蒲式耳的容积，等等，都有标准，因而人们知道他们买了多少。梅尔辛鼓励公会会员们大张旗鼓地进行这种检查，以便买主们看到王桥城对商人们的监督是多么严格。当然，如果公会会员们当真怀疑有人作假，他们会小心谨慎地检查，如果确实在作假，就会悄悄地取消他的摊位。

菲莉帕的两个儿子兴奋地在货摊间跑着。梅尔辛注视着罗利，悄悄地对菲莉帕说："拉尔夫已经去了，还有什么理由不让罗利知道真相呢？"

菲莉帕陷入沉思："我也想告诉他——可那样是对他好，还是对我们好？十年了，他一直以为拉尔夫是他的父亲。两个月前他还在拉尔夫的墓旁痛哭。现在突然告诉他，他是别人的儿子，他怎么受得了？"

他们说话的声音很低，但凯瑞丝还是能听到，她说："菲莉帕说得对。你得为孩子着想，不能光想着你自己。"

梅尔辛明白她俩说得有理。这是这个快乐的一天中一点小小的美中不足。

“另外还有一个原因，”菲莉帕说，“格利高里·朗费罗上星期来看我。他说国王想立杰里为夏陵伯爵。”

“他才十三岁呀！”梅尔辛说。

“虽然男爵之位不能继承，但伯爵一旦受封，爵位一向是世袭的。不管怎么说，接下去的三年，将由我来管理伯爵领地。”

“拉尔夫出征法国时，一向就是由你代管。幸亏国王没有要你再嫁。”

她做了个鬼脸：“我太老了。”

“那么罗利就是伯爵领地的第二世袭人了——如果我们保守秘密的话。”梅尔辛心想，假如杰里有个三长两短，我儿子就要当夏陵伯爵了。真想不到！

“罗利将是一位很好的统治者，”菲莉帕说，“他很聪明，意志也很坚强，而且他还不像拉尔夫那么残暴。”

拉尔夫的恶劣天性早有征兆：在他十岁时，也就是罗利现在的年龄，他就射杀过格温达的狗。“不过罗利也许想做别的事情。”他又看了一眼那幅木雕马。

菲莉帕微笑了一下。她很少微笑，然而一旦露出笑容，可真是迷人。梅尔辛心想：她还是那么美。她说：“好好欣赏欣赏，为他骄傲吧。”

梅尔辛回想起拉尔夫当上伯爵时，他父亲是多么骄傲。然而他知道自己是永远不会那么想的。无论罗利做什么，只要他做得好，梅尔辛都会骄傲的。这孩子也许会当一名石匠，去刻天使和圣徒。也许他会成为一位贤明的贵族。他甚至还可能做些什么他父母根本预料不到的事情。

梅尔辛邀请菲莉帕和孩子们共进午餐。他们一起离开了大教堂，迎着前来赶集的车水马龙走上了桥，来到麻风病人岛，穿过花园，进了屋。

他们在厨房里看到了洛拉。

洛拉一看到父亲，就放声大哭起来。梅尔辛伸手搂住了她，她则伏在他的肩上呜咽起来。不管她去了哪里，她一定是好久没有洗澡了，因为她身上的气味简直像是从猪圈里带来的，但梅尔辛太高兴了，丝毫没有在乎。

过了好半天，洛拉才恢复了理智。当她终于能开口说话时，她说："他们全都死了！"说罢她又大哭起来。又过了好一阵子，她再度平静下来，说话才连贯了一些。"他们全都死了，"她重复了一遍，极力克制着哽咽，"贾克、博约、内蒂和哈尔，约尼和凯尔基，还有费里特，一个接一个死了，不管我做什么，都没有用！"

梅尔辛听明白了，他们一直住在森林里，一群年轻人，想象着自己如同希腊神话中的仙女和牧羊人。细节也渐渐明晰了。小伙子们时而会猎到一头鹿，时而又会出去一整天，带回一桶葡萄酒和一些面包来。洛拉说他们是买来的，但梅尔辛猜想一定是从路人那里抢来的。洛拉想必是以为他们可以永远这样生活下去：她没想到到了冬天，情况就会不一样了。然而，最终是黑死病，而不是天气，结束了他们这段浪漫的生活。"我害怕极了，"洛拉说，"我想见凯瑞丝。"

杰里和罗利在一旁听着，嘴张得大大的。他们打心底崇拜起他们的洛拉堂姐。尽管她是哭着跑回家来的，但她的历险故事，还是使她的形象在他们心目中变得高大起来。

“我再也不想体验这种滋味了，”洛拉说，“眼睁睁地看着我的朋友们病倒、死去，却一点儿办法也没有。”

“我能理解，”凯瑞丝说，“我母亲死的时候，我也是这种感觉。”

“你能教我给人看病吗？”洛拉对她说，“我想像你一样，能真正地帮助病人，而不是只给他们唱唱赞美诗，给他们看天使的图画。我想弄懂骨胳和血液，了解药草和其他能救人的东西。当有人得病时，我希望能做些什么。”

“如果你愿意，我当然可以教你，”凯瑞丝说，“我很高兴。”

梅尔辛大为惊讶。多年来，洛拉一直性格叛逆，脾气暴躁，她不服管教的部分原因便是她认为继母凯瑞丝不是真正的母亲，因而没必要予以尊重。她的这一转变让梅尔辛非常高兴。他觉得这么长时间的担惊受怕都可以忽略不计了。

过了一会儿后，一名修女走进了厨房。“小安妮·琼斯突然昏倒了，我们不知道是什么原因，”她对凯瑞丝说，“你能来一趟吗？”

“当然。”凯瑞丝说。

洛拉说：“我能跟你一起去吗？”

“不，”凯瑞丝说，“现在你该上第一堂课了：你必须变得干干净净的。去洗个澡吧。明天你可以跟我一起去。”

她刚要走，玛奇·韦伯进来了。“你们听说了吗？”她面色严峻地说道，“菲利蒙回来了。”

戴夫和阿玛贝尔于礼拜天在韦格利的小教堂举行了婚礼。

菲莉帕太太准许他们使用领主宅第举办婚宴。伍尔夫里克杀了一头猪，在院子里生火烤起了全猪。戴夫买了些甜葡萄干，安妮特把它们烤进了小圆面包里。婚宴上没有淡啤酒——因为大麦大都因为没人收割而烂在了地里——不过菲莉帕派萨姆回家了，还让他带着一桶苹果酒作为礼物。

格温达仍然每天都会想起狩猎小屋中的那一幕。半夜里她会在黑暗中看到拉尔夫。她的刀插在他的嘴里，刀把露在他褐色的牙齿外，萨姆的剑把他钉在墙上。

当她和萨姆冷漠地把刀剑从拉尔夫身上拔下来后，拉尔夫的尸体倒在了地上，看上去两个死人好像是相互杀死了对方。格温达把他俩原本干净的兵器染上了血，又放回了原处。走出小屋后，她又松开了拴马的绳子，这样两匹马就可以多活几天，直到有人找到它们了。随后她就和萨姆离开了。

夏陵的验尸官曾怀疑伯爵之死与强盗有关，但最终做出了格温达期望的结论。没有人怀疑她和萨姆。他俩逃脱了杀人罪名。

她把她和拉尔夫之间的事编了个故事告诉了萨姆。她假称这是拉尔夫第一次强迫她。他只是威胁说如果她不从就杀了她。萨姆因为自己杀了个伯爵而感到惊骇，但他毫不怀疑自己做的是正义的事情。他的确是块当兵的料，格温达意识到：他永远不会因为杀人而痛悔的。

她也不会，尽管她每每都是以厌恶的情绪回忆起那些场景。她杀死了阿兰·弗恩希尔，并给了拉尔夫最后一刀，但她从来没有遭受过悔恨的折磨。没有了这两个人，这世界更美好。拉尔夫死的时候很痛苦，因为他知道是他自己的儿子刺穿了他的心，这是他罪有应得。她坚信总有一天，她亲手所为的这些场景不会再在夜里来打扰她了。

她把这些记忆从脑中驱走，环视起领主宅第大厅里狂欢的村民们。

猪已经吃完了。男人们在喝着最后一点苹果酒。亚伦·阿普尔特里吹起了风笛。自安妮特的父亲珀金死后，村里就没有鼓手了。格温达心想戴夫今晚会不会敲鼓呢。

伍尔夫里克像往常一样，在灌了一肚子酒后就想跳舞。格温达陪着他跳了头几曲，一边努力跟着他腾跃的步伐，一边大笑着。他把她举起来，抛向空中，又紧紧抱住她，再放到地上，只为了大步围着她转圈。他没有节奏感，但他的热情富于感染力。几曲跳罢，格温达便直叫累极了，于是他又和他的新儿媳阿玛贝尔跳了起来。

接下去，他当然要和安妮特一起跳了。

舞曲刚一停，他就放开了阿玛贝尔，眼光落在了安妮特身上。安妮特坐在大厅一侧的长凳上。她穿着一件绿色连衣裙，是只有少女们才穿的那种短短的连衣裙，为的是炫耀她那小巧玲珑的脚踝。连衣裙是旧的，但她在胸部绣了几朵黄色和粉色的花儿。像往常一样，有几绺卷发从她的发束中散落出来，垂在她的脸上。她二十年前这样打扮还差不多，现在她已经太老了，但她并没意识到这一点，伍尔夫里克也没意识到。

当他俩开始翩翩起舞时，格温达竭力装出一副轻松愉快的样子，但她意识到自己的表情也许更像是一幅怪相，于是她也不装了。她把目光从他俩身上移开，注视起戴夫和阿玛贝尔。阿玛贝尔也许不会像她母亲那样。她有时也像安妮特一样卖弄风情，但格温达从没看见过她真正和别人调情。此时此刻，她似乎对谁都不感兴趣，只全神贯注于她的丈夫。

格温达又扫视了一遍屋子，看到了她的另一个儿子萨姆。他和一群小伙子坐在一起，正连说带比画地讲着一个故事。他假装紧攥着一匹马的缰绳，差点儿要翻身落马了。小伙子们全都听得入了迷。他们恐怕都很羡慕他能当上护卫。

萨姆仍然住在伯爵城堡。菲莉帕太太留用了大部分护卫和士兵，她需要他们陪她儿子杰里骑马打猎，练习使用矛和剑。格温达希望在菲莉帕主事期间，萨姆能够学到一些本该由拉尔夫教给他的智慧和仁慈。

再没有别人可关注了，格温达的目光又回到了她丈夫和他曾经想娶的女人身上。正如格温达所担心的，安妮特正把伍尔夫里克的活力最大限度地激发出来，让他如醉如痴。当他们分开跳时，她向他抛着媚眼，而当他们又抱在一起时，格温达心想，她简直像件湿衬衫一样紧紧贴着他。

这支舞似乎要没完没了地跳下去了，阿普尔特里不停地用他的风笛重复着那欢快的旋律。格温达了解自己丈夫的情绪，她看到他眼里闪烁着那种一向是在他要拉她睡觉时才出现的光芒。格温达愤怒地心想，安妮特完全知道她在干什么。她不停地在长凳上挪动着，希望音乐赶快停止，以便自己的怒火不要喷发出来。

然而，当乐声在高潮中戛然而止时，她的怒气却沸腾到了极点。她下定决心要把伍尔夫里克拉回身边坐下，让他冷静下来。在下午接下去的时间里，她一定要看紧他，那就平安无事了。

但就在这时，安妮特吻了他。

当他的手还搂在她的腰上时，她踮起了脚尖，翘起了脸，重重地吻了一下他的嘴唇，虽然短暂，但是结实。格温达再也受不了了。

她从长凳上一跃而起，大步穿过了大厅。当她走过新郎新娘身旁时，她儿子戴夫看出她的表情不对，试图阻止她，但她根本没理睬他。她直奔伍尔夫里克和安妮特。他们两人仍在相互凝视着，傻傻地微笑着。格温达用手指扒拉开安妮特的肩膀，大声喝道："放开我丈夫！"

伍尔夫里克说："格温达，请——"

"什么也别说，"格温达说，"离这婊子远点儿。"

安妮特的眼里也闪起怒火："可没有人因为跳舞而被称为婊子。"

"我敢肯定你知道婊子都干什么。"

"你怎么敢这么说话！"

戴夫和阿玛贝尔来劝架了。阿玛贝尔对安妮特说："妈，别吵架。"

安妮特说："不是我要吵架，是格温达要吵！"

格温达说："我可没想勾引别人的丈夫。"

戴夫说："妈妈，你把婚礼都搅和了。"

格温达怒火中烧，根本听不进去。"她一向这样。二十三年前，她一脚踹了他，可她从来不让他消停！"

安妮特哭了起来。格温达一点儿也不奇怪。安妮特的眼泪一向是她大行其道的又一件武器。

伍尔夫里克伸手去拍安妮特的肩膀，格温达厉声喝道："别碰她！"他的手像烫着了一样赶紧缩了回来。

"你不明白。"安妮特抽泣道。

“我太明白你了。”格温达说。

“不，你不。”安妮特说。她擦了擦眼泪，出乎格温达意外地直视着她。“你不明白你已经赢了。他是你的了。你不知道他多么崇拜你、尊敬你、佩服你。你没注意到当你和别人说话时，他在怎样看着你。”

这话倒吓了格温达一跳。“是吗。”她咕哝了一句，但不知道还能再说些什么。

安妮特继续说道：“他正眼看过年轻女人吗？他背着你偷偷摸摸干过什么吗？过去二十年，你们有多少个晚上没有一起睡——两个？还是三个？你难道看不出，只要他活着，就不会爱别的女人了吗？”

格温达看了伍尔夫里克一眼，知道她说的都是实话。实际上这是显而易见的。她明白这点，别人也都明白。她竭力回想着她为什么会对安妮特如此恼怒，却一下子想不出理由来了。

舞会中断了，亚伦也放下了风笛。村民们全都围住了这两个女人，新郎新娘的母亲。

安妮特说：“当我还是个姑娘时，我又傻又自私，做出了一个愚蠢的决定，失去了我认识的最好的男人。而你得到了他。有时候我经不起诱惑，会想象事情是另一个样子，他是我的。所以我冲他微笑、拍他的胳膊，他也对我很友好，因为他知道他伤了我的心。”

“是你自己伤了你的心。”格温达说。

“是的。而你是因为我的愚蠢而得益的幸运女孩儿。”

格温达哑口无言了。她从来没把安妮特看作一个可怜的人儿。在她眼里，安妮特始终是个强大、可怕的人物，总是在琢磨着把伍尔夫里克偷回去，但这种情况绝对不会发生。

安妮特说：“我知道伍尔夫里克一对我好，你就生气。我也总对自己说不要再这样了，可我管不住自己。你难道非要因为这个而恨我吗？别让这事破坏了婚礼的气氛，毁了咱们都想要的孙子。你就不能不把我当成一辈子的仇敌，而是当作一个不好的姐妹，虽然有时候做些错事，让你不高兴，但还是得做一家人吗？”

她说得对。格温达一向认为安妮特是个脸蛋漂亮但没脑子的女人，可在这件事情上安妮特比她要明智，格温达感到有些惭愧。“我不知道，”她说，“也许我可以试试。”

安妮特上前一步，吻了吻格温达的面颊。格温达感觉到安妮特已经泪流满面了。“谢谢你。”安妮特说道。

格温达迟疑了一下，然后伸出胳膊，搂住了安妮特瘦骨嶙峋的肩膀，紧紧地抱住她。

在她们周围，所有的村民都鼓掌欢呼起来。

又过了一会儿，乐声重新响了起来。

十一月初，菲利蒙为黑死病的结束举行了一次感恩礼拜。亨利大主教和克劳德副主教都来了。还有格利高里·朗费罗老爷。

梅尔辛心想，格利高里来王桥，一定是来宣布国王决定的主教人选的。按照规矩，他将告诉修士们国王提名了某个人，然后由修士们决定是选这个人还是选其他什么人，但通常修士们都会把票投给国王选中的人。

梅尔辛从菲利蒙脸上读不出任何信息，他猜想格利高里还没有透露国王的决定。这一决定对梅尔辛和凯瑞丝至关重要。如果克劳德得到了这一职位，他们的麻烦就结束了。克劳德温和善良，通情达理。而如果菲利蒙当上主教，他们就将面临旷日持久的争执和官司。

亨利主持了礼拜，但菲利蒙做了布道演讲。他感谢上帝回应了王桥修士们的祈祷，使全城没有饱受黑死病的肆虐。他没有提及修士们丢下市民不管，自顾逃往了林中圣约翰修道院，也没有提及是凯瑞丝和梅尔辛把城门关闭了六个月，才帮助上帝回应了修士们的祈祷。听他的讲演，就好像是他拯救了王桥一样。

“我受不了了，”梅尔辛对凯瑞丝说，根本没想压低声音，“他完全是歪曲事实！”

“你消消气，”凯瑞丝说，“上帝了解真相，人们也都心里有数。菲利蒙骗不了任何人。”

无疑，她说得对。一场战役之后，胜利一方的士兵总会感谢上帝，但他们仍然明白优秀的将军和蹩脚的将军之间的差异。

仪式结束后，梅尔辛作为教区公会会长，应邀到副院长宅院与大主教共进午餐。他坐在了克劳德副主教身旁。感恩祈祷刚一结束，一片嘈杂的交谈声便爆发出来。梅尔辛压低声音，急切地向克劳德问道：“大主教知道国王选中什么人做主教了吗？”

克劳德几乎让人无法觉察地点了点头。

“是你吗？”

克劳德的摇头同样是幅度小到了极致。

“那么，是菲利蒙？”

又是一下轻微的点头。

梅尔辛的心一沉。国王怎么能选中菲利蒙这样既愚蠢又懦弱的人，而不是聪明能干的克劳德呢？但他知道答案：菲利蒙的牌打得好。“格利高里已经通知修士们了吗？”

“还没有，”克劳德把脸凑近，说道，“他也许今天晚餐后非正式地告诉菲利蒙，明天早晨再在全体修士大会上宣布。”

“这就是说我们到今晚之前还有时间。”

“做什么？”

“要他改变主意。”

“这不可能。”

“我要试试。”

“你不会成功的。”

“请记住，我已经无路可退了。”

梅尔辛无心于美食，只吃了很少一点，竭力保持着克制，直到大主教起身后，他才同格利高里说话。“你愿意和我一起在大教堂里走走吗？我有件事情要告诉你，你肯定会非常感兴趣的。”他说。格利高里点了点头。

他们并肩走到了中殿。梅尔辛相信即使有人潜藏在四周，也不可能听到他们的谈话。他深吸了一口气。他将做的事是非常危险的。他要改变国王的意志。如果他失败了，他会被判谋反——这是死罪。

他说：“很久以来就有传言说，王桥的某个地方存在一份国王很希望销毁的文件。”

格利高里的脸像石头一样毫无表情，嘴里却说：“说下去。”这就相当于证实了梅尔辛的说法。

“这份文件为一位新近去世的骑士所有。”

“是吗？”格利高里说道，大吃了一惊。

“你显然清楚地知道我在说什么。”

格利高里像个律师一样答道："这么说吧，为了方便谈话，姑且算我知道吧。"

"我愿意为国王效劳，把那份文件还给他——不管那份文件上写的是什么。"虽然他对文件的内容一清二楚，但为谨慎起见，他也像格利高里一样佯装不知。

"国王会感谢的。"格利高里说。

"怎么感谢？"

"你有什么想法？"

"提名一位比菲利蒙更体贴王桥人的主教。"

格利高里严厉地看着他："你想勒索英格兰国王吗？"

梅尔辛明白，这就是危险所在。"我们王桥人都是商人和手艺人，"他说道，竭力想使自己的话听上去合情合理，"我们买，我们卖，我们做生意。我刚才只不过是想同你做一笔交易。我想卖给你一样东西，我向你报了价。这不是勒索，不是强迫。我没有发出任何威胁。如果你不想要我卖的东西，那这事就到此为止。"

他们来到了圣坛旁。格利高里凝视着高高在上的十字架。梅尔辛明白他在盘算什么。他在想，是逮捕梅尔辛，把他带到伦敦严刑拷打，直到他说出那份文件在哪里；还是让国王另外提名一位王桥主教，更为简单更为方便？

两人沉默了良久。大教堂里很冷，梅尔辛拉紧了斗篷。格利高里最终说道："文件在哪里？"

"就在附近。我可以带你去。"

"很好。"

"那么我们的交易呢？"

"如果文件正是你说的那份，我将代表我方履行协议。"

"让克劳德副主教做主教？"

"是的。"

"谢谢你，"梅尔辛说，"我们需要走一段路，到森林里去。"

他们并肩走上主街，过了桥。他们呼出的气体在空气中形成了白雾。当他们走进森林时，冬日的阳光几乎没有带来什么温暖。几个星期前刚刚来过，这回梅尔辛很容易就找到了路。他认出了泉水、巨石和泥泞的山谷。他们很快就来到了阔大的橡树所在的那片空地。梅尔辛径直来到他挖出过纸卷的地方。

让他沮丧的是，他发现有人抢先来过这里。

他曾经仔细地把松软的土抚平，还在上面覆盖了树叶，尽管如此，还是有人发现了这个地方。地上有一个一英尺深的坑，坑旁有一堆新挖的土。坑里空空如也。

他凝视着坑，大惊失色。"噢，见鬼。"他说。

格利高里说："我希望这不是什么把戏……"

"让我想想。"梅尔辛打断了他的话。

格利高里闭上了嘴。

"只有两个人知道这事，"梅尔辛一边说，一边绞尽脑汁地想着，"我没跟任何人说过，所以一定是托马斯说的。他死前得了老年痴呆症。我想是他说漏了嘴。"

"但他会跟谁说呢？"

"托马斯死前的几个月都住在林中的圣约翰修道院，修士们不许任何人进去，所以他一定是跟某个修士说了。"

"那里有多少修士？"

“二十个左右。但没几个人了解背景，不能明白一个老人念叨一封被埋的信有什么意义。”

“这就好，但那封信现在在哪里。”

“我想我知道，”梅尔辛说，“再给我一次机会吧。”

“好的。”

他们走回了城里。当他们过桥时，太阳正照在麻风病人岛上。他们走进黑漆漆的大教堂，来到西南塔楼，攀上了一条狭窄的楼梯，前往存放装神弄鬼表演服装的小屋。

梅尔辛有十一年没有来这里了，但积满灰尘的储藏室一向不会有多大变化，尤其是在大教堂里，这座也不例外。他找到了墙上那块松动的石头，把它抽了出来。

菲利蒙的所有宝贝都在这块石头后，包括刻在木头上的爱情短柬。这些东西当中，有一个油布的小包。梅尔辛打开了包，从里面掏出了一个羊皮纸卷。

“我想是这样，”他说，“菲利蒙在托马斯糊涂之后，从他嘴里探听到了这个秘密。”毫无疑问，菲利蒙保留这封信，是想在主教人选不是他时，用作讨价还价的筹码的——然而现在，却被梅尔辛派上了用场。

他把纸卷递给了格利高里。

格利高里展开了纸卷，一边读着，脸上现出了惊恐之色。“天哪，”他说，“那些传言居然是真的。”他把纸片重新卷了起来，脸上的神情就像是踏破铁鞋无觅处，得来全不费工夫。

“这是你想要的东西吗？”梅尔辛问。

“哦，是的。”

“国王会表示感谢喽？”

“会万分感谢的。”

“那么协议……”

“会遵守的，”格利高里说，“克劳德将成为你们的主教。”

“感谢上帝。”梅尔辛说。

八天之后，一大早，凯瑞丝正在医院里教洛拉扎绷带，梅尔辛进来了。“我有个东西想让你看看，”他说，“咱们去趟大教堂吧。”

这是一个晴朗却寒冷的冬日。凯瑞丝裹上了一件厚厚的红斗篷。他们过桥进城时，梅尔辛停住了脚步，手指向前方。“尖塔落成了。”他说。

凯瑞丝抬头一望。她能透过仍然围绕着尖塔的蜘蛛网般的脚手架，看出它的形状。尖塔高耸入云，又极其精美。她的目光随着圆锥形的塔尖向上望去，觉得它似乎会无限地延伸上去。

她说：“这是英格兰最高的建筑吗？”

他笑了笑：“是的。”

他们走上主街，走进大教堂。梅尔辛带路，走上了中央塔楼墙内的楼梯。梅尔辛惯于爬楼，但当他们来到塔楼顶部的露天处，也就是围绕着尖塔基座的过道时，凯瑞丝已是气喘吁吁。这里的风强劲又寒冷。

在凯瑞丝喘息之际，他们观赏起四周的景色。整个王桥城在北边和西边展开：主街、行业区、河流，还有医院所在的小岛。上千座烟囱在冒着烟。微缩的人们匆匆地从街上走过，或步行或骑马或推着手推车，或背着工具袋或挎着装有食品的篮子或扛着沉重的大包。男人、女人和孩子，无论胖瘦，无论穿得破破烂烂还是衣着暖和贵重，大多是褐色和绿色的，但时而也有一抹璀璨的孔雀蓝或鲜艳的“王桥红”闪过。看着他们，凯瑞丝惊叹不已：每个人都有着不同的人生，每个人的经历都纷繁复杂，都有着跌宕起伏的过去和充满挑战的未来，有着幸福的回忆和难言的忧伤，有着许多朋友、敌人和心爱的人。

“好了吗？”梅尔辛问。

凯瑞丝点了点头。

他领她上了脚手架。脚手架是用绳子和木条绑扎的，不是固定的。她一向害怕这样的东西，但她不愿说，因为如果梅尔辛能爬上去，她就也能。风吹得整个脚手架都有些摇摆，凯瑞丝斗篷的下摆像船帆一样拍打着她的腿。尖塔像塔楼一样高，而爬绳梯要费劲得多。

他们爬到一半时，停下来休息了一会儿。“这座尖塔很简单，”梅尔辛说，他根本不需要喘气，“就是一个圆，在上面塑了几个角。”凯瑞丝明白了，她看到过的其他尖塔都有像编织一样的装饰，有彩色的石头和瓦片做成的条饰，还有像窗户一样的壁凹。梅尔辛设计之简明，正是他的尖塔看上去像是在无限上升的原因。

梅尔辛往下一指：“嘿，快看那边！”

“我不想往下看……”

“我想，是菲利蒙正要动身去阿维尼翁。”

这她可不能不看。她站在一块较宽的木板上，但仍然不得不双手紧紧地握住一根向上的杆子，才敢确信自己不会掉下去。她使劲地咽了口唾沫，眼睛才沿着塔楼垂直的一面向下望去。

但眼前的情景让她觉得冒险是值得的。一辆由两头牛拉着的小车停在副院长宅院前。准备护卫菲利蒙的一名修士和一名士兵都骑在马上，耐心地等待着。菲利蒙站在小车旁，王桥的修士们一个接一个地上前吻他的手。

所有的人都告别完后，塞姆兄弟递给他一只黑白色的猫，凯瑞丝认出，这是戈德温的猫“大主教”的小崽。

菲利蒙爬进了车里，车夫抽了牛一鞭子。车子缓缓地驶出了门，走上了主街。凯瑞丝和梅尔辛一直目送着牛车过了桥，消失在郊外。

“谢天谢地，他总算走了。”凯瑞丝说。

梅尔辛抬头一望。“离塔顶就不远了，”他说，“你马上就要成为英格兰站得最高的女人了。”他又开始向上爬去。

越往上爬风越大，凯瑞丝尽管害怕，但也很高兴。这是梅尔辛的夙愿，由他亲手实现了。此后几百年内，方圆好几英里的人们，每天都能看到这座尖塔，他们会打心底感叹，多么美啊！

他们爬到了脚手架顶部，站在了环绕着尖塔塔顶的台子上。凯瑞丝努力不去想这台子没有能保护他们不掉下去的栏杆。

尖塔的顶部是一个十字架，从地面上看很小，但凯瑞丝这时看出十字架比她自己都要高。

“尖塔的顶上都要有十字架，”梅尔辛说，“这是惯例。但十字架的刻法就各自不同了。沙特尔大教堂的十字架上刻着太阳。我也另有设计。”

凯瑞丝看到，在十字架的底部，梅尔辛放置的是一个真人大小的石头天使。跪在地上的天使并没有抬头仰望十字架，而是目光向西，俯视着王桥城。凯瑞丝再仔细一看，发现天使的形象也不符传统。小小的圆脸显然是一位女性，五官端正，留着短发，使她隐隐约约地感到这是一张熟悉的脸。

接着她认出了，这正是她自己的脸。

她大吃了一惊。“他们会允许你这么干吗？”她说。

梅尔辛点了点头：“半座城的人都认为你已经是一位天使了。”

“可我不是。”她说。

“不是，”他说着，脸上又浮现出那种令她心醉神迷的微笑，“但你是大家见过的最接近于天使的人。”

一阵狂风突然咆哮起来。凯瑞丝一把抓住梅尔辛。他紧紧地抱住她，两脚叉开，泰然自若地稳稳站住。狂风来得快，去得也疾，但梅尔辛和凯瑞丝仍然紧紧地相拥在一起，站立在世界之巅，很久很久。

“中世纪三部曲”第二部《无尽世界》完。

敬请继续阅读大结局《永恒火焰》

年轻的内德于1558年回到了王桥镇的家中。这一年不仅仅会改变他自己的人生，整个欧洲的命运也迎来了巨大的变动。宗教仇恨撕裂着人们的生活；内德的友谊和爱情也备受考验。年轻的伊丽莎白女王登基后，成立了英国第一个秘密间谍机构。

等待内德和英国的，是似乎永无止境的纷争……

1337年 王桥

通往格洛斯特
北门
圣马可教堂
街
教区公会大厅
高
街
餐馆街
修道院门
埃德蒙住所
贝八客栈
皮革院
王桥大教堂
鱼巷
主
屠宰沟
麻风病人岛
情人地
通往韦格利
通往圣约翰
通往夏陵

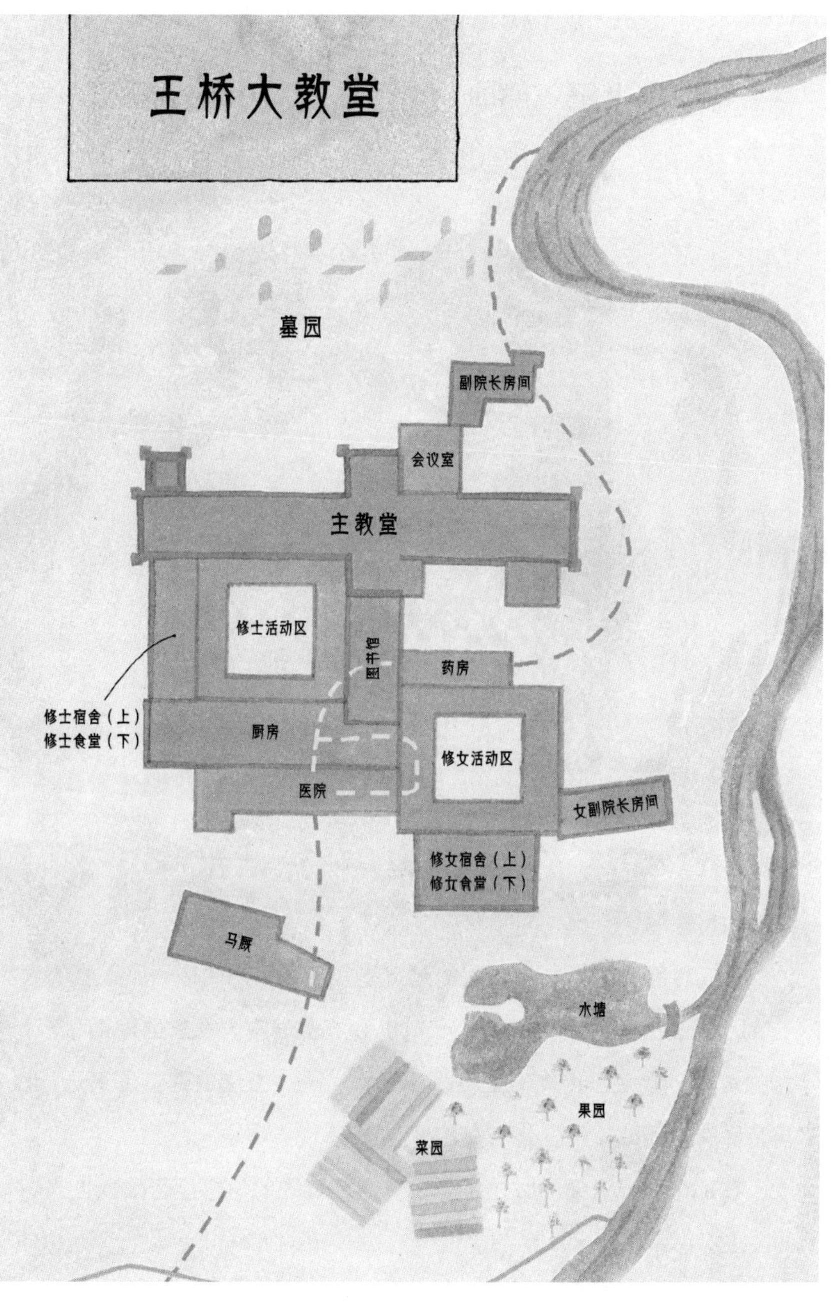
王桥大教堂
墓园
副院长房间
会议室
主教堂
修士活动区
图书馆
药房
修士宿舍（上）
修士食堂（下）
厨房
修女活动区
医院
女副院长房间
修女宿舍（上）
修女食堂（下）
马厩
水塘
果园
菜园

肯·福莱特里程碑式代表作

中世纪三部曲　半个地球都在通宵读

《圣殿春秋》

十二世纪英国。一个贫困的建筑匠，一心只想建造一座美丽的大教堂。

几经波折，他终于遇到了一个机会。但一座大教堂的建造过程是各方势力的角力：教会、贵族、王室、“巫女”……教堂的建造屡遭干涉。每一种声音都有可能成就他，也有可能毁灭他。

在那个风云诡谲的时代，一个普通建筑匠的信念能否改变世界……

肯·福莱特经典作品

世纪三部曲　各国读者平均3个通宵读完

《巨人的陨落》

从危险的煤矿到华丽的宫殿，从代表着权力的走廊到爱恨纠缠的卧室，五个家族迥然不同又纠葛不断的命运，将展现一个我们自认为了解，但从未如此真切感受过的20世纪。

《世界的凛冬》

时代的剧变，让一群处于人生黄金时代的少男少女困惑不已。父辈的命运因一战而变，如今世界再次破碎，但这就是他们的时代！在时间永恒的流动中，每个人都在创造历史。

《永恒的边缘》

如果说《巨人的陨落》是祖辈的传奇，《世界的凛冬》是父辈的人生，那么，《永恒的边缘》就是新一代的奋斗。世上只有一种英雄，就是在认清生活真相之后，依然热爱生活。

悬疑经典　各国读者平均1个通宵读完

《针眼》

获爱伦·坡优秀小说奖，美国《出版人周刊》《时代杂志》等媒体强烈推荐的畅销小说。

《危险的财富》

一部维多利亚时代浮华糜烂的家族史诗，交织着贪婪和仇恨、自私与残忍、冷血的谋杀和虚幻的爱情。

《寒鸦行动》

一群代号为“寒鸦”的女人，在拼命抗击纳粹的同时，却被出卖。一张天罗地网正等待着“寒鸦”们……

《大黄蜂奇航》

一名少年无意间闯入了德军秘密基地，发现了纳粹的秘密。翻看本书，直面二战的现场与真相。

《鹰翼行动》

奥斯卡获奖影片《逃离德黑兰》前传！没有任何一个好莱坞编辑能像肯·福莱特一样完美地讲述这场著名的冒险。

《突然亡命天涯》

致命的三角关系、危险的秘密任务、异国的场景、巧妙的情节……在这条亡命之路上，幸福与和平能否最终来临？

《燃烧的密码》

在尼罗河上的船屋里，充满了阴谋与血腥、欲望与爱情。紧张的局势就像不停收紧的绳索，每一个意想不到的反转都让人尖叫！

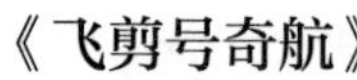

《飞剪号奇航》

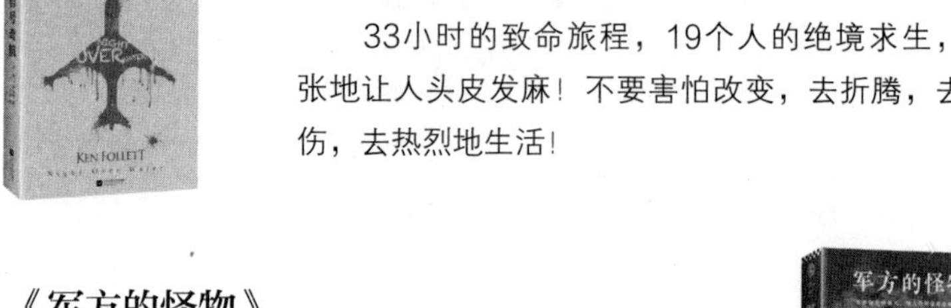

33小时的致命旅程，19个人的绝境求生，紧张地让人头皮发麻！不要害怕改变，去折腾，去受伤，去热烈地生活！

《军方的怪物》

到底我是一个什么样的人？到底是什么决定了我是谁？一次突如其来的栽赃嫁祸，揭开了身世之谜背后的滔天阴谋。

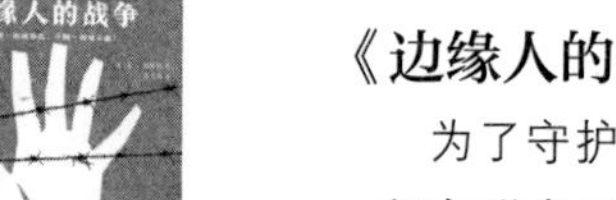

《边缘人的战争》

为了守护自己生存的地方，以神甫为代表的一帮离群索居的老嬉皮士，向整个外部世界发起威胁，与FBI特工展开一场惊险刺激的较量。